UM TRUQUE DE LUZ

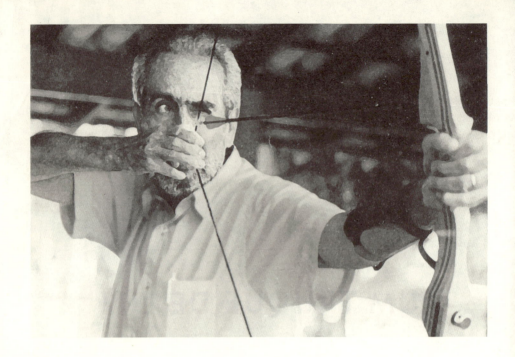

O Arqueiro

GERALDO JORDÃO PEREIRA (1938-2008) começou sua carreira aos 17 anos, quando foi trabalhar com seu pai, o célebre editor José Olympio, publicando obras marcantes como *O menino do dedo verde*, de Maurice Druon, e *Minha vida*, de Charles Chaplin.

Em 1976, fundou a Editora Salamandra com o propósito de formar uma nova geração de leitores e acabou criando um dos catálogos infantis mais premiados do Brasil. Em 1992, fugindo de sua linha editorial, lançou *Muitas vidas, muitos mestres*, de Brian Weiss, livro que deu origem à Editora Sextante.

Fã de histórias de suspense, Geraldo descobriu *O Código Da Vinci* antes mesmo de ele ser lançado nos Estados Unidos. A aposta em ficção, que não era o foco da Sextante, foi certeira: o título se transformou em um dos maiores fenômenos editoriais de todos os tempos.

Mas não foi só aos livros que se dedicou. Com seu desejo de ajudar o próximo, Geraldo desenvolveu diversos projetos sociais que se tornaram sua grande paixão.

Com a missão de publicar histórias empolgantes, tornar os livros cada vez mais acessíveis e despertar o amor pela leitura, a Editora Arqueiro é uma homenagem a esta figura extraordinária, capaz de enxergar mais além, mirar nas coisas verdadeiramente importantes e não perder o idealismo e a esperança diante dos desafios e contratempos da vida.

LOUISE PENNY

Traduzido por Natalia Sahlit

UM TRUQUE DE LUZ

— UM CASO DO INSPETOR GAMACHE —

ARQUEIRO

Título original: *A Trick of the Light*

Copyright © 2011 por Three Pines Creations, Inc.
Trecho de *The Beautiful Mystery* © 2012 por Three Pines Creations, Inc.
Copyright da tradução © 2024 por Editora Arqueiro Ltda.

Todos os direitos reservados. Nenhuma parte deste livro pode ser utilizada ou reproduzida sob quaisquer meios existentes sem autorização por escrito dos editores.

Trecho de "Up", de *Morning in the Burned House*, de Margaret Atwood, copyright © 1995. Publicado por McClelland & Stewart no Canadá e pela Houghton Mifflin Harcourt Publishing Company nos Estados Unidos. Usado com permissão da autora e de suas editoras (em seus respectivos territórios) e pelo agente da autora, Curtis Brown Group Ltd., Londres, em nome de Margaret Atwood. Todos os direitos reservados.

Trechos da página 82 do livro *Alcoholics Anonymous*, copyright © 1939, usado com a permissão do AA World Services.

"Not Waving But Drowning", de Stevie Smith, de *Collected Poems of Stevie Smith*, copyright © 1957 por Stevie Smith. Reproduzido com permissão da New Directions Publishing Corp.

coordenação editorial: Gabriel Machado
produção editorial: Guilherme Bernardo
preparo de originais: Lucas Bandeira
revisão: Rafaella Lemos e Sheila Louzada
diagramação: Abreu's System
capa: David Baldeosingh Rotstein
imagem de capa: Carlos Alkmin/Getty Images
adaptação de capa: Gustavo Cardozo
impressão e acabamento: Bartira Gráfica

CIP-BRASIL. CATALOGAÇÃO NA PUBLICAÇÃO
SINDICATO NACIONAL DOS EDITORES DE LIVROS, RJ

P465t

Penny, Louise, 1958-
  Um truque de luz / Louise Penny ; tradução Natalia Sahlit. - 1. ed. - São Paulo : Arqueiro, 2024.
  400 p. ; 23 cm.   (Inspetor Gamache ; 7)

  Tradução de: A trick of the light
  Sequência de: Enterre seus mortos
  Continua com: O belo mistério
  ISBN 978-65-5565-650-3

  1. Ficção policial canadense. I. Sahlit, Natalia. II. Título. III. Série.

24-91507
CDD: 819.13
CDU: 82-312.4(71)

Meri Gleice Rodrigues de Souza - Bibliotecária - CRB-7/6439

Todos os direitos reservados, no Brasil, por
Editora Arqueiro Ltda.
Rua Artur de Azevedo, 1.767 – Conj. 177 – Pinheiros
05404-014 – São Paulo – SP
Tel.: (11) 2894-4987
E-mail: atendimento@editoraarqueiro.com.br
www.editoraarqueiro.com.br

*Para Sharon, Margaret, Louise e todas as mulheres maravilhosas
que me ajudaram a encontrar um lugar tranquilo ao sol*

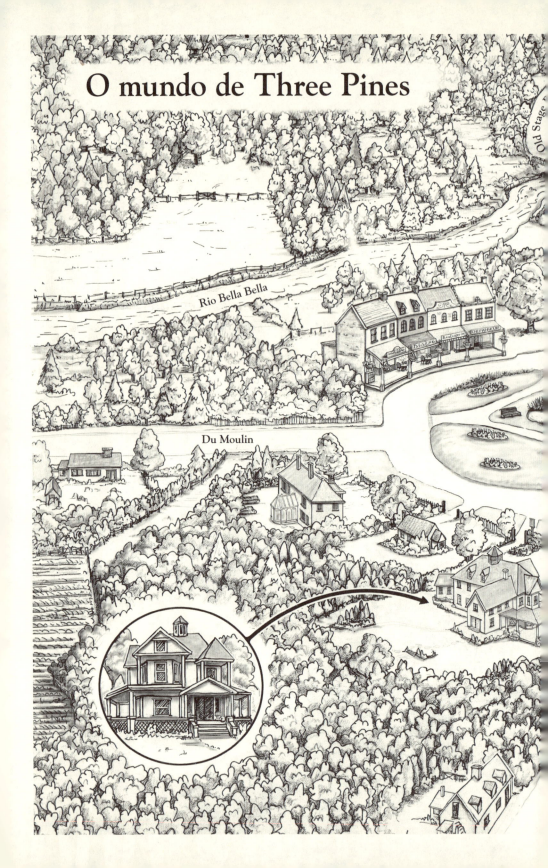

UM

Ah, não não não, pensou Clara Morrow, indo em direção às portas fechadas.

Através do vidro fosco, ela via sombras e formas se moverem como fantasmas, para a frente e para trás, para a frente e para trás. Apareciam e desapareciam. Distorcidas, mas ainda humanas.

O morto ainda jazia gemendo.

Durante toda a manhã, aquelas palavras surgiram na cabeça dela, aparecendo e desaparecendo. Um poema, de que só se lembrava a metade. As palavras subiam até a superfície e depois afundavam de novo. Não conseguia alcançar o corpo do poema.

Como era mesmo o resto?

Aquilo parecia importante.

Ah, não não não.

No fim do longo corredor, as figuras borradas tinham um aspecto quase líquido, esfumaçado. Bem ali, mas incorpóreas. Desvanecendo-se. Fugindo.

Como ela queria fazer agora.

Lá estava. O fim da jornada. Não apenas a jornada daquele dia, em que ela e o marido, Peter, foram de carro de seu pequeno vilarejo quebequense até o Musée d'Art Contemporain de Montreal, um lugar que conheciam muito bem. Intimamente. Quantas vezes não foram até o MAC para apreciar uma exposição nova? Para prestigiar um amigo, um colega artista? Ou só se sentar em silêncio naquela galeria elegante, no meio da semana, enquanto o resto da cidade trabalhava?

Arte era o trabalho deles. Na verdade, era mais do que isso. Tinha que ser. Caso contrário, para que suportar todos aqueles anos de solidão? De fracassos? Do silêncio da confusa – e até desconcertante – cena artística?

Todos os dias, Clara e Peter trabalhavam duro em seus pequenos estúdios em seu pequeno vilarejo, levando uma vida pequena. Felizes. Mas, ainda assim, querendo mais.

Ela avançou alguns passos no longuíssimo corredor com piso de mármore branco.

Aquilo, sim, era "mais". O que estava atrás daquelas portas. Finalmente. A parada final do trabalho, da caminhada, de sua vida inteira.

Seu primeiro sonho de infância e seu último, naquela manhã – quase cinquenta anos depois –, estavam no finalzinho daquele duro corredor branco.

Ambos acreditavam que Peter seria o primeiro a cruzar aquelas portas. De longe o artista mais bem-sucedido, ele realizava estudos primorosos da vida, em close. Tão detalhados e tão próximos que uma fatia do mundo natural surgia distorcida e abstrata. Irreconhecível. Peter transformava o natural em antinatural.

As pessoas adoravam. Ainda bem: era o que colocava comida na mesa e mantinha à distância os lobos que costumavam rodear a casinha deles em Three Pines. Tudo graças a Peter e à arte dele.

Clara olhou de relance para o marido, que andava um pouco à sua frente, um sorriso estampando o rosto bonito. Sabia que a maioria das pessoas, quando os via pela primeira vez, nunca a tomava por esposa dele. Esperavam que sua companheira fosse alguma executiva esbelta com uma taça de vinho branco na mão. Um exemplo de seleção natural. Semelhante que atrai semelhante.

Aquele distinto artista de cabelos grisalhos e feições nobres não podia ter escolhido a mulher que segurava uma cerveja na mão de boxeadora. Com patê nos cabelos rebeldes. Que tinha um estúdio cheio de esculturas feitas com peças de tratores velhos e pinturas de repolhos alados.

Não. Peter Morrow não poderia ter escolhido aquela mulher. Não seria natural.

Ainda assim, ele a escolhera.

E ela, a ele.

Clara sorriria se não tivesse certeza de que estava prestes a vomitar.

Ah, não não não, pensou de novo enquanto observava Peter marchar, determinado, em direção às portas fechadas e aos fantasmas da cena artística que aguardavam a hora de dar o veredito final. Sobre ela.

Sentiu as mãos frias e dormentes enquanto avançava devagar, impulsionada por uma força irrefreável, uma mistura primitiva de empolgação e pavor. Queria correr até as portas, escancará-las e gritar: "Aqui estou eu!"

Porém, mais que tudo, queria se virar e fugir, se esconder.

Disparar de volta, aos tropeços, pelo longuíssimo corredor, repleto de luz, arte e mármore. Admitir que cometera um erro. Que dera a resposta errada quando perguntaram se queria fazer uma exposição individual. No Musée. Quando perguntaram se queria que todos os seus sonhos se tornassem realidade.

Ela dera a resposta errada. Dissera sim. E foi nisso que deu.

Alguém tinha mentido. Ou contado uma meia-verdade. No sonho dela, seu único sonho, repetido inúmeras vezes desde a infância, ela fazia uma exposição individual no Musée d'Art Contemporain. Caminhava por aquele corredor. Calma e serena. Bela e magra. Espirituosa e popular.

Para os braços de um mundo adorável à sua espera.

Não havia pavor. Nem náusea. Nem criaturas vislumbradas através do vidro fosco, esperando para devorá-la. Dissecá-la. Diminuí-la e às suas criações.

Alguém havia mentido. Não lhe disseram que outra coisa poderia estar à sua espera.

O fracasso.

Ah, não não não, pensou Clara. *O morto ainda jazia gemendo.*

Como era mesmo o resto do poema? Por que os versos lhe escapavam?

Agora, a poucos passos do fim de sua jornada, Clara só queria fugir para casa, para Three Pines. Abrir o portão de madeira. Correr pelo caminho ladeado por macieiras em flor. Bater com força a porta após entrar. Escorar-se nela. Trancá-la. Apoiar o corpo contra ela, deixando o mundo lá fora.

Agora, tarde demais, Clara sabia quem havia mentido.

Ela mesma.

Seu coração se atirava contra as costelas, como uma criatura enjaulada, apavorada e desesperada para escapar. Clara notou que estava prendendo o fôlego e se perguntou havia quanto tempo. Para compensar, começou a respirar rápido.

Peter estava falando, mas a voz dele soava abafada, distante. Sufocada pelos gritos em sua cabeça e pelas batidas em seu peito.

E pelo barulho que crescia atrás das portas. À medida que eles se aproximavam.

– Vai ser divertido – disse Peter, com um sorriso tranquilizador.

Clara abriu a mão. Deixou cair a bolsa, que bateu no chão com um ruído surdo, já que estava quase vazia, com apenas uma bala de hortelã e o minúsculo pincel do primeiro estojo de pintura infantil que a avó lhe dera.

Ela se ajoelhou, fingindo coletar itens invisíveis e enfiá-los na bolsa. Baixou a cabeça, tentando recuperar o fôlego e querendo saber se estava prestes a desmaiar.

– Inspira – orientou uma voz. – Expira.

Clara desviou o olhar da bolsa no chão de mármore reluzente para o homem agachado à sua frente.

Não era Peter.

Em vez do marido, viu Olivier Brulé, amigo e vizinho deles em Three Pines. Ajoelhado, ele a observava, seus olhos gentis mais parecendo coletes salva-vidas atirados para uma mulher que se afogava. Clara os agarrou.

– Inspira – sussurrou ele, com a voz calma.

Aquela era uma crise só dos dois. Um resgate só dos dois.

Ela inspirou profundamente.

– Acho que eu não vou conseguir – disse Clara, inclinando-se para a frente, tonta.

Ela sentia que as paredes se aproximavam e viu os sapatos polidos de couro preto de Peter no chão à sua frente. Onde ele enfim havia parado. Sem ter dado falta dela imediatamente. Sem ter notado a esposa ajoelhada no chão.

– Eu sei – sussurrou Olivier. – Mas eu conheço você. De pé ou de joelhos, você vai atravessar aquela porta – afirmou ele, meneando a cabeça para o fim do corredor, sem tirar os olhos dela. – É melhor se for de pé.

– Ainda dá tempo – disse ela, analisando o rosto dele, os sedosos cabelos louros e as linhas que só se viam bem de perto, mais linhas do que um homem de 38 anos deveria ter. – Eu posso ir embora. Voltar para casa.

O rosto gentil de Olivier desapareceu e ela voltou a ver o próprio quintal, como o tinha visto naquela manhã, antes de a névoa se dissipar. O orvalho grosso debaixo das galochas. As primeiras rosas e as últimas peônias úmidas e cheirosas. Ela havia se sentado no banco de madeira do quintal com o café nas mãos e pensado no dia à sua frente.

Nem uma única vez tinha se imaginado desabando no chão. Apavorada. Querendo ir embora. Voltar para o quintal.

Mas Olivier estava certo. Ela não iria voltar. Ainda não.

Ah, não não não. Ela precisava passar por aquelas portas. Agora, aquele era o único caminho para casa.

– Expira – sussurrou Olivier, com um sorriso.

Clara riu e exalou.

– Você daria uma ótima parteira – disse ela.

– O que vocês estão fazendo aí agachados? – perguntou Gabri, observando Clara e o companheiro. – Eu sei o que o Olivier geralmente faz nesta posição e espero que não seja isso – comentou ele, antes de se virar para Peter. – Embora isso explique a risada.

– Pronta? – perguntou Olivier.

Ele entregou a bolsa a Clara e os dois se levantaram.

Sempre perto de Olivier, Gabri deu um abraço de urso na amiga.

– Você está bem? – perguntou ele, examinando-a de perto.

Gabri era grande, embora preferisse ser descrito como "robusto", e não tinha no rosto as linhas de preocupação do companheiro.

– Sim, estou bem – respondeu Clara.

– Bem *demais*? Desequilibrada, egoísta, mesquinha, amarga, insegura e solitária?

– Exatamente.

– Ótimo. Eu também. Assim como todo mundo lá dentro – disse Gabri, apontando para a porta. – A diferença é que eles não são uma artista fabulosa na abertura de sua exposição individual. Então, além de bem, você está famosa.

– Vamos? – perguntou Peter, acenando para Clara com um sorriso.

Ela hesitou, então pegou a mão do marido, e eles caminharam juntos pelo corredor, sem que os ecos agudos de seus pés mascarassem a alegria do outro lado.

Eles estão rindo, pensou Clara. *Eles estão rindo do meu trabalho.*

E, naquele instante, o corpo do poema veio à tona. Os outros versos foram revelados.

Ah, não não não, pensou Clara. *O morto ainda jazia gemendo. A vida inteira eu estive distante demais E não acenava, mas me afogava.*

Ao longe, Armand Gamache ouvia crianças brincando. Ele sabia de onde vinha o som. Do parque do outro lado da rua, embora não conseguisse ver os pequenos por entre os bordos e as folhagens de fim da primavera. Às vezes ele gostava de se sentar ali e fingir que os gritinhos e as risadas vinham de suas netas, Florence e Zora. Imaginava que Daniel, seu filho, e Roslyn estavam no parque, tomando conta delas. E que logo atravessariam de mãos dadas a rua silenciosa bem no centro da cidade grande para jantar. Ou que ele e Reine-Marie se juntariam a eles. Para jogar bola ou *conkers*.

Gostava de fingir que eles não estavam a milhares de quilômetros dali, em Paris.

Mas, na maior parte do tempo, só escutava os gritinhos e as gargalhadas das crianças da vizinhança. E sorria. Relaxava.

Gamache pegou a cerveja e pousou a revista *L'Observateur* nos joelhos. Sua esposa, Reine-Marie, estava sentada diante dele na varanda. Ela também tomava uma cerveja gelada naquele dia inesperadamente quente de meados de junho. Mas seu exemplar do *La Presse* estava dobrado em cima da mesa, e ela olhava para longe.

– No que está pensando? – perguntou ele.

– Em nada especial.

Ele ficou em silêncio por um instante, observando a esposa. Os cabelos dela já estavam bem grisalhos, assim como os dele. Por muitos anos ela os tingira de castanho-avermelhado, mas tinha parado havia pouco tempo. Ainda bem. Como ele, Reine-Marie estava na casa dos 50. E era assim que deveria ser a aparência de um casal dessa idade – se tivesse sorte.

Não de modelos. Com isso eles não seriam confundidos. Armand Gamache não era pesado, mas tinha uma constituição sólida. Se um estranho visitasse aquela casa, talvez tomasse monsieur Gamache por um acadêmico tranquilo, quem sabe um professor de história ou literatura na Université de Montreal.

Mas isso também seria um engano.

No amplo apartamento deles havia livros por toda parte. Obras de história, biografias, romances, estudos sobre antiguidades do Quebec e poesia. Em estantes organizadas. Quase todas as mesas tinham pelo menos um livro e algumas revistas. Os jornais do fim de semana viviam espalhados na mesa de centro da sala de estar, em frente à lareira. Se o visitante fosse observador e avançasse até o escritório de Gamache, talvez percebesse a história que aqueles livros contavam.

E logo perceberia que aquela não era a casa de um professor de literatura francesa aposentado. As estantes estavam repletas de relatos de investigações, livros de anatomia geral e medicina forense, além de tomos sobre o Código Napoleônico, o Direito Comum, impressões digitais, genética, ferimentos e armas.

Assassinato. O escritório de Armand Gamache estava repleto disso.

Ainda assim, mesmo em meio à morte, um espaço fora aberto para livros de filosofia e poesia.

Ao observar Reine-Marie sentada perto dele na varanda, Gamache mais uma vez teve a certeza de que tinha feito um casamento desigual. Não socialmente. Não academicamente. Mas ele nunca conseguira afastar a suspeita de que tivera muita, muita sorte.

Armand Gamache sabia que tivera muita sorte na vida, mas nada se comparava a amar a mesma mulher por 35 anos. A não ser o extraordinário golpe de sorte de ter esse amor correspondido.

Agora ela pousava nele seus olhos azuis.

– Na verdade, eu estava pensando na vernissage da Clara.

– Ah.

– A gente deveria sair daqui a pouco.

– É verdade – respondeu ele, consultando o relógio.

Eram 17h05. A abertura da exposição individual de Clara Morrow no Musée começaria às cinco e terminaria às sete.

– Assim que David chegar.

Como o genro estava meia hora atrasado, Gamache olhou de relance para o apartamento. Na sala de estar, mal conseguia distinguir a filha, Annie, que lia em frente ao auxiliar imediato de Gamache, Jean Guy Beauvoir, que massageava as notáveis orelhas de Henri. O pastor-alemão dos Gamaches ficaria ali o dia todo, com um sorriso bobo naquele rosto jovem.

Jean Guy e Annie ignoravam um ao outro. Gamache sorriu de leve. Pelo menos não estavam lançando insultos ou coisa pior pela sala.

– Quer ir agora? – perguntou Gamache. – É só ligar para o celular do David e pedir que ele encontre a gente lá.

– Por que não esperamos mais uns minutinhos?

Gamache assentiu e pegou a revista, depois a baixou devagar.

– Era só isso mesmo?

Reine-Marie hesitou e sorriu.

– Eu só estava me perguntando se você quer mesmo ir. Ou se está enrolando.

Armand ergueu as sobrancelhas, surpreso.

Jean Guy Beauvoir acariciou as orelhas de Henri e olhou para a jovem à sua frente. Ele a conhecia havia quinze anos, desde que era novato na Divisão de Homicídios, e ela, uma adolescente. Esquisita, desajeitada e mandona.

Ele não gostava de crianças. Muito menos de adolescentes que se achavam espertinhas. Mas tinha tentado gostar de Annie Gamache, nem que fosse porque era filha do chefe.

Tinha tentado, tentado e tentado. E finalmente...

Conseguido.

Agora ele tinha quase 40, e ela, quase 30. Advogada. Casada. Ainda esquisita, desajeitada e mandona. Mas tinha tentado tanto gostar dela que acabara vendo algo mais. Vira como ela ria com uma alegria sincera e prestava atenção em pessoas chatas como se fossem fascinantes. Demonstrava estar feliz em vê-las, de verdade. Como se fossem importantes. Vira Annie dançar agitando os braços e jogando a cabeça para trás. Os olhos brilhando.

E tinha sentido a mão dela na dele. Uma única vez.

No hospital. Ele voltara de muito longe. Lutara contra a dor e a escuridão para alcançar aquele toque desconhecido mas gentil. Sabia que não pertencia à sua esposa, Enid. Não teria voltado por seu toque de passarinho.

Mas aquela mão era grande, firme, quente. E o chamava de volta.

Ele abriu os olhos e viu que Annie Gamache o encarava, preocupada. Por que ela estaria ali?, ele se perguntou. Então entendeu.

Porque ela não tinha mais para onde ir. Já não havia nenhuma outra cama no hospital ao lado da qual se sentar.

O pai dela estava morto. Tinha sido alvejado na fábrica abandonada. Beauvoir vira acontecer. Vira Gamache ser atingido. Vira Gamache ser baleado e cair no piso de concreto.

E ficar ali, parado.

E agora Annie segurava sua mão no hospital porque a mão que ela realmente queria segurar se fora.

Jean Guy Beauvoir abriu os olhos com dificuldade e viu a profunda tristeza no rosto de Annie Gamache. Aquilo partiu o coração dele. Então ele viu outra coisa.

Alegria.

Nunca haviam olhado para ele daquele jeito. Com uma alegria tão intensa e desarmada.

Quando abriu os olhos, era daquele jeito que Annie o encarava.

Ele tentou falar, sem sucesso. Mas ela adivinhou o que ele queria dizer.

Ela se inclinou e sussurrou no ouvido dele, e ele sentiu o perfume dela. Levemente cítrico. Limpo e fresco. Não o perfume forte e pegajoso de Enid. Annie cheirava a limoeiros no verão.

– Meu pai está vivo.

Então ele sentiu vergonha. Muitas humilhações o aguardavam no hospital. De penicos e fraldas a banhos de esponja. Mas nada podia ter sido mais pessoal e íntimo, seu corpo não podia tê-lo traído mais do que fazendo o que fez.

Ele chorou.

E Annie viu. E os dois nunca mais tocaram no assunto. Para espanto de Henri, Jean Guy parou de esfregar suas orelhas e colocou uma das mãos sobre a outra, em um gesto que agora já lhe era habitual.

Era aquilo que havia sentido. A mão de Annie na sua.

Aquilo era o máximo que teria dela. Da filha casada de seu chefe.

– Seu marido está atrasado – disse Jean Guy, percebendo que soava acusatório.

O cutucão.

Bem, bem devagar, Annie baixou o jornal. E o encarou, furiosa.

– Qual é o problema?

Qual era o problema?

– Vamos nos atrasar por causa dele.

– Pode ir na frente. Não ligo.

Ele havia carregado a arma, apontado para a própria cabeça e implorado a Annie que puxasse o gatilho. E agora sentia que as palavras o atingiam. Cortavam. Penetravam fundo e explodiam.

Não ligo.

Ele notou que era quase reconfortante. A dor. Talvez se a forçasse a machucá-lo o suficiente, não sentiria mais nada.

– Olha... – disse ela, inclinando-se para a frente e suavizando a voz. – Eu sinto muito por você e Enid. Pela separação.

– É, bom, acontece. Sendo advogada, você deve saber.

Ela o encarou com os olhos perscrutadores do pai. Então assentiu.

– É, acontece – concordou, e depois ficou quieta, imóvel. – Ainda mais depois do que você passou, eu acho. Faz a gente repensar a vida. Quer falar sobre isso?

Falar sobre Enid com Annie? Sobre todas as brigas mesquinhas e sórdidas, as minúsculas grosserias, feridas e cicatrizes? Desconfortável com a ideia, ele provavelmente transpareceu o que sentia. Annie se afastou e ficou vermelha como se tivesse levado uma bofetada.

– Esquece – disse ela, cobrindo o rosto com o jornal.

Ele procurou algo para dizer, uma pequena ponte, um píer que o levasse de volta para ela. Os minutos se estenderam, se alongaram.

– A vernissage – comentou, afinal, em um impulso.

Foi a primeira coisa que surgiu em sua cabeça oca, como se tirasse sempre a mesma palavra em biscoitos da sorte. "Vernissage", no caso.

O jornal baixou, deixando à mostra a cara de paisagem de Annie.

– O pessoal de Three Pines vai estar lá, sabe?

A expressão dela continuou neutra.

– Aquele vilarejo em Eastern Townships – continuou ele, apontando vagamente para a janela. – Ao sul de Montreal.

– Eu sei onde ficam as cidades – respondeu ela.

– A exposição é da Clara Morrow, mas com certeza todos vão estar lá.

Ela voltou a erguer o jornal. O dólar canadense está forte, ele leu do outro lado da sala. Buracos que surgiram nas estradas durante o inverno não foram consertados, prosseguiu. Investigação de corrupção no governo.

Nenhuma novidade.

– Um deles odeia o seu pai.

O jornal foi baixado lentamente.

– Como assim?

– Bom – disse ele, percebendo pela expressão dela que tinha ido longe demais –, não o suficiente para fazer mal a ele nem nada assim.

– Meu pai me contou sobre Three Pines e o pessoal de lá, mas nunca mencionou isso.

Agora que ela estava chateada, Beauvoir desejou não ter dito nada, mas pelo menos tinha dado certo. O pai dela era a ponte.

Annie pousou o jornal na mesa e olhou para além de Beauvoir, para os pais, que conversavam baixinho na varanda.

De repente, ela parecia a adolescente que ele conhecera. Annie jamais seria a mulher mais bonita do lugar. Isso já era óbvio naquela época. Não era delicada nem tinha uma bela estrutura óssea. Era mais atlética que elegante. Gostava de roupas, mas também de conforto.

Teimosa, obstinada, fisicamente forte. Ele a venceria em uma queda de braço – sabia disso porque eles tinham disputado inúmeras vezes –, mas precisaria se esforçar.

Com Enid, ele nem pensaria em disputar. E ela jamais pediria.

Annie Gamache não só havia pedido como tinha achado que ia vencer.

Depois que perdeu, caiu na risada.

Se outras mulheres, como Enid, eram lindas, Annie Gamache era viva.

Tarde, tarde demais, Jean Guy Beauvoir havia percebido como era importante, como era atraente, como era raro estar completamente vivo.

Annie voltou os olhos para Beauvoir.

– Por que um deles odiaria meu pai?

Beauvoir baixou a voz.

– Então... O que aconteceu foi o seguinte...

Annie se inclinou para a frente. Eles estavam a poucos metros um do outro, e Beauvoir sentia de leve o perfume dela. Tinha que se esforçar para não tomar as mãos dela nas suas.

– Teve um assassinato lá no vilarejo da Clara, Three Pines...

– Eu sei, ele me contou. Parece que é a principal atividade do lugar...

Sem querer, Beauvoir riu.

– *Onde há muita luz, também há sombra.*

O olhar espantado de Annie fez Beauvoir rir de novo.

– Deixa eu adivinhar – retrucou ela. – Você não inventou isso.

Beauvoir sorriu e assentiu.

– Foi um alemão que disse isso. E, depois, o seu pai.

– Algumas vezes?

– O bastante para me fazer acordar gritando essa frase no meio da noite.

Annie sorriu.

– Imagino. Eu era a única criança da escola que citava Leigh Hunt – comentou ela, mudando um pouco o tom de voz enquanto lembrava. – *Mas, acima de tudo, ele amava ver um rosto humano feliz.*

Gamache sorriu ao ouvir as risadas na sala.

Ele observou os dois.

– Você acha que eles finalmente estão se entendendo?

– Ou isso, ou é um sinal do Apocalipse – respondeu Reine-Marie. – Se quatro cavaleiros vierem galopando do parque, você está por sua conta, monsieur.

– É bom ouvi-lo rir – comentou Gamache.

Desde a separação, Jean Guy Beauvoir parecia distante. Indiferente. Nunca tinha sido expansivo, mas andava mais quieto que o normal, como se tivesse reforçado os muros. E erguido a estreita ponte levadiça.

Armand Gamache sabia que construir muros em volta de si não trazia nada de bom. As pessoas acreditam que eles trazem segurança, mas, na verdade, são um cativeiro. E poucas coisas prosperam em cativeiro.

– Vai levar um tempo – disse Reine-Marie.

– *Avec le temps* – concordou Gamache.

Por dentro, ele se questionava. Sabia que o tempo podia curar. Mas também podia causar mais estragos. Um incêndio florestal, quando se prolonga, consome tudo.

Gamache olhou pela última vez para os dois jovens e voltou-se novamente para a esposa:

– Você acha mesmo que eu não quero ir à vernissage?

Ela pensou por um instante.

– Não sei. Digamos que você não parece estar com muita pressa de chegar lá.

Gamache aquiesceu e refletiu por um instante.

– Eu sei que vai estar todo mundo lá. Pode ser estranho.

– Você prendeu um deles por um assassinato que ele não cometeu – disse Reine-Marie.

Não era uma acusação. Na verdade, foi dito com calma e delicadeza, como se ela tentasse extrair do marido a verdade sobre seus sentimentos. Sentimentos que talvez nem ele mesmo soubesse que tinha.

– Você considera isso uma gafe? – perguntou ele, com um sorriso.

– Mais do que uma gafe, eu diria – respondeu ela, rindo.

Estava aliviada por notar um bom humor genuíno no rosto dele. Um rosto agora totalmente barbeado. Sem bigode. Sem barba grisalha. Só Armand. Ele pousou nela os olhos castanho-escuros. E, enquanto ela sustentava seu olhar, quase esqueceu a cicatriz que ele agora tinha na têmpora esquerda.

Após um instante, o sorriso de Gamache desapareceu e ele aquiesceu de novo, respirando fundo.

– Algo terrível de se fazer – disse ele.

– Você não fez de propósito, Armand.

– É verdade, mas isso não torna mais agradável o tempo que ele passou na prisão.

Gamache desviou o olhar do rosto gentil da esposa e contemplou as árvores do parque enquanto refletia. Um cenário natural. Ansiava por aquilo, já que passava seus dias em uma caça ao antinatural. Assassinos. Pessoas que tiravam a vida de outras, muitas vezes de maneiras terríveis, abomináveis. Armand Gamache era o chefe da famosa Sûreté du Québec. E era muito bom no que fazia.

Mas não era perfeito.

Havia prendido Olivier Brulé por um assassinato que ele não havia cometido.

– A<small>FINAL, O QUE ACONTECEU</small>? – perguntou Annie.

– Bom, você sabe a maior parte da história, não? Saiu nos jornais e tudo.

– É claro que li as matérias e conversei com meu pai sobre isso, mas ele não falou que alguém nessa história ainda poderia ter ódio dele.

– Bom, como você sabe, faz quase um ano – disse Jean Guy. – Um homem foi encontrado morto no bistrô de Three Pines. Nós investigamos, e as evidências eram contundentes. Encontramos impressões digitais, a arma do crime e objetos roubados da cabana em que a vítima vivia, uma cabana no meio do bosque, tudo escondido no bistrô. Então prendemos Olivier. Ele foi julgado e condenado.

– Você acreditava que era ele o assassino?

– Eu tinha certeza. Não foi só seu pai.

– E o que fez vocês mudarem de ideia? Outra pessoa confessou o crime?

– Não. Lembra quando seu pai passou um tempo na cidade de Quebec há alguns meses, se recuperando do ataque à fábrica?

Annie aquiesceu.

– Bom, ele começou a ter algumas dúvidas, então me pediu para voltar a Three Pines e investigar.

– E você foi.

Jean Guy assentiu. É claro que tinha voltado. Faria tudo o que o inspetor-chefe pedisse. Embora ele mesmo não tivesse nenhuma dúvida. Acreditava que tinham colocado o homem certo na prisão. Mas depois havia investigado e descoberto algo que o chocara.

O verdadeiro assassino. E a verdadeira motivação do crime.

– Mas você já voltou a Three Pines desde que prendeu Olivier – lembrou Reine-Marie. – Não seria a primeira vez que você vê o pessoal de lá.

Ela também conhecia Three Pines e tinha ficado amiga de Clara, Peter e dos outros, embora não os visse havia algum tempo. Não desde tudo aquilo.

– É verdade – disse Armand. – Jean Guy e eu levamos Olivier para casa quando ele foi solto.

– Nem imagino como ele se sentiu.

Gamache ficou em silêncio. Observou o sol refletido nos montinhos de neve. Ainda podia ver, através das vidraças congeladas, os moradores reunidos no bistrô. Aquecidos e seguros. As alegres lareiras acesas. As canecas de cerveja e de *café au lait*. As risadas.

E Olivier, paralisado. A dois passos da porta fechada. Fitando-a.

Jean Guy fizera menção de abri-la, mas Gamache o deteve. E, no frio cortante, eles esperaram. E esperaram. Que Olivier desse o primeiro passo.

Depois de uma eternidade que provavelmente durou apenas alguns segundos, Olivier estendeu a mão, parou mais um instante e enfim abriu a porta.

– Eu queria ter visto a cara do Gabri – comentou Reine-Marie, imaginando o homem grande e expressivo vendo o companheiro voltar.

Após chegar em casa, Gamache havia contado tudo a ela, mas sabia que, por mais que Reine-Marie imaginasse o êxtase, nada se comparava à realidade. Pelo menos da parte de Gabri. Os outros moradores também ficaram exultantes ao ver Olivier, mas...

– O que foi? – perguntou Reine-Marie.

– Bom, Olivier não matou o Eremita, mas, como você sabe, muitas coisas desagradáveis vieram à tona no julgamento. Ele com certeza o roubou e tirou vantagem da amizade e do frágil estado mental do homem. E descobrimos que usou o dinheiro roubado para comprar, em segredo, várias propriedades de Three Pines. Nem Gabri sabia disso.

Reine-Marie ficou refletindo sobre o que tinha acabado de ouvir.

– O que será que os amigos dele pensaram disso? – disse ela, por fim.

Gamache se perguntava o mesmo.

– É ESSE OLIVIER QUE odeia meu pai? – perguntou Annie. – Mas como pode? Foi meu pai quem tirou ele da prisão. Quem o levou de volta para Three Pines.

– Foi, mas, do ponto de vista de Olivier, quem o tirou da prisão fui eu. Seu pai o *colocou* lá.

Annie encarou Beauvoir por alguns instantes, depois balançou a cabeça.

– Seu pai pediu desculpas – prosseguiu Beauvoir. – Na frente de todo mundo que estava no bistrô. E disse a Olivier que sentia muito.

– E o que Olivier disse?

– Que não conseguia perdoar. Ainda não.

Annie pensou um pouco.

– Como meu pai reagiu?

– Não pareceu surpreso nem chateado. Aliás, acho que ele teria ficado surpreso se Olivier de repente dissesse que estava tudo bem. Não teria sido sincero.

Beauvoir sabia que a única coisa pior que não perdoar era perdoar apenas da boca para fora.

Nesse ponto, Jean Guy tinha que tirar o chapéu para Olivier. Em vez de fingir aceitar o pedido de desculpas, ele havia, para variar, dito a verdade. A dor fora profunda demais. Ele ainda não estava pronto.

– E agora? – perguntou Annie.

– Vamos descobrir.

DOIS

– Extraordinário, não acha?

Armand Gamache se virou para o homem mais velho de aspecto distinto a seu lado.

– Acho – respondeu o inspetor-chefe, assentindo.

Os dois ficaram em silêncio por um instante, contemplando a pintura diante deles. O ambiente ao redor estava tomado pela algazarra da festa a pleno vapor: conversas, risadas, amigos botando a conversa em dia, estranhos sendo apresentados.

Mas os dois homens pareciam imersos em uma paz apenas deles, um pequeno *quartier* silencioso.

Na parede à frente estava a peça central da exposição individual de Clara Morrow. Os trabalhos dela, a maioria retratos, ocupavam as paredes brancas da galeria principal do Musée d'Art Contemporain. Alguns estavam agrupados, como em uma reunião; outros, sozinhos, isolados. Como aquele.

O retrato mais modesto, na maior parede.

Sem concorrente, sem companhia. Uma nação ilhada. Um retrato soberano.

Sozinho.

– Como se sente ao observar esse quadro? – perguntou o homem, voltando o olhar penetrante para Gamache.

O inspetor-chefe sorriu.

– Bom, não é a primeira vez que o vejo. Sou amigo dos Morrows. Eu estava presente quando ela mostrou o quadro pela primeira vez.

– Homem de sorte.

Gamache tomou um gole do excelente vinho tinto e concordou. Homem de sorte.

– François Marois – apresentou-se o homem mais velho, estendendo a mão.

– Armand Gamache.

O homem o olhou mais atentamente.

– *Désolé*. Eu devia ter reconhecido o senhor, inspetor-chefe.

– Imagina. Prefiro que não me reconheçam – disse ele, sorrindo. – O senhor é artista?

Na verdade, o sujeito parecia mais um banqueiro. Um colecionador, talvez? Alguém da outra ponta da cadeia artística. Pouco mais de 70 anos, calculou Gamache. Bem-sucedido, com terno sob medida e gravata de seda. Havia nele uma nota de perfume caro. Bem sutil. Estava ficando calvo, os cabelos eram perfeitamente cortados, tinha o rosto barbeado e olhos azuis inteligentes. O inspetor-chefe notou tudo isso muito rápido, de maneira instintiva. François Marois parecia ao mesmo tempo vibrante e contido. Parecia confortável naquele cenário rarefeito e um tanto artificial.

Gamache olhou em volta de relance, observando o salão lotado de homens e mulheres que circulavam e conversavam, equilibrando canapés e taças de vinho. Um par de bancos estilizados e desconfortáveis tinha sido instalado no meio do espaço cavernoso. Mais forma que função. Ele viu Reine-Marie conversando com uma mulher ao longe. Viu Annie. David havia chegado e estava tirando o casaco para ir até ela. Os olhos de Gamache varreram o lugar até encontrarem Gabri e Olivier, lado a lado. Ficou em dúvida se deveria ir lá falar com eles.

E fazer o quê? Pedir desculpas de novo?

Será que Reine-Marie tinha razão? Ele queria perdão? Expiar a culpa? Queria que seu erro fosse expurgado de seu registro pessoal? Aquele que ele guardava bem no fundo e onde escrevia todos os dias? Apagado de sua contabilidade?

Ele queria que aquele erro fosse eliminado?

A verdade é que podia viver muito bem sem o perdão de Olivier, mas, agora que o vira de novo, sentiu um leve arrepio e se perguntou se desejava ser perdoado. E se Olivier estava pronto para fazê-lo.

Voltou os olhos novamente para o homem a seu lado.

Gamache achava interessante que, embora a boa arte refletisse a humanidade e a natureza (humana ou não), as galerias em si costumavam ser frias e austeras. Nada convidativas ou naturais.

Mas monsieur Marois se sentia à vontade. Mármore e linhas retas pareciam ser o habitat natural daquele homem.

– Não – respondeu Marois à pergunta de Gamache. – Não sou artista – acrescentou, com uma risadinha. – Infelizmente, não sou uma pessoa criativa. Como a maioria dos meus colegas, eu me aventurei no mundo das artes quando era um jovem inexperiente e logo descobri uma profunda, quase mística falta de talento. Foi bem chocante, na verdade.

Gamache riu.

– Então o que traz o senhor aqui?

O inspetor-chefe sabia que aquele era um coquetel exclusivo na véspera da abertura da grande exposição de Clara ao público. Só uns poucos escolhidos eram convidados para uma vernissage, principalmente no famoso museu de Montreal. Apenas gente endinheirada e influente, além dos amigos e familiares do artista. E o artista. Necessariamente nessa ordem.

Ninguém esperava muita coisa do artista na vernissage. Se estivesse vestido e sóbrio, a maioria dos curadores já se dava por satisfeita. Gamache lançou um olhar furtivo para Clara: estava apavorada e desalinhada em um tailleur que já vira dias melhores. A saia estava meio torcida e o colarinho da camisa, alto demais, dando a impressão de que ela tinha tentado coçar as costas.

– Sou marchand – explicou o homem, estendendo seu cartão de visita.

Gamache o pegou e examinou o papel creme com letras pretas e simples em relevo. Só o nome do homem e um telefone. Nada mais. O papel era grosso e texturizado. De excelente qualidade. Sem dúvida, para um negociante de excelente qualidade.

– O senhor conhece o trabalho da Clara? – perguntou Gamache, enfiando o cartão no bolso da camisa.

– Não, mas sou amigo da curadora-chefe do Musée e ela me deu um dos prospectos. Fiquei genuinamente impressionado. A descrição diz que madame Morrow sempre viveu no Quebec e tem quase 50 anos. Mas ninguém conhece o trabalho dela. Um nome que surgiu do nada.

– De Three Pines – esclareceu Gamache, e como Marois pareceu não entender, acrescentou: – É um vilarejo minúsculo no sul. Na fronteira com Vermont. Pouca gente conhece o lugar.

– Pode-se dizer o mesmo sobre ela. Uma artista desconhecida de um vilarejo desconhecido. E no entanto...

Monsieur Marois abriu os braços em um gesto elegante e eloquente, indicando o evento ao redor.

Os dois voltaram a observar o retrato à frente deles. Representava a cabeça e os ombros esqueléticos de uma mulher muito idosa. A mão artrítica e cheia de veias marcadas apertava um rústico xale azul contra o pescoço. Ao escorregar, ele havia revelado a pele da clavícula e do pescoço.

Mas era o rosto que atraía o olhar.

Ela encarava os observadores. Encarava abertamente aquela reunião, as taças tilintando, as conversas animadas e a alegria.

Com raiva. Desdém. Ela odiava o que via e ouvia. Aquela felicidade ao redor. As risadas. Odiava o mundo que a havia deixado para trás. Que a havia deixado sozinha naquela parede. Para ser vista e observada, nunca para ser incluída.

Como em *Prometeu acorrentado*, lá estava um espírito grandioso em eterna tormenta. Que havia se tornado amargo e mesquinho.

Gamache ouviu um pequeno arquejo ao seu lado e logo soube o que era. O marchand, François Marois, tinha entendido a pintura. Não a raiva óbvia, ali para todo mundo ver, mas algo mais complexo e sutil. Marois havia captado. O que Clara realmente tinha criado.

– *Mon Dieu* – disse monsieur Marois, com um suspiro.

Ele olhou para Gamache.

Do outro lado do salão, Clara assentia e sorria, sem registrar quase nada.

Havia um uivo em seus ouvidos, um redemoinho diante de seus olhos, e suas mãos estavam dormentes. Estava quase perdendo os sentidos.

Inspira, repetiu para si mesma. *Expira*.

Peter havia trazido uma taça de vinho para ela e Myrna tinha lhe oferecido um prato de canapés, mas Clara tremia tanto que precisou devolver os dois.

Agora se concentrava em tentar não parecer maluca. O tailleur novo pinicava, e Clara se deu conta de que parecia uma contadora. Do antigo bloco soviético. Ou talvez uma maoista. Uma contadora maoista.

Não era o visual que buscava quando comprara a roupa em uma boutique da Rue St. Denis, em Montreal. Queria uma mudança, algo diferente de seus habituais vestidos e saias volumosos. Algo reto e elegante. Minimalista e em cores sóbrias.

E na loja havia ficado ótima, sorrindo no espelho para a também sorridente vendedora, contando a ela tudo sobre a iminente exposição individual. Ela tinha falado da exposição para todo mundo. Motoristas de táxi, garçons, para o menino sentado ao lado dela no ônibus, surdo por causa do fone no ouvido. Clara não se importava. Havia contado a ele assim mesmo.

E agora o grande dia finalmente havia chegado.

Naquela manhã, sentada em seu quintal em Three Pines, tinha ousado pensar que seria diferente. Havia se imaginado atravessando aquelas duas imensas portas de vidro fosco no fim do corredor sob aplausos intensos. Fabulosa no terninho novo. A comunidade artística deslumbrada. Os críticos e curadores apressando-se em abordá-la, ansiosos para passar alguns instantes com ela. Atropelando-se para parabenizá-la. Para encontrar as palavras certas, *les mots justes*, para descrever seus quadros.

Formidable. Brilhantes. Luminosos. Geniais.

Obras-primas, todos eles.

Naquela manhã, no quintal silencioso, Clara havia fechado os olhos, erguido a cabeça para o sol e sorrido.

O sonho tornado realidade.

Completos desconhecidos prestariam atenção em cada palavra dela. Alguns talvez até tomassem nota. Pedissem conselhos. Eles escutariam, encantados, seu ponto de vista, sua filosofia e suas opiniões sobre a cena artística. Para onde ela estava indo, de onde tinha vindo.

Clara seria adorada e respeitada. Inteligente e bonita. Mulheres elegantes perguntariam onde ela havia comprado o tailleur. Ela lançaria um movimento. Uma tendência.

Em vez disso, sentia-se como uma noiva desajeitada em uma festa de casamento malsucedida. Ignorada pelos convidados, concentrados na comida e na bebida. Ninguém queria pegar o buquê ou levá-la ao altar. Dançar com ela. A contadora maoísta.

Ela coçou o quadril e sujou o cabelo de patê. Olhou para o relógio.

Meu Deus, ainda faltava uma hora.

Ah, não não não, pensou. Agora só restava tentar sobreviver. Manter a cabeça fora d'água. Não desmaiar, vomitar, urinar em si mesma. Permanecer consciente e controlada era o novo objetivo.

– Pelo menos você não está pegando fogo.

– Oi? – disse Clara, virando-se para a mulher negra de cafetã verde a seu lado.

Era sua amiga e vizinha Myrna Landers. Psicóloga aposentada de Montreal, ela agora tinha uma livraria de volumes novos e usados em Three Pines.

– Neste exato momento – repetiu Myrna. – Você não está pegando fogo.

– Isso é verdade. Muito perspicaz da sua parte. Também não estou voando. Existe uma extensa lista de coisas que não estou fazendo agora.

– E uma extensa lista de coisas que está fazendo – completou Myrna, rindo.

– Vai começar a grosseria? – perguntou Clara.

Myrna fez uma pausa e observou a amiga por um momento. Quase todos os dias, Clara aparecia na livraria para tomar chá e bater papo. Ou Myrna acompanhava Peter e Clara no jantar.

Mas aquele não era um dia qualquer. Clara nunca tivera um dia como aquele, e talvez nunca mais tivesse. Myrna conhecia os medos, os fracassos e as decepções de Clara. Assim como Clara conhecia os dela.

E elas também conheciam os sonhos uma da outra.

– Eu sei que é difícil para você – disse Myrna.

Ela parou em frente a Clara, bloqueando a visão do salão com seu corpo, de repente tornando muito íntima uma cena que antes continha uma multidão. Agora estavam em um mundo só das duas.

– Eu queria que fosse perfeito – murmurou Clara, tentando não chorar.

Enquanto outras moças sonhavam com o dia do casamento, Clara fantasiava com uma exposição individual. No Musée. Bem ali. Mas não daquele jeito.

– E quem define se vai ser ou não? O que tornaria este dia perfeito?

Clara pensou por um instante.

– Eu não estar com tanto medo.

– E qual é a pior coisa que pode acontecer? – perguntou Myrna baixinho.

– Todos eles odiarem o meu trabalho, dizerem que eu não tenho talento, que sou ridícula. Risível. Que isto foi um erro terrível. A exposição vai ser um fiasco e eu vou virar piada.

– Exatamente – respondeu Myrna, com um sorriso. – Dá para sobreviver a tudo isso. E depois, o que você faria?

Clara pensou por um instante.

– Eu entraria no carro com Peter e voltaria para Three Pines.

– E?

– Daria a festa que combinamos com nossos amigos.

– E?

– Levantaria amanhã de manhã... – continuou Clara, sua voz sumindo conforme imaginava sua vida pós-apocalipse.

Ela acordaria no dia seguinte em sua vida tranquila no minúsculo vilarejo. Voltaria à rotina de passeios com o cachorro, drinques no *terrasse*, *café au lait* e croissants em frente à lareira do bistrô. Jantares íntimos com os amigos. Tardes no quintal. Lendo, pensando.

Pintando.

Nada do que acontecesse ali mudaria aquilo.

– Pelo menos eu não estou pegando fogo – disse ela, abrindo um sorriso largo.

Myrna pegou as mãos de Clara e as segurou por um instante.

– A maioria das pessoas seria capaz de matar para estar aqui. Não deixe de aproveitar este dia. Seus trabalhos são obras-primas, Clara.

Clara apertou as mãos da amiga. Durante todos aqueles anos, meses e dias calmos em que ninguém notava o que ela fazia no estúdio, nem prestava atenção, Myrna estivera ali. E, em meio àquele silêncio, sussurrava: *Seus trabalhos são obras-primas*.

E Clara ousara acreditar. Ousara seguir em frente. Impulsionada por seus sonhos e por aquela voz gentil e reconfortante.

Myrna deu um passo para o lado, revelando um salão inteiramente novo. Cheio de pessoas, não de ameaças. Pessoas que se divertiam, aproveitavam o evento. Que estavam lá para celebrar a primeira exposição individual de Clara Morrow no Musée.

– M ERDE ! – GRITOU UM homem no ouvido da mulher ao seu lado, tentando falar mais alto que o burburinho das conversas. – Isso tudo é uma merda. Dá para acreditar que Clara Morrow conseguiu uma mostra individual?

A mulher ao lado dele balançou a cabeça e fez uma careta. Ela vestia uma saia esvoaçante e uma camiseta justa com lenços enrolados no pescoço e nos ombros. Usava brincos de argola e cada um dos dedos carregava um anel.

Em outro tempo e lugar, achariam que era uma cigana. Ali, era reconhecida pelo que era: uma artista de sucesso mediano.

Ao lado dela, o marido, também artista e com uma calça de veludo cotelê, um blazer surrado e um cachecol estiloso no pescoço, se voltou para a pintura.

– Pavoroso.

– Pobre Clara – concordou a mulher. – Vai ser devorada pela crítica.

Jean Guy Beauvoir, que estava ao lado dos dois, de costas para o quadro, se virou para olhá-lo.

Na parede, em meio a um aglomerado de retratos, estava a maior das obras. Três mulheres próximas, todas muito idosas, rindo.

Elas se entreolhavam e se tocavam, segurando as mãos umas das outras ou agarrando um braço, as cabeças quase se tocando. Não se sabia o que as havia feito rir, mas tinham se virado umas para as outras em resposta. Assim como fariam se algo terrível ocorresse. Como fariam naturalmente, não importava o que acontecesse.

Mais do que amizade, do que alegria, mais até do que amor, aquela pintura emanava intimidade.

Imediatamente, Jean Guy Beauvoir se virou de costas para a tela, incapaz de olhar. Varreu o salão com os olhos até encontrá-la de novo.

– Olhe só para elas – dizia o homem, dissecando a pintura. – Nada atraentes.

Annie Gamache estava do outro lado da galeria lotada, ao lado do marido, David. Eles ouviam um homem mais velho falar. David parecia distraído, desinteressado. Mas os olhos de Annie brilhavam. Absorvendo tudo. Fascinada.

Beauvoir sentiu uma pontada de ciúme. Queria que ela olhasse para ele daquele jeito.

Aqui, ordenou em pensamento. *Olhe para cá*.

– E elas estão rindo – continuou o homem atrás de Beauvoir, observando o retrato das três mulheres com reprovação. – Não tem nuance. Teria dado no mesmo pintar uns palhaços.

A mulher ao lado dele riu discretamente.

Do outro lado do salão, Annie Gamache colocou a mão no braço do marido, mas ele parecia alheio.

Beauvoir pôs a mão no próprio braço, delicadamente. Era isso que teria sentido.

— Achei você! — disse a curadora-chefe do Musée, pegando Clara pelo braço e afastando-a de Myrna. — Parabéns. É um sucesso!

Clara conhecia a cena artística o suficiente para saber que o que alguns chamavam de "sucesso" outros definiam apenas como um evento. Ainda assim, poderia ser pior.

— É?

— *Absolument*. As pessoas estão amando — disse a mulher, dando um abraço entusiasmado nela.

Os óculos da mulher eram pequenos retângulos diante dos olhos. Clara se perguntou se havia uma moldura permanente no mundo da curadora, como um astigmatismo. O cabelo dela era curto e anguloso, assim como as roupas; o rosto, de uma palidez impossível. Ela parecia uma instalação ambulante.

Mas era gentil, e Clara gostava dela.

— Muito bonito — disse a curadora, recuando um passo para analisar o novo visual de Clara. — Adorei. Retrô, chique. Você parece...

Ela moveu as mãos em um círculo contido, tentando encontrar a palavra certa.

— Audrey Hepburn?

— *C'est ça* — respondeu a curadora, batendo palmas e rindo. — Com certeza vai lançar moda.

Clara também riu, deixando-se apaixonar um pouquinho. Do outro lado do salão viu Olivier, como sempre ao lado de Gabri. Mas, enquanto Gabri tagarelava com um completo estranho, Olivier apenas observava a multidão.

Clara seguiu o olhar penetrante do amigo. Ele parou em Armand Gamache.

— Então... — disse a curadora, envolvendo a cintura de Clara. — Quem daqui você conhece?

Antes que Clara pudesse responder, a mulher já estava apontando para várias pessoas no salão lotado.

– Você provavelmente conhece aqueles ali – deduziu ela, meneando a cabeça para o casal de meia-idade atrás de Beauvoir, que parecia vidrado na pintura de Clara das Três Graças. – Uma dupla artística e também um casal. Normand e Paulette. Ele faz a base dos trabalhos e ela, os ajustes finos.

– Como mestres renascentistas, trabalhando em equipe.

– Mais ou menos – disse a curadora. – Mais como Christo e Jeanne-Claude. É bem raro encontrar artistas tão entrosados. Eles são muito bons. E estou vendo que adoraram o seu quadro.

Clara conhecia os dois e suspeitava que "adorar" não estava entre as palavras que usariam.

– Quem é aquele? – perguntou Clara, apontando para o homem distinto ao lado de Gamache.

– François Marois.

Clara arregalou os olhos e observou o salão lotado. Por que não havia uma correria generalizada para falar com o famoso marchand? Por que Armand Gamache, que nem sequer era artista, era o único que conversava com monsieur Marois? Se aquelas vernissages serviam para alguma coisa, com certeza não eram para celebrar o artista. Eram para fazer contatos. Ora, não havia contato melhor que François Marois. Então ela se tocou de que provavelmente poucos ali sabiam quem ele era.

– Como você sabe, François quase nunca aparece nas exposições, mas ele viu um catálogo da sua individual e achou seus trabalhos fantásticos.

– Sério?

Ainda que aquele "fantásticos" não tivesse sido empregado na língua dos artistas, mas das "pessoas normais", era um elogio.

– François conhece todo mundo que tem dinheiro e bom gosto – contou a curadora, observando-o com atenção. – Isso é incrível. Se ele gostar do seu trabalho, você está feita. Eu não sei quem é o homem que está falando com ele. Deve ser algum professor de história da arte.

Antes que Clara pudesse explicar que o homem não era professor, viu Marois olhar do retrato para Armand Gamache. Com uma expressão de choque.

Clara se perguntou o que ele tinha acabado de ver. E o que aquilo significava.

– Quem mais? – continuou a curadora, chamando a atenção de Clara para o lado oposto. – Aquele ali, André Castonguay, é outro excelente contato.

Do outro lado do salão, Clara viu uma figura conhecida na cena artística quebequense. Enquanto François Marois era discreto e reservado, André Castonguay estava sempre presente, a eminência parda daquele mundo. Um pouco mais novo que Marois, um tanto mais alto e mais pesado, monsieur Castonguay estava cercado por várias rodas de pessoas. O anel central era formado por críticos de diversos jornais poderosos. Irradiando de lá, havia círculos de críticos e galeristas menos importantes. E, finalmente, na última roda, os artistas.

Eles eram os satélites e André Castonguay, o sol.

– Vou apresentar você.

– Fantástico – disse Clara.

Em sua cabeça, Clara traduziu aquele "fantástico" para a própria língua: *Ah, merde.*

– Será possível? – perguntou François Marois, analisando a expressão do inspetor-chefe.

Gamache olhou para o homem mais velho e, sorrindo de leve, assentiu.

Marois se voltou para o retrato.

Cada vez mais convidados se aglomeravam na galeria e o barulho era ensurdecedor.

Mas François Marois só tinha olhos para um rosto. O da idosa decepcionada na parede. Tão cheio de censura e desespero.

– É Maria, não é? – perguntou Marois, quase sussurrando.

O inspetor-chefe não sabia se o marchand estava falando com ele, então não disse nada. Marois havia visto o que poucos ali tinham enxergado.

Clara não havia retratado apenas uma idosa zangada. Tinha, na verdade, pintado a Virgem Maria. Idosa. Abandonada por um mundo cansado, que desconfiava de milagres. Um mundo ocupado demais para notar uma pedra removida do sepulcro. Interessado em outras maravilhas.

Aquela era Maria em seus últimos anos. Esquecida. Sozinha.

Observando de cara feia um salão cheio de gente animada bebendo um bom vinho. E passando direto por ela.

Exceto François Marois, que agora desviava os olhos da pintura para voltar a fitar Gamache.

– O que a Clara fez? – perguntou ele baixinho.

Gamache ficou em silêncio por um instante, organizando as ideias antes de falar.

– Oi, idiota – disse Ruth Zardo, deslizando o braço fino pelo de Jean Guy Beauvoir. – Me conta como você está.

Era uma ordem. Pouca gente tinha coragem de ignorar Ruth. Mas pouca gente ouvia aquela pergunta vindo dela.

– Estou bem.

– Mentira – disse a velha poeta. – Você está um lixo. Magro. Pálido. Enrugado.

– Você está se descrevendo, sua velha bêbada.

Ruth Zardo caiu na risada.

– É verdade. Você parece uma velha amargurada. E isto não é um elogio.

Beauvoir sorriu. Na verdade, estava ansioso para rever Ruth. Ele examinou aquela mulher idosa, alta e magra, apoiada na bengala. Ela tinha o cabelo branco e fino, cortado curtinho rente à cabeça, de modo que o crânio parecia exposto. Isso fazia sentido para Beauvoir. Nada do que havia naquela cabeça ficava oculto ou subentendido. Era o coração que ela escondia.

Embora aparecesse nos poemas dela. De alguma forma (e Beauvoir imaginava como), Ruth Zardo tinha ganhado o Prêmio do Governador-Geral para Poesia em Língua Inglesa. Ele não entendia nenhum dos poemas. Felizmente, ao vivo Ruth era bem mais fácil de desvendar.

– O que você está fazendo aqui? – perguntou ela, fixando nele um olhar firme.

– O que *você* está fazendo aqui? Não vai me dizer que veio lá de Three Pines para prestigiar a Clara.

Ruth olhou para o inspetor como se ele estivesse maluco.

– Claro que não. Eu vim pelo mesmo motivo que todo mundo: boca livre. Mas já estou satisfeita. Vai à festa de Three Pines mais tarde?

– Nós fomos convidados, mas acho que não.

– Ótimo. Sobra mais para mim. Fiquei sabendo do seu divórcio. Imagino que ela tenha traído você. Natural.

– Bruxa – murmurou Beauvoir.

– Imbecil – devolveu Ruth.

O olhar de Beauvoir começou a vagar, e Ruth o seguiu. Até a jovem do outro lado do salão.

– Você consegue coisa melhor – disse Ruth, e sentiu o braço que segurava se contrair.

Seu companheiro ficou em silêncio. Ela voltou os olhos afiados para ele e depois, de novo, para a mulher que Beauvoir encarava.

Vinte e tantos anos, nem gorda, nem magra. Não muito bonita, tampouco feia. Nem alta, nem baixa.

Normal, extremamente comum. Exceto por uma coisa.

A jovem irradiava contentamento.

Enquanto Ruth a observava, uma mulher mais velha se aproximou do grupo, envolveu a cintura da jovem e lhe deu um beijo na bochecha.

Reine-Marie Gamache. Ruth a vira algumas vezes.

A velha poeta enrugada olhou para Beauvoir com mais interesse.

PETER MORROW CONVERSAVA COM ALGUNS donos de galeria. Figuras menores da cena artística, mas era bom mantê-los satisfeitos.

Sabia que André Castonguay, da Galerie Castonguay, tinha ido à vernissage, e Peter estava louco para conhecê-lo. Também havia identificado os críticos do *New York Times* e do *Le Figaro*. Olhou para o outro lado do salão e viu um fotógrafo fazer um retrato de Clara.

Ela desviou o olhar por um instante, viu o marido e deu de ombros. Ele ergueu a taça de vinho em um brinde e sorriu.

Será que deveria ir até lá e se apresentar para Castonguay? Mas havia uma multidão em volta dele, e Peter não queria parecer patético. Pairando ao redor do homem. Melhor ficar longe, como se não ligasse e não precisasse dele.

Voltou sua atenção para o dono da pequena galeria, que explicava que adoraria fazer uma exposição dos trabalhos de Peter mas estava com a programação fechada.

Pelo canto do olho, viu as rodinhas em volta de Castonguay se abrirem e darem espaço para Clara passar.

– O SENHOR ME PERGUNTOU como eu me sinto diante deste quadro – disse Armand Gamache.

Os dois fitavam o retrato.

– Eu me sinto calmo. Reconfortado.

François Marois olhou espantado para ele.

– Reconfortado? Mas como? Feliz, talvez, por não estar tão zangado quanto ela? Será que essa imensa raiva dela não torna a sua mais aceitável? Como é mesmo que madame Morrow chama esta pintura? – perguntou Marois, tirando os óculos e se aproximando da descrição impressa na parede.

Então ele deu um passo para trás, mais perplexo que nunca.

– O nome é *Natureza-morta*. Gostaria de saber por quê.

Enquanto o marchand se concentrava no retrato, Gamache notou Olivier do outro lado do salão. Olhando para ele. O inspetor-chefe sorriu para cumprimentá-lo e não ficou surpreso quando Olivier virou as costas.

Pelo menos agora tinha sua resposta.

Ao lado dele, Marois suspirou.

– Entendi.

Gamache se voltou para o marchand. Marois já não parecia surpreso. O verniz de civilidade e sofisticação havia abandonado seu rosto e um sorriso genuíno aparecera.

– Está nos olhos dela, não é?

Gamache assentiu.

Então Marois inclinou a cabeça para o lado, observando não o retrato, mas a multidão. Intrigado. Voltou a olhar para o quadro, depois de novo para a multidão.

Gamache seguiu o olhar dele e não ficou surpreso ao vê-lo pousar na idosa que falava com Jean Guy Beauvoir.

Ruth Zardo.

Beauvoir parecia irritado, aborrecido, como muitas vezes acontecia quando estava perto de Ruth. Mas Ruth parecia bem satisfeita.

– É ela, não é? – perguntou Marois, num tom excitado e baixo, como se não quisesse revelar o segredo deles para mais ninguém.

Gamache fez que sim com a cabeça.

– É uma vizinha de Clara em Three Pines.

Marois observou Ruth, fascinado. Era como se o quadro tivesse ganhado vida. Então ele e Gamache se voltaram novamente para o retrato.

Clara a havia pintado como uma Virgem Maria esquecida e beligerante. Desgastada pela idade e pela raiva, por ressentimentos reais e fabricados. Por amizades estragadas. Por direitos e amores negados. Porém havia algo mais. Uma vaga sugestão naqueles olhos exaustos, que nem sequer era vista. Mais como uma promessa. Um rumor ao longe.

Em meio a tantas pinceladas, tantos elementos, cores e nuances no retrato, tudo se resumia a um minúsculo detalhe. Um único pontinho branco.

Nos olhos dela.

Clara Morrow pintara o instante em que o desespero havia se tornado esperança. François Marois deu meio passo para trás e assentiu, sério.

– É impressionante. Lindo – disse ele, virando-se para Gamache. – A não ser, é claro, que seja um ardil.

– Como assim? – perguntou Gamache.

– Talvez não seja esperança – explicou Marois –, mas um mero truque de luz.

TRÊS

No dia seguinte, Clara se levantou cedo. Calçou as galochas, vestiu um suéter por cima do pijama, se serviu de café e se sentou em uma das cadeiras Adirondack no quintal dos fundos. Os fornecedores tinham limpado tudo e não havia vestígio do imenso churrasco nem da dança da noite anterior.

Ela fechou os olhos e ergueu o rosto, sentindo o sol de junho que começava a subir no céu, ouvindo o canto dos pássaros e o rio Bella Bella gorgolejar atrás do quintal. Mais baixo, havia também o zumbido das abelhas que cercavam as peônias, depois pousavam, entravam nelas. E ali desapareciam. Como abelhas atrapalhadas.

Era cômico, ridículo. Mas, pensando bem, muita coisa era.

Clara Morrow segurou a caneca quente e sentiu o cheiro do café e da grama recém-aparada. Dos lilases, das peônias e das rosas jovens e perfumadas.

Aquele era o vilarejo que Clara criara debaixo das cobertas quando criança. Construído atrás da fina porta de madeira do seu quarto, enquanto os pais discutiam do lado de fora. Enquanto os irmãos a ignoravam. Enquanto o telefone tocava, mas não para ela. Enquanto olhares passavam através dela. Recaíam em outra pessoa. Mais bonita. Mais interessante. Enquanto as pessoas se intrometiam como se ela fosse invisível e a interrompiam como se ela não estivesse falando.

Porém, quando, na infância, fechava os olhos e cobria a cabeça com os lençóis, Clara via o belo e pequeno vilarejo no vale. Com florestas, flores e pessoas gentis. Onde ser atrapalhada era uma virtude.

Desde que se entendia por gente, Clara só queria uma coisa, até mais do que a exposição individual. Não era riqueza, poder, nem mesmo amor.

Clara Morrow queria encontrar seu lugar. E agora, com quase 50, ela encontrara.

A exposição havia sido um erro? Ao aceitá-la, tinha se apartado dos outros?

Cenas da noite anterior passaram pela cabeça dela. Os amigos, os outros artistas, Olivier olhando para ela e assentindo para tranquilizá-la. A empolgação de conhecer André Castonguay e outros. A expressão feliz da curadora. O churrasco no vilarejo. A comida, a bebida e os fogos de artifício. A banda ao vivo e a dança. As risadas.

O alívio.

Mas agora, à luz do dia, a ansiedade havia voltado. Não a tempestade em seu ápice, mas uma leve névoa que encobria o sol.

E Clara sabia por quê.

Peter e Olivier tinham ido comprar os jornais. E trariam as palavras que ela havia esperado a vida inteira para ler. As críticas. As palavras dos críticos.

Brilhante. Visionária. Magistral.

Desinteressante. Inexpressivo. Previsível.

Qual dos dois seria?

Clara se sentou, tomou um gole do café e tentou não se importar. Tentou não notar que as sombras se alongavam, movendo-se lentamente em sua direção conforme os minutos passavam.

Alguém bateu a porta do carro, e Clara pulou na cadeira, arrancada de seu devaneio.

– Che-ga-mos! – cantarolou Peter.

Ela ouviu passos ao lado do chalé. Então se levantou e se virou para cumprimentar Peter e Olivier. Mas, em vez de ir até ela, os dois estavam parados. Como se transformados em imensos anões de jardim.

E, em vez de olhar para ela, eles fitavam um canteiro de flores.

– O que foi? – perguntou Clara, indo até eles, ganhando velocidade ao notar a expressão dos dois. – Qual é o problema?

Peter se virou e, deixando os jornais caírem na grama, a impediu de chegar mais perto.

– Chame a polícia – disse Olivier.

Ele avançou lentamente em direção a um canteiro perene de peônias, corações-sangrentos e papoulas.

E algo mais.

O INSPETOR-CHEFE VOLTOU A FICAR de pé e suspirou.

Não havia dúvidas. Tinha sido assassinato.

O pescoço da mulher a seus pés estava quebrado. Na base de um lance de escadas, aquilo poderia ter sido um acidente. Mas ela estava deitada de barriga para cima ao lado de um canteiro de flores. Na grama macia.

Com os olhos abertos. Encarando o sol de quase meio-dia.

Parecia que ia piscar a qualquer momento.

Ele olhou ao redor, observando aquele agradável quintal. Aquele conhecido quintal. Quantas vezes estivera ali com Peter, Clara e os outros, com uma cerveja na mão e o churrasco no fogo, conversando?

Mas não naquele dia.

Peter, Clara, Olivier e Gabri estavam parados à beira do rio. Assistindo. Entre Gamache e eles havia uma fita amarela, a grande divisão. De um lado, os investigadores e, do outro, os investigados.

– Mulher branca – disse Dra. Harris, a legista.

Ela estava debruçada sobre a vítima, assim como a agente Isabelle Lacoste. O inspetor Jean Guy Beauvoir orientava a equipe de perícia da Sûreté du Québec. Eles examinavam cada detalhe da área. Coletavam evidências. Fotografavam. Faziam o trabalho cuidadosa e meticulosamente.

– De meia-idade – continuou a legista, precisa, factual.

O inspetor-chefe Gamache prestava atenção nas informações. Ele, mais do que ninguém, sabia o poder dos fatos. Mas também sabia que poucos assassinatos eram desvendados com fatos.

– Cabelo pintado de louro, raízes grisalhas começando a aparecer. Um pouco acima do peso. Sem aliança no dedo anelar.

Fatos eram necessários. Eles indicavam o caminho e ajudavam a formar a rede. No entanto, para encontrar o culpado, era necessário seguir não apenas fatos, mas sentimentos. As emoções fétidas que haviam transformado alguém em um assassino.

– Pescoço quebrado na segunda vértebra.

O inspetor-chefe ouvia e observava. Uma rotina conhecida. Mas não menos terrível.

Alguém tirar a vida de outra pessoa era algo que sempre o chocava, mesmo depois de tantos anos como chefe da Divisão de Homicídios da célebre Sûreté du Québec.

Depois de todos aqueles assassinatos. E assassinos. Ele ainda se espantava com o que um ser humano era capaz de fazer com outro.

Peter Morrow olhou para os sapatos vermelhos despontando na extremidade do canteiro de flores. Estavam presos aos pés da vítima, que, por sua vez, estavam presos ao corpo dela, que jazia na grama. Peter não conseguia ver o corpo. Estava escondido atrás das flores altas. Mas conseguia ver os pés. Desviou o olhar. Tentou se concentrar em outra coisa. Nos investigadores, em Gamache e sua equipe, curvando-se, inclinando-se, murmurando, como se rezassem juntos. Um ritual sombrio em seu quintal.

Gamache nunca fazia anotações, Peter percebeu. Ele ouvia e assentia respeitosamente. Perguntava algumas coisas, com uma expressão pensativa. Deixava as anotações para os outros. Neste caso, a agente Lacoste.

Peter tentou desviar o olhar, se concentrar na beleza de seu quintal.

Mas seus olhos eram sempre arrastados de volta para o corpo em seu quintal.

Então, enquanto Peter observava, Gamache se virou num gesto rápido e repentino. E olhou para ele. De imediato, por instinto, Peter baixou os olhos, como se tivesse feito algo vergonhoso.

Imediatamente ele se arrependeu e voltou a erguer os olhos, mas o inspetor-chefe já não o encarava. Em vez disso, Gamache se aproximava deles.

Peter pensou em se afastar, de maneira casual. Como se tivesse ouvido um veado na floresta na outra margem do rio Bella Bella.

Começou a se virar, mas parou.

Não precisava olhar para o outro lado, disse a si mesmo. Não tinha feito nada de errado. Com certeza observar a polícia era natural.

Não era?

Mas Peter Morrow, sempre tão seguro, sentiu o chão se mover sob seus pés. Já não sabia o que era natural. Já não sabia o que fazer com as mãos, os olhos, o corpo inteiro. A vida. A esposa.

– Clara – cumprimentou o inspetor-chefe Gamache, estendendo a mão para ela e depois a beijando nas duas faces.

Se os outros policiais acharam estranho ver o chefe beijar uma suspeita, não demonstraram. E Gamache claramente não se importava.

Ele apertou a mão de todos no grupo, um por um. Deixou Olivier por último, obviamente para dar a ele a chance de se preparar. Gamache estendeu a mão. E todos observaram. O corpo esquecido por um instante.

Olivier não hesitou. Apertou a mão de Gamache, mas não conseguiu olhar o inspetor-chefe nos olhos.

Gamache sorriu de leve, quase como se pedisse desculpas, como se o corpo fosse culpa dele. Era assim que as coisas terríveis começavam?, perguntou-se Peter. Não com um trovão. Um grito. Não com sirenes, mas com um sorriso? O horror batia à sua porta envolto em civilidade e boas maneiras?

Mas o horror já havia aparecido e ido embora. Deixando um corpo para trás.

– Como você está? – perguntou Gamache, voltando os olhos para Clara.

Não era uma pergunta casual. Ele parecia realmente preocupado.

Peter sentiu que relaxava enquanto o cadáver era retirado de seus ombros. E entregue àquele homem robusto.

Clara balançou a cabeça.

– Chocada – respondeu ela afinal, olhando rapidamente por cima do ombro. – Quem é ela?

– Vocês não sabem?

Ele olhou de Clara para Peter, depois para Gabri e, finalmente, para Olivier. Todos balançaram a cabeça.

– Não era uma das convidadas da festa?

– Devia ser, imagino – respondeu Clara. – Mas eu não convidei.

– Quem é ela? – perguntou Gabri.

– Vocês deram uma olhada no corpo? – insistiu Gamache, que ainda não estava pronto para responder à pergunta.

Eles aquiesceram.

– Depois que a gente chamou a polícia, eu voltei para o quintal, para ver – contou Clara.

– Por quê?

– Eu tinha que ver se a conhecia. Se era uma amiga ou vizinha.

– Não era – disse Gabri. – Eu estava fazendo o café da manhã para os hóspedes da pousada quando Olivier me ligou dizendo o que tinha acontecido.

– Então você veio para cá? – quis saber Gamache.

– Você não teria vindo? – perguntou o homem grande.

– Eu sou um investigador da Divisão de Homicídios – argumentou Gamache. – Sou meio que obrigado. Você, não.

– E eu sou o fofoqueiro do vilarejo. Eu também sou meio que obrigado. E, assim como a Clara, eu precisava ver se a gente a conhecia.

– Vocês falaram com mais alguém? – perguntou Gamache. – Mais alguém veio ao quintal ver o corpo?

Eles balançaram a cabeça.

– Então todos vocês deram uma boa olhada, mas ninguém reconheceu a vítima?

– Quem é? – perguntou Clara mais uma vez.

– Não sabemos – admitiu Gamache. – Ela caiu em cima da bolsa, e a Dra. Harris ainda não quer mover o corpo. Mas vamos descobrir logo.

Gabri hesitou, depois se voltou para Olivier:

– Isso não te lembra alguma coisa?

Olivier ficou em silêncio, mas Peter, não:

– "A bruxa está morta"?

– Peter! – repreendeu Clara, de imediato. – A mulher foi assassinada e largada no nosso quintal. Que coisa horrível de se dizer.

– Desculpa – disse Peter, chocado consigo mesmo. – Mas ela realmente parece a Bruxa Malvada do Oeste, com os sapatos vermelhos saindo assim do canteiro.

– A gente não está dizendo que é uma bruxa – apressou-se em explicar Gabri. – Mas não dá para negar que, nesse modelito, ela não parece ser do Kansas.

Clara revirou os olhos.

– Meu Deus – murmurou.

Mas Gamache precisava admitir que ele e a equipe haviam dito a mesma coisa: não que a vítima lembrasse a Bruxa Malvada do Oeste, mas que ela claramente não estava vestida para um passeio no campo.

– Eu não a vi na festa ontem à noite – comentou Peter.

– E a gente teria se lembrado – disse Olivier, finalmente falando alguma coisa. – Seria difícil não notar.

Gamache assentiu. Aquilo também fazia sentido. A mulher teria se destacado naquele vestido vermelho. Tudo naquela mulher gritava: *Olhem para mim!*

Ele se virou para o corpo e puxou pela memória. Tinha visto alguém com um vestido vermelho chamativo no Musée na noite anterior? Talvez ela tivesse vindo direto de lá, como muitos convidados. Mas ninguém lhe vinha à mente. A maioria das mulheres, com a notável exceção de Myrna, usava cores mais suaves.

Então algo lhe veio à cabeça.

– *Excusez-moi* – disse ele.

Atravessando depressa o gramado, Gamache conversou rapidamente com Beauvoir e depois voltou devagar, pensativo.

– Eu li o relatório enquanto vinha para cá, mas queria ouvir de vocês como ela foi encontrada.

– Peter e Olivier foram os primeiros a vê-la – contou Clara. – Eu estava sentada naquela cadeira – disse ela, apontando para uma das duas Adirondack amarelas, ainda com uma caneca de café no braço de madeira. – Eles tinham ido a Knowlton para comprar os jornais. Eu estava esperando eles chegarem.

– Por quê? – perguntou o inspetor-chefe.

– Para ler as críticas.

– Ahh, claro. E isso explica...

Ele apontou para a pilha de jornais na grama, dentro da área demarcada pela fita amarela.

Clara também olhou para eles. Queria poder dizer que tinha se esquecido completamente das críticas após o choque da descoberta, mas não era verdade. O *New York Times*, o *Globe and Mail* de Toronto e o londrino *The Times* estavam empilhados no chão, onde Peter os deixara cair.

Fora do alcance dela.

Gamache olhou para Clara, intrigado.

– Se você estava tão ansiosa assim, por que não entrou na internet? As críticas já devem estar lá há horas, *non*?

Peter também fizera aquela pergunta. E Olivier. Como explicar?

– É que eu queria sentir o jornal nas minhas mãos – disse ela. – Queria ler as minhas críticas do mesmo jeito que leio as dos artistas que amo. Segurando o jornal. Sentindo o cheiro da tinta. Virando as páginas. Sonhei com isso a vida inteira. Achei que valia a pena esperar uma hora a mais.

– Então você ficou sozinha no quintal por cerca de uma hora hoje de manhã?

Clara aquiesceu.

– De que horas a que horas? – perguntou Gamache.

– De umas sete e meia até a hora que eles voltaram, umas oito e meia – respondeu Clara, olhando para Peter.

– É, foi isso – confirmou ele.

Gamache se voltou para Peter e Olivier.

– E, quando voltaram, o que vocês viram?

– Saímos do carro e, como sabíamos que Clara estava no quintal, demos a volta até ali – contou Peter, apontando para o canto da casa, onde um velho lilás exibia as últimas flores da estação.

– Eu estava seguindo o Peter quando ele parou de repente – contou Olivier.

– Eu vi uma coisa vermelha no chão quando a gente contornou a casa – continuou Peter. – Acho que pensei que uma das papoulas tivesse caído. Só que era grande demais. Então eu fui mais devagar e olhei. Foi quando vi que era uma mulher.

– O que você fez?

– Eu achei que uma das convidadas tinha bebido demais e apagado – respondeu Peter. – E dormido no nosso quintal. Mas daí eu vi que os olhos dela estavam abertos e a cabeça…

Ele inclinou a própria cabeça, mas é claro que não conseguiu reproduzir o ângulo. Nenhuma pessoa viva conseguiria. Era uma façanha reservada aos mortos.

– E você? – perguntou Gamache a Olivier.

– Eu pedi a Clara que chamasse a polícia – disse ele. – Depois liguei para o Gabri.

– Você disse que está com hóspedes – disse Gamache. – São pessoas da festa?

Gabri assentiu.

– Uns dois artistas que vieram de Montreal para a festa e decidiram ficar na pousada. Também tem alguns no hotel.

– Foram reservas de última hora?

– Na pousada, sim. Foram feitas durante a festa.

Gamache assentiu e, ao se virar, gesticulou para a agente Lacoste, que rapidamente foi até eles, ouviu o chefe murmurar algumas instruções e depois se afastou com presteza. Ela falou com dois jovens agentes da Sûreté, que assentiram e saíram.

Clara sempre ficava fascinada com a facilidade com que Gamache assumia o comando e a naturalidade com que as pessoas acatavam as ordens dele. Ele nunca falava alto, gritava ou era grosseiro. Tinha as maneiras mais calmas e corteses. As ordens dele soavam quase como pedidos. E, ainda assim, ninguém agia como se fossem.

Gamache voltou a atenção para os quatro amigos.

– Algum de vocês tocou no corpo?

Eles se entreolharam, balançaram a cabeça, depois se voltaram para o chefe.

– Não – respondeu Peter.

Ele estava mais seguro agora. O terreno fora firmado com fatos. Com perguntas diretas e respostas claras.

Não havia o que temer.

– Vocês se importam? – perguntou Gamache, indo até a cadeira Adirondack.

Ainda que eles se importassem, não faria diferença. Ele iria até lá, e o grupo estava convidado a acompanhá-lo.

– Antes de eles voltarem, quando você estava sentada aqui, sozinha, não notou nada estranho? – perguntou o inspetor-chefe enquanto caminhavam.

Era óbvio que, se Clara tivesse visto um corpo no quintal, teria dito algo antes. Mas não era só no corpo que ele estava interessado. Aquele era o quintal dela, ela o conhecia bem, intimamente. Algo mais podia estar fora de lugar. Uma planta quebrada, um arbusto remexido.

Algum detalhe que os investigadores teriam deixado passar. Algo tão sutil que nem ela teria percebido até que perguntassem.

E, justiça seja feita, Clara não tirou nenhuma resposta espertinha da cartola.

Quem fez isso foi Gabri.

– Tipo um corpo?

– Não – respondeu o chefe, parando ao lado da cadeira.

Ele se virou e examinou o quintal daquele ponto de vista. Era verdade que, daquele ângulo, os canteiros de flores escondiam a mulher no chão.

– Quis dizer algo mais.

Gamache voltou os olhos pensativos para Clara.

– Tinha alguma coisa diferente no quintal hoje de manhã? – perguntou, lançando um olhar de advertência para Gabri, que pôs o dedo indicador sobre os lábios. – Algo pequeno? Algum detalhe fora do lugar?

Clara olhou em volta. Havia canteiros de flores espalhados pelo gramado dos fundos. Alguns redondos, outros, oblongos. Na margem do rio, árvores altas lançavam sombras irregulares, mas a maior parte do quintal estava iluminada pelo sol forte do meio-dia. Assim como os outros, Clara examinou o espaço.

Havia algo diferente? Era tão difícil dizer agora, com todas aquelas pessoas, os jornais, a atividade e a fita amarela da polícia... Os jornais. O corpo. Os jornais.

Tudo estava diferente.

Ela olhou para Gamache como se pedisse ajuda.

Gamache odiava fazer isso, odiava dar sugestões, porque poderia induzi-la a ver algo que não estava lá de verdade.

– Talvez o assassino tenha se escondido aqui – disse ele, finalmente. – E esperado.

Ele deixou a sugestão no ar. E viu que Clara entendeu. Ela se virou para o quintal. Será que alguém havia esperado ali, com a intenção de matar? Em seu santuário particular?

Será que o assassino tinha se escondido nos canteiros de flores? Agachado atrás das altas peônias? Espiado por trás das cordas-de-viola que subiam pela caixa de correio? Ele havia ajoelhado atrás dos floxes em pleno crescimento?

E esperado?

Ela observou cada canteiro perene, cada arbusto. À procura de algo derrubado, torto, um galho torcido, um botão esmagado.

Mas o quintal estava perfeito. Myrna e Gabri tinham trabalhado por vários dias naquele quintal, deixando-o impecável para a festa. E era assim que ele estava. Na noite anterior. E naquela manhã.

Exceto pelos policiais, que, como uma peste, se moviam por toda parte. E pelo corpo chamativo. Um pulgão.

– Você está vendo alguma coisa? – perguntou ela a Gabri.

– Não – disse ele. – Se o assassino se escondeu aqui, não foi em um dos canteiros. Talvez atrás de uma árvore? – sugeriu ele, apontando para os bordos.

Gamache balançou a cabeça.

– Longe demais. Ele ia demorar muito para atravessar o gramado e contornar os canteiros. Clara teria visto.

– Então onde ele se escondeu? – perguntou Olivier.

– Ele não se escondeu – respondeu Gamache, sentando-se na cadeira Adirondack.

Dali tampouco se via o corpo. Não, Clara não tinha como ver a mulher morta. O inspetor-chefe se levantou.

– Ele não se escondeu. Ele esperou à vista de todos.

– E ela foi até ele? – perguntou Peter. – Eles se conheciam?

– Ou ele foi até ela – concordou Gamache. – De qualquer forma, ela não estava nem alarmada nem assustada.

– O que ela estava fazendo aqui? – perguntou Clara. – O churrasco foi lá – disse ela, apontando para o outro lado da casa. – Estava tudo no gramado. A comida, as bebidas, a música... Os fornecedores colocaram todas as mesas e as cadeiras na frente.

– Mas, se quisessem, as pessoas podiam vir até aqui? – quis saber Gamache, tentando imaginar o evento.

– Claro – disse Olivier. – Se elas quisessem. Não tinha nenhuma cerca ou corda impedindo, só não era necessário.

– Bom... – disse Clara.

Todos se voltaram para ela.

– Bom, eu não vim aqui ontem à noite, mas já fiz isso em outras festas. Para escapar por alguns minutos, sabe?

Para surpresa geral, Gabri assentiu.

– Às vezes faço a mesma coisa. Só para ficar em silêncio, longe das outras pessoas.

– Você veio aqui ontem à noite? – quis saber Gamache.

Gabri balançou a cabeça.

– Muita coisa para fazer. Mesmo contratando uma equipe, a gente tem que supervisionar.

– Então é possível que a vítima tenha vindo para cá em busca de um pouco de silêncio – sugeriu Gamache. – Talvez ela nem soubesse que era a casa de vocês – continuou ele, olhando para Clara e Peter. – Só tenha escolhido um lugar reservado, longe da aglomeração.

Eles ficaram em silêncio por um instante. Imaginando a mulher naquele vestido vermelho brilhante, que parecia dizer: *Olhem para mim!* Deslizando pela lateral da velha casa de tijolinhos. Para longe da música, dos fogos e das pessoas que olhavam para ela.

Atrás de alguns momentos de silêncio e paz.

– Ela não parece ser do tipo tímida – opinou Gabri.

– Nem você – disse Gamache, com um pequeno sorriso, e examinou o quintal.

Havia um problema. Na verdade, havia vários problemas, mas o que deixava o inspetor-chefe perplexo naquele momento era que nenhuma das quatro pessoas que o acompanhavam tinha visto a morta com vida, na festa.

– *Bonjour*.

O inspetor Jean Guy Beauvoir se aproximou. Quando ele chegou mais perto, Gabri abriu um sorriso e estendeu a mão.

– Estou começando a achar que você é pé-frio – brincou Gabri. – Toda vez que vem para Three Pines, surge um corpo.

– E eu acho que você arruma esses corpos só pelo prazer da minha companhia – respondeu Beauvoir, apertando calorosamente a mão dele e depois aceitando a de Olivier.

Eles tinham se visto na noite anterior, na vernissage. Lá, estavam no ambiente de Peter e Clara. A galeria. Mas agora estavam no habitat de Beauvoir. A cena de um crime.

Arte o assustava. Mas bastava pregar um cadáver na parede que ele ficava ótimo. Ou, naquele caso, jogá-lo no quintal. Isso ele entendia. Era sempre muito simples.

Alguém odiava a vítima o suficiente para matá-la.

O trabalho dele era encontrar e prender a pessoa.

Não havia nada de subjetivo naquilo. Nenhuma dúvida sobre o que era bom ou mau. Não era uma questão de perspectiva ou nuance. Não havia zona cinzenta. Nada para entender. Era o que era.

Coletar fatos. Ordená-los. Encontrar o assassino.

É claro que, embora fosse simples, nem sempre era fácil.

Mas ele não titubearia em trocar uma vernissage por um assassinato.

Apesar disso, como todos ali, suspeitava que, naquele caso, o assassinato e a vernissage eram a mesma coisa. Estavam entrelaçados.

Essa ideia o desanimou.

– Aqui, as fotos que o senhor pediu – disse Beauvoir, entregando uma imagem para o inspetor-chefe.

Gamache analisou a foto.

– *Merci. C'est parfait* – disse ele, e depois se voltou para as quatro pessoas que o observavam. – Eu queria que todos vocês dessem uma olhada nestas fotos da vítima.

– Mas já vimos a mulher – argumentou Gabri.

– Eu tenho as minhas dúvidas. Quando eu perguntei se vocês tinham visto a mulher na festa, todos disseram que seria difícil não notar a vítima naquele vestido vermelho. Pensei a mesma coisa. Mas, quando tentei lembrar se tinha a visto na vernissage ontem, Clara, o que acabei fazendo foi buscar na memória a imagem de uma mulher de vestido vermelho. Eu estava focando no vestido, não na mulher.

– E? – perguntou Gabri.

– E – continuou Gamache –, vamos supor que o vestido vermelho fosse recente. Ela pode ter ido à vernissage, mas com uma roupa mais conservadora. Talvez ela até tenha estado aqui...

– E trocado de roupa no meio da festa? – completou Peter, incrédulo. – Por que alguém faria isso?

– Por que alguém a mataria? – perguntou Gamache. – Por que uma completa estranha estaria na festa? São muitas perguntas, e eu não estou dizendo que esta é a resposta, mas uma possibilidade: que vocês tenham ficado tão impressionados com o vestido que não se concentraram no rosto dela.

Ele ergueu uma foto.

– Esta aqui é ela.

Ele entregou a foto primeiro para Clara. Agora, os olhos da mulher estavam fechados. Ela parecia tranquila, embora um pouco mole. Mesmo durante o sono, há sempre um pouco de vida em um rosto. Aquele estava vazio. Em branco. Sem pensamento ou sentimento.

Clara balançou a cabeça e passou a foto para Peter. A imagem circulou pelo grupo de amigos, e a reação era sempre a mesma.

Nada.

– A legista está pronta para mover o corpo – disse Beauvoir.

Gamache aquiesceu e guardou a foto no bolso. Sabia que Beauvoir, Lacoste e os outros tinham as próprias cópias. Eles pediram licença e voltaram para onde estava o corpo.

Dois assistentes esperavam para colocar a mulher em uma maca e levá-la até o furgão. O fotógrafo também aguardava. Todos olhavam para o inspetor-chefe Gamache. Esperando a ordem dele.

– Sabe há quanto tempo ela está morta? – perguntou Beauvoir à legista, que tinha acabado de se levantar e movimentava as pernas rígidas.

– Algo entre doze e quinze horas – respondeu a Dra. Harris.

Gamache consultou o relógio e fez os cálculos. Agora eram onze e meia da manhã de um domingo. Isso significava que ela estava viva às oito e meia da noite anterior e morta à meia-noite. Não chegara viva ao domingo.

– Nenhuma agressão sexual aparente. Aliás, nenhuma agressão, exceto o pescoço quebrado. A morte deve ter sido imediata. Não houve confronto. Suspeito que o assassino tenha aparecido por trás e torcido o pescoço dela.

– É simples assim quebrar o pescoço de uma pessoa, Dra. Harris? – perguntou o inspetor-chefe.

– Infelizmente, sim. Sobretudo quando a vítima não está tensa. Se ela estava relaxada e foi pega de surpresa, não houve resistência. Só uma torção rápida. Um estalo.

– Mas será que todo mundo sabe quebrar um pescoço? – perguntou a agente Lacoste, limpando as calças largas.

Como a maioria das quebequenses, ela era pequena e exibia uma elegância casual, mesmo quando vestida para o campo.

– Não é muito difícil, sabia? – respondeu a Dra. Harris. – É só um giro. Mas talvez o assassino tivesse um plano B. Como estrangular a vítima, caso a torção não funcionasse.

– Do jeito que a senhora fala, parece um plano de negócios – disse Lacoste.

– Talvez tenha sido – disse a legista. – Um plano frio, racional. Quebrar o pescoço de alguém pode até não exigir esforço físico, mas exige um esforço emocional, pode acreditar. É por isso que a maioria dos assassinos mata com um tiro ou um golpe na cabeça. Ou até com uma faca. Deixa que algum objeto faça o serviço. Usar as próprias mãos? Não em uma briga, mas em um ato frio e calculado? Não – explicou a Dra. Harris, voltando-se para a morta. – Só pessoas muito especiais são capazes de algo assim.

– E o que a senhora quer dizer com "muito especiais"? – perguntou Gamache.

– O senhor sabe o que quero dizer, inspetor-chefe.

– Mas eu gostaria que a senhora fosse clara.

– Alguém que simplesmente não dá a mínima, um psicopata. Ou o contrário, alguém que se importasse muito. Que quisesse fazer isso com as próprias mãos. Para, literalmente, tirar ele mesmo esta vida.

A Dra. Harris encarou Gamache, que aquiesceu.

– *Merci*.

Ele olhou de relance para os assistentes da legista, que, ao sinal dele, colocaram o corpo na maca. Um lençol foi estendido sobre a morta e ela foi levada embora, para nunca mais ver o sol.

O fotógrafo começou a tirar fotos e a equipe forense entrou para coletar evidências do chão embaixo do corpo. Inclusive da bolsa *clutch*. O conteúdo dela foi cuidadosamente catalogado, testado, fotografado e, por fim, entregue a Beauvoir.

Batom, base, lenços de papel, chaves do carro e da casa e carteira.

Beauvoir a abriu, leu o nome na carteira de motorista e a entregou ao inspetor-chefe.

– Temos um nome, chefe. E um endereço.

Gamache passou os olhos pela carteira de motorista e depois se virou para os quatro moradores, observando-os. Então atravessou o gramado e se juntou a eles.

– Já sabemos quem é a vítima – disse ele, consultando o documento. – Lillian Dyson.

– O quê?! – exclamou Clara. – Lillian Dyson?

Gamache se voltou para ela.

– Você a conhece?

Clara encarou Gamache, incrédula, e depois seu olhar atravessou o quintal, o sinuoso rio Bella Bella e entrou na floresta.

– Não pode ser – murmurou ela.

– Quem era ela? – quis saber Gabri, mas Clara fitava a floresta, desnorteada, como se em choque.

– Posso ver a foto? – perguntou, finalmente.

Gamache entregou a carteira de motorista a ela. Não era uma boa foto, mas com certeza era melhor do que a que fora tirada naquela manhã. Clara a examinou, depois inspirou fundo segurando o ar por um instante antes de exalar.

– Talvez seja ela. O cabelo está diferente. Louro. E está bem mais velha. Mais pesada. Mas pode ser que seja.

– Quem? – perguntou Gabri de novo.

– Lillian Dyson, é claro – respondeu Olivier.

– Isso eu sei – disse Gabri, voltando-se, irritado, para o companheiro. – Mas quem era ela?

– Lillian era...

Peter se interrompeu quando Gamache ergueu a mão. Não como uma ameaça, mas como uma instrução. Para que ele parasse de falar. E foi o que Peter fez.

– Preciso ouvir a Clara primeiro – disse o inspetor-chefe. – Você prefere falar em particular?

Clara pensou por um instante, depois assentiu.

– O quê? Sem a gente? – perguntou Gabri.

– Desculpa, *mon beau* Gabri – disse Clara. – Mas prefiro conversar com eles de maneira privada.

Embora parecesse magoado, Gabri concordou. Ele e Olivier saíram, contornando a casa.

Gamache olhou para Lacoste e assentiu, depois fitou as duas cadeiras Adirondack na frente deles.

– Será que a gente consegue mais duas cadeiras?

Com a ajuda de Peter, outras duas Adirondack foram trazidas, e os quatro se sentaram em roda. Se houvesse uma fogueira no centro, pareceria a cena de uma história de fantasmas.

E, de certa forma, era mesmo.

QUATRO

Gabri e Olivier voltaram para o bistrô a tempo da agitação do almoço. O lugar estava lotado, mas toda a atividade, todas as conversas pararam quando os dois entraram.

– E então? – disse Ruth, rompendo o silêncio. – Quem bateu as botas?

Aquilo estourou a barragem, liberando uma enxurrada de perguntas.

– Foi alguém que a gente conhece?

– Ouvi falar que foi alguém do hotel.

– Uma mulher.

– Deve ter sido alguém que estava na festa. A Clara conhecia?

– Morava aqui?

– Foi assassinato? – interpelou Ruth.

E, se antes havia rompido o silêncio, a velha poeta agora o causou. Todas as perguntas cessaram, e os olhos oscilavam entre Ruth e os donos do bistrô.

Gabri se virou para Olivier.

– O que a gente pode dizer?

Olivier deu de ombros.

– Gamache não pediu segredo.

– Ah, pelo amor de Deus – esbravejou Ruth –, contem logo! E alguém me traga um drinque. Ou melhor, me traga um drinque e depois conte tudo.

Houve uma rodada de debate, depois Olivier ergueu os braços.

– Tudo bem! A gente vai contar o que sabe.

E foi o que ele fez.

O corpo era de uma mulher chamada Lillian Dyson. Primeiro, a informação foi recebida em silêncio. Depois, houve um pequeno burburinho, enquanto as pessoas trocavam ideias. Porém ninguém gritou, não houve desmaios súbitos nem camisas rasgadas.

Nenhum sinal de reconhecimento.

Ela foi encontrada no quintal dos Morrows, confirmou Olivier.

Assassinada.

Após essa palavra, fez-se uma longa pausa.

– Deve ter alguma coisa nessa água – murmurou Ruth, que não fazia pausas diante da vida nem da morte. – Como a mataram?

– O pescoço foi quebrado – contou Olivier.

– Quem era essa tal de Lillian? – perguntou alguém nos fundos do bistrô lotado.

– Parece que Clara a conhece – disse Olivier. – Mas nunca falou dela para mim.

Ele olhou para Gabri, que balançou a cabeça.

Ao fazer isso, ele notou que outra pessoa tinha entrado de fininho atrás deles e estava parada perto da porta, em silêncio.

A agente Isabelle Lacoste assistia a tudo, enviada pelo inspetor-chefe Gamache, que deduziu que os dois revelariam tudo o que sabiam. E o chefe queria saber se alguém do bistrô se entregaria ao ouvir a história.

– Fale – disse Gamache.

Ele estava sentado com o corpo inclinado para a frente, os cotovelos apoiados nos joelhos. Uma das mãos segurava a outra de leve. Um gesto novo, mas necessário.

Ao lado dele, o inspetor Beauvoir empunhava a caneta e o caderninho.

Clara se recostou na cadeira funda de madeira e segurou os braços largos e quentes do móvel, preparando-se para o que viria. Mas, em vez de se lançar para a frente, ela se lançou para trás.

Décadas atrás. Deixou aquela casa e Three Pines. Voltou a Montreal. À faculdade de Belas Artes, às aulas, às exposições dos alunos. Clara Morrow foi arremessada da faculdade para o ensino médio e de lá para o ensino fundamental. Por fim, para a creche.

Até derrapar e parar em frente à garotinha de cabelos ruivos brilhantes que morava ao seu lado.

Lillian Dyson.

– Na infância, Lillian era minha melhor amiga – contou Clara. – Ela era minha vizinha, dois anos mais velha que eu. Éramos inseparáveis. Mas completamente diferentes. Ela cresceu rápido e ficou bem alta, e eu, não. Ela era inteligente, se dava bem na escola. Eu meio que ia levando. Era boa em algumas coisas, mas travava nas aulas. Ficava nervosa. As crianças começaram a implicar comigo logo cedo, mas Lillian sempre me protegia. Ninguém se metia a besta com ela. Ela era durona.

Clara sorriu ao se lembrar de Lillian, seus cabelos alaranjados brilhantes, encarando um bando de garotas que tinham sido más com ela. Desafiando as meninas. Clara atrás dela. Desejando estar ao lado da amiga, mas sem ter coragem. Ainda não.

Lillian, a preciosa filha única.

A preciosa amiga.

Lillian, a mais bonita; Clara, a esquisita.

Elas eram mais próximas que irmãs. Almas gêmeas, como diziam uma à outra nos bilhetes em papéis de carta floridos que viviam se escrevendo. Amigas para sempre. Inventaram códigos e idiomas secretos. Furaram os dedos e misturaram o sangue, solenemente. Pronto, declararam. Irmãs.

Amaram os mesmos garotos das séries de TV, beijaram pôsteres e choraram quando a banda pop Bay City Rollers se desfez e a série de livros *The Hardy Boys* acabou.

Clara contou tudo isso a Gamache e Beauvoir.

– E o que aconteceu? – perguntou o inspetor-chefe em voz baixa.

– Como sabe que alguma coisa aconteceu?

– Você não a reconheceu.

Clara balançou a cabeça. O que tinha acontecido? Como explicar?

– Lillian era minha melhor amiga – repetiu Clara, como se precisasse ouvir aquilo de novo. – Ela salvou a minha infância. Teria sido terrível sem ela. Ainda não entendo por que me escolheu. Ela podia ser amiga de quem quisesse. Todo mundo queria ser amigo dela. Pelo menos no início.

Os homens aguardavam. O sol do meio-dia os fustigava, e era cada vez mais desconfortável ficar ali. Ainda assim, eles aguardavam.

– Mas ser amiga da Lillian tinha um preço – disse Clara, finalmente. – O mundo que ela criava era maravilhoso. Divertido e seguro. Mas ela sempre tinha que estar certa e sempre tinha que ser a primeira. Esse era o preço. O que me pareceu justo, no início. Ela ditava as regras e eu seguia. Eu era patética mesmo, então aquilo nunca foi um problema. Não me importava.

Clara inspirou fundo. E soltou o ar.

– Mas depois começou a importar. No ensino médio, as coisas mudaram. No início eu não percebi, mas, quando eu ligava para Lillian no sábado à noite, pra gente sair, ver um filme ou qualquer coisa do gênero, ela dizia que ia me retornar e não retornava. Eu ligava de novo e descobria que ela já tinha saído.

Clara olhou para os três. Dava para ver que, embora eles acompanhassem as palavras, não necessariamente decifravam as emoções. O que ela havia sentido. Principalmente na primeira vez. A sensação de ser deixada para trás.

Aquilo parecia tão pequeno, tão insignificante... Mas, para Clara, fora uma primeira fratura, finíssima.

Na hora, Clara não havia notado. Pensara que talvez Lillian tivesse esquecido. Além disso, ela tinha o direito de sair com outros amigos.

Então, em um fim de semana, Clara combinou de sair com uma nova amiga. E Lillian surtou.

– Ela só foi me perdoar meses depois.

Ela viu a reação de Jean Guy. Uma expressão de repulsa. Pela forma como Lillian a havia tratado ou pela forma como ela tinha lidado com as coisas? Como explicar aquilo a ele? Como explicar a si mesma?

Na época, parecera normal. Ela amava Lillian. E Lillian a amava. Tinha salvado Clara do bullying. Nunca a magoaria. Não de propósito.

Se havia algum ressentimento, era lógico que a culpa era de Clara.

Então tudo se ajeitava. Tudo era perdoado, e Lillian e Clara voltavam a ser amigas. Clara era convidada a retornar ao abrigo que era Lillian.

– Quando você começou a suspeitar? – perguntou Gamache.

– Suspeitar de quê?

– De que Lillian não era sua amiga.

Era a primeira vez que ela ouvia aquelas palavras em alto e bom som. Ditas com tanta clareza, com tanta simplicidade. O relacionamento delas sempre parecera tão complexo, tão tenso... Clara, a carente, a desajeitada. Deixando a amizade cair, quebrar. Lillian, a forte, a autoconfiante. Que perdoava a amiga. Recolhia os cacos.

Até certo dia.

– A gente estava no final do ensino médio. A maioria das garotas brigava por causa de garotos, panelinhas ou mal-entendidos. Ficavam magoadas. Os pais e os professores acham que as salas de aula e os corredores dos colégios estão cheios de alunos, mas não é verdade. Eles estão cheios de sentimentos. Esbarrando uns nos outros. Ferindo uns aos outros. É horrível.

Clara tirou os braços da cadeira Adirondack. Estavam fritando debaixo do sol. Então os cruzou sobre a barriga.

– Estava tudo bem entre mim e Lillian. Fazia tempo que a gente não tinha mais aqueles altos e baixos terríveis. Daí um dia, na aula de artes, o nosso professor preferido elogiou um trabalho que eu tinha feito. Era a única matéria em que eu era realmente boa, a única que me importava, embora eu também me desse bem em inglês e história. Mas arte era a minha paixão. E da Lillian também. A gente vivia trocando ideias. Hoje eu vejo que uma era a musa da outra, mas eu não conhecia esse termo na época. Eu me lembro até do trabalho que o professor elogiou. Era uma cadeira com um passarinho pousado nela.

Clara havia se virado para Lillian, feliz. Louca para encontrar os olhos da amiga. Tinha sido um pequeno elogio. Uma minúscula vitória. Que ela queria dividir com a única pessoa que entenderia.

E foi o que ela fez. Mas. Mas. No segundo que antecedeu o sorriso de Lillian, Clara captou outra coisa. Uma hesitação.

E, logo depois, o sorriso feliz e solidário. Foi tão rápido que Clara quase se convenceu de que era tudo fruto de sua insegurança. De que, mais uma vez, era culpa sua.

Mas agora, olhando para trás, Clara entendia que a fissura havia se alargado. Algumas frestas deixam a luz entrar. Outras deixam as sombras saírem.

Ela tinha dado uma rápida espiada no que havia dentro de Lillian. E não era nada bonito.

– Nós entramos juntas na faculdade de Belas-Artes e começamos a dividir um apartamento. Mas, àquela altura, eu já havia aprendido a minimizar os elogios que recebia pelo meu trabalho. E ficava horas dizendo como o trabalho dela era incrível. E era mesmo. É claro que, como tudo o que a gente fazia, estava em evolução. Estávamos experimentando. Pelo menos, eu estava. Eu meio que entendi que aquele era o objetivo da faculdade. Não fazer tudo certo, mas descobrir novas possibilidades. Arriscar de verdade.

Clara fez uma pausa e olhou para as mãos, seus dedos entrelaçados.

– Lillian não gostou nada disso. As coisas que eu fazia eram esquisitas demais para ela. Ela achava que aquilo refletia nela. Que, por ser minha musa, as pessoas iam pensar que os meus quadros eram sobre ela. E, já que meu trabalho era bizarro, então ela também devia ser – disse Clara, para depois hesitar. – Ela me pediu para parar.

Pela primeira vez ela viu Gamache demonstrar reação. O inspetor-chefe estreitou um pouco os olhos. Depois, a expressão e a postura dele voltaram ao normal. Ficaram neutras. Livres de julgamentos.

Aparentemente.

Ele não disse nada. Só escutou.

– E foi o que eu fiz – disse Clara, a voz e a cabeça baixas, como se falasse com as próprias mãos.

Ela soltou um suspiro exausto e sentiu o corpo murchar.

Fora assim que havia se sentido naquela época. Como se houvesse um pequeno rasgo em seu corpo e ela estivesse murchando.

– Eu disse um milhão de vezes que, embora alguns trabalhos fossem inspirados nela e outros fossem até um tributo à nossa amizade, não eram *ela*. Mas Lillian disse que não importava. Que o que contava era o que os outros pensavam. Que, se eu gostava dela, se era amiga dela, ia parar de fazer aquelas obras de arte estranhas. E tornaria meu trabalho atraente.

Ela fez uma pausa e prosseguiu:

– E foi o que eu fiz. Destruí tudo e comecei a pintar coisas de que as pessoas gostavam.

Clara continuou, sem coragem de encarar as pessoas que a escutavam:

– As minhas notas também melhoraram. E eu me convenci de que aquela era a escolha certa. De que seria errado trocar uma amiga por uma carreira.

Então ela levantou os olhos, encarando o inspetor-chefe. E viu, de novo, a cicatriz profunda em sua têmpora. E o olhar firme e pensativo.

– Parecia um sacrifício pequeno. Daí veio a exposição dos alunos. Eu ia expor alguns trabalhos, mas Lillian não. Em vez disso, ela decidiu escrever um artigo para ganhar créditos na aula de crítica de arte. Ela escreveu uma crítica para o jornal do campus. Elogiou alguns trabalhos de outros alunos, mas esculhambou os meus. Disse que eram ocos, vazios de sentimentos. Seguros.

Clara ainda podia sentir a fúria trêmula, estrondosa, vulcânica.

A amizade delas feita em mil pedacinhos. Irreconhecíveis de tão pequenos. Era impossível consertar.

Mas o que surgiu dos escombros foi uma profunda inimizade. Um ódio. Mútuo, ao que tudo indicava.

Clara se interrompeu, tremendo, mesmo depois de tanto tempo. Peter estendeu o braço, desfez o aperto forte das mãos de Clara e, segurando uma delas, a acariciou.

Como o sol continuava forte, Gamache se levantou e sugeriu com um gesto que eles movessem as cadeiras para a sombra. Clara se ergueu e, lançando um rápido sorriso para Peter, retirou a mão da dele. Cada um pegou sua cadeira e foi até a beira do rio, onde estava mais fresco e sombreado.

– Acho que vamos precisar fazer uma pequena pausa – sugeriu Gamache. – Vocês querem beber alguma coisa?

Clara assentiu, ainda incapaz de falar.

– *Bon* – disse Gamache, olhando para a equipe forense. – Com certeza eles também. Se você puder buscar uns sanduíches no bistrô – pediu a Beauvoir –, Peter e eu vamos providenciar as bebidas.

Peter o conduziu até a porta da cozinha, enquanto Beauvoir ia até o bistrô e Clara vagava na beira do rio, sozinha com os próprios pensamentos.

– Você conhecia Lillian? – perguntou Gamache a Peter quando eles entraram na cozinha.

– Conhecia – respondeu ele, pegando duas jarras grandes e alguns copos, enquanto Gamache se encarregava de tirar a vistosa *pink lemonade* do freezer e colocar o concentrado congelado nas jarras. – Conheci as duas na faculdade.

– O que você achava dela?

Peter contraiu os lábios, pensando.

– Era muito atraente. Animada, eu acho que é essa a palavra. Tinha uma personalidade forte.

– Você se sentia atraído por ela?

Os dois estavam lado a lado, em frente à bancada da cozinha, olhando pela janela. À direita, viam a equipe da Divisão de Homicídios vasculhar a cena do crime e, logo à frente, Clara jogar pedras no rio Bella Bella.

– Tem uma coisa que Clara não sabe – disse Peter, desviando os olhos da esposa e encontrando os de Gamache.

O inspetor-chefe esperou. Podia ver a luta interna de Peter e deixou que o silêncio se estendesse. Melhor esperar alguns minutos pela verdade inteira do que pressioná-lo e correr o risco de obter só metade.

Depois de um tempo, Peter baixou os olhos para a pia e começou a encher as jarras de limonada com água. Em meio ao barulho da água corrente, murmurou alguma coisa.

– Perdão? – disse Gamache, calmo e equilibrado.

– Fui eu quem disse para Lillian que os trabalhos da Clara eram bobos – disse Peter, erguendo a cabeça e a voz.

Estava irritado consigo mesmo por ter feito aquilo e com Gamache por fazê-lo admitir.

– Eu disse que o trabalho da Clara era banal, superficial. A crítica da Lillian foi culpa minha.

Gamache ficou surpreso. Perplexo, na verdade. Quando Peter disse que tinha algo que Clara não sabia, o inspetor-chefe presumira que se tratava de um caso amoroso. Um casinho estudantil entre Peter e Lillian.

Não esperava aquilo.

– Eu fui à exposição dos alunos e vi os trabalhos da Clara – contou Peter. – Eu estava ao lado da Lillian e de alguns outros. Eles estavam rindo, debochando. Daí me viram e perguntaram o que eu achava. Eu tinha começado a sair com a Clara e acho que mesmo naquela época já sabia que era ela quem era boa mesmo. Não estava fingindo ser artista, era uma artista de verdade. Tinha uma alma criativa. Ainda tem.

Peter fez uma pausa. Não costumava falar de almas. Porém, quando pensava em Clara, era isso que lhe vinha à cabeça. Uma alma.

– Não sei o que deu em mim. Às vezes, quando tudo está quieto, eu sinto vontade de gritar. E às vezes, quando estou segurando algo muito delicado, tenho vontade de deixar cair no chão. Não sei por quê.

Ele olhou para o homem grande e silencioso a seu lado. Mas Gamache continuou calado. Ouvindo.

Peter respirou fundo algumas vezes.

– Também acho que queria impressionar eles, e é mais fácil parecer inteligente quando a gente faz uma crítica. Então eu disse algumas besteiras bem desagradáveis sobre a exposição da Clara, e essas coisas acabaram indo parar na crítica da Lillian.

– Clara não faz ideia?

Peter balançou a cabeça.

– Ela e Lillian mal se falaram depois disso, e nós ficamos cada vez mais próximos. Eu até consegui esquecer o que tinha acontecido, ou que aquilo importava. Na verdade, eu me convenci de que tinha feito um favor à Clara. Porque romper com a Lillian fez com que ela ficasse livre para criar a própria arte. Fazer o que ela queria. Realmente experimentar. E olhe onde ela está agora. Em uma exposição individual no Musée.

– Você acha que tem algum crédito nisso?

– Eu a sustentei esses anos todos – argumentou Peter, com uma nota defensiva na voz. – Onde ela estaria sem isso?

– Sem você? – perguntou Gamache, virando-se para encarar o homem zangado. – Não faço ideia. E você?

Peter cerrou os punhos.

– O que aconteceu com Lillian depois da faculdade? – quis saber o inspetor-chefe.

– Ela não era uma grande artista, mas acabou se revelando uma excelente crítica. Conseguiu um trabalho em uma das revistas semanais de Montreal e foi crescendo, até finalmente escrever para o *La Presse*.

Gamache voltou a erguer as sobrancelhas.

– *La Presse*? Eu leio as críticas deles. Não me lembro de ter visto "Lillian Dyson" na assinatura. Ela tinha algum pseudônimo?

– Não – respondeu Peter. – Ela trabalhou lá há muitos anos, décadas atrás, quando todos nós estávamos começando. Deve ter sido há uns vinte anos ou mais.

– E depois?

– Não mantivemos contato – explicou Peter. – Eu só vi Lillian em uma ou outra vernissage, e mesmo assim nós evitávamos falar com ela. Eu e Clara éramos educados quando não havia outro jeito, mas preferíamos ficar longe.

– Mas você sabe o que aconteceu com ela? Você disse que ela já não trabalha no *La Presse* há uns vinte anos. O que ela fazia?

– Ouvi falar que ela se mudou para Nova York. Acho que percebeu que o clima aqui não era adequado para ela.

– Frio demais?

Peter sorriu.

– Não. Por clima, quero dizer o clima artístico. Como crítica, ela não fez muitos amigos.

– Imagino que esse seja o preço que os críticos têm que pagar.

– Acredito que sim.

Mas Peter não parecia convencido.

– O que foi? – pressionou Gamache.

– Existem muitos críticos por aí, e a maioria é respeitada pela comunidade. Eles são justos, construtivos. Poucos são maldosos.

– E Lillian Dyson?

– Ela era maldosa. As críticas dela podiam ser claras, cuidadosas, construtivas e até elogiosas. Mas de vez em quando ela soltava uma bomba. No início, era engraçado, mas foi perdendo a graça quando começou a ficar claro que os alvos dela eram aleatórios; e os ataques, cruéis. Como aquele contra Clara. Injusto.

Gamache notou que Peter já parecia ter se esquecido de seu próprio papel naquilo tudo.

– Ela já escreveu sobre alguma exposição sua?

Peter assentiu.

– Mas ela gostou – disse ele, corando. – Sempre suspeitei que ela escreveu uma crítica elogiosa para mim só para irritar Clara. Na esperança de criar uma barreira entre a gente. Como ela era mesquinha e invejosa, imaginou que Clara também seria.

– E ela não foi?

– A Clara? Não me entenda mal, ela pode ser enlouquecedora. Irritante, impaciente, muitas vezes insegura. Mas sempre fica feliz pelos outros. Feliz por mim.

– E você está feliz por ela?

– Claro que eu estou. Ela merece todo esse sucesso.

Era mentira. Não o fato de ela merecer o sucesso. Isso Gamache sabia ser verdade. Assim como Peter. Mas ambos também sabiam que aquilo estava longe de fazê-lo feliz.

Gamache havia feito aquela pergunta não porque não soubesse a resposta, mas porque queria ver se Peter mentiria para ele.

E ele havia mentido. Se ele mentia sobre isso, sobre o que mais mentiria?

Gamache, Beauvoir e os Morrows se sentaram para almoçar no quintal. Do outro lado dos altos canteiros perenes, a equipe forense bebia limonada e comia uma variedade de sanduíches do bistrô, mas Olivier havia preparado algo especial para Beauvoir levar para os quatro. O inspetor voltou com sopa fria de pepino, hortelã e melão, uma salada de tomates em rodelas e manjericão regada com vinagre balsâmico e salmão *poché* frio.

O cenário idílico de vez em quando era perturbado por um investigador que passava ou que surgia em um dos canteiros próximos.

Gamache posicionara Clara e Peter de costas para a atividade. Só ele e Beauvoir podiam ver o que estava acontecendo, mas o inspetor-chefe percebeu que aquilo era presunção dele. Os Morrows sabiam perfeitamente que a cena gentil que contemplavam (o rio, as últimas flores da primavera, a floresta tranquila) não era o quadro completo.

E, caso tivessem esquecido, a conversa os lembraria.

– Quando foi a última vez que vocês ouviram falar da Lillian? – perguntou Gamache.

O inspetor-chefe pegou uma garfada do salmão rosado e acrescentou um pouco de maionese. Sua voz era suave e tinha um olhar compassivo. O rosto gentil.

Mas Clara não era boba. Gamache podia até ser cortês e delicado, mas ganhava a vida encontrando assassinos. E não se faz isso só sendo legal.

– Há vários anos – respondeu ela.

Clara levou à boca uma colherada da sopa refrescante. E se perguntou se deveria estar com aquela fome toda. Estranhamente, quando pensava que o corpo era de uma mulher anônima, tinha perdido o apetite. Agora que a morta era Lillian, estava faminta.

Ela pegou uma baguete, arrancou um pedaço e passou manteiga.

– Vocês acham que foi intencional? – perguntou ela.

– Que o que foi intencional? – quis saber Beauvoir, remexendo a comida, sem muita fome.

Antes do almoço, ele tinha ido ao banheiro para tomar um analgésico. Não queria que o chefe visse. Não queria que Gamache soubesse que ainda sentia dor, tantos meses depois do tiroteio.

Agora, sob a sombra fresca, sentia a dor diminuir e a tensão se dissipar.

– O que você acha? – perguntou Gamache.

– Não acredito que tenha sido coincidência Lillian ser morta aqui – opinou Clara.

Ela se contorceu na cadeira e viu um movimento por entre as folhas verde-escuras. Agentes tentando juntar as peças e entender o que havia acontecido.

Lillian tinha estado ali. Na noite da festa. E havia sido assassinada.

Aquela parte da história era indiscutível.

Beauvoir observou Clara se remexer na cadeira. Concordava com ela. Aquilo era estranho.

A única versão que parecia fazer sentido era a de que a própria Clara havia matado a mulher. Era a casa dela, a festa dela e a ex-amiga dela. Clara tivera motivação e oportunidade. Mas Beauvoir precisaria de mais não sei quantas pílulas para acreditar que ela era uma assassina – embora soubesse que a maioria das pessoas era capaz de matar. E, ao contrário de Gamache, que acreditava que a bondade existia, sabia que era um estado temporário. Enquanto o sol brilhava e havia salmão *poché* no prato, as pessoas eram boas.

Mas bastava tirar isso delas para ver o que acontecia. Tirar a comida, as cadeiras, as flores, a casa. Os amigos, o cônjuge solidário, a renda, para ver só.

O chefe acreditava que, se você peneirasse bastante o mal, encontraria o bem lá no fundo. Acreditava que o mal tinha seus limites. Beauvoir, não. Para ele, se você peneirasse o bem, encontraria o mal. Sem fronteiras, sem freios, sem limites.

E, todos os dias, o assustava perceber que Gamache não enxergava isso. Que estava cego para isso. Porque era nos pontos cegos que coisas terríveis apareciam.

Alguém havia matado uma mulher a pouco mais de 5 metros de onde eles faziam aquele tranquilo piquenique. De propósito, com as próprias mãos. E, quase com certeza, Lillian Dyson não tinha morrido ali por coincidência. No quintal impecável de Clara Morrow.

– Vocês podem nos passar uma lista dos convidados da vernissage e do churrasco? – pediu Gamache.

– Bom, podemos dizer quem convidamos, mas a lista completa vocês vão ter que pegar com o Musée – respondeu Peter. – Quanto à festa aqui em Three Pines ontem à noite...

Ele olhou para Clara, que abriu um sorriso largo.

– A gente não faz ideia de quem veio – admitiu ela. – O vilarejo inteiro foi convidado e grande parte da região. A gente disse que as pessoas podiam ir e vir quando quisessem.

– Mas vocês disseram que algumas pessoas da vernissage em Montreal também vieram – disse Gamache.

– É verdade – concordou Clara. – Posso dizer quais foram. Vou fazer uma lista.

– Nem todo mundo da vernissage foi convidado? – perguntou Gamache.

Ele e Reine-Marie haviam sido, assim como Beauvoir. Não tinham conseguido comparecer, mas ele presumira que o convite era aberto a todos. Claramente, não era.

– Não. A vernissage é para trabalhar, fazer networking, socializar – explicou Clara. – A gente queria que a festa daqui fosse mais relaxada. Uma celebração.

– É, mas... – disse Peter.

– O quê? – perguntou Clara.

– E André Castonguay?

– Ah, é, ele.

– Da Galerie Castonguay? – perguntou Gamache. – Ele estava lá?

– E aqui – acrescentou Peter.

Clara aquiesceu. Não havia contado a Peter que ele era a única razão para ter convidado Castonguay e outros galeristas para o churrasco. Tinha a esperança de que eles dessem uma chance ao marido.

– Eu realmente chamei alguns figurões – explicou Clara. – E alguns artistas. Foi muito divertido.

Até ela havia curtido. Tinha sido incrível ver Myrna conversar com François Marois e Ruth trocar insultos com alguns amigos artistas bêbados. Ver Billy Williams e os agricultores locais rindo e batendo papo com elegantes galeristas.

E, quando deu meia-noite, todo mundo estava dançando.

Exceto Lillian, que estava estirada no quintal de Clara.

Ding, dong, pensou Clara.

A bruxa está morta.

CINCO

O inspetor-chefe pegou a pilha de jornais dentro da área isolada pela polícia e a entregou a Clara.

– Tenho certeza de que os críticos amaram a exposição – disse ele.

– Por que você não se dedica à crítica de arte em vez de perder tempo com uma profissão tão trivial? – perguntou Clara.

– Concordo, é mesmo uma terrível perda de tempo – respondeu o inspetor-chefe, sorrindo.

– Bom – disse ela, olhando para os jornais –, acho que não posso contar com o aparecimento de outro corpo. Talvez eu tenha que ler isto agora.

Ela olhou em volta. Peter havia entrado, e Clara se perguntou se deveria fazer o mesmo. Ler as críticas longe dali. Em segredo.

Em vez disso, agradeceu Gamache e foi até o bistrô, apertando os jornais pesados contra o peito. Viu Olivier no *terrasse*, servindo bebidas. Monsieur Béliveau estava em uma das mesas, debaixo do guarda-sol azul e branco, bebericando um vermute Cinzano e lendo os jornais de domingo.

Aliás, todas as mesas estavam ocupadas por moradores e amigos, que aproveitavam um preguiçoso brunch domingueiro. Quando Clara entrou, a maioria dos olhos se voltou para ela.

Depois, eles se voltaram para o outro lado.

E ela sentiu uma pontada de raiva. Não daquelas pessoas, mas de Lillian. Que havia feito aquilo com o dia mais importante de sua carreira. Agora, em vez de sorrir, acenar e falar sobre a grande celebração, as pessoas desviavam o olhar. O triunfo de Clara tinha sido roubado, de novo, por Lillian.

Ela fitou o dono da mercearia, monsieur Béliveau, que imediatamente baixou os olhos.

Assim como Clara.

Um instante depois, quando voltou a erguer a vista, ela quase morreu de susto. Olivier estava a poucos centímetros, com dois copos nas mãos.

– Merda – disse ela, soltando o ar.

– *Shandies* – anunciou ele. – Feitos com cerveja *pale ale* e fermentado de gengibre, do jeito que você gosta.

Clara olhou de Olivier para os copos e de novo para ele. Uma brisa leve brincava nos ralos cabelos louros do amigo. Mesmo com um avental envolvendo o corpo esguio, ele ainda parecia sofisticado e descontraído. Mas Clara se lembrou do olhar que os dois tinham trocado quando estavam ajoelhados no corredor do Musée d'Art Contemporain.

– Você é rápido – disse ela.

– Bom, na verdade eram para outra pessoa, mas me pareceu uma emergência.

– É tão óbvio assim? – perguntou Clara, sorrindo.

– Difícil não ser quando um corpo aparece na sua porta. Eu sei bem como é.

– É – concordou Clara. – Você sabe mesmo.

Olivier apontou para o banco na praça e os dois foram até lá. Clara largou no banco os jornais pesados, que se estatelaram com um baque, assim como ela.

Ela aceitou o *shandy* de Olivier, e os dois se sentaram lado a lado, de costas para o bistrô, para as pessoas, para a cena do crime. Para os olhos que a perscrutavam e os olhos que a evitavam.

– Como você está? – perguntou Olivier.

Ele quase havia perguntado se ela estava bem, mas lógico que não estava.

– Não sei dizer. Lillian viva no nosso quintal já teria sido um choque. Ela morta, então, é inconcebível.

– Quem era ela?

– Uma amiga de muito tempo atrás. Mas que já não era amiga. A gente se desentendeu.

Clara não disse mais nada e Olivier não perguntou. Os dois ficaram ali, bebendo os drinques à sombra dos três imensos pinheiros que se elevavam sobre eles e o vilarejo.

– Como foi ver Gamache de novo? – perguntou Clara.

Olivier fez uma pausa e pensou, depois sorriu. Com um jeito de menino brincalhão. De repente, ele pareceu ter bem menos que seus 38 anos.

– Não muito confortável. Você acha que ele percebeu?

– É possível – respondeu Clara, apertando a mão de Olivier. – Você não o perdoou?

– Você perdoaria?

Agora foi a vez de Clara fazer uma pausa. Não para refletir sobre a resposta. Ela já sabia qual era. Mas para pensar se deveria ou não dizer.

– A gente perdoou você – disse ela, por fim, torcendo para que seu tom de voz tivesse sido gentil o suficiente, suave o suficiente.

Para que as palavras não soassem tão mordazes quanto poderiam. Ainda assim, sentiu Olivier se enrijecer, se afastar. Não era algo físico, mas como se emocionalmente ele desse um passo para trás.

– Perdoaram? – disse ele, afinal.

A voz dele também era suave. Não era uma acusação, mas uma surpresa. Como se aquela fosse uma pergunta que ele se fazia todos os dias.

Ele já havia sido perdoado?

É bem verdade que Olivier não havia matado o Eremita. Mas o havia traído. E roubado. Levado tudo o que o recluso delirante havia oferecido. E outras coisas também. Olivier tinha tirado tudo daquele velho frágil. Inclusive a liberdade. Aprisionando-o, com palavras cruéis, na cabana de madeira.

E, no julgamento, quando tudo viera à tona, Olivier tinha visto a expressão deles.

Como se, de repente, olhassem para um estranho. Havia um monstro entre eles.

– O que faz você pensar que a gente não perdoou? – perguntou Clara.

– Bom, Ruth, por exemplo.

– Ah, fala sério – disse Clara, rindo. – Ela sempre te chamou de imbecil.

– É verdade. Mas sabe do que ela me chama agora?

– Do quê? – perguntou ela com um sorriso largo.

– De Olivier.

O sorriso de Clara se dissipou devagar.

– Sabe, eu pensei que nada podia ser pior que a prisão. As humilhações, o horror. É inacreditável como a gente consegue se acostumar com tudo. Agora, aquelas lembranças já estão se apagando. Não, não se apagando, mas agora estão mais na minha cabeça. Não tanto aqui – disse ele, com a mão no peito. – Mas sabe o que não vai embora?

Clara balançou a cabeça e se preparou para o que vinha.

– Diga.

Ela não queria o que Olivier estava oferecendo. Alguma lembrança traumática. De um homem gay na prisão. Um homem bom na prisão. Só Deus sabia como Olivier era falho. Talvez mais que a maioria. No entanto, a punição havia superado, e muito, seu crime.

Clara achava que não ia suportar ouvir a melhor parte de estar na prisão, e agora estava prestes a ouvir a pior. Mas ele precisava falar. E Clara precisava escutar.

– Não é o julgamento, nem mesmo a prisão – contou ele, fitando a amiga com olhos tristes. – Sabe o que me acorda às duas da manhã com um ataque de pânico?

Clara aguardou, sentindo o coração galopar.

– O que aconteceu aqui. Depois que eu fui solto. Quando eu desci do carro com Beauvoir e Gamache. Aquela longa caminhada pela neve até o bistrô.

Clara encarou o amigo, sem entender direito. Como voltar para casa, em Three Pines, poderia ser mais assustador que ser trancafiado atrás das grades?

Ela se lembrava perfeitamente daquele dia. Era uma tarde de domingo, em fevereiro. Mais um dia gelado de inverno. Clara, Myrna, Ruth, Peter e grande parte do vilarejo estavam aconchegados no bistrô, conversando e tomando *café au lait*. Ela estava falando com Myrna quando notou Gabri estranhamente quieto, olhando pela janela. Então também olhou. Algumas crianças patinavam no lago ou jogavam hóquei. Outras brincavam de escorregar, atiravam bolas de neve, construíam fortes. Viu um conhecido Volvo entrar lentamente em Three Pines pela Rue du Moulin. O carro parou perto da praça. Três homens, embrulhados em pesadas parcas, saíram do veículo. Fizeram uma pausa e depois avançaram devagar os poucos passos que os separavam do bistrô.

Gabri tinha se levantado, quase derrubando a caneca de café. Então, enquanto todos os olhos seguiam o olhar dele, o bistrô inteiro ficou em silêncio. Todos observavam as três figuras. Era quase como se os pinheiros da praça tivessem ganhado vida e agora se aproximassem.

Clara não disse nada e esperou Olivier continuar.

– Eu sei que, na verdade, foram só alguns metros – contou ele, afinal. – Mas o bistrô parecia tão longe! Estava um frio congelante, do tipo que atravessa o casaco. Nossas botas mastigavam a neve e faziam um barulho altíssimo, guinchavam, como se a gente estivesse pisando em algum bicho.

Olivier fez uma pausa e estreitou os olhos de novo.

– Eu vi todo mundo lá dentro. Vi as toras queimando na lareira. O gelo nas vidraças.

Enquanto Olivier falava, Clara também via a cena, através dos olhos dele.

– Eu não contei isso nem para o Gabri, não queria que ele se chateasse, que entendesse errado. Quando a gente estava indo para o bistrô, eu quase parei. Quase pedi que eles me levassem para algum outro lugar, qualquer lugar.

– Por quê? – perguntou Clara, quase em um sussurro.

– Porque eu estava apavorado. Nunca tinha sentido tanto medo na vida. Estava com mais medo do que eu tive na prisão.

– Medo de quê?

De novo, Olivier sentiu o frio cortante arranhar seu rosto. Ouviu os pés esmagarem a neve endurecida. E viu o bistrô aconchegante através das janelas maineladas. Os amigos e vizinhos bebendo, conversando. Rindo. O fogo na lareira.

Seguros e aquecidos.

Eles lá dentro. Olivier lá fora, olhando.

E a porta fechada entre ele e tudo o que sempre desejara.

Quase havia desmaiado de pavor e, se tivesse conseguido falar, estava certo de que teria gritado para Gamache levá-lo de volta a Montreal. Largá-lo em algum pulgueiro desconhecido. Onde poderia até não ser aceito, mas ao menos não seria rejeitado.

– Eu estava com medo de vocês não me quererem de volta. De aqui não ser mais o meu lugar.

Olivier suspirou e baixou a cabeça. Olhou para o chão, observando cada folhinha da grama.

– Ah, meu Deus... – disse Clara, largando o *shandy* sobre os jornais, o que fez com que o copo derramasse, encharcando as páginas. – Nunca.

– Tem certeza? – perguntou ele, virando-se para ela, buscando algum conforto na expressão da amiga.

– Claro que sim. A gente realmente superou.

Ele ficou em silêncio por um instante. Os dois viram Ruth deixar o pequeno chalé do outro lado da praça, abrir o portão e ir mancando até o outro banco. Uma vez lá, ela olhou para eles e levantou a mão.

Por favor, pensou Olivier. *Mostre o dedo médio. Diga uma grosseria. Fale que eu sou uma bicha, um viado. Um imbecil.*

– Você pode até dizer isso, mas eu não acho que seja verdade – retrucou ele, observando Ruth, embora falasse com Clara. – Que vocês superaram, digo.

Ruth olhou para Olivier. Hesitou. E acenou.

Olivier fez uma pausa, depois assentiu. Então se virou para Clara e abriu um sorriso cansado.

– Obrigado por me escutar. Se algum dia você quiser falar sobre Lillian, ou sobre qualquer coisa, sabe onde me encontrar.

Ele acenou, não na direção do bistrô, mas de Gabri, que estava ocupado ignorando os clientes enquanto conversava com um amigo. Olivier o observou com um sorriso.

Sim, pensou Clara. *Gabri é a casa dele.*

Ela pegou os jornais empapados e começou a atravessar a praça, quando Olivier a chamou. Clara se virou, e ele a alcançou.

– Aqui. Você derramou o seu – disse ele, entregando o *shandy* à amiga.

– Não, não precisa. Eu bebo alguma coisa na Myrna.

– Por favor – pediu ele.

Ela olhou para o *shandy* pela metade, depois para ele. Para os olhos gentis e suplicantes de Olivier. E pegou o copo.

– *Merci, mon beau Olivier.*

Conforme se aproximava das lojas do vilarejo, ela pensou no que Olivier dissera.

E se perguntou se ele estava certo. Talvez eles não o tivessem perdoado.

Naquele instante, dois homens saíram do bistrô e subiram devagar a Rue du Moulin, em direção ao hotel no topo da colina. Ela se virou para observá-los, surpresa. Por eles estarem ali. E juntos.

Então permitiu que seu olhar vagasse. Até a própria casa. No canto da qual havia uma figura solitária parada. Também observando os homens.

Era o inspetor-chefe Gamache.

GAMACHE OBSERVOU FRANÇOIS MAROIS E André Castonguay subirem lentamente a colina.

Eles não pareciam conversar, mas a atmosfera era amigável. Confortável.

Será que sempre tinha sido assim?, perguntou-se Gamache. Ou teria sido diferente décadas antes, quando ambos eram jovens rebeldes desbravando aquele mercado? Lutando por território, influência e artistas?

Talvez os dois homens sempre tivessem gostado um do outro e se respeitado. Mas Gamache duvidava. Ambos eram poderosos e ambiciosos demais. Tinham um ego imenso. E havia muito em jogo. Podiam ser educados, gentis até, mas com certeza não eram amigos.

No entanto, lá estavam eles, como dois velhos combatentes, subindo a colina juntos.

Enquanto os observava, Gamache sentiu um cheiro familiar. Ao se virar ligeiramente, viu, a seu lado, na esquina da casa de Peter e Clara, um velho e nodoso arbusto de lilases.

Parecia delicado, frágil, mas Gamache sabia que, na verdade, os lilases viviam muito. Sobreviviam a tempestades e secas, invernos rigorosos e geadas tardias. Cresciam e floresciam onde outras plantas aparentemente mais robustas definhavam.

O vilarejo de Three Pines, ele notou, estava pontilhado de lilases. Não os híbridos novos, com várias camadas de pétalas e cores vibrantes, mas plantas de brancos e roxos suaves, como as do quintal de sua avó. Em que época eles teriam sido jovens? Será que os soldados que voltaram de Vimy, Flanders e Passchendaele haviam passado por aqueles mesmos arbustos? Teriam eles inalado aquele perfume e percebido que, finalmente, estavam em casa? Em paz?

Ele olhou para a colina a tempo de ver os dois homens se virarem na entrada do hotel, como se fossem um só, e entrarem.

– Chefe – chamou o inspetor Beauvoir, caminhando até ele vindo do quintal. – A equipe forense já está terminando e Lacoste voltou do bistrô. Como o senhor imaginou, Gabri e Olivier não demoraram nem trinta segundos para anunciar o que aconteceu.

– E?

– E nada. Lacoste disse que todos agiram conforme o esperado. Ficaram curiosos, assustados, preocupados com a própria segurança, mas não pessoalmente afetados. Ninguém parecia conhecer a mulher. Depois disso, Lacoste passou de mesa em mesa descrevendo a vítima e mostrando a foto dela. Ninguém se lembra de tê-la visto na festa.

Gamache ficou decepcionado, mas não surpreso. Estava começando a suspeitar que a intenção inicial nunca fora que a mulher fosse vista. Pelo menos não viva.

– Lacoste está arrumando a sala de investigação na antiga estação ferroviária.

– *Bon* – disse Gamache, começando a atravessar a rua, no que foi acompanhado por Beauvoir. – Talvez a gente deva criar um destacamento permanente lá.

Beauvoir riu.

– Por que o senhor não transfere logo a Divisão de Homicídios inteira para cá? A propósito, encontramos o carro de madame Dyson. Parece que ela mesma veio dirigindo. Está bem ali – disse Beauvoir, apontando para a Rue de Moulin. – Quer ver?

– *Absolument*.

Eles desviaram a rota e subiram a rua de terra, seguindo os passos dos dois homens mais velhos. Do topo da colina Gamache viu um Toyota cinza estacionado uns 100 metros adiante.

– Muito longe da casa dos Morrows e da festa – comentou Gamache, sentindo o calor do sol da tarde brilhar por entre as folhas.

– É verdade. Acho que o lugar estava lotado de carros. Deve ter sido o mais próximo que ela conseguiu chegar.

Gamache aquiesceu devagar.

– O que significa que ela não foi uma das primeiras a aparecer. Ou talvez tenha estacionado longe de propósito.

– Por que ela faria isso?

– Talvez não quisesse ser vista.

– Então por que o vestido vermelho?

Gamache sorriu. Era uma boa questão.

– É muito chato ter um segundo em comando tão inteligente. Saudade dos tempos em que você só ajeitava o topete e concordava comigo.

– E quando foi isso?

– Certo de novo. Vou ficar quieto – disse ele, sorrindo para si mesmo.

Eles pararam ao lado do carro.

– Já foi examinado, revistado e teve amostras e impressões digitais colhidas. Mas eu queria que o senhor desse uma olhada antes de a gente rebocar.

– *Merci.*

Beauvoir destrancou o veículo e o inspetor-chefe se sentou no banco do motorista, empurrando o assento para trás para acomodar seu corpo robusto.

O banco do carona estava coberto por *Cartes Routières du Québec*. Mapas.

Gamache se inclinou e abriu o porta-luvas. Dentro dele havia os típicos objetos que a pessoa acredita que vai usar mas esquece que estão lá. Lenços de papel, elásticos, band-aids, uma pilha AA. E os documentos do carro, como o licenciamento e o cartão do seguro. Gamache os pegou e leu. O carro tinha cinco anos, mas só fora comprado por Lillian Dyson oito meses antes. Ele fechou o porta-luvas e pegou os mapas. Colocou os óculos de leitura meia-lua e examinou os papéis. Estavam dobrados de maneira confusa, daquele jeito aleatório com que as pessoas impacientes lidam com mapas irritantes.

Um era do Quebec inteiro. Não parecia muito útil, a menos que você estivesse planejando uma invasão e só quisesse saber, por alto, onde ficavam as cidades de Montreal e Quebec. O outro era de Les Canton de l'Est. Eastern Townships.

Quando os comprara, Lillian Dyson não tinha como saber, mas aquele mapa também era inútil. Só para ter certeza, Gamache abriu uma página e, onde deveria estar Three Pines, viu apenas o sinuoso rio Bella Bella, colinas e uma floresta. Nada mais. Segundo a cartografia oficial, Three Pines não existia.

Ninguém nunca havia feito um levantamento topográfico daquele pequeno vilarejo. Ou traçado seu lugar em um mapa. Nenhum GPS ou sistema de navegação por satélite, por mais sofisticado que fosse, encontraria Three Pines. O local só aparecia, como que por acidente, quando se chegava à beira da colina. De repente. Só era encontrado por quem se perdia.

Lillian Dyson havia se perdido? Tinha tropeçado em Three Pines e na festa por engano?

Não. Seria coincidência demais. Ela estava vestida para uma festa. Vestida para impressionar. Para ser vista. Notada.

Então por que não havia sido notada?

– O que Lillian estava fazendo aqui? – perguntou ele, quase para si mesmo.

– O senhor acha que ela sabia que era a casa da Clara? – perguntou Beauvoir.

– Eu também me perguntei isso – admitiu Gamache, tirando os óculos de leitura e saindo do carro.

– De qualquer forma – disse Beauvoir –, ela veio.

– Mas como?

– De carro – respondeu o inspetor.

– Sim, essa parte eu sei – pontuou Gamache, com um sorriso. – Mas, uma vez dentro do carro, como ela chegou até aqui?

– Com os mapas? – disse Beauvoir, com infinita paciência.

Porém, ao ver Gamache balançar a cabeça, reconsiderou.

– Não foi com os mapas?

Gamache ficou em silêncio e deixou que Beauvoir encontrasse a resposta sozinho.

– Ela não tinha como achar Three Pines pelos mapas – disse Beauvoir, devagar. – O vilarejo não está neles – concluiu, para depois fazer uma pausa e pensar. – Então como foi que ela chegou até aqui?

Gamache se virou e começou a caminhar de volta para a vila, a passos calculados.

Quando se juntava ao chefe, algo mais ocorreu a Beauvoir.

– Como os outros chegaram? Todo aquele povo de Montreal?

– Clara e Peter mandaram as instruções no convite.

– Bom, o senhor já tem a sua resposta – afirmou Beauvoir. – Ela recebeu essas instruções.

– Mas ela não foi convidada. E, se conseguiu colocar as mãos em um convite e nas instruções, onde eles estão? Não na bolsa dela, não no corpo. Não no carro.

Beauvoir olhou para longe, pensativo.

– Então nem com os mapas, nem com o convite. Como ela encontrou este lugar?

Gamache parou do outro lado do hotel.

– Não sei – admitiu.

Então ele se virou para olhar o hotel. Aquilo já havia sido uma monstruosidade. Um velho casarão apodrecido e apodrecendo mais. Uma mansão vitoriana construída mais de um século antes com a arrogância de alguns e o suor de outros.

Destinada a se destacar acima do vilarejo logo abaixo. Mas, enquanto Three Pines sobrevivera a recessões, depressões e guerras, aquele monstro com torres havia decaído, atraindo apenas tristeza.

Em vez de luxo, o que os moradores viam quando olhavam para cima era uma sombra, um suspiro na colina.

Mas não agora. Agora era um elegante e reluzente hotel campestre.

Mas às vezes, de certos ângulos, sob certa luz, Gamache ainda via a tristeza do lugar. E bem ao anoitecer, sob uma brisa, pensava ouvir o suspiro.

No bolso da camisa, carregava a lista de pessoas de Montreal que Clara e Peter haviam convidado. Será que o nome do assassino estava entre elas?

Ou será que o assassino não era um convidado, mas alguém que já estava lá?

– Olá.

Ao lado de Gamache, Beauvoir deu um pulo. Ele tentava não demonstrar, mas, apesar da reforma, aquele velho casarão ainda lhe dava arrepios.

Dominique Gilbert surgiu ao lado do hotel. Ela usava uma calça de montaria e um capacete de hipismo de veludo preto. Na mão, carregava um chicote de couro. Ou estava saindo para cavalgar, ou prestes a dirigir um curta de Mack Sennett.

Ao reconhecê-los, sorriu e estendeu a mão.

– Inspetor-chefe – disse ela, apertando a mão de Gamache e logo se virando para Beauvoir e repetindo o gesto.

Depois, o sorriso dela desapareceu.

– Então, é verdade essa história do corpo no quintal da Clara?

Ela tirou o chapéu, exibindo os cabelos castanhos colados na cabeça devido à transpiração. Com quase 50 anos, Dominique Gilbert era alta e esbelta. Uma refugiada da cidade, assim como o marido, Marc. Eles haviam feito fortuna e fugido de lá.

Os colegas do banco tinham previsto que os dois não durariam nem um inverno ali. Mas já estavam no segundo ano e não demonstravam nenhum sinal de arrependimento por terem comprado aquela velha ruína e a transformado em um convidativo hotel com spa.

– Infelizmente, é verdade – respondeu Gamache.

– Será que posso usar o telefone? – pediu o inspetor Beauvoir.

Apesar de saber muito bem que o celular não funcionava ali, ele tinha tentado ligar para a equipe forense várias vezes. "*Merde*", havia murmurado, "vir para cá é como voltar para a idade das trevas."

– Fique à vontade – disse ela, apontando para a casa. – O senhor não vai nem precisar dar corda.

Mas o inspetor não entendeu a piada e entrou, ainda tentando o botão de rediscagem do celular.

– Fiquei sabendo que alguns dos convidados da festa se hospedaram aqui ontem à noite – disse Gamache, de pé na varanda.

– Alguns. Uns fizeram reserva, outros apareceram de última hora.

– Um tanto altos?

– Completamente bêbados.

– Ainda estão aqui?

– Eles vêm se arrastando para fora da cama nas últimas horas. O seu agente pediu que eles não saíssem de Three Pines, mas a maioria mal conseguiu sair da cama. Não há o menor risco de saírem correndo. Engatinhando, quem sabe, mas correndo, não.

– Onde está o meu agente? – perguntou Gamache, olhando em volta.

Quando soubera que alguns convidados tinham passado a noite em Three Pines, Gamache instruíra a agente Lacoste a enviar dois agentes juniores. Um para vigiar a pousada, e o outro, o hotel.

– Lá atrás, com os cavalos.

– Sério? – perguntou Gamache. – Vigiando os animais?

– Como o senhor sabe, inspetor-chefe, nossos cavalos também não vão sair correndo daqui.

Ele sabia. Uma das primeiras coisas que Dominique havia feito ao se mudar para lá tinha sido comprar cavalos. Era a realização de um sonho de criança. Mas, em vez de Beleza Negra, Flicka ou Pégaso, ela encontrara quatro animais velhos e inúteis. Arruinados, destinados ao matadouro.

Aliás, um parecia mais um alce que um cavalo.

Mas essa era a natureza dos sonhos. Eles não eram reconhecíveis à primeira vista.

– Eles já estão indo recolher o carro – disse Beauvoir, voltando.

Gamache notou que o inspetor ainda estava com o celular na mão. Como uma chupeta.

– Os convidados mais resistentes pediram para cavalgar – explicou Dominique. – Eu estava indo buscar o grupo. O seu agente disse que tudo bem. No início, ficou inseguro, mas, depois que viu os cavalos, cedeu. Acho que percebeu que ninguém ia conseguir chegar até a fronteira montado neles. Espero não ter encrencado o rapaz.

– De forma alguma – disse Gamache, mas Beauvoir parecia ter outra resposta na ponta da língua.

Enquanto atravessavam o gramado em direção ao estábulo, eles viram pessoas e animais lá dentro. Todos na sombra, silhuetas recortadas e coladas ali.

No meio delas, o contorno de um jovem agente com o uniforme da Sûreté. Esguio. Esquisito, mesmo à distância.

De repente, o inspetor-chefe sentiu o pulso disparar e todo o sangue do corpo correr até o coração. Por um segundo ficou tonto e achou que fosse desmaiar. Suas mãos estavam geladas. Ele se perguntou se Jean Guy Beauvoir havia percebido aquela reação súbita, aquele espasmo inesperado quando outro jovem agente lhe voltou à cabeça. Voltou à vida. Por um instante.

E, em seguida, morreu de novo.

O choque foi tão grande que deixou Gamache completamente atordoado. Suas pernas bambearam, mas, quando o instante passou, ele percebeu que seu corpo ainda se movia para a frente. O rosto ainda parecia relaxado. Nada denunciava o que tinha acabado de acontecer. Aquela dor interna.

Exceto um leve, levíssimo tremor na mão direita, agora fechada com força.

A silhueta do jovem agente se separou do resto e encontrou a luz do sol. Ele se tornou um todo. Com o rosto bonito, ansioso e preocupado, o jovem correu até eles.

– Senhor – disse ele, prestando continência ao inspetor-chefe, que balançou a mão para dispensar o gesto. – Eu vim aqui só para verificar tudo – disse às pressas o agente. – Para ter certeza de que eles podiam sair para cavalgar. Não quis deixar a entrada desprotegida.

O jovem agente não conhecia o inspetor-chefe. Obviamente, tinha visto Gamache de longe. Assim como grande parte da província. Em programas de TV, entrevistas e fotos de jornais. No cortejo fúnebre televisionado dos agentes que haviam morrido sob o comando de Gamache, apenas seis meses antes.

O agente até havia assistido a uma das palestras do chefe na academia de polícia.

Mas agora, ao olhar para o inspetor-chefe, todas as outras imagens tinham desaparecido. Substituídas por um vídeo vazado na internet daquela ação policial em que tantos haviam morrido. Era difícil ver Gamache agora, com aquela cicatriz irregular, sem se lembrar do vídeo.

Mas lá estava o homem em pessoa. O famoso chefe da famosa Divisão de Homicídios. Tão perto que o jovem agente podia até sentir o perfume dele. Um leve aroma de sândalo e algo mais. Água de rosas. O agente fitou os olhos castanho-escuros de Gamache e percebeu que eram diferentes de tudo o que havia visto. Ele já havia sido encarado por muitos oficiais experientes. Na verdade, todo mundo era mais experiente que ele. No entanto, nunca tivera uma experiência como aquela.

O olhar do inspetor-chefe era inteligente, pensativo e perscrutador.

Enquanto, bem no fundo, os olhos dos outros eram cínicos e críticos, os do inspetor-chefe eram outra coisa.

Gentis.

Agora, finalmente se via cara a cara com aquele homem famoso, e logo onde? Em um estábulo. Cheirando a estrume e dando cenouras para uma criatura que parecia um alce. Selando cavalos para suspeitos de assassinato.

Ele aguardou a chegada da cólera. Da reprimenda curta e grossa.

Em vez disso, o inspetor-chefe Gamache fez o impensável.

Estendeu a mão.

O jovem agente o encarou por um instante. E notou um leve, levíssimo tremor. Então segurou a mão e a sentiu forte e firme.

– Inspetor-chefe Gamache – apresentou-se o homem grande.

– *Oui, patron*. Agente Yves Rousseau, do destacamento de Cowansville.

– Tudo calmo por aqui?

– Sim, senhor. Desculpe. Eu não devia ter permitido que eles fossem cavalgar.

Gamache sorriu.

– Você não poderia impedir. Além disso, acho que eles não vão muito longe.

Os três policiais da Sûreté olharam para Dominique e outras duas mulheres, cada uma conduzindo um cavalo para fora do estábulo.

Gamache voltou a encarar o agente à sua frente. Jovem, ansioso.

– Você pegou o nome e o endereço deles?

– Sim, senhor. E conferi com a identidade. Tenho os dados de todo mundo.

Ele desabotoou o bolso para pegar um caderninho.

– Talvez seja melhor entregar isso para a agente Lacoste, na sala de investigação – disse Gamache.

– Certo – concordou Rousseau, anotando as palavras do chefe.

Jean Guy Beauvoir gemeu por dentro. *Lá vai ele de novo*, pensou. *Convidar esse garoto para participar da investigação. Será que ele não aprende nunca?*

Armand Gamache sorriu e assentiu para o agente Rousseau, depois se virou e caminhou de volta para o hotel, deixando dois homens surpresos atrás de si. Rousseau, por ter sido tratado com tanta gentileza, e Beauvoir, por Gamache não ter feito o que havia feito em praticamente todas as outras investigações: convidar um dos jovens agentes locais para se juntar à equipe.

Beauvoir sabia que deveria estar feliz. Aliviado.

Então por que se sentia tão triste?

UMA VEZ DENTRO DO HOTEL, Gamache voltou a se impressionar com a transformação do espaço. Moderno e calmo. A velha ruína vitoriana havia passado por uma cuidadosa reforma. Os vitrais tinham sido limpos e restaurados, e o sol brilhava como esmeraldas, rubis e safiras nos azulejos brancos e pretos polidos do saguão de entrada circular.

No fundo do saguão havia uma larga escadaria de mogno em espiral. E no meio, em cima de uma reluzente mesa de madeira, havia um imenso arranjo de lilases, selos-de-salomão e ramos de macieira.

O lugar era fresco, leve e acolhedor.

– Posso ajudar? – perguntou uma jovem recepcionista.

– Nós queremos falar com dois dos seus hóspedes. Senhores Marois e Castonguay.

– Eles estão na sala de estar – respondeu ela, sorrindo, antes de conduzi-los para a direita.

Os dois policiais da Sûreté sabiam perfeitamente onde ficava a sala, já que haviam estado ali muitas vezes. Mas deixaram que a recepcionista fizesse seu trabalho.

Depois de oferecer café aos dois, que recusaram, a moça os deixou na porta da sala de estar. Gamache examinou o ambiente. Também era amplo e claro, com janelas do chão ao teto que davam para o vilarejo logo abaixo. Havia toras na lareira, que não estava acesa, além de vasos de flores nas mesinhas laterais. O lugar tinha móveis modernos, porém com design e detalhes tradicionais. Haviam feito um bom trabalho ao trazer aquela velha e grandiosa ruína para o século XXI.

– *Bonjour* – disse François Marois, levantando-se de uma das poltronas Eames e largando um exemplar do *Le Devoir*.

De sua poltrona alta, André Castonguay desviou os olhos do *New York Times*. Ao ver os dois policiais na sala, também se levantou.

Gamache, é claro, já conhecia monsieur Marois da conversa que tiveram na vernissage da noite anterior. Mas o outro homem era um desconhecido, do qual conhecia apenas a reputação. Castonguay ficou de pé, e Gamache viu um homem alto, talvez só um pouco cansado após a comemoração da noite anterior. Tinha o rosto inchado e vermelho, devido a minúsculos vasinhos rompidos no nariz e nas bochechas.

– Não esperava ver o senhor aqui – disse Gamache, avançando e apertando a mão de Marois como se eles fossem apenas dois hóspedes daquele hotel.

– Nem eu – disse Marois. – André, este é o inspetor-chefe Gamache, da Sûreté du Québec. O senhor já conhece meu colega André Castonguay?

– Só pela reputação. Excelente reputação, aliás. A Galerie Castonguay é famosa. O senhor representa grandes artistas.

– Que bom que acha isso, inspetor-chefe – disse Castonguay.

Beauvoir foi apresentado. Irritado, o inspetor logo antipatizou com o homem. Na verdade, já não havia gostado dele antes mesmo daquela declaração desdenhosa feita ao chefe. Todo mundo que tivesse uma galeria de arte sofisticada era suspeito – de arrogância, se não de assassinato. Jean Guy Beauvoir tinha pouquíssima tolerância para ambos.

Mas Gamache não parecia incomodado. Aliás, parecia quase satisfeito com a resposta de André Castonguay. E Beauvoir percebeu outra coisa.

Castonguay estava começando a relaxar, a se sentir mais seguro. Ele havia provocado aquele policial, mas não tinha sido provocado de volta. Estava claro que se sentia superior.

Beauvoir sorriu de leve, com a cabeça baixa para que Castonguay não visse.

– O seu agente anotou nosso nome e endereço – disse o galerista, sentando-se na poltrona alta ao lado da lareira. – O endereço pessoal e o profissional. Isso significa que somos suspeitos?

– *Mais, non, monsieur* – respondeu Gamache, sentando-se no sofá à frente dele.

Beauvoir ficou de pé ao lado, e monsieur Marois encontrou um lugar perto da lareira.

– Espero não estar incomodando os senhores – continuou o inspetor-chefe.

Gamache parecia preocupado, até pesaroso. Castonguay relaxou ainda mais. Era óbvio que estava acostumado a dar o tom da conversa. A conseguir o queria.

Jean Guy Beauvoir observou o inspetor-chefe, que procurava dar a impressão de se submeter a Castonguay. De se curvar diante de uma personalidade mais forte. Não exatamente hesitante. Ficaria na cara que era fingimento. Mas como se cedesse espaço.

– *Bon* – disse Castonguay. – Que bom que nos entendemos. O senhor não está incomodando. De qualquer forma, nós estávamos planejando ficar por aqui alguns dias.

Nós, pensou Beauvoir, e olhou para François Marois. Os dois deviam ter quase a mesma idade, deduziu. Os cabelos de Castonguay eram grossos e brancos. Marois era calvo, com cabelos grisalhos e bem aparados. Ambos estavam bem-vestidos e arrumados.

– Este é o meu cartão, inspetor-chefe – disse Castonguay, entregando um cartão de visitas a Gamache.

– O senhor é especialista em arte moderna? – perguntou ele, cruzando as pernas como alguém que se preparava para uma conversa agradável.

Beauvoir, que conhecia o chefe melhor do que ninguém, observava aquilo com interesse, até se divertia. Gamache procurava agradar Castonguay. E a estratégia estava funcionando. Era nítido que, para ele, o inspetor-chefe Gamache estava apenas um passo à frente dos animais. Uma criatura que tinha evoluído a ponto de caminhar de pé, mas que não tinha o lobo frontal muito desenvolvido. Beauvoir podia imaginar o que Castonguay pensava dele. O elo perdido, se tanto.

Teve vontade de dizer algo inteligente, esperto ou instruído. Ou, na falta disso, alguma coisa tão chocante, tão grosseira que aquele homem seboso entenderia que não estava no controle de nada.

Mas, com algum esforço, manteve a boca fechada. Principalmente porque não conseguia pensar em nada muito inteligente para falar sobre arte.

Agora, Castonguay e o inspetor-chefe debatiam tendências de arte moderna. Castonguay fazia uma palestra e Gamache ouvia como se estivesse em êxtase.

E François Marois?

Jean Guy Beauvoir quase se esquecera dele, de tão quieto que estava. Mas, agora, os olhos do inspetor se voltavam para o homem. E percebeu que aquele galerista quieto e idoso também estava observando. Mas não Castonguay.

François Marois estava observando o inspetor-chefe Gamache. Analisando. Atentamente. Então voltou os olhos para Beauvoir. Aquele não era um olhar frio. Era claro e penetrante.

E congelou o sangue do inspetor.

O tema da conversa entre o inspetor-chefe e Castonguay agora mudara sutilmente para o assassinato.

— Terrível — comentou Castonguay, como se expressasse um sentimento único e perspicaz.

— Terrível — concordou Gamache, inclinando-se para a frente. — Nós temos algumas fotos da mulher assassinada. Os senhores se importariam de dar uma olhada?

Beauvoir entregou as imagens a François Marois primeiro. Ele as olhou e então as passou a André Castonguay.

— Infelizmente, não a conheço — disse Castonguay.

Com um pouco de má vontade, Beauvoir deu crédito ao homem, que conseguiu parecer triste ao ver a mulher morta.

— Quem era ela? — perguntou Castonguay.

– Monsieur Marois? – perguntou Gamache, virando-se para o outro homem.

– Não, infelizmente, também não me é familiar. Ela estava na festa?

– É isso que estamos tentando descobrir. Algum dos senhores viu esta mulher lá? Como uma das fotos mostra, ela estava usando um vestido vermelho bem chamativo.

Os dois homens se entreolharam, mas balançaram a cabeça.

– *Désolé* – disse Castonguay. – Mas eu passei a noite conversando com amigos que não vejo muito. Talvez ela estivesse lá e eu é que não tenha visto. Quem era ela? – perguntou de novo.

As fotos foram devolvidas a Beauvoir.

– O nome dela era Lillian Dyson.

Não houve reação ao nome.

– Era artista? – quis saber Castonguay.

– Por que a pergunta? – disse Gamache.

– Vestido vermelho. Extravagante. Artistas ou parecem mendigos, mal tomam banho, estão sempre bêbados e imundos, ou são, bom, isso aí – opinou ele, apontando para as fotos nas mãos de Beauvoir. – Espalhafatosos. Exagerados. Como se gritassem: *Olhem para mim!* Os dois tipos são bem cansativos.

– O senhor não parece gostar muito de artistas – observou Gamache.

– Não gosto mesmo. Gosto do produto, não da pessoa. Artistas são carentes, um monte de doidos que ocupam espaço e tempo demais. Exaustivos. Como bebês.

– Mas, se eu não me engano, você já foi um deles – comentou François Marois.

Os agentes da Sûreté olharam para o homem quieto perto da lareira. Aquilo no rosto dele era um sorriso de satisfação?

– Fui. Mas era lúcido demais para fazer sucesso.

Marois riu, e Castonguay pareceu irritado. Não tinha sido uma brincadeira.

– O senhor estava na vernissage ontem à noite no Musée, monsieur Castonguay? – perguntou Gamache.

– Estava. A curadora-chefe me convidou. E, é claro, Vanessa é uma grande amiga. Nós jantamos juntos quando vou a Londres.

– Vanessa Destin Browne? Que está à frente da Tate Modern? – perguntou Gamache, aparentemente impressionado. – Ela estava lá ontem à noite?

– Ah, sim, lá e aqui. Nós tivemos uma longa discussão sobre o futuro da arte figurativa...

– Mas ela não ficou? Ou ainda está aqui no hotel?

– Não, ela saiu cedo. Imagino que hambúrgueres e violino popular não façam o estilo dela.

– Fazem o seu?

Beauvoir se perguntou se André Castonguay tinha percebido que a maré havia virado.

– Geralmente não, mas eu queria conversar com algumas pessoas aqui.

– Quem?

– *Pardon?*

O inspetor-chefe Gamache continuava sendo cordial, cortês. Mas estava claramente no comando. Como sempre estivera.

Mais uma vez, Beauvoir olhou para François Marois. Suspeitava que aquela mudança não o havia surpreendido.

– Com quem exatamente o senhor queria conversar na festa? – perguntou Gamache, paciente, claro.

– Bom, com Clara Morrow, em primeiro lugar. Eu queria parabenizar Clara pelos trabalhos dela.

– Com quem mais?

– Isso é particular – rebateu Castonguay.

Agora ele havia notado, pensou Beauvoir. Mas já era tarde. O inspetor-chefe Gamache era a maré, e André Castonguay, um mero graveto. A única coisa que podia fazer era tentar boiar.

– Pode ser importante, monsieur. E, se não for, prometo que vai ficar entre nós.

– Bom, eu queria abordar Peter Morrow. Ele é um grande artista.

– Mas não tão bom quanto a esposa.

François Marois falou em voz baixa. Não muito mais que um sussurro. Mesmo assim, todos se voltaram para ele.

– O trabalho dela é tão bom assim? – perguntou o inspetor-chefe.

Marois encarou Gamache por um instante.

– Vou ter o maior prazer em responder, mas estou curioso para saber a sua opinião. O senhor estava na vernissage. E foi o senhor quem chamou a atenção para aquele retrato notável da Virgem Maria.

– De quem? – perguntou Castonguay. – Não tinha nenhuma pintura da Virgem Maria.

– Tinha, sim, se você olhasse bem – assegurou Marois, antes de se voltar para o inspetor-chefe. – O senhor era uma das únicas pessoas ali que realmente estavam prestando atenção no trabalho dela.

– Como eu mencionei ontem, Clara e Peter Morrow são meus amigos – disse Gamache.

A afirmação produziu uma expressão de surpresa e suspeita no rosto de Castonguay.

– Isso é permitido? Então o senhor está investigando seus amigos pelo crime de assassinato, n'est-ce pas?

Beauvoir deu um passo à frente.

– Caso o senhor não saiba, o inspetor-chefe Gamache...

Mas o chefe ergueu a mão, e Beauvoir conseguiu se conter.

– É uma pergunta justa – disse Gamache, virando-se para Castonguay. – Eles são meus amigos e, sim, também suspeitos. Aliás, tenho vários amigos neste vilarejo, e todos são suspeitos. Sei que isso pode ser visto como uma desvantagem, mas o fato é que eu conheço essas pessoas. Muito bem. Quem melhor para encontrar um assassino entre eles do que alguém que conhece as fraquezas, os pontos cegos e os medos deles? Agora – prosseguiu Gamache, inclinando-se para a frente, na direção de Castonguay –, se o senhor está pensando que eu posso encontrar o assassino e deixá-lo escapar...

As palavras eram amigáveis, havia até um leve sorriso no rosto do inspetor-chefe. Mas nem André Castonguay deixaria de notar a gravidade na voz e nos olhos dele.

– Não. Eu não acredito que o senhor faria isso.

– Que bom – concluiu Gamache, voltando a se recostar no assento.

Beauvoir encarou Castonguay por mais um instante, para ter certeza de que ele não desafiaria o chefe de novo. Gamache podia achar natural e até saudável ser desafiado, mas Beauvoir discordava.

– Você está errado sobre o trabalho dessa tal Morrow, sabe? – afirmou Castonguay, emburrado. – São só um monte de retratos de velhas. Não tem nada novo ali.

– É tudo novo, se você enxergar além da superfície – disse Marois, sentando-se na poltrona alta ao lado de Castonguay. – Olhe de novo, *mon ami*.

Mas estava muito claro que aqueles dois não eram amigos. Talvez não fossem inimigos, mas dificilmente almoçariam juntos no Leméac ou tomariam um drinque no L'Express, em Montreal.

Não. Castonguay, talvez, mas não Marois.

– E o que o senhor faz aqui? – perguntou Gamache a Marois.

Não parecia haver nenhuma disputa por poder entre os dois. Não havia necessidade. Ambos eram seguros de si.

– Eu sou marchand, não galerista. Como disse ontem, a curadora me deu um catálogo da exposição e eu fiquei impressionado com os trabalhos de madame Morrow. Queria ver os quadros pessoalmente. E – acrescentou, com um sorriso triste –, infelizmente, mesmo na minha idade, ainda sou um romântico.

– O senhor está admitindo que tem uma queda por Clara Morrow? – perguntou Gamache.

François Marois riu.

– Não exatamente, embora seja difícil não gostar de Clara depois de ver os trabalhos dela. É mais um estado filosófico, o meu romantismo.

– Como assim?

– Eu amo o fato de uma artista ser arrancada da obscuridade e descoberta com quase 50 anos. Que artista não sonha com isso? Que artista não acredita, todas as manhãs, que isso vai acontecer antes de ele voltar para a cama? Lembra-se de Magritte, o pintor belga?

– *Ceci n'est pas une pipe*? – perguntou Gamache, deixando Beauvoir completamente confuso.

Ele torceu para que o chefe não houvesse tido uma convulsão e desatado a falar coisas sem sentido.

– Esse mesmo. Ele trabalhou duro por anos, décadas. Vivia praticamente na miséria. Conseguia se sustentar falsificando Picassos e cédulas de dinheiro. Quando se dedicava ao próprio trabalho, não só era ignorado pelas galerias e pelos colecionadores, como ridicularizado pelos outros artistas, que o consideravam maluco. Veja bem, quando até os outros artistas acham que você é doido, é porque a coisa está feia.

Gamache riu.

– E ele era?

– Bom, talvez. Já viu os trabalhos dele?

– Já. Eu gosto, mas não sei o que ia achar se não tivessem me dito que são geniais.

– Exatamente – disse Marois, de repente inclinando-se para a frente, animado como Beauvoir não o vira até então. Quase agitado. – É por isso que, no meu trabalho, todos os dias são Natal. Se todo artista acorda acreditando que aquele é o dia em que descobrirão que ele é um gênio, todo marchand acorda acreditando que aquele é o dia em que vai descobrir um gênio.

– E quem vai saber?

– É o que torna tudo tão emocionante.

Beauvoir percebeu que o homem não estava fingindo. Os olhos dele brilhavam e as mãos gesticulavam, não loucamente, mas com entusiasmo.

– O portfólio que eu considero brilhante outra pessoa pode achar fraco, lugar-comum. Veja só as nossas reações aos quadros da Clara.

– Ainda acho que eles não têm nada de interessante – afirmou Castonguay.

– E eu acho que têm, e quem vai saber qual de nós está certo? É isso que enlouquece tanto os galeristas quanto os marchands. É tão subjetivo...

– Eu acho que eles já nascem loucos – murmurou Castonguay, e Beauvoir teve que concordar.

– Então isso explica a sua presença na vernissage – disse Gamache. – Mas por que vir até Three Pines?

Marois hesitou. Pensava o que responder, sem nem ao menos tentar esconder a indecisão.

Gamache esperou. Beauvoir, de caderninho e caneta em punho, começou a desenhar. Um boneco de palito e um cavalo. Ou talvez fosse um alce. Da poltrona alta vinha o som pesado da respiração de Castonguay.

– Um tempo atrás, eu tive um cliente. Morreu há vários anos. Era um homem adorável. Um artista comercial, mas bastante criativo, excelente. A casa dele era cheia de pinturas maravilhosas. Quando descobri esse artista, ele já era um tanto velho, embora, pensando agora, fosse mais novo do que sou hoje.

Marois sorriu, assim como Gamache. Ele conhecia aquele sentimento.

– Ele foi um dos meus primeiros clientes e se saiu muito bem. Estava muito entusiasmado, assim como a esposa dele. Um dia, ele me pediu um favor. Para incluir alguns trabalhos da esposa na exposição seguinte. Eu fui educado, mas disse não. Só que o homem foi muito insistente, o que não era do feitio dele. Eu não conhecia a mulher muito bem e nunca tinha visto o trabalho dela. Suspeitei que o estivesse pressionando. Mas, como eu vi o quanto era importante para ele, acabei cedendo. Dei um canto qualquer da galeria para ela.

Ele fez uma pausa.

– Hoje não me orgulho muito disso. Eu devia tê-la tratado com respeito ou dito não e ponto. Mas eu era jovem e ainda tinha muito o que aprender.

Ele suspirou.

– A primeira vez que eu vi o trabalho dela foi na noite da vernissage. Entrei na galeria e vi todo mundo se aglomerando naquele canto. Os senhores podem imaginar o que aconteceu.

– Todos os quadros dela foram vendidos – adivinhou Gamache.

Marois assentiu.

– Todos eles, e as pessoas ainda compraram outros que ela tinha em casa, sem nunca terem visto. Teve até uma guerra de lances por vários deles. Meu cliente era um artista talentoso. Mas ela era melhor. Muito melhor. Um achado incrível. Uma verdadeira orelha de Van Gogh.

– *Pardon?* – perguntou Gamache. – Uma o quê?

– E o que o velho fez? – interrompeu Castonguay, agora prestando atenção. – Ele deve ter ficado furioso.

– Não. Era um homem adorável. Ele me ensinou a ser generoso. E foi generoso nessa ocasião. Mas o que eu nunca vou esquecer foi a reação dela.

Ele ficou em silêncio por um instante, claramente vendo de novo os dois artistas idosos à sua frente.

– Ela deixou de pintar. Não só nunca mais expôs como nunca mais pintou de novo. Ela viu a dor que tinha causado nele, embora o marido tenha disfarçado muito bem. A felicidade dele era mais importante para a mulher do que a dela mesma. Do que a arte dela.

O inspetor-chefe Gamache sabia que aquilo era para ser uma história de amor. De sacrifício, de escolhas altruístas. Mas, para ele, era uma tragédia.

– É por isso que o senhor está aqui? – perguntou Gamache ao marchand.

Marois assentiu.

– Por medo.

– De quê? – demandou Castonguay, perdendo o fio da meada mais uma vez.

– Você não viu como Clara Morrow estava olhando para o marido ontem? – perguntou Marois.

– E ele para ela – acrescentou Gamache.

Os dois se entreolharam.

– Só que Clara não é aquela mulher – lembrou o inspetor-chefe.

– É verdade – admitiu François Marois. – Mas Peter Morrow também não é o meu antigo cliente.

– O senhor acha mesmo que Clara deixaria de pintar? – perguntou Gamache.

– Para salvar o casamento? Para salvar o marido? – perguntou Marois. – A maioria das pessoas não faria isso, mas a mulher que criou aquelas obras talvez fizesse.

Armand Gamache nunca havia considerado aquela possibilidade, mas, agora que pensava nela, percebia que François Marois talvez tivesse razão.

– Ainda assim – disse ele –, o que o senhor poderia fazer a respeito?

– Bom – prosseguiu Marois –, não muito. Mas queria pelo menos ver onde ela se escondeu esses anos todos. Estava curioso.

– Só isso?

– O senhor nunca quis visitar Giverny só para ver onde Monet pintava, ou ir até o estúdio de Winslow Homer, em Prouts Neck? Ou conhecer o lugar onde Shakespeare e Victor Hugo escreviam?

– Tem razão – admitiu Gamache. – Madame Gamache e eu visitamos a casa de vários dos nossos artistas, escritores e poetas preferidos.

– Por quê?

Gamache parou para refletir.

– Porque são lugares mágicos.

André Castonguay riu, soltando o ar pelo nariz. Beauvoir se irritou, constrangido pelo inspetor-chefe. Era uma resposta ridícula. Talvez até fraca. Admitir para um suspeito de assassinato que acreditava em magia.

Mas Marois ficou em silêncio, observando o inspetor-chefe. Finalmente, o marchand assentiu, de leve e devagar. Ou talvez aquilo tivesse sido apenas um pequeno tremor, pensou Beauvoir.

– *C'est ça* – disse Marois, afinal. – Mágica. Eu não planejei ficar, mas, quando vi os trabalhos de Clara na vernissage, quis conhecer o lugar onde ela criou toda aquela mágica.

Por mais alguns minutos, os dois responderam sobre seus movimentos. Quem haviam visto, com quem tinham falado. Mas, assim como as ações de todos os outros, as deles não tinham nada de especial.

Gamache e Beauvoir deixaram os homens sentados na luminosa sala de estar do hotel e foram procurar outros hóspedes. Em uma hora haviam interrogado todos eles.

Ninguém conhecia a vítima. Ninguém tinha visto nada suspeito ou útil.

Enquanto desciam a colina para Three Pines, Gamache pensou nos interrogatórios e no que François Marois dissera.

Porém em Three Pines havia mais do que mágica. Algo monstruoso tinha perambulado pela praça, comido a comida deles e dançado entre eles. Algo sombrio havia se juntado à festa naquela noite.

Não para trazer mágica, mas morte.

SEIS

Pela janela da livraria, Myrna viu Armand Gamache e Jean Guy Beauvoir descendo a rua de terra até o vilarejo.

Depois se virou para as prateleiras de madeira de sua livraria, repletas de livros novos e usados, e para as tábuas largas de pinho no chão. No sofá ao lado da janela, de frente para o fogão a lenha, estava Clara.

Ela havia chegado alguns minutos antes, apertando a pilha de jornais contra o peito como uma imigrante em Ellis Island agarrada a um objeto roto e precioso.

Myrna se perguntou se o que Clara segurava era de fato tão importante.

Não tinha nenhuma ilusão. Sabia exatamente o que havia naqueles jornais. O julgamento dos outros. As visões do mundo exterior. O que eles tinham enxergado quando viram as obras de arte de Clara.

E Myrna sabia ainda mais. Sabia o que aquelas páginas encharcadas de cerveja diziam.

Também havia acordado cedo naquela manhã, arrastado o traseiro cansado para fora da cama e carregado o corpo pesado até o banheiro. Havia tomado banho, escovado os dentes e vestido roupas limpas. E, à luz do novo dia, entrara no carro e dirigira até Knowlton.

Para comprar os jornais. Podia ter simplesmente baixado os artigos de vários sites, mas, se Clara queria ler as críticas no papel, Myrna também queria.

Ela não ligava para o que o mundo via na arte de Clara. Sabia que ela era genial.

Mas ligava para Clara.

E agora a amiga parecia um caroço no meio do sofá, e Myrna se sentou na poltrona diante dela.

– Cerveja? – ofereceu, apontando para a pilha de jornais.

– Não, obrigada – respondeu Clara, sorrindo. – Eu já tenho uma – debochou, apontando para o peito molhado.

– Você é o sonho de todos os homens – comentou Myrna, com uma risada. – Finalmente uma mulher feita só de cerveja e croissants.

– Um sonho molhado, sem dúvida – concordou Clara, sorrindo.

– Você já conseguiu ler?

Myrna não precisava apontar de novo para os jornais fedidos, ambas sabiam do que ela estava falando.

– Não. Sempre acontece alguma coisa.

– Alguma coisa? – perguntou Myrna.

– Aquele corpo desgraçado – disse Clara, mas depois tentou se conter. – Meu Deus, Myrna, não sei o que tem de errado comigo. Eu devia estar chateada, arrasada com o que aconteceu. Devia me sentir péssima pela Lillian, mas sabe no que eu não paro de pensar? A única coisa em que penso sem parar?

– Ela estragou o seu grande dia.

Era uma afirmação. E verdadeira. Ela havia estragado mesmo. Era preciso admitir, no entanto, que Lillian tampouco tivera um grande dia. Mas essa discussão viria depois.

Clara observou Myrna, procurando a expressão de censura.

– O que tem de errado comigo?

– Não tem nada de errado com você – respondeu Myrna, inclinando-se na direção da amiga. – Eu sentiria a mesma coisa. Todo mundo. Talvez a gente só não admitisse – comentou, sorrindo. – Se fosse eu lá no seu quintal...

Mas Myrna não terminou a frase. Clara a interrompeu, enérgica:

– Nem pense uma coisa dessas.

Clara realmente pareceu assustada, como se dizer aquilo aumentasse as chances de acontecer, como se o deus em que acreditava agisse assim. Mas Myrna sabia que nem o deus de Clara nem o dela eram tão mesquinhos e caóticos para dar ouvidos a sugestões ridículas como aquelas, ou mesmo precisar delas.

– Se fosse eu – continuou Myrna –, você ia se importar.

– Ai, meu Deus, eu nunca ia me recuperar.

– Estes jornais não seriam tão importantes – disse Myrna.

– Não mesmo. Nunca.

– Se fosse Gabri, Peter ou Ruth...

As duas se calaram. Talvez tivessem ido longe demais.

– Enfim... – prosseguiu Myrna. – Até se fosse um completo desconhecido, você ia se importar.

Clara aquiesceu.

– Mas Lillian não era uma desconhecida.

– Bem que eu queria que fosse – admitiu Clara, em voz baixa. – Queria que a gente nunca tivesse se conhecido.

– O que ela era? – quis saber Myrna.

Ela tinha ouvido a história por alto, mas agora queria saber dos detalhes.

E Clara contou tudo. Sobre a menina e a adolescente Lillian. Sobre a mulher de 20 e poucos. À medida que Clara avançava na história, sua voz se tornava cada vez mais baixa e arrastada, como se ela proferisse as palavras com dificuldade.

Então ela parou, e Myrna ficou em silêncio por um instante, encarando a amiga.

– Ela devia ser uma vampira emocional – opinou Myrna por fim.

– O quê?

– Conheci alguns na minha carreira. Eles sugam os outros até secar. Todo mundo conhece pessoas assim. Depois que a gente sai de perto delas, se sente drenada, sem nenhuma razão aparente.

Clara assentiu. Ela conhecia alguns vampiros, mas não em Three Pines. Nem mesmo Ruth. Aquela lá só drenava o armário de bebidas. Mas Clara, estranhamente, sempre se sentia renovada, revigorada após as visitas da velha poeta doida.

Porém havia pessoas que tinham sugado sua alma.

Lillian era uma delas.

– Mas não foi sempre assim – contou Clara, tentando ser justa. – Houve um tempo em que ela era minha amiga.

– Geralmente é assim – concordou Myrna. – Como o sapo na panela de água fervente.

Clara não sabia ao certo o que responder. Elas ainda estavam falando de Lillian, ou de alguma forma haviam desviado a conversa para algum programa de culinária francesa?

– Você quer dizer a vampira emocional na panela? – perguntou Clara, proferindo uma frase que tinha certeza de que nunca fora dita por outro ser humano.

Ou, pelo menos, assim esperava.

Myrna riu, se reclinou na poltrona e colocou as pernas no pufe.

– Não, querida. Lillian é a vampira emocional. Você é o sapo.

– Parece um conto dos irmãos Grimm que não deu certo. "O sapo e a vampira emocional".

As duas ficaram em silêncio, imaginando as ilustrações.

Myrna foi a primeira a voltar a si.

– "O sapo na panela" é uma expressão da psicologia, um fenômeno – explicou ela. – Se você colocar um sapo em uma panela com água fervente, o que ele faz?

– Pula fora? – sugeriu Clara.

– Pula fora. Mas, se você colocar um sapo em uma panela com água à temperatura ambiente e, devagar, aumentar o fogo, o que acontece?

Clara pensou um pouco.

– Ele pula fora quando a água fica quente demais?

Myrna balançou a cabeça.

– Não – respondeu, tirando os pés do pufe e inclinando-se para Clara de novo, o olhar fixo. – O sapo continua lá. A água vai ficando cada vez mais quente, mas ele não se move. Vai se adaptando, se adaptando. Nunca sai.

– Nunca? – perguntou Clara, baixinho.

– Nunca. Fica lá até morrer.

Clara inspirou fundo, depois soltou o ar.

– Vi isso acontecer com clientes que tinham sido abusados física ou emocionalmente. O relacionamento nunca começa com um soco na cara ou um insulto. Se começasse, não teria segundo encontro. Sempre começa de maneira delicada. Gentil. A pessoa atrai você. Faz você confiar nela. Precisar dela. Daí vai girando o botão lentamente. Aumenta a temperatura pouco a pouco. Até que você fica presa.

– Mas Lillian não era minha amante nem namorada. Era só uma amiga.

– Amigos também podem ser abusivos. As amizades podem mudar, se tornar tóxicas – explicou Myrna. – Ela se alimentava da sua gratidão. Das suas inseguranças, do seu amor por ela. Mas você fez algo que ela não esperava.

Clara aguardou.

– Você se defendeu. Defendeu a sua arte. Foi embora. E ela odiou você por isso.

– Então por que ela veio até aqui? – perguntou Clara. – Eu não via Lillian fazia mais de vinte anos. Por que ela voltou? O que ela queria?

Myrna balançou a cabeça. Não revelou sua suspeita: de que havia apenas uma razão para a volta de Lillian.

Estragar o grande dia de Clara.

E ela tinha conseguido. Só não do jeito que havia planejado. Tinha quase certeza.

O que, é claro, levantava a questão: quem havia planejado aquilo?

– Eu posso te falar uma coisa? – perguntou Myrna.

Clara fez uma careta.

– Detesto quando alguém pergunta isso. Significa que algo terrível está por vir. O quê?

– A esperança tem seu lugar entre os mestres modernos.

– Eu me enganei – disse Clara, perplexa e aliviada. – É só nada com nada. Isso é um jogo novo? Posso jogar? Cadeiras de papel muitas vezes são vacas. Ou – continuou Clara, olhando para Myrna com desconfiança – você andou fumando seu cafetã de novo? Sei que dizem que maconha não é droga, mas quem sabe?

– A arte de Clara Morrow traz o júbilo de volta à moda.

– Ah, é uma conversa de *non sequitur*. É tipo falar com a Ruth, só que sem tantos palavrões.

Myrna sorriu.

– Você sabe quem eu acabei de citar?

– Eram citações? – perguntou Clara.

Myrna assentiu e olhou para os jornais úmidos e fedorentos. Os olhos de Clara a seguiram e depois se arregalaram. Myrna se levantou, foi até o andar de cima e pegou seus exemplares. Limpos e secos. Clara estendeu a mão, mas tremia tanto que a amiga teve que abrir nas páginas certas.

O retrato de Ruth como a Virgem Maria encarava o leitor na primeira página do caderno de arte do *New York Times*. Acima dele havia uma única palavra: "Ressurreição." E, abaixo dela, a manchete: "A esperança tem seu lugar entre os mestres modernos."

Clara largou o jornal e pegou o caderno de cultura do *Times* de Londres. Na primeira página havia uma foto de uma contadora maoísta em sua vernissage. E, abaixo, a frase citada: "A arte de Clara Morrow traz o júbilo de volta à moda."

– Eles amaram, Clara – disse Myrna, com um sorriso tão largo que o rosto chegava a doer.

As páginas caíram das mãos de Clara e ela olhou para a amiga. Aquela que havia sussurrado em meio ao silêncio.

Clara se levantou. *Ressurreição*, pensou. *Ressurreição*.

E abraçou Myrna.

Peter Morrow estava sentado em seu estúdio. Fugindo do telefone, que não parava de tocar.

Trim! Trim! Trim!

Depois do almoço, ele tinha voltado para casa, esperando ter um pouco de paz e silêncio. Clara havia pegado os jornais e saído, imaginava que para lê-los sozinha. Portanto, ele não fazia ideia do que os críticos tinham dito. Mas, assim que abrira a porta, o telefone começara a tocar e não havia parado desde então. Todos queriam parabenizar Clara.

Havia mensagens dos curadores do Musée, animados com as críticas e a subsequente venda de ingressos. Havia uma mensagem de Vanessa Destin Browne, da Tate Modern, de Londres, agradecendo-os pela festa e parabenizando Clara. E perguntando se podiam marcar um encontro para conversar sobre uma futura exposição.

De Clara.

A certa altura, ele havia deixado o telefone tocar para ir até a porta aberta do estúdio dela. De lá, vira alguns fantoches, do tempo em que ela achara que podia fazer uma série com eles.

"Talvez seja político demais", dissera ela.

"Talvez", respondera Peter, embora "político" não fosse a palavra que lhe vinha à cabeça.

Peter viu os Úteros Guerreiros empilhados no canto. Deixados ali depois de mais uma exposição desastrosa.

"Talvez esteja muito à frente do nosso tempo", dissera ela.

"Talvez", respondera, embora "à frente do nosso tempo" tampouco fosse o que lhe vinha à cabeça.

E quando Clara fizera as três amigas idosas posarem para *As Três Graças*, ele tinha sentido pena das mulheres. Havia achado Clara egoísta ao colocar aquelas senhoras de pé ali para pintar um quadro que talvez nunca visse a luz do dia.

Mas as mulheres não se importaram. Pareceram se divertir, a julgar pelas risadas que tiraram a concentração dele.

E agora aquele quadro estava em exibição no Musée d'Art Contemporain. Enquanto os meticulosos trabalhos dele estavam na escada de alguém ou, talvez, com sorte, em cima de alguma lareira.

Vistos por uma dezena de pessoas ao ano. E notado não mais que o papel de parede ou as cortinas. Decoração de interiores em alguma casa abastada.

Como os retratos que Clara fizera de mulheres comuns podiam ser obras-primas?

Peter voltou as costas para o estúdio dela, mas não sem antes ver o sol da tarde atingir os imensos pés de fibra de vidro, a obra de arte de Clara que marchava no fundo do ambiente.

"Talvez seja sofisticado demais", dissera Clara.

"Talvez", murmurara Peter.

Ele fechou a porta e voltou para o próprio estúdio, o som do telefone em seus ouvidos.

O INSPETOR-CHEFE GAMACHE ESTAVA SENTADO na ampla sala de estar da pousada. As paredes eram de uma cor de linho cru e os móveis tinham sido escolhidos por Gabri entre as antiguidades garimpadas por Olivier. Mas, em vez de optar pelo pesado mobiliário vitoriano, ele havia buscado conforto. Em frente à lareira de pedra estavam dispostos dois grandes sofás, um virado para o outro, e por toda a sala poltronas criavam áreas para conversas discretas. Enquanto o hotel de Dominique brilhava, vaidoso, como uma encantadora joia na colina, a pousada de Gabri, tranquila, alegre e um tanto surrada, ocupava o vale. Como casa de vó – se a vó, no caso, fosse um divertido homem gay.

Gabri e Olivier estavam no bistrô para servir o almoço, deixando os policiais da Sûreté sozinhos com os hóspedes da pousada.

Os interrogatórios tiveram um começo difícil, antes mesmo de cruzarem a soleira da porta. Com cuidado, Beauvoir puxou o chefe de lado assim que eles chegaram à varanda da pousada.

– Tem uma coisa que eu acho que o senhor devia saber.

Armand Gamache olhou para Beauvoir com curiosidade.

– O que foi que você fez?

– Como assim?

– Você falou igualzinho ao Daniel quando era adolescente e aprontava alguma.

– Eu engravidei a Peggy Sue no baile – disse Beauvoir.

Por um instante Gamache pareceu surpreso, depois sorriu.

– Foi mesmo?

– Eu fiz uma coisa idiota.

– Ah, isso me lembra alguma coisa. Bons tempos. Fala.

– Bom...

– Monsieur Beauvoir, que prazer rever o senhor.

A porta telada se abriu, e uma mulher de quase 60 anos os cumprimentou. Gamache se voltou para Beauvoir.

– O que exatamente você fez?

– Espero que o senhor se lembre de mim – disse ela com um sorriso tímido. – Meu nome é Paulette. Nós nos conhecemos ontem à noite, na vernissage.

A porta se abriu novamente e um homem de meia-idade apareceu. Ao ver Beauvoir, ele abriu um sorriso brilhante.

– Ah, é o senhor – disse ele. – Achei mesmo que o tinha visto descer a rua agora há pouco. Eu procurei, mas não vi o senhor ontem à noite no churrasco.

Gamache lançou um olhar inquisitivo a Beauvoir.

Beauvoir deu as costas para os artistas sorridentes.

– Eu disse para eles que era o crítico de arte do *Le Monde*.

– E por que você faria isso? – perguntou o inspetor-chefe.

– É uma longa história – respondeu Beauvoir.

Mas a história era menos longa que constrangedora.

Aqueles eram os dois artistas que haviam insultado os trabalhos de Clara Morrow. Comparado *As Três Graças* a palhaços. E, embora Beauvoir não gostasse muito de arte, gostava de Clara. Além de conhecer e admirar as mulheres que haviam se tornado *As Três Graças*.

Então tinha virado para os artistas esnobes e dito que gostava muito daquele trabalho. Depois usara algumas frases que ouvira aqui e ali no coquetel. Sobre perspectiva, cultura e pigmento. Quanto mais falava, mais difícil se tornava parar. E ele notou que, quanto mais ridículas eram as afirmações, mais aqueles dois prestavam atenção.

Até que, finalmente, deu o golpe de misericórdia.

Repetiu uma palavra que tinha ouvido alguém usar naquela noite, uma palavra que nunca ouvira antes e de cujo significado não fazia ideia. Beauvoir havia se voltado para o quadro *As Três Graças*, das mulheres idosas e alegres, e dito...

"A única palavra que me vem à cabeça é, lógico, *chiaroscuro*."

Não era de se surpreender que os dois artistas tivessem olhado para Beauvoir como se ele fosse louco.

O que o deixou louco. Tão louco que ele então falou algo de que se arrependeria imediatamente.

"Eu não me apresentei", disse, em seu francês mais refinado. "Monsieur Beauvoir, crítico de arte do *Le Monde*."

"Monsieur Beauvoir?", perguntou o homem, arregalando bem os olhos.

"Claro. Só monsieur Beauvoir. Não vejo necessidade de um primeiro nome. Muito burguês. Desorganiza a página. Vocês leem as minhas críticas, *bien sûr*?"

O resto da noite foi bastante agradável, pois se espalhara a notícia de que o famoso crítico parisiense "monsieur Beauvoir" estava lá. E todos concordaram que as obras de Clara eram um perfeito exemplo de *chiaroscuro*.

Ele precisava procurar a palavra no dicionário um dia desses.

Os dois artistas, por sua vez, tinham se apresentado simplesmente como "Normand" e "Paulette".

"Nós só usamos o nosso primeiro nome."

Beauvoir pensou que fosse brincadeira, mas, pelo visto, não era. E, agora, lá estavam os dois de novo.

Normand, ainda com as calças largas, o blazer surrado de tweed e o cachecol da noite anterior, e sua companheira, Paulette, com os mesmos lenços, blusa e saia de camponesa.

Agora eles olhavam de Beauvoir para Gamache e vice-versa.

– Eu tenho duas más notícias – disse Gamache, conduzindo os dois para dentro. – Uma pessoa foi assassinada, e este aqui não é monsieur Beauvoir, crítico de arte do *Le Monde*, mas o inspetor Beauvoir, investigador da Divisão de Homicídios da Sûreté du Québec.

Eles sabiam do assassinato, então foi a notícia de Beauvoir que lhes pareceu mais desconcertante. Gamache se divertiu um pouco ao observar o casal cair em cima de Beauvoir.

Beauvoir, vendo o sorriso largo do chefe, sussurrou:

– Para seu governo, eu também disse que o senhor era monsieur Gamache, curador-chefe do Louvre. Aproveita.

Aquilo explicava a enxurrada de convites para exposições que havia recebido na vernissage, pensou Gamache. Fez uma anotação mental para não aparecer em nenhuma delas.

– Quando os senhores decidiram passar a noite aqui? – perguntou o chefe, uma vez esgotados os comentários mordazes.

– Bom, a gente tinha planejado voltar depois da festa, mas ficou tarde e… – disse Paulette, meneando a cabeça na direção de Normand, indicando que ele havia bebido demais.

– O dono da pousada deu roupões e artigos de banho pra gente – explicou Normand. – A gente estava indo agora mesmo para Cowansville comprar umas roupas.

– Não vão voltar para Montreal? – quis saber Gamache.

– Não agora. A gente pensou em ficar um dia ou mais. Fazer disso um feriado.

A convite de Gamache, todos se sentaram na confortável sala de estar, os artistas lado a lado em um sofá, e Beauvoir e o inspetor-chefe no outro, de frente para eles.

– Então, quem morreu? – perguntou Paulette. – Não foi a Clara, foi?

Ela quase conseguiu disfarçar o otimismo.

– Não – respondeu Beauvoir. – As senhoras são amigas? – perguntou, embora a resposta parecesse óbvia.

Aquilo fez com que Normand bufasse, debochado.

– O senhor claramente não conhece os artistas, inspetor. Podemos ser polidos, até simpáticos. Mas amigos? É melhor fazer amizade com um crocodilo.

– O que trouxe os senhores aqui, então, se não foi a amizade pela Clara? – perguntou Beauvoir.

– Comida e bebida de graça. Muita bebida – respondeu Normand, afastando os cabelos dos olhos.

O homem fazia um estilo "cansado do mundo". Como se tivesse visto de tudo e isso o tivesse deixado ligeiramente irônico e triste.

– Então, não foi para celebrar a arte da Clara? – perguntou Beauvoir.

– A arte dela não é ruim – comentou Paulette. – Eu gosto mais disso que do que ela estava fazendo uma década atrás.

– Muito *chiaroscuro* – opinou Normand, aparentemente esquecendo quem havia mencionado a palavra pela primeira vez. – A exposição de ontem foi um avanço – continuou –, embora isso não fosse difícil. Quem consegue se esquecer daquela outra exposição com pés gigantes?

– Ah, falando sério, Normand – disse Paulette. – Retratos? Que artista que se preze ainda faz retratos?

Normand anuiu.

– O trabalho novo dela é derivativo. Superficial. Sim, os retratados têm personalidade e as obras foram bem executadas, mas não é como se ela estivesse fazendo algo, assim, inovador. Nada era original ou ousado. Não tinha nada ali que a gente não possa encontrar em uma galeria provinciana de segunda categoria na Eslovênia.

– Por que o Musée d'Art Contemporain faria uma exposição individual dela se os trabalhos são tão ruins? – questionou Beauvoir.

– Quem sabe? – respondeu Normand. – Talvez algum favor. Política. Essas grandes instituições não lidam com arte de verdade, não querem se arriscar. Preferem ficar em um lugar seguro.

Paulette aquiescia vigorosamente.

– Então, se Clara Morrow não é uma amiga e os senhores acham o trabalho dela ruim desse jeito, o que fazem aqui? – perguntou Beauvoir a

Normand. – Tudo bem aparecer na vernissage pela boca-livre, mas para que vir até Three Pines?

Ele tinha pegado o homem, e ambos sabiam disso.

Após um instante, Normand respondeu:

– Porque era aqui que os críticos estavam. Que os galeristas e marchands estavam. Destin Browne, da Tate Modern. Castonguay, Fortin, Bishop, do Musée. O que importa nas vernissages e exposições não é o que está nas paredes, mas quem está na galeria. Este é o verdadeiro trabalho. Eu vim para fazer contatos. Não sei como os Morrows conseguiram, mas tinha um grupo incrível de críticos e curadores reunidos em um só lugar.

– Fortin? – perguntou Gamache, nitidamente surpreso. – Seria Denis Fortin?

Agora era a vez de Normand ficar surpreso. Aquele policial rústico sabia quem era Denis Fortin.

– Ele mesmo – disse o artista. – Da Galerie Fortin.

– Denis Fortin estava na vernissage, em Montreal – pressionou Gamache –, ou aqui?

– Nos dois lugares. Eu tentei falar com ele, mas o homem estava superocupado com outras pessoas.

Fez-se uma pausa, e o artista cansado-do-mundo pareceu murchar. Arrastado pelo imenso peso da própria irrelevância.

– É bem surpreendente Fortin ter vindo até aqui – comentou Paulette –, levando em consideração o que ele fez com a Clara.

Ela deixou o comentário no ar, implorando por uma pergunta. Paulette e Normand lançaram um olhar ansioso para os dois investigadores, como crianças famintas diante de um bolo.

Para deleite de Beauvoir, o inspetor-chefe Gamache escolheu ignorar a deixa. Além disso, eles já sabiam o que Denis Fortin havia feito a Clara. E por que a presença dele na festa era tão surpreendente.

Beauvoir observou Normand e Paulette. Eles pareciam exaustos. *Mas de quê?*, perguntou-se o inspetor. Da longa noite de comida e bebida de graça? Da noite mais longa ainda de bajulação desesperada, disfarçada de festa? Ou apenas cansados de nadar, nadar e ainda assim morrer na praia?

O inspetor-chefe Gamache tirou uma fotografia do bolso.

– Tenho uma foto da vítima. Gostaria que os senhores dessem uma olhada, por favor.

Ele entregou a imagem a Normand, que arqueou as sobrancelhas de imediato.

– É Lillian Dyson.

– Está brincando – disse Paulette, aproximando-se e pegando a foto.

Após um instante, ela assentiu.

– É ela mesma.

Paulette ergueu os olhos para o inspetor-chefe. Era um olhar afiado, inteligente. Ela não era tão imatura quanto aparentara. Se Paulette era infantil, pensou Gamache, era uma criança esperta.

– Então os senhores conheciam madame Dyson? – perguntou Beauvoir.

– Bom, *conhecer* não é bem o caso – respondeu Normand.

Gamache notou que ele parecia quase líquido. Podia ser descrito como lânguido. Alguém que se ajustava às correntes.

– Então qual é o caso? – quis saber Beauvoir.

– A gente conheceu Lillian há muitos anos, mas não a via há um bom tempo. Daí ela reapareceu no inverno passado, em algumas mostras.

– Mostras de arte? – perguntou Beauvoir.

– Lógico – respondeu Normand. – O que mais seriam? – disse ele, como se nenhuma outra forma de cultura existisse ou importasse.

– Eu também vi Lillian – contou Paulette, que não queria ser deixada para trás.

Gamache se perguntou que tipo de parceria era aquela e quais obras resultavam dela.

– Em algumas exposições. No início, eu não a reconheci. Ela teve que se apresentar. Tinha pintado o cabelo. Antes era vermelho, laranja, na verdade. Agora é louro. Ela também engordou.

– Ela havia voltado a trabalhar como crítica? – perguntou Gamache.

– Não que eu saiba. Não faço ideia do que ela estava fazendo – disse Paulette.

Gamache olhou para ela por um instante.

– As senhoras eram amigas?

Paulette hesitou.

– Não hoje em dia.

– E lá atrás, antes de ela sumir? – quis saber o inspetor-chefe.

– Pensei que a gente fosse – respondeu Paulette. – Eu estava no início da carreira. Tinha tido alguns sucessos. Eu e Normand tínhamos acabado de nos conhecer e estávamos tentando decidir se íamos colaborar um com o outro. É muito raro dois artistas trabalharem na mesma pintura.

– Você cometeu o erro de perguntar para Lillian o que ela achava – comentou Normand.

– E o que ela achava? – perguntou Beauvoir.

– Eu não sei o que Lillian achava, mas posso dizer o que ela fez – respondeu Paulette.

Agora a raiva dela era nítida, tanto na voz quanto nos olhos.

– Ela disse que Normand tinha falado mal de mim em uma vernissage recente. Debochado do meu trabalho e dito que preferia colaborar com um chimpanzé. Falou que estava me contando como amiga, para me alertar.

– Lillian veio falar comigo logo depois – contou Normand. – Garantiu que Paulette tinha me acusado de plagiar os trabalhos dela. Roubar as ideias dela. Disse que sabia que não era verdade, mas queria que eu soubesse que Paulette estava falando isso para todo mundo.

– E o que aconteceu? – perguntou Gamache.

O clima entre eles de repente pareceu azedar com palavras velhas e pensamentos amargos.

– Deus nos livre – disse Paulette. – Mas a gente acreditou nela. E se separou. Demorou anos para a gente perceber que Lillian tinha mentido para nós dois.

– Mas agora nós estamos juntos – disse Normand, pousando a mão sobre a de Paulette suavemente e sorrindo para ela. – Apesar dos anos perdidos.

Talvez, pensou Gamache ao observar o casal, fosse aquilo que exauria Normand. Carregar aquela lembrança.

Ao contrário de Beauvoir, o inspetor-chefe Gamache tinha um grande respeito pelos artistas. Eles eram sensíveis. Muitas vezes egocêntricos. Outras tantas, inadequados para a sociedade educada. Alguns, suspeitava, eram profundamente desequilibrados. Não era uma vida fácil. Viver à margem, muitas vezes na pobreza. Ser ignorados e até ridicularizados. Pela sociedade, por agências de fomento e até por outros artistas.

A história de François Marois não era única. O homem e a mulher sentados ali na pousada eram dois Magrittes. Lutando para ver vistos e ouvidos, respeitados e aceitos.

Uma vida difícil para qualquer um, ainda mais para pessoas sensíveis como os artistas.

Ele suspeitava que viver daquele jeito gerava medo. E o medo criava raiva, que, acumulada em quantidade suficiente ao longo do tempo, produzia um cadáver num quintal.

Sim, Armand Gamache admirava os artistas. Mas sabia do que eles eram capazes. Criavam e destruíam coisas grandes.

– Quando foi que Lillian deixou Montreal? – perguntou Beauvoir.

– Não sei e não me importo – respondeu Paulette.

– A senhora se importou quando ela voltou? – quis saber o inspetor.

– O senhor se importaria? – perguntou Paulette, encarando Beauvoir. – Eu mantive distância. Todo mundo sabia o que ela tinha feito, do que era capaz. Você não vai querer topar com alguém assim.

– *Arte é a natureza dele, produzi-la é uma função fisiológica* – disse Normand.

– *Pardon?* – perguntou Beauvoir.

– É de uma das críticas dela – explicou Paulette. – Ela ficou famosa por isso. As agências de notícias usaram a frase, a crítica foi republicada no mundo todo.

– Sobre quem ela estava escrevendo? – quis saber Beauvoir.

– O engraçado – contou Paulette – é que todo mundo se lembra da frase, mas ninguém se lembra do artista.

Tanto Beauvoir quanto Gamache sabiam que não era verdade.

Arte é a natureza dele, produzi-la é uma função fisiológica.

Inteligente, quase um elogio. Mas que descambava para uma rejeição mordaz.

Alguém com certeza se lembrava daquela crítica.

O próprio artista.

SETE

Armand Gamache e Jean Guy Beauvoir desceram da ampla varanda da pousada para a calçada que dava na rua.

Era um dia agradável e Beauvoir estava com sede.

– Que tal uma bebida? – sugeriu ao chefe, sabendo que era uma aposta bastante segura.

Mas Gamache o surpreendeu:

– Daqui a alguns minutos. Tem uma coisa que eu preciso fazer primeiro.

Os dois pararam na rua de terra. O dia agora estava bastante quente. Nos canteiros ao redor da praça, as primeiras íris brancas já estavam totalmente abertas, expondo o miolo negro.

Para Beauvoir, parecia uma confirmação. Dentro de cada ser vivo, por mais belo que fosse, havia escuridão.

– Achei interessante que Normand e Paulette conhecessem Lillian Dyson – comentou Gamache.

– Interessante por quê? – perguntou Beauvoir. – Não era de se esperar? Afinal, eles andam com as mesmas pessoas. Andavam há 25 anos e andavam há alguns meses. Seria surpreendente se não se conhecessem.

– É verdade. O que acho interessante é que nem François Marois nem André Castonguay admitiram conhecer a vítima. Como Normand e Paulette conheciam Lillian, e eles, não?

– Provavelmente não frequentavam os mesmos círculos – sugeriu Beauvoir.

Eles se afastaram da pousada, caminhando em direção à colina de Three Pines. Beauvoir tirou o paletó, mas o inspetor-chefe manteve o dele. Seria preciso mais que um mero dia ameno para fazê-lo andar por aí em mangas de camisa.

– A cena artística do Quebec não tem tantos círculos assim – argumentou Gamache. – E, ainda que os marchands não sejam amigos íntimos de todo mundo, com certeza sabem da existência das pessoas. Se não hoje, pelo menos há vinte anos, quando Lillian trabalhava como crítica.

– Então eles estavam mentindo – disse Beauvoir.

– É isso que eu vou descobrir. Eu queria que você visse como anda a sala de investigação. Por que a gente não se encontra no bistrô – disse Gamache, consultando o relógio – daqui a uns 25 minutos?

Os dois se separaram, e Beauvoir parou para ver o chefe subir a colina. Seu andar forte.

Depois cruzou a praça em direção à sala de investigação. Enquanto atravessava o gramado, reduziu o passo e olhou para a direita. E se sentou no banco.

– Oi, imbecil.

– Oi, velha bêbada.

Ruth Zardo e Jean Guy Beauvoir estavam lado a lado; entre eles, uma fatia de pão velho. Beauvoir pegou um pedaço, o partiu e atirou para os tordos reunidos na grama.

– O que você está fazendo? É o meu almoço.

– Nós dois sabemos que você não almoça há anos – rebateu Beauvoir.

Ruth deu uma risada.

– Isso é verdade. Mesmo assim, você me deve uma refeição.

– Eu te pago uma cerveja mais tarde.

– Então, o que te traz de volta a Three Pines? – perguntou Ruth, jogando mais pão para os pássaros. Ou neles.

– O assassinato.

– Ah, aquilo.

– Você viu essa mulher ontem à noite na festa? – perguntou Beauvoir, entregando a foto da vítima para Ruth.

Ela analisou a imagem e a devolveu ao inspetor.

– Não.

– Como foi a festa?

– O churrasco? Muita gente. Muito barulho.

– Mas birita de graça – disse Beauvoir.

– Era de graça? *Merde*. Eu não precisava ter escondido. Mas roubar é mais divertido.

– Não aconteceu nada estranho? Nenhuma discussão, vozes exaltadas? Toda aquela bebida e ninguém ficou belicoso?

– Bebidas? Deixar alguém belicoso? De onde você tirou essa ideia, idiota?

– Nada incomum aconteceu ontem à noite?

– Não que eu tenha visto – respondeu ela, arrancando outro pedaço de pão e atirando em um pássaro gordo. – Sinto muito pela sua separação. Você a ama?

– A minha esposa? – disse ele, perguntando-se o que levava Ruth a indagar aquilo. Preocupação ou falta de noção de limites pessoais? – Acho...

– Não, não a sua esposa. A outra. A sem sal.

Beauvoir sentiu o coração apertar e o sangue sumir do rosto.

– Você está bêbada – disse ele, olhando para os pés.

– E belicosa – rebateu ela. – Mas também estou certa. Eu vi como você olhou para ela. E acho que sei quem ela é. Você está encrencado, jovem Sr. Beauvoir.

– Você não sabe de nada.

Ele foi embora. Tentando não correr. Esforçando-se para andar devagar, firme. Esquerda, direita. Esquerda, direita.

À sua frente, viu a ponte e a sala de investigação logo atrás. Onde estaria seguro.

Mas o jovem Sr. Beauvoir começava a entender uma coisa.

Que não havia um lugar "seguro". Não mais.

– Você leu isto? – perguntou Clara, colocando o copo de cerveja vazio na mesa e entregando o *Ottawa Star* a Myrna. – O *Star* odiou a exposição.

– Está brincando – disse Myrna, pegando o jornal e examinando o artigo.

Aquela não era uma crítica elogiosa, precisava admitir.

– Do que eles me chamaram mesmo? – perguntou Clara, sentando-se no braço da poltrona alta de Myrna. – Aqui – disse ela, enfiando o dedo no jornal. – *Clara Morrow é um papagaio velho e cansado que imita artistas de verdade.*

Myrna riu.

– Você acha isso engraçado?

– Você não está levando esse comentário a sério, está?

– Por que não? Se eu levo os bons a sério, também não tenho que levar os ruins?

– Mas olhe só para isto – disse Myrna, apontando para os jornais na mesa de centro. – O *Times* de Londres, o *New York Times*, o *Le Devoir*, todos concordam que seu trabalho é novo e empolgante. Brilhante.

– Ouvi falar que o crítico do *Le Monde* estava lá, mas ele nem se deu ao trabalho de escrever um artigo.

Myrna encarou a amiga.

– Tenho certeza de que ele vai escrever e concordar com todos os outros. A exposição é um tremendo sucesso.

– *Embora seja bonito, o trabalho dela não é nem visionário nem ousado* – leu Clara por cima do ombro da amiga. – Eles não acham que é um tremendo sucesso.

– Pelo amor de Deus, é o *Ottawa Star*! – disse Myrna. – Alguém tinha que não gostar, graças a Deus foram eles!

Clara olhou para a crítica e sorriu.

– Você tem razão.

Ela voltou a se sentar na poltrona da livraria.

– Alguém já falou para você que os artistas são doidos?

– É a primeira vez.

Pela janela, Myrna viu Ruth bombardear os pássaros com nacos de pão. No topo da colina, viu Dominique Gilbert voltar para o estábulo cavalgando o que parecia ser um alce. Do lado de fora do bistrô, no *terrasse*, Gabri estava sentado na mesa de um cliente, comendo a sobremesa.

Não pela primeira vez, Myrna pensou que Three Pines parecia uma Sociedade Protetora dos Animais. Acolhendo os feridos, os indesejados. Os loucos, os maltratados.

O vilarejo era um abrigo. Embora, é claro, não fosse um abrigo à prova de assassinatos.

Dominique Gilbert limpava as ancas de Peônia. Girando a mão para um lado e para o outro. Aquilo sempre a lembrava do filme *Karatê Kid*:

encere à direita; encere à esquerda. Mas, em vez de uma flanela, ela segurava uma escova, e, em vez de um carro, uma égua. Ou quase isso.

Peônia estava no corredor entre as baias. Chester observava, fazendo sua dancinha como se tivesse uma banda de mariachis na cabeça. Macarrão, já escovado, tinha sido levado para o pasto e agora rolava na lama.

Enquanto esfregava a imensa égua para tirar dela a terra seca e endurecida, Dominique via as crostas, as cicatrizes e os pedaços de pele onde o pelo nunca mais cresceria, tão profundas foram as feridas.

Ainda assim, aquela égua enorme permitia que ela a tocasse. Que a escovasse. Que a cavalgasse. Assim como Chester e Macarrão. Se havia criaturas que tinham o direito de dar uns bons coices, eram aquelas. Mas, em vez disso, escolhiam ser os mais gentis dos animais.

Lá fora, ela ouvia vozes.

– O senhor já mostrou esta foto para a gente.

Era um dos hóspedes, e Dominique sabia qual. André Castonguay. O galerista. A maioria dos hóspedes tinha ido embora, mas dois haviam ficado. Castonguay e Marois.

– Eu queria que os senhores olhassem de novo.

Era o inspetor-chefe Gamache, que havia voltado. Ela olhou de soslaio para o quadrado de luz no fim do estábulo, semivisível atrás do imenso traseiro de Peônia. Dominique se sentiu um pouco desconfortável e se perguntou se deveria anunciar sua presença. Eles estavam parados sob o sol, encostados na cerca. Com certeza sabiam que aquele não era um lugar privado. Além disso, ela havia chegado primeiro. E queria ouvir a conversa.

Então não disse nada, mas continuou a limpar Peônia, que mal acreditava na própria sorte. O ritual estava durando muito mais do que o normal. Embora aquele carinho excessivo por suas ancas fosse preocupante.

– Talvez a gente devesse olhar de novo – veio a voz de François Marois. Ele soou sensato. Simpático, até.

Fez-se um instante de silêncio. Dominique viu a mão de Gamache entregar uma foto para Marois e outra para Castonguay. Os homens observaram as imagens e depois se entreolharam.

– Os senhores disseram que não conheciam a vítima – disse Gamache.

A voz dele também estava relaxada. Uma conversa casual entre amigos.

Mas Dominique não era boba. E se perguntou se aqueles dois homens se deixavam enganar. Castonguay, talvez. Mas Marois? Duvidava.

– Eu pensei – continuou Gamache – que os senhores talvez tenham ficado surpresos e precisassem olhar de novo.

– Eu não – começou Castonguay, mas Marois pôs a mão no braço dele, e o galerista parou.

– O senhor está certo, inspetor-chefe. Não sei quanto a André, mas eu estou envergonhado em dizer que conheço a vítima. Lillian Dyson, não é?

– Bom, eu não sei quem ela é – insistiu Castonguay.

– Acho que o senhor precisa puxar pela memória – sugeriu Gamache.

A voz dele, embora simpática, tinha certo peso. Já não era tão delicada quanto antes.

Atrás de Peônia, Dominique se viu rezando para que Castonguay aceitasse a corda jogada pelo inspetor-chefe. Que enxergasse o que ela era: um presente, não uma armadilha.

Castonguay olhou para o campo. Os três olharam. Dominique não via o campo de onde estava, mas conhecia bem aquela vista. Olhava para ela todos os dias. No fim do dia, vira e mexe se sentava com um gim-tônica no pátio atrás da casa, inacessível aos hóspedes. E observava. Do mesmo jeito que um dia olhara pela janela do escritório no canto do 17º andar da torre do banco.

A vista de suas janelas agora era mais limitada, porém mais bonita. Relva alta, flores silvestres delicadas e jovens. Montanhas e florestas, além dos velhos cavalos alquebrados, que pastavam desajeitados pelo campo.

Na opinião dela, não havia nada mais magnífico.

Dominique sabia o que os homens estavam vendo, mas não o que pensavam.

Embora pudesse adivinhar.

O inspetor-chefe Gamache tinha voltado. Para interrogá-los de novo. Fazer a eles as mesmas perguntas que já havia feito. Isso era evidente. Assim como a conclusão.

Eles haviam mentido na primeira vez.

François Marois abriu a boca para falar, mas Gamache o silenciou com um gesto.

Ninguém resgataria Castonguay a não ser ele mesmo.

– É verdade – disse o galerista, finalmente. – Acho que a conheço.

– O senhor acha ou tem certeza?

– Eu a conheço, está bem?

Gamache lançou a ele um olhar duro e guardou as fotos.

– Por que o senhor mentiu?

Castonguay suspirou e balançou a cabeça.

– Eu não menti. Estava cansado, talvez com um pouco de ressaca. Não olhei direito para a foto na primeira vez, só isso. Não foi por querer.

Gamache duvidava que fosse verdade, mas decidiu não pressionar. Seria perda de tempo e só deixaria o homem mais na defensiva.

– O senhor conhecia bem a vítima? – perguntou, em vez disso.

– Não. Eu vi Lillian Dyson em algumas exposições recentemente. Ela até me abordou – contou Castonguay, como se ela tivesse feito algo repugnante. – Disse que tinha um portfólio de trabalhos e perguntou se podia me mostrar.

– E o que o senhor falou?

Castonguay olhou espantado para Gamache.

– Eu disse que não, é claro. O senhor faz ideia de quantos artistas me enviam o portfólio?

Gamache continuou em silêncio, aguardando a resposta arrogante.

– Centenas todo mês, do mundo inteiro.

– Então o senhor dispensou Lillian? Mas talvez o trabalho dela fosse bom – sugeriu o inspetor-chefe, o que lhe valeu outro olhar fulminante.

– Se ela fosse boa, eu já teria ouvido falar dela. Lillian não era exatamente um jovem talento. A maioria dos artistas que criam algo realmente bom faz isso na casa dos 30.

– Nem sempre – insistiu Gamache. – Clara Morrow tem a mesma idade de madame Dyson e só foi descoberta agora.

– Não por mim. Eu ainda acho o trabalho dela péssimo – retrucou Castonguay.

Gamache se voltou para François Marois.

– E o senhor? Conhecia bem Lillian Dyson?

– Não muito. Eu a vi em algumas vernissages nos últimos meses e sabia quem era.

– Sabia como?

– A comunidade artística de Montreal é um ovo. Tem muitos artistas ruins e amadores. Alguns de talento mediano. Esses expõem de vez em quando. Não fazem muito barulho, mas são bons, executores habilidosos. Como Peter Morrow. E poucos grandes artistas. Como Clara Morrow.

– E onde Lillian Dyson se encaixava nesse quadro?

– Não sei – admitiu Marois. – Como aconteceu com André, Lillian me pediu para ver o portfólio dela, mas eu não aceitei. Já tinha muitos outros pedidos.

– Por que o senhor decidiu ficar em Three Pines ontem à noite? – perguntou Gamache.

– Como eu disse, foi uma decisão de última hora. Queria ver onde Clara Morrow trabalha.

– Sim, o senhor disse isso – confirmou Gamache. – Mas não contou a finalidade.

– Por que precisa ter uma finalidade? – perguntou Marois. – Ver onde ela trabalha não é o suficiente?

– Para a maioria das pessoas, talvez, mas suspeito que não para o senhor.

Os olhos penetrantes de Marois sustentaram o olhar de Gamache. Não muito satisfeitos.

– Escute, Clara Morrow está em uma encruzilhada – disse o marchand. – Ela vai ter que tomar uma decisão. Ela acabou de receber uma oportunidade fenomenal, até agora é adorada pelos críticos, mas amanhã eles vão adorar outra pessoa. Ela precisa de um guia. Um mentor.

Gamache parecia perplexo.

– Um mentor?

Ele deixou a pergunta no ar.

Fez-se um silêncio longo e carregado.

– É – disse Marois, assumindo novamente uma postura cortês. – Estou chegando ao fim da minha carreira, sei disso. Posso guiar um, talvez dois artistas extraordinários. Preciso escolher bem. Não posso perder tempo. Durante o ano passado inteiro eu corri atrás do artista *certo*, talvez meu último. Fui a centenas de vernissages pelo mundo. Para encontrar Clara Morrow bem aqui.

O distinto marchand olhou em volta. Para o cavalo estropiado no campo, salvo do abate. Para as árvores e a floresta.

– No meu próprio quintal.

– No fim do mundo, você quer dizer – disse Castonguay, antes de voltar a olhar com desgosto para a paisagem.

– É óbvio que Clara é uma artista extraordinária – prosseguiu Marois, ignorando o galerista. – Mas os mesmos dons que fazem dela essa artista também a tornam incapaz de achar seu caminho na cena artística.

– Talvez o senhor esteja subestimando Clara Morrow – disse Gamache.

– É verdade, mas talvez o senhor esteja subestimando a cena artística. Não se deixe enganar pelo verniz de civilidade e criatividade. É um ambiente cruel, cheio de pessoas inseguras e gananciosas. Medo e ganância, é disso que as vernissages estão cheias. Tem muito dinheiro em jogo. Fortunas. E muitos egos envolvidos. Uma combinação volátil.

Marois olhou rápido para Castonguay, depois de volta para o inspetor-chefe.

– Eu conheço o caminho. Posso levar os dois para o topo.

– Os dois? – perguntou Castonguay.

Gamache achava que o galerista tinha perdido o interesse pela conversa e mal escutava os dois, mas agora percebia que Castonguay acompanhava tudo de perto. Em silêncio, o inspetor-chefe advertiu a si mesmo para não subestimar nem a venalidade da cena artística nem aquele homem arrogante.

Marois voltou toda a atenção para Castonguay, também claramente surpreso ao notar que ele estava alerta.

– É. Os dois.

– O que você quer dizer com isso? – perguntou Castonguay.

– Os dois Morrows. Eu quero ficar com os dois.

Castonguay arregalou os olhos, contraiu os lábios e, dessa vez, ergueu a voz ao falar:

– E você falando de ganância... Para que quer ficar com os dois? Você nem gosta dos quadros dele.

– E você gosta?

– Acho que são bem melhores que os da mulher. Você pode ficar com a Clara, eu fico com o Peter.

Gamache ouviu aquilo e se perguntou se tinha sido assim a negociação da Conferência de Paz de Paris depois da Primeira Guerra Mundial. Quando a Europa fora dividida entre os vencedores. E Gamache pensou que aquela discussão teria os mesmos resultados desastrosos.

– Eu não quero só um – disse Marois com sua voz sensata, suave e contida. – Quero os dois.

– Canalha maldito – respondeu Castonguay, mas Marois parecia não se importar.

Ele se virou para o inspetor-chefe como se Castonguay tivesse acabado de elogiá-lo.

– Em que momento o senhor entendeu que Clara Morrow era o artista *certo*? – perguntou Gamache.

– O senhor estava comigo, inspetor-chefe. No momento em que eu vi a luz nos olhos da Virgem Maria.

Gamache ficou em silêncio, relembrando o instante.

– Se me lembro bem, o senhor achou que podia ser um mero truque de luz.

– E ainda acho. Mas isso não é incrível? Que Clara Morrow tenha captado a experiência humana em sua essência? A esperança de uma pessoa é a crueldade de outra. Há ali luz, ou uma falsa promessa?

Gamache se virou para André Castonguay, que parecia completamente surpreso com aquela conversa, como se tivessem visto duas exposições diferentes.

– Eu quero voltar à vítima – disse Gamache, e viu que Castonguay parecia perdido por um instante.

Um assassinato eclipsado pela ganância. E pelo medo.

– Os senhores ficaram surpresos ao ver Lillian Dyson de volta a Montreal? – perguntou o inspetor-chefe.

– Surpreso? – perguntou Castonguay. – Para mim, não fazia diferença. Eu nem me lembrava dela.

– Infelizmente, eu também não, inspetor-chefe – disse Marois. – Madame Dyson em Montreal ou em Nova York dava no mesmo para mim.

Gamache olhou para ele com interesse.

– Como o senhor sabia que ela tinha estado em Nova York?

Pela primeira vez, Marois hesitou e sua calma pareceu vacilar.

– Alguém deve ter comentado. A cena artística é cheia de fofocas.

A cena artística, pensou Gamache, também era cheia de algo mais que ele não podia mencionar. E aquele parecia um ótimo exemplo. Ele encarou Marois até o marchand baixar os olhos e tirar um fio de cabelo invisível da camisa impecável.

– Soube que outro colega dos senhores estava aqui, na festa. Denis Fortin.

– É verdade – contou Marois. – Eu fiquei surpreso de ver Fortin.

– Surpreso é eufemismo – debochou Castonguay, bufando. – Depois do que ele fez com a Clara Morrow. O senhor soube?

– Me conte – pediu Gamache, embora conhecesse muito bem a história e tivesse acabado de ouvi-la novamente dos dois artistas, que a relataram com prazer.

Assim, foi com alegria que André Castonguay relatou que Denis Fortin havia feito um contrato para uma exposição individual de Clara para depois mudar de ideia e dispensá-la.

– E ele não só dispensou Clara como a tratou feito lixo. Disse para todo mundo que ela não valia nada. Na verdade, eu concordo, mas o senhor pode imaginar a surpresa dele quando logo o Musée a chamou?

Aquela era uma história que interessava a Castonguay, já que ele desprezava tanto Clara quanto seu concorrente, Denis Fortin.

– Então por que o senhor acha que ele estava aqui? – perguntou Gamache.

Os dois pensaram.

– Não faço ideia – admitiu Castonguay.

– Ele deve ter sido convidado – disse Marois –, mas imagino que não estivesse na lista de Clara Morrow.

– As pessoas entram de penetra nessas festas? – perguntou Gamache.

– Algumas – respondeu Marois –, mas costumam ser artistas atrás de contatos.

– Atrás da boca-livre – murmurou Castonguay.

– O senhor disse que madame Dyson quis apresentar o portfólio dela – relembrou Gamache a Castonguay – e o senhor não aceitou. Tinha a impressão de que ela era crítica de arte, não artista.

– É verdade – respondeu Castonguay. – Ela escrevia para o *La Presse*, mas isso foi há muitos anos. Depois, ela desapareceu e outra pessoa assumiu o posto.

Ele mal tentava soar educado. Tinha um ar de tédio.

– Ela era uma boa crítica?

– Como o senhor espera que eu me lembre disso?

– Do mesmo jeito que esperava que o senhor se lembrasse da foto, monsieur.

Gamache encarava o galerista fixamente. O rosto já corado de Castonguay ficou ainda mais vermelho.

– Eu me lembro das críticas dela, inspetor-chefe – disse Marois, para depois se voltar para Castonguay. – E você também.

– Eu não – rebateu Castonguay, olhando para o outro com ódio.

– *Arte é a natureza dele, produzi-la é uma função fisiológica.*

– Não – disse Castonguay, rindo. – Foi a Lillian Dyson quem escreveu isso? *Merde.* Com essa quantidade de veneno, podia até ter sido uma boa artista, no fim das contas.

– Mas de quem ela estava falando? – perguntou Gamache aos dois.

– Não devia ser de ninguém famoso, ou a gente se lembraria – disse Marois. – Provavelmente de um pobre de um artista que afundou no ostracismo.

Amarrado àquele pedregulho de crítica, pensou Gamache.

– Isso importa? – perguntou Castonguay. – Foi há uns vinte anos ou mais. O senhor acha que uma crítica de décadas atrás tem algo a ver com o assassinato dela?

– Acho que assassinos têm boa memória.

– Se o senhor me desculpar, tenho algumas ligações a fazer – disse André Castonguay.

Marois e Gamache observaram o galerista caminhar em direção ao hotel.

– O senhor sabe o que ele foi fazer, não sabe? – perguntou Marois ao inspetor-chefe.

– Foi ligar para os Morrows e convencer os dois a se encontrarem com ele.

Marois sorriu.

– *Exactement.*

Os dois também voltaram devagar para o hotel.

– O senhor não está preocupado?

– Eu nunca me preocupo com André. Ele não me ameaça. Se os Morrows forem tolos o suficiente para assinar com ele, André pode ficar com os dois.

Mas Gamache não acreditou naquilo nem por um instante. François Marois tinha olhos penetrantes demais, sagazes demais. E seu comportamento relaxado também era estudado demais.

Não, aquele homem se importava e muito. Ele era rico. Poderoso. Então, não era dinheiro e poder que importavam.

Medo e ganância. Era isso que impulsionava a cena artística. Gamache sabia que, muito provavelmente, aquilo era verdade. Então, se a questão de Marois não era ganância, devia ser o outro sentimento.

Medo.

Mas o que aquele velho e consagrado marchand poderia temer?

– O senhor me acompanha, monsieur? – perguntou Armand Gamache, estendendo o braço para convidar François Marois a caminhar junto dele. – Eu vou para o vilarejo.

Marois, que não tinha intenção de voltar a Three Pines, pensou no convite e reconheceu o que ele era. Uma solicitação educada. Não exatamente uma ordem, mas quase isso.

Ele tomou seu lugar ao lado do inspetor-chefe e os dois desceram a colina devagar, entrando no vilarejo.

– É muito bonito – disse Marois, parando e examinando Three Pines com um sorriso nos lábios. – Estou vendo por que Clara Morrow escolheu viver aqui. É mágico.

– Às vezes me pergunto qual é a importância do lugar para um artista – comentou Gamache, também observando o vilarejo tranquilo. – Muitos escolhem as grandes cidades. Paris, Londres, Veneza. Apartamentos e lofts sem água quente ou aquecimento no SoHo ou em Chelsea. Lillian Dyson, por exemplo, se mudou para Nova York. Mas Clara, não. Os Morrows escolheram viver aqui. O lugar onde eles moram afeta a criação?

– Ah, sem dúvida. O lugar onde eles moram e com quem convivem. Acho que a série de retratos de Clara não teria sido pintada em nenhum outro lugar.

– Para mim, é fascinante que algumas pessoas olhem para o trabalho dela e vejam só belos retratos de mulheres, a maioria idosas. Tradicionais, sóbrios até. Mas o senhor não.

– Nem o senhor, inspetor-chefe, da mesma forma que, quando nós dois olhamos para Three Pines, não vemos só um vilarejo.

– E o que o senhor vê, monsieur Marois?

– Uma pintura.

– Uma pintura?

– Muito bonita, sem dúvida. Mas todas as pinturas, as mais perturbadoras

122

e as mais refinadas, são feitas da mesma coisa. De um jogo de luz e sombra. É isso que eu vejo. Muita luz, mas também muita sombra. E é isso que as pessoas não enxergam no trabalho da Clara. A luz é tão óbvia que elas se deixam enganar. Muita gente leva um tempo para ver as sombras. Acho que essa é uma das coisas que tornam Clara brilhante. Ela é muito sutil, mas bastante subversiva. Tem muito a dizer, mas revela tudo sem pressa.

– *C'est intéressant, ça* – disse Gamache, aquiescendo.

Aquilo não era muito diferente do que ele que pensava sobre Three Pines. Também demorava um tempo para o vilarejo se revelar. Mas a analogia de Marois tinha seus limites. Uma pintura, por mais espetacular que fosse, era sempre bidimensional. Era assim que Marois via o mundo? Será que estava deixando de levar em conta uma dimensão inteira?

Eles recomeçaram a caminhar. Na praça do vilarejo, viram Clara se jogar no banco ao lado de Ruth. Observaram Ruth atirar nacos de pão dormido nos pássaros. Não estava claro se ela queria alimentar ou matar os bichos.

François Marois estreitou os olhos.

– Aquela é a mulher do retrato da Clara – disse ele.

– É. Ruth Zardo.

– A poeta? Pensei que ela tivesse morrido.

– É um equívoco natural – disse Gamache, acenando para Ruth, que mostrou o dedo médio. – O cérebro dela parece bem, foi só o coração que parou.

O sol da tarde atingia François Marois em cheio, forçando o marchand a semicerrar as pálpebras, mas atrás dele se estendia uma sombra comprida e bem definida.

– Por que o senhor quer ficar com os dois Morrows, quando obviamente prefere os trabalhos da Clara? O senhor pelo menos gosta dos quadros do Peter?

– Não, não gosto. Acho o trabalho dele superficial. Calculado. Ele é um bom artista, mas acho que poderia ser ótimo se usasse mais intuição e menos técnica. É um excelente artesão.

Aquilo foi dito sem malícia, o que tornava a fria análise ainda mais negativa. E, talvez, verdadeira.

– O senhor disse que já não tem mais muito tempo e energia – insistiu Gamache. – Eu entendo por que escolheu Clara. Mas por que Peter, um artista que nem admira?

Marois hesitou.

– É que é mais fácil de gerenciar. Podemos tomar decisões que direcionem a carreira dos dois. Quero deixar Clara feliz, e acho que ela vai ficar mais feliz se vir que a gente também está cuidando do Peter.

Gamache olhou para o marchand. Era uma observação astuta. Mas não suficiente. Marois respondera sobre a felicidade de Clara e Peter. Desviando da pergunta.

Então o inspetor-chefe se lembrou da história que Marois contara, sobre o seu primeiro cliente. O artista idoso superado pela esposa. Para proteger o frágil ego do marido, a mulher nunca mais havia pintado.

Era disso que Marois tinha medo? De perder a última cliente, o último achado, porque o amor de Clara por Peter era maior que o amor dela pela arte?

Ou talvez fosse ainda mais pessoal. E se não tivesse nada a ver com Clara, Peter ou arte? Será que François Marois estava simplesmente com medo de perder?

André Castonguay era o dono das obras de arte; Marois, dos artistas. Quem era o mais poderoso? Mas também o mais vulnerável?

Quadros emoldurados não podiam se levantar e ir embora, mas artistas, sim.

Do que François Marois tinha medo?, perguntou-se de novo.

– Por que o senhor está aqui?

Marois pareceu surpreso.

– Eu já respondi isso, inspetor-chefe. Duas vezes. Estou aqui para tentar contratar Peter e Clara Morrow.

– No entanto, o senhor afirma não se importar se monsieur Castonguay chegar primeiro.

– Não tenho como controlar a estupidez dos outros – disse Marois, sorrindo.

Gamache analisou o homem, e, ao perceber o olhar do inspetor-chefe, o sorriso do marchand vacilou.

– Estou atrasado para um drinque, monsieur – disse Gamache, num tom agradável. – Se a gente não tiver mais nada para conversar, eu já vou indo.

Ele se virou e caminhou em direção ao bistrô.

– Pão? – ofereceu Ruth a Clara, estendendo algo que tinha a aparência e a textura de um tijolo.

As duas arrancaram alguns pedaços. Ruth os atirou nos tordos, que fugiram. Clara só os jogou no chão aos seus pés.

Tum, tum, tum.

– Ouvi dizer que os críticos viram alguma coisa nos seus quadros que eu com certeza não vi – comentou Ruth.

– Como assim?

– Eles gostaram.

Tum, tum, tum.

– Nem todos – disse Clara, rindo. – O *Ottawa Star* escreveu que meus trabalhos são bonitos, mas nem visionários nem ousados.

– Ahh, o *Ottawa Star*. Um jornal digno de nota. Eu lembro que o *Drummondville Post* uma vez chamou a minha poesia de monótona e desinteressante – contou Ruth, rindo e soltando o ar pelo nariz. – Olha, acerta aquele ali – disse ela, apontando para um gaio-azul especialmente ousado.

Como Clara não se mexeu, Ruth jogou uma pedra feita de pão no pássaro.

– Quase! – lamentou Ruth, embora Clara suspeitasse que, se ela quisesse mesmo, não teria errado o alvo.

– Eles disseram que eu sou um papagaio velho e cansado que imita artistas de verdade.

– Que ridículo – retrucou Ruth. – Os papagaios não imitam ninguém. Os mainás que imitam. Os papagaios aprendem as palavras e falam do jeito deles.

– Fascinante – murmurou Clara. – Vou escrever uma carta bem dura corrigindo o jornalista.

– O *Kamloops Record* reclamou que meus poemas não têm rima – disse Ruth.

– Você se lembra de todas as críticas da sua obra? – perguntou Clara.

– Só das ruins.

– Por quê?

Ruth se virou para encará-la. Seus olhos estavam cheios não de raiva, frieza ou malícia, mas de assombro.

– Não sei. Talvez esse seja o preço da poesia. E, aparentemente, da arte.

– Como assim?

– Nós nos machucamos. Sem dor não há obra.

– Você acredita mesmo nisso? – perguntou Clara.

– E você não? O que o *New York Times* disse sobre o seu trabalho?

Clara vasculhou a memória. Sabia que era algo bom. Tinha a ver com esperança e ressurreição.

– Bem-vinda ao grupo – disse Ruth. – Você chegou cedo. Pensei que fosse levar mais uns dez anos. Mas aqui está você.

E, por um instante, Ruth ficou igualzinha ao retrato feito por Clara. Amargurada, desapontada. Sentada ao sol, mas relembrando, revisando, repassando cada insulto. Cada palavra indelicada. Puxando-as e examinando-as como se fossem presentes de aniversário decepcionantes.

Ah, não não não, pensou Clara. *O morto ainda jazia gemendo*. Era assim que começava?

Ela observou Ruth voltar a bombardear um passarinho com um naco de pão não comestível.

Clara se levantou para ir embora.

– *A esperança tem seu lugar entre os mestres modernos.*

Clara se voltou para Ruth, que olhava para ela, o sol batendo de leve em seus olhos remelentos.

– Foi o que o *New York Times* escreveu – disse Ruth. – E o *Times* de Londres falou: *A arte de Clara Morrow traz o júbilo de volta à moda.* Não se esqueça, Clara – sussurrou ela.

Ruth voltou a se virar e se sentou ereta como uma vassoura, sozinha com seus pensamentos e a pesada pedra de pão. Olhando, de vez em quando, para o céu vazio.

OITO

Gabri pôs um refrigerante de limão em frente a Beauvoir e um chá gelado em frente ao inspetor-chefe. Havia uma rodela de limão espetada na borda de cada copo, que suava na tarde quente.

– Vocês vão querer fazer reservas na pousada? – perguntou Gabri. – Estou com vários quartos vagos.

– Bom, vamos ver. *Merci, patron* – disse Beauvoir, com um leve sorriso.

Ainda não se sentia à vontade de ser amigo de suspeitos, mas parecia que não podia evitar. Sem dúvida, às vezes eles o irritavam. Mas era inegável que o haviam conquistado.

Gabri saiu e os homens beberam em silêncio por um instante.

Beauvoir havia chegado ao bistrô primeiro e ido direto para o banheiro. Tinha jogado um pouco de água fria no rosto, sonhando com um comprimido. Mas havia prometido a si mesmo que esperaria até a hora de dormir para tomar o próximo, o que o ajudaria a pegar no sono.

Quando voltara à mesa, o chefe já estava lá.

– Alguma sorte com os dois? – perguntou a Gamache.

– Eles admitiram que conheciam Lillian Dyson, mas disseram que não muito bem.

– O senhor acredita neles?

Era a pergunta de sempre. Em quem você acredita? E como decide isso?

Gamache pensou um pouco, depois balançou a cabeça.

– Não sei. Pensei que conhecesse a cena artística, mas agora estou vendo que só enxergava o que eles queriam que eu, ou melhor, que todo mundo enxergasse. A arte. As galerias. Só que existe muita coisa por trás disso – disse

Gamache, inclinando-se para Beauvoir. – Por exemplo, André Castonguay tem uma galeria de prestígio. Expõe o trabalho dos artistas. E os representa. Mas e François Marois? O que ele tem?

Beauvoir ficou em silêncio, observando o chefe, o brilho nos olhos dele, o entusiasmo com que descrevia o que havia descoberto. Não a paisagem física, mas a emocional. A intelectual.

Muitos pensavam que o inspetor-chefe era um caçador. Ele rastreava assassinos. Mas Jean Guy sabia que ele não era isso. A natureza do inspetor-chefe Gamache era a de um explorador. Nunca se sentia mais feliz do que quando ultrapassava barreiras, explorava terrenos interiores. Áreas que nem as próprias pessoas haviam explorado. Examinado. Provavelmente porque eram assustadoras demais.

Gamache ia até o fim do mundo conhecido e além. Até os lugares recônditos. Olhava dentro das fissuras, onde as piores coisas se abrigavam.

E Jean Guy Beauvoir o seguia.

– O que François Marois tem – continuou Gamache, sustentando o olhar de Beauvoir – são os artistas. Mais do que isso, o que ele realmente tem é informação. Ele conhece as pessoas. Os compradores, os artistas. Sabe como navegar em um complexo mundo de dinheiro, egos e percepções. Marois acumula conhecimento. Acho que ele só solta essas informações quando interessa a ele, ou quando não tem alternativa.

– Ou quando é pego na mentira – completou Beauvoir. – Como o senhor fez hoje à tarde.

– Mas o que mais ele sabe e não está contando? – perguntou Gamache, que não esperava uma resposta de Beauvoir e, de fato, não recebeu nenhuma.

Beauvoir deu uma olhada no cardápio, porém sem interesse.

– Já escolheram? – perguntou Gabri, de caneta em punho.

Beauvoir fechou o cardápio e o devolveu a Gabri.

– Nada, obrigado.

– Eu estou bem, *merci, patron* – disse o chefe, também devolvendo o cardápio, enquanto observava Clara deixar Ruth e ir até a livraria de Myrna.

CLARA ABRAÇOU A AMIGA E sentiu as dobras de Myrna debaixo do cafetã amarelo-ovo.

Finalmente, elas se afastaram, e Myrna olhou para a amiga.

– O que provocou isso?

– Eu estava falando com a Ruth...

– Ah, querida – disse Myrna, voltando a abraçar Clara. – Quantas vezes eu já te disse para nunca conversar com a Ruth sozinha? É muito perigoso. Ninguém quer ficar vagando dentro daquela cabeça desacompanhada.

Clara riu.

– Você não vai acreditar, mas ela me ajudou.

– Como?

– Ela me mostrou o meu futuro, se eu não tomar cuidado.

Myrna sorriu, entendendo tudo.

– Tenho pensado no que aconteceu. No assassinato da sua amiga.

– Ela não era minha amiga.

Myrna assentiu.

– O que você acha de um ritual? Algo para curar.

– O quintal?

Parecia um pouco tarde para curar Lillian e, bem lá no fundo, Clara sabia que não a traria de volta à vida nem que fosse possível.

– O seu quintal. E o que mais precisar de cura – disse Myrna, lançando um olhar melodramático à amiga.

– Para me curar? Você acha que encontrar uma mulher que eu odiava morta no meu quintal ferrou com a minha cabeça?

– Espero que sim – respondeu Myrna. – Podemos fazer um ritual de defumação para nos livrar de todos os maus pensamentos e energias que ainda estiverem rondando o seu quintal.

Disso assim, em alto e bom som, o ritual parecia uma bobagem. Como se espalhar fumaça onde alguém havia sido assassinado tivesse algum efeito. Mas elas já haviam realizado rituais de defumação várias vezes antes, e eles eram sempre momentos relaxantes, reconfortantes. E Clara precisava das duas coisas agora.

– Ótimo – disse ela. – Vou chamar Dominique...

– ... e eu vou pegar as coisas.

Quando Clara desligou o telefone, Myrna já havia descido de seu apartamento em cima da livraria. Ela carregava um velho galho nodoso, algumas fitas e o que parecia ser um enorme charuto. Ou outra coisa.

– Acho que sofro de inveja do defumador – disse Clara, apontando para o charuto.

– Toma – disse Myrna, entregando o galho de árvore a Clara. – Pega isto aqui.

– O que é isso? Um galho?

– Não é um simples galho. É um cajado de oração.

– Então é melhor eu não usá-lo para espancar o crítico do *Ottawa Star* – disse Clara, seguindo Myrna para fora da livraria.

– Provavelmente não. Nem se açoitar com ele.

– O que faz disto um cajado de oração?

– É um cajado de oração porque eu estou dizendo que é – declarou Myrna.

Dominique estava descendo a Du Moulin, e as mulheres acenaram umas para as outras.

– Espere um segundo – disse Clara, fazendo um desvio para falar com Ruth, ainda sentada no banco. – A gente está indo para o meu quintal. Quer ir também?

Ruth olhou para Clara, que segurava o cajado, depois para Myrna, com o charuto feito com ramos secos de sálvia e erva-doce.

– Vocês não vão fazer um daqueles rituais profanos de bruxaria, vão?

– Com certeza vamos – respondeu Myrna atrás de Clara.

– Contem comigo – disse Ruth, esforçando-se para ficar de pé.

Os policiais já tinham ido embora. O quintal estava vazio. Não havia nem sequer alguém para vigiar o lugar onde uma vida havia sido tirada. A fita amarela onde estava escrito "Cena de crime" balançava, isolando uma parte do gramado e um dos canteiros.

– Sempre achei este quintal um crime – comentou Ruth.

– Você tem que admitir que melhorou muito quando a Myrna começou a ajudar – disse Clara.

Ruth se voltou para Myrna.

– Então é isso o que você é. Eu sempre me perguntei. Você é a jardineira.

– Eu bem que te enterraria aí – disse Myrna –, se você não fosse lixo tóxico.

Ruth riu.

– *Touché*.

– Foi ali que vocês encontraram o corpo? – perguntou Dominique, apontando para o círculo.

– Não, a fita faz parte do design do quintal da Clara – rebateu Ruth.

– Vaca – xingou Myrna.

– Bruxa – devolveu Ruth.

Dava para ver que elas estavam começando a gostar uma da outra, pensou Clara.

– Vocês acham que a gente devia entrar ali? – perguntou Myrna, que não contava com a fita amarela.

– Não – disse Ruth, empurrando a fita para baixo com a bengala e passando por cima dela. Depois se voltou para as outras: – Podem vir, a água está ótima.

– Só um pouco quente – disse Clara a Dominique.

– E tem um tubarão ali – completou Dominique.

As três se juntaram à velha poeta. Se havia alguém que podia contaminar um lugar era Ruth, e o estrago provavelmente já estava feito. Mas, afinal, elas estavam lá para descontaminá-lo.

– E agora, o que a gente faz? – perguntou Dominique, enquanto Clara enfiava o cajado de oração no canteiro de flores onde o corpo de Lillian tinha sido encontrado.

– A gente vai fazer um ritual – explicou Myrna. – Chamado defumação. A gente coloca fogo nisto aqui – prosseguiu, erguendo as ervas secas – e depois caminha em volta do quintal com ele.

Ruth fitava o charuto de ervas.

– Freud talvez tivesse algo a dizer sobre esse ritual de vocês.

– Às vezes um cajado de oração é apenas um cajado de oração – disse Clara, mantendo a referência freudiana.

– Por que a gente está fazendo isso? – perguntou Dominique.

Aquele era, com certeza, um lado dos vizinhos que ela nunca tinha visto – e que não parecia favorável.

– Para nos livrar dos maus espíritos – disse Myrna.

Dito assim, sem rodeios, parecia um tanto improvável. Mas Myrna acreditava naquilo com todo o seu enorme coração.

Dominique se voltou para Ruth.

– Bom, acho que você está ferrada.

Houve um silêncio, então Ruth caiu na risada. Ao ouvir aquilo, Clara se perguntou se seria tão ruim assim se transformar em Ruth Zardo.

– Primeiro a gente forma um círculo – explicou Myrna.

E foi o que elas fizeram. Myrna em seguida ateou fogo no charuto de ervas e caminhou até Clara, depois até Dominique e por fim até Ruth, espalhando a fumaça perfumada sobre cada mulher. Para atrair proteção, paz.

Clara inspirou e fechou os olhos enquanto a fumaça suave rodopiava por um instante ao seu redor, levando embora, segundo Myrna, toda a energia negativa delas. Os maus espíritos internos e externos. Absorvendo-os. E abrindo espaço para a cura.

Então elas caminharam pelo quintal, não só no terrível local onde Lillian havia morrido, mas por todo o espaço. As mulheres se revezaram lançando fumaça nas árvores, no marulhante rio Bella Bella e nas rosas, peônias e íris rajadas de preto.

Finalmente, terminaram onde haviam começado. Na fita amarela. No buraco do jardim onde uma vida tinha desaparecido.

– *Agora, eu tenho uma boa* – disse Ruth, citando um dos próprios poemas ao encarar o lugar.

Deitado em seu leito de morte,
você tem uma hora neste plano.
Quem é que você precisa
perdoar há tantos anos?

Myrna tirou do bolso as fitas coloridas e deu uma a cada mulher.

– A gente prende a fita no cajado de oração e envia bons pensamentos – explicou.

Elas olharam de soslaio para Ruth, aguardando o comentário cínico. Mas ele não veio. Dominique foi a primeira, amarrando sua fita cor-de-rosa ao galho nodoso.

Myrna foi depois, atando sua fita roxa e fechando os olhos por um instante para enviar bons pensamentos.

– Não é a primeira vez que eu amarro uma destas – admitiu Ruth, com um sorriso.

Depois, prendeu sua fita vermelha, fazendo uma pausa para descansar a mão cheia de veias no cajado, como se fosse uma bengala, e olhar para o céu.

Ouvindo.

Mas só havia o som das abelhas. Zumbindo.

Por fim, foi a vez de Clara amarrar sua fita verde, sabendo que deveria pensar coisas boas sobre Lillian. Alguma coisa, qualquer coisa. Procurou dentro de si, espiando nos cantos escuros, abrindo portas fechadas por anos. Tentando encontrar algo bom para dizer sobre ela.

As outras mulheres esperavam, e o tempo passava.

Clara fechou os olhos e relembrou sua história com Lillian, tantos anos antes. Passou rapidamente pelas primeiras recordações, felizes, arruinadas pelos horríveis eventos posteriores.

Para!, ordenou Clara ao cérebro. Aquele era o caminho para o banco da praça. Com aquele pão empedrado não comestível.

Não. Coisas boas tinham de fato acontecido, e ela precisava se lembrar disso. Se não fosse para libertar o espírito de Lillian, pelo menos para libertar o seu.

*Quem é que você precisa
perdoar há tantos anos?*

– Você foi gentil comigo muitas vezes. E uma boa amiga. Há muito tempo.

As preciosas fitas coloridas, as quatro fitas femininas, tremulavam e se entrelaçavam.

Myrna se curvou para prender o cajado de oração com mais firmeza na terra do quintal.

– O que é isto?

Myrna se levantou, segurando um objeto coberto de terra. Ela o limpou e o mostrou às outras. Era uma moeda, do tamanho de um antigo dólar de prata.

– É minha! – disse Ruth, estendendo a mão para pegá-la.

– Pera lá, dona Ruth. Tem certeza? – perguntou Myrna.

Dominique e Clara se revezaram examinando o objeto. Era uma moeda, mas não de prata. Na verdade, havia sido pintada com tinta prateada, mas parecia ser de plástico. E tinha algo escrito.

– O que é? – perguntou Dominique, devolvendo a moeda a Myrna.

– Acho que eu sei. E tenho certeza de que não é sua – disse Myrna a Ruth.

A agente Isabelle Lacoste se juntou ao inspetor-chefe Gamache e ao inspetor Beauvoir no *terrasse*. Pediu uma Coca sem açúcar e atualizou os dois.

Na antiga estação ferroviária, a sala de investigação estava a todo vapor. Computadores, linhas telefônicas e links de satélite instalados. Mesas, cadeiras giratórias, arquivos e aparelhos eletrônicos, tudo no lugar. A Divisão de Homicídios da Sûreté estava acostumada a ir até comunidades remotas para investigar assassinatos. Como o Corpo de Engenheiros do Exército, sabia que tempo e precisão eram importantes.

– Eu fiz uma pesquisa sobre a família de Lillian – disse Lacoste, puxando a cadeira para a frente e abrindo sua caderneta. – Ela era divorciada. Não tinha filhos. Os pais estão vivos. Moram na Harvard Avenue, em Notre--Dame-de-Grâce.

– Quantos anos eles têm? – perguntou Gamache.

– Ele, 83. Ela, 82. Lillian era filha única.

Gamache assentiu. Aquela era, é claro, a pior parte de todo caso. Contar da morte aos vivos.

– Eles já sabem?

– Ainda não – respondeu Lacoste. – Eu estava me perguntando se o senhor podia...

– Eu vou a Montreal hoje à tarde falar com eles.

Sempre que possível, ele mesmo dava a notícia às famílias.

– A gente também precisa revistar o apartamento de madame Dyson – disse Gamache, tirando a lista de convidados do bolso da camisa. – Você pode enviar agentes para interrogar todo mundo desta lista? Eles estavam na festa de ontem à noite, na vernissage ou em ambos os lugares. Marquei as pessoas com quem a gente já falou.

Beauvoir estendeu a mão para pegar a lista.

Eles sabiam que era trabalho dele coordenar os interrogatórios, reunir as evidências e designar os agentes.

O inspetor-chefe fez uma pausa, depois entregou a lista a Lacoste. Assim, passava o controle efetivo da investigação para ela. Os dois agentes pareceram surpresos.

– Queria que você fosse comigo para Montreal – disse ele a Beauvoir.

– Claro – concordou Beauvoir, perplexo.

Todos tinham papéis bem delineados na Divisão de Homicídios. O chefe insistia nisso. Que não houvesse confusão, frestas. Nenhuma sobreposição. Todos eles sabiam qual era o próprio trabalho, sabiam o que se esperava deles. Trabalhavam em equipe. Sem rivalidade. Sem lutas internas.

O inspetor-chefe Gamache era o líder incontestável da Divisão de Homicídios.

O inspetor Jean Guy Beauvoir era o segundo em comando.

A agente Lacoste, candidata a promoção, era a agente sênior. E, abaixo deles, havia mais de cem agentes e investigadores. Além de várias centenas de funcionários de apoio.

O chefe deixava claro: era nas confusões e frestas que morava o perigo. Não só de disputas internas e politicagem, mas de algo real e ameaçador. Se eles não fossem claros e coesos, se não trabalhassem em equipe, criminosos violentos poderiam escapar. Ou pior: matar alguém.

Os assassinos viviam nas menores frestas. E Gamache não permitiria de jeito nenhum que o departamento oferecesse uma delas.

Mas agora o chefe havia quebrado uma de suas próprias regras fundamentais. Tinha entregado a investigação, as operações cotidianas, à agente Isabelle Lacoste, e não a Beauvoir.

Lacoste pegou a lista, deu uma olhada e assentiu.

– Vou ver isso agora mesmo, chefe.

Os dois homens observaram a agente sair, depois Beauvoir se inclinou para a frente.

– Certo, *patron*. O que está acontecendo? – sussurrou ele.

Mas, antes que Gamache pudesse responder, os dois viram quatro mulheres caminhando na direção deles. Myrna na liderança, com Clara, Dominique e Ruth em seu encalço.

Gamache se levantou e fez uma leve mesura para elas.

– Querem se juntar a nós?

– Não vamos demorar, eu só queria que você visse uma coisa. A gente encontrou isto aqui no canteiro de flores onde a mulher foi morta – disse Myrna, entregando a moeda a ele.

– Sério? – perguntou Gamache, surpreso.

Ele olhou para a moeda suja na palma da sua mão. Seu pessoal tinha feito uma busca minuciosa no quintal e no vilarejo inteiro. O que poderia ter escapado?

A moeda tinha a imagem de um camelo, quase invisível sob as manchas.

– Quem tocou nisto? – perguntou Beauvoir.

– Todas nós – respondeu Ruth, orgulhosa.

– Vocês não sabem o que fazer com as evidências em uma cena de crime?

– E vocês não sabem como coletar as evidências? – perguntou Ruth. – Se soubessem, a gente não teria encontrado isto.

– Isto estava lá, caído no quintal? – perguntou Gamache.

Com a ponta dos dedos, tomando cuidado para não tocar a moeda mais do que o necessário, ele a virou.

– Não – respondeu Myrna. – Estava enterrada.

– Então como vocês encontraram?

– Com um cajado de oração – disse Ruth.

– O que é um cajado de oração? – perguntou Beauvoir, já com medo da resposta.

– A gente pode mostrar – sugeriu Dominique. – A gente enfiou o cajado no canteiro onde a mulher foi assassinada.

– Era um ritual de purificação... – disse Clara, antes de ser interrompida por Myrna.

– Shhhhh. Napadapa depe pupuripifipicapaçãopão.

Beauvoir olhou para as mulheres. Não bastava que fossem anglófonas e tivessem um cajado de oração, agora descambavam para a língua do P. Não era de se admirar que houvesse tantos assassinatos ali. O único mistério era como, com esse tipo de ajuda, eles eram solucionados.

– Eu me abaixei para fazer um montinho de terra em volta do cajado e essa coisa apareceu – explicou Myrna, como se aquele fosse um ato razoável em uma cena de crime.

– Vocês não viram a fita da polícia? – perguntou Beauvoir, irritado.

– Vocês não viram a moeda? – contra-atacou Ruth.

Gamache ergueu a mão, e os dois pararam de se bicar.

No lado da moeda agora exposto havia algo escrito. Parecia ser um poema.

Ele colocou os óculos meia-lua de leitura e franziu o cenho, tentando ler apesar da sujeira.

Não, não era um poema.

Era uma prece.

NOVE

Pela segunda vez naquele dia, Armand Gamache se levantou após se agachar no mesmo canteiro de flores.

Na primeira vez, estava olhando para uma mulher morta, e agora, para um cajado de oração. As fitas alegres, de cores vibrantes, tremulavam na brisa leve, captando, segundo Myrna, correntes de boas energias. Se ela estivesse certa, havia muitas dessas correntes, já que as fitas não paravam de dançar, batendo umas nas outras.

Ele ficou de pé e bateu a terra dos joelhos. Ao seu lado, o inspetor Beauvoir olhava, furioso, para o ponto onde a moeda tinha sido encontrada.

Para o lugar onde ele não a havia visto.

Beauvoir estava à frente da investigação forense e havia revistado pessoalmente a área ao redor do corpo.

– Você encontrou isso bem aqui? – perguntou o chefe, apontando para o montinho de terra.

Myrna e Clara tinham se juntado a eles. Beauvoir havia chamado a agente Lacoste, que havia acabado de chegar com os instrumentos forenses.

– Isso mesmo – confirmou Myrna. – No canteiro de flores. Estava enterrada e toda suja. Difícil de ver.

– Eu fico com isto – disse Beauvoir, pegando o material de Lacoste, irritado com o que lhe pareceu um tom condescendente na voz de Myrna.

Como se ela precisasse arrumar uma desculpa para a falha dele. Beauvoir se abaixou para examinar a terra.

– Por que a gente não achou a moeda antes? – perguntou o chefe.

Aquela não era uma crítica à equipe. Gamache estava perplexo de verdade. Eles eram profissionais e minuciosos. Ainda assim, erros aconteciam. Mas, pensou ele, não ver uma moeda prateada em um canteiro de flores a meio metro do corpo...

– Eu sei por que vocês não acharam – disse Myrna. – O Gabri ia concordar comigo. Ou qualquer pessoa que goste de jardinagem. Ontem de manhã, a gente capinou e adubou a terra dos canteiros, para que ela ficasse fresca e escura, destacando as flores. Os jardineiros chamam isso de "afofar o jardim". Deixar a terra solta. Mas, quando a gente faz isso, o solo fica bem quebradiço. Eu já perdi ferramentas inteiras lá dentro. Se você deixa as ferramentas no solo, elas rolam para dentro de uma fenda e ficam meio enterradas.

– É um canteiro de flores – disse Gamache –, não o Himalaia. Será que pode mesmo engolir alguma coisa?

– Pode tentar.

O inspetor-chefe Gamache foi até o outro lado do canteiro.

– Vocês também adubaram aqui?

– O canteiro inteiro – respondeu Myrna. – Vai em frente. Tenta.

Gamache se ajoelhou e jogou uma moeda de 1 dólar no canteiro. Ela ficou sobre a terra, nitidamente visível. Ele a pegou de volta, se levantou e olhou para Myrna.

– Alguma outra sugestão?

Ela olhou para a terra com desprezo.

– A terra já deve ter se acomodado. Se tivesse acabado de ser revolvida, teria funcionado.

Myrna pegou uma espátula do galpão de Clara e cavou, revirando e afofando a terra.

– Tenta agora.

Gamache se ajoelhou de novo e jogou a moeda no canteiro mais uma vez. Ela deslizou para o lado, caindo em uma pequena fenda.

– Viu? – disse Myrna.

– Bom, vi. E continuo vendo, a moeda está ali – disse Gamache. – Infelizmente, não estou muito convencido. Será que ela estava ali há mais tempo? Talvez tenha caído no canteiro há alguns anos. É de plástico, por isso não enferrujou nem envelheceu.

– Duvido muito – opinou Clara. – A gente já teria achado há muito tempo.

Eles com certeza teriam encontrado ontem, quando capinaram e adubaram a terra, não acha?

– Eu já desisti de entender – respondeu Myrna.

Eles voltaram para o lugar onde Beauvoir trabalhava.

– Nada mais, chefe – disse ele, erguendo-se de repente e batendo a terra dos joelhos. – Não dá para acreditar que a gente não viu a moeda da primeira vez.

– Bom, agora está conosco – disse Gamache, olhando para a moeda no saquinho de evidências que Lacoste segurava.

Não era dinheiro, não era a moeda de nenhum país. A princípio, ele pensara que ela podia ser do Oriente Médio. Por causa do camelo. Afinal, se a moeda do Canadá tinha um alce, por que a saudita não teria um camelo?

Mas as palavras estavam em inglês. E não havia menção ao valor.

Só o camelo de um lado e a prece do outro.

– Tem certeza de que não é sua ou do Peter? – perguntou ele a Clara.

– Tenho. Ruth alegou por um instante que era dela, mas Myrna disse que não tinha como ser.

Gamache ergueu as sobrancelhas e se voltou para a mulher de cafetã ao seu lado.

– E como você sabe disso?

– Eu sei o que isto é e sei que Ruth jamais teria uma destas. Achei que você tinha reconhecido.

– Não faço ideia do que seja.

Todos voltaram a olhar a moeda no saquinho com fecho hermético.

– Posso? – perguntou Myrna, e, quando Gamache assentiu, Lacoste entregou o saco a ela.

Myrna olhou através do plástico e leu:

– *Concedei-nos, Senhor, a serenidade necessária*
para aceitar as coisas que não podemos modificar,
coragem para modificar aquelas que podemos
e sabedoria para distinguir umas das outras.

– É uma ficha de ingresso – contou ela. – Dos Alcoólicos Anônimos. É dada para quem acabou de ficar sóbrio.

– Como você sabe disso? – perguntou Gamache.

– Quando eu era psicóloga, sugeri que vários pacientes entrassem para o AA. Depois, alguns me mostraram o que eles chamavam de ficha de ingresso. Eram iguaizinhas a essa aí – contou ela, apontando para o saquinho na mão de Lacoste. – Quem quer que tenha deixado essa moeda cair, era um membro do AA.

– Agora entendi o que você disse sobre Ruth – comentou Beauvoir.

Gamache agradeceu a elas e observou Clara e Myrna voltarem à casa para se juntar às outras.

Beauvoir e a agente Lacoste estavam conversando, analisando anotações e descobertas. Gamache sabia que o inspetor Beauvoir estava dando algumas instruções a ela. Pistas a seguir enquanto eles estivessem em Montreal.

Ele vagou pelo quintal. Um mistério tinha sido solucionado. A moeda era uma ficha de ingresso do AA.

Mas quem a deixara cair? Lillian Dyson, ao ser morta? Ainda que tivesse sido ela, o experimento dele mostrara que a moeda ficaria sobre a terra. Eles a veriam logo.

Será que o assassino a perdera? No entanto, se ele pretendia quebrar o pescoço dela com as próprias mãos, não estaria segurando uma ficha. Além disso, a mesma lógica valia para ele. Se o assassino a deixara cair, por que eles não a haviam encontrado? Como ela acabara enterrada?

Parado no quintal quente e ensolarado, o inspetor-chefe imaginou o assassinato. Alguém se esgueirando por trás de Lillian Dyson, no escuro. Agarrando a mulher pelo pescoço para depois torcê-lo. Rapidamente. Antes que ela pudesse chamar alguém, gritar. Lutar.

Mas ela teria feito alguma coisa. Devia ter balançado os braços, mesmo que por um instante.

E ele viu, claramente, que havia cometido um erro.

Enquanto voltava para o canteiro de flores, Gamache chamou Beauvoir e Lacoste, que rapidamente se juntaram a ele.

De novo, tirou a moeda de 1 dólar do bolso. Depois a jogou no ar e observou a ficha cair no solo recém-revolvido, ficar sobre ele por um instante e então escorregar e ser soterrada pela terra, que desmoronou sobre ela.

– Meu Deus, ela realmente se enterrou – disse Lacoste. – Foi isso que aconteceu?

– Acho que sim – respondeu Gamache, observando Lacoste pegar a moeda de volta e entregá-la a ele. – Quando eu joguei a moeda pela primeira vez, estava ajoelhado, perto da terra. Mas se isso aconteceu durante o assassinato, a moeda deve ter caído da altura de alguém de pé. Do alto. Com mais força. Acho que, se o assassino agarrou o pescoço de Lillian, os braços dela devem ter se sacudido, quase como em um espasmo, e a moeda foi arremessada para longe do corpo dela, atingindo o solo com impacto suficiente para mover a terra solta.

– Foi assim que ela foi enterrada e a gente não viu – concluiu a agente Lacoste.

– *Oui* – disse Gamache, virando-se para ir embora. – E isso significa que Lillian Dyson tinha que estar segurando a moeda. Agora, por que ela estava parada neste quintal segurando uma ficha de ingresso do AA?

Mas Beauvoir suspeitava que o chefe estivesse pensando também outra coisa. Que Beauvoir havia estragado tudo. A moeda deveria ter sido vista por ele, e não encontrada por quatro mulheres loucas que adoravam um graveto. Aquilo não ia pegar bem no tribunal, para nenhum deles.

As MULHERES JÁ HAVIAM IDO embora, assim como os policiais da Sûreté. Todo mundo tinha ido embora e agora Peter e Clara estavam, finalmente, sozinhos.

Peter atraiu Clara com os braços e, abraçando-a com força, sussurrou:

– Esperei o dia inteiro para fazer isso. Fiquei sabendo das críticas. São fantásticas. Parabéns.

– São boas, não são? – disse Clara. – Iupiiii. Dá para acreditar?

– Está brincando? – perguntou Peter, rompendo o abraço e cruzando a cozinha. – Nunca tive dúvida.

– Ah, fala sério – disse Clara, rindo –, você nem gosta do meu trabalho.

– Gosto, sim.

– E do que você gosta, exatamente? – provocou cla.

– Bom, seus quadros são lindos. Nem parece que você aprendeu num tutorial da internet.

Ele estava mexendo na geladeira e agora se virava, garrafa de champanhe na mão.

– O meu pai me deu isto quando fiz 21 anos. Ele disse para eu abrir quando tivesse um imenso sucesso pessoal. Para brindar a mim – contou ele, desembrulhando o alumínio em volta da rolha. – Eu pus para gelar ontem, antes de a gente sair, para brindar a você.

– Não, espera, Peter – disse Clara. – A gente devia guardar essa garrafa.

– Para quê? Para a minha individual? Nós dois sabemos que não vai acontecer.

– Vai, sim. Se aconteceu comigo, pode...

– ... acontecer com qualquer um?

– Você entendeu. Eu realmente acho que a gente devia esperar...

A rolha voou.

– Tarde demais – disse Peter, com um sorriso imenso. – A gente recebeu uma ligação enquanto você estava fora.

Ele serviu as duas taças com cuidado.

– De quem?

– André Castonguay – disse ele, entregando uma taça a ela.

Depois haveria tempo suficiente para contar sobre todas as outras ligações.

– Sério? O que ele queria?

– Falar com você. Com a gente. Com nós dois. *Santé* – disse ele, inclinando a taça e brindando com ela. – E parabéns.

– Obrigada. Você quer encontrar com ele?

A taça de Clara pairou no ar, quase não tocando os lábios dela. No nariz, ela sentiu o estouro eufórico das bolhinhas de champanhe. Finalmente livres. Assim como ela, elas tinham esperado anos e anos, décadas, por aquele momento.

– Só se você quiser – respondeu Peter.

– A gente pode esperar? Deixar as coisas assentarem um pouco?

– Como você preferir.

Mas ela sentiu a decepção na voz dele.

– Se você quer muito, Peter, a gente pode encontrar com ele. Por que não? Quer dizer, ele está aqui agora. De repente é uma boa.

– Não, não, tudo bem – disse ele, sorrindo para ela. – Se ele estiver falando sério, vai esperar. Sinceramente, Clara, é a sua vez de brilhar. E nem a morte da Lillian nem André Castonguay podem tirar isso de você.

Mais bolhas estouraram, e Clara se perguntou se estavam estourando sozinhas ou eram picadas por agulhas minúsculas, quase invisíveis, como a que Peter acabara de usar. Lembrando-a, no momento em que brindavam ao sucesso dela, daquela morte. Do assassinato no quintal deles.

Ela virou a taça e sentiu a bebida nos lábios. Por cima da taça, porém, olhava para Peter, que de repente parecia menos substancial. Um pouco oco. Ele mesmo como uma bolha. Voando para longe.

A vida inteira eu estive distante demais, pensou ela enquanto bebia. *E não acenava, mas me afogava.*

Que versos vinham antes disso? Clara baixou a taça lentamente até a bancada. Peter havia tomado um grande gole de champanhe. Um trago, na verdade. Uma golada profunda, masculina, quase agressiva.

Ninguém o ouvia, o homem morto,
Mas ali ele jazia, gemendo.

Eram aqueles os versos, pensou Clara, enquanto olhava para Peter.

O champanhe em seus lábios estava azedo, tinha avinagrado havia anos. Mas Peter, que havia tomado um gole imenso, sorria.

Como se não houvesse nada de errado.

Quando é que ele tinha morrido?, perguntou-se Clara. E por que ela não havia notado?

– Não, eu entendo – disse o inspetor Beauvoir.

Gamache olhou para Beauvoir no banco do motorista. Olhos fixos no trânsito enquanto eles se aproximavam da ponte Champlain, que dava em Montreal. O rosto de Beauvoir estava plácido, relaxado. Evasivo.

Mas suas mãos apertavam o volante com firmeza.

– Se a agente Lacoste vai ser promovida a inspetora, quero ver como ela lida com a responsabilidade extra – explicou Gamache. – Por isso eu dei o dossiê para ela.

Ele sabia que não precisava explicar suas decisões. Mas escolheu explicar. Não estava trabalhando com crianças, e sim com adultos inteligentes e dedicados. Se não queria que se comportassem como crianças, era melhor não os tratar assim. Ele queria gente que pensasse por conta própria. E tinha isso. Homens e mulheres que haviam conquistado o direito de saber por que uma decisão havia sido tomada.

– É só para dar mais autoridade à agente Lacoste, nada mais. A investigação ainda é sua. Ela entende isso, e eu preciso que você também entenda, para que não haja nenhuma confusão.

– Eu entendo – disse Beauvoir. – Só queria que o senhor tivesse mencionado isso antes.

– Tem razão, era o que eu devia ter feito. Desculpa. Aliás, eu estava pensando que faz sentido você supervisionar a agente Lacoste. Agir como um mentor. Se ela vai ser promovida a inspetora e se tornar a sua segunda em comando, você vai ter que treiná-la.

Beauvoir aquiesceu e afrouxou as mãos no volante. Eles passaram os minutos seguintes discutindo o caso, além dos pontos fortes e fracos de Lacoste, antes de ficarem em silêncio.

Enquanto observava o belo vão da ponte sobre o rio St. Lawrence se aproximar, Gamache se voltou para outro assunto. Para algo que vinha ponderando havia algum tempo.

– Tem outra coisa.

– Hã? – disse Beauvoir, olhando de relance para o chefe.

Gamache planejava falar sobre aquilo com calma. Talvez durante o jantar daquela noite ou em uma caminhada na montanha. Não enquanto eles atravessavam a rodovia a 120 quilômetros por hora.

No entanto, a oportunidade tinha aparecido. E Gamache a agarrara.

– A gente precisa conversar sobre sua saúde. Tem alguma coisa errada. Você não está melhorando, não é?

Não era uma pergunta.

– Desculpa pela moeda. Eu fui um idiota...

– Não estou falando da moeda. Foi só um erro. Acontece. Só Deus sabe quantos eu cometi na vida.

Ele viu Beauvoir sorrir.

– Então do que o senhor está falando?

– Dos analgésicos. Por que ainda está tomando?

Fez-se um silêncio no carro, enquanto Quebec zunia pelas janelas.

– Como o senhor sabe disso? – perguntou Beauvoir, afinal.

– Eu suspeitei. Você carrega os comprimidos no bolso do casaco.

– O senhor olhou? – perguntou Beauvoir, com uma ponta de irritação.

– Não. Mas observei você.

Assim como observava agora. Seu segundo em comando sempre fora ágil, enérgico. Convencido. Cheio de vida e cheio de si. O que, às vezes, irritava Gamache. Mas, na maior parte do tempo, o chefe observava a vitalidade de Beauvoir com prazer e um tanto entretido, enquanto Jean Guy se jogava de cabeça na vida.

Só que agora o homem mais jovem parecia esgotado. Austero. Como se cada dia demandasse um grande esforço. Como se arrastasse uma bigorna atrás de si.

– Eu vou ficar bem – disse Beauvoir, e percebeu como a resposta soava vazia. – O médico e os fisioterapeutas disseram que estou no caminho certo. A cada dia que passa eu me sinto melhor.

Armand Gamache não queria insistir. Mas precisava.

– Você ainda sente dor pelos ferimentos.

De novo, não era uma pergunta.

– Vai demorar um pouco – respondeu Beauvoir, olhando rapidamente para o chefe. – Eu realmente me sinto bem melhor.

Mas não parecia. E Gamache estava preocupado.

O inspetor-chefe ficou em silêncio. Ele próprio nunca estivera em melhor forma – ou, pelo menos, havia muitos e muitos anos. Estava caminhando mais, e a fisioterapia trouxera de volta sua força e agilidade. Frequentava a academia na sede da Sûreté três vezes por semana. No início, tinha sido humilhante, já que lutava para levantar pesos do tamanho de rosquinhas e permanecer no elíptico por mais que alguns poucos minutos.

Mas ele havia insistido e insistido. E, pouco a pouco, sua força não só havia voltado como também ultrapassara o estágio em que estava antes do ataque.

Gamache ainda sofria com algumas sequelas físicas. A mão direita tremia quando estava cansado ou estressado demais. E o corpo doía assim que acordava ou quando se levantava depois de muito tempo sentado. Havia algumas dores e desconfortos. Mas as físicas nem chegavam perto das emocionais, contra as quais ele lutava todos os dias.

Alguns dias eram muito bons. Outros, como aquele, nem tanto.

Suspeitava que Jean Guy tinha suas próprias batalhas e sabia que o caminho da recuperação nunca era uma linha reta. Mas Beauvoir parecia estar recuando cada vez mais.

– Tem algo que eu possa fazer? – perguntou ele. – Você precisa de uma folga para focar na sua saúde? Sei que Daniel e Roslyn adorariam receber a sua visita em Paris. Talvez isso ajude.

Beauvoir riu.

– O senhor está tentando me matar?

Gamache abriu um sorriso largo. Era difícil imaginar o que poderia arruinar uma viagem a Paris, mas uma semana naquele pequeno apartamento com o filho, a nora e as duas netas talvez conseguisse. Ele e Reine-Marie agora alugavam um apartamento próximo quando iam visitá-los.

– *Merci, patron*. Mas prefiro caçar assassinos implacáveis.

Gamache riu. Do outro lado do rio, o horizonte de Montreal surgia em primeiro plano. E no meio da cidade se erguia o Mont Royal. A imensa cruz no topo da montanha agora estava invisível, mas todas as noites ganhava vida, iluminada como um farol para uma população que já não acreditava na Igreja, mas acreditava em família, amigos, cultura e humanidade.

A cruz parecia não se importar. Brilhava do mesmo jeito.

– A sua separação não deve ter ajudado – disse o chefe.

– Na verdade, ajudou – respondeu Beauvoir, diminuindo a velocidade devido ao trânsito da ponte.

Ao lado dele, Gamache observava o horizonte, como sempre fazia. Mas se virou para encará-lo.

– Ajudou como?

– Foi um alívio. Eu me sinto livre. Não queria que Enid sofresse, mas foi uma das melhores coisas que vieram do ataque.

– Como assim?

– Eu sinto que ganhei uma nova chance. Muitas pessoas morreram, mas, quando vi que tinha sobrevivido, olhei para a minha vida e vi como era infeliz. E as coisas não iam melhorar. Não era culpa da Enid, a gente nunca combinou muito. Mas eu tinha medo de mudar, de admitir que tinha cometido um erro. Medo de machucar Enid. Só que eu simplesmente não aguentava mais. Sobreviver ao ataque me deu coragem para fazer o que eu devia ter feito há anos.

– Coragem para modificar.

– *Pardon?*

– É um dos versos daquela oração da ficha – lembrou Gamache.

– É, acho que é isso. Seja o que for, eu vi a minha vida se desenrolando diante dos meus olhos e ficando cada vez pior. Não me entenda mal, Enid é uma mulher maravilhosa...

– A gente sempre gostou dela. Muito.

– E ela de vocês, como o senhor sabe. Mas ela não é a mulher certa para mim.

– E você sabe quem é?

– Não.

Beauvoir olhou de soslaio para o chefe. Gamache fitava o para-brisa, com uma expressão pensativa, mas logo se voltou para ele.

– Você vai saber – disse o chefe.

Beauvoir assentiu, mergulhado em pensamentos. Então, finalmente falou.

– O que o senhor teria feito? Se fosse casado com alguém quando conheceu madame Gamache?

Gamache se voltou para Beauvoir com o olhar aguçado.

– Achei que você tinha dito que ainda não encontrou a mulher certa.

Beauvoir hesitou. Ele dera a deixa e Gamache aproveitara. Agora, o chefe olhava para ele. Esperando uma resposta. E Beauvoir quase contou a ele. Quase contou tudo ao chefe. Ávido por abrir e expor o coração para aquele homem. Assim como havia contado a Armand Gamache sobre tudo em sua vida. Sobre a infelicidade ao lado de Enid. Eles tinham conversado sobre isso, sobre a família dele, sobre o que ele queria e não queria.

Jean Guy Beauvoir confiava em Gamache de olhos fechados.

Ele abriu a boca, as palavras na ponta da língua. Como se uma pedra tivesse sido removida do sepulcro e aquelas palavras milagrosas estivessem prestes a emergir. Para a luz do dia.

Eu amo a sua filha. Eu amo Annie.

Ao lado dele, o inspetor-chefe aguardava, como se tivesse todo o tempo do mundo. Como se nada fosse mais importante que a vida pessoal de Beauvoir.

A cidade, com sua cruz invisível, se tornava cada vez maior. E lá estavam eles sobre a ponte.

– Eu não a encontrei – mentiu Beauvoir. – Mas quero estar pronto. Não posso estar casado. Não seria justo com Enid.

Gamache ficou em silêncio por um instante.

– E também não seria justo com o marido dela.

Não era uma crítica. Nem mesmo uma advertência. Beauvoir sabia que, se o inspetor-chefe Gamache suspeitasse de algo, teria dito. Não faria joguinhos com Beauvoir. Assim como Beauvoir não faria com Gamache.

Não, não era um jogo. Nem um segredo, na verdade. Apenas uma sensação. Sem um objeto concreto. Ou uma ação associada.

Eu amo a sua filha, senhor.

Mas aquelas palavras também foram engolidas. Voltaram para a escuridão, para se juntar a todas as outras não ditas.

Eles encontraram o prédio residencial no quartier Notre-Dame-de-Grâce, em Montreal. Baixo e cinzento, parecia projetado por arquitetos soviéticos na década de 1960.

A grama tinha sido descolorida pelo xixi dos cachorros e havia pedaços de cocô aqui e ali. Os canteiros de flores do prédio haviam crescido descontroladamente, com arbustos entrelaçados e ervas daninhas. A passagem de concreto que dava na porta da frente tinha rachado e pedaços dela haviam levantado.

O interior do edifício cheirava a urina e ressoava com ecos distantes de portas batendo e pessoas gritando.

Monsieur e madame Dyson moravam no último andar. O corrimão da escada de concreto estava pegajoso. Beauvoir tirou as mãos imediatamente.

Eles subiram. Três andares. Sem parar para recuperar o fôlego, mas também sem correr. Com passos calculados. Uma vez no topo, procuraram a porta do apartamento dos Dysons.

O inspetor-chefe Gamache ergueu a mão, mas parou.

Para dar aos Dysons mais um segundo de paz antes de destruir a vida deles? Ou para dar a si mesmo um instante a mais antes de enfrentá-los?

Toc, toc.

Uma fresta se abriu: uma corrente de segurança frente a um rosto amedrontado.

– *Oui?*

– Madame Dyson? Meu nome é Armand Gamache. Eu sou da Sûreté du Québec.

Ele já estava com a identificação na mão, que agora mostrava para a mulher. Ela baixou os olhos para as credenciais e depois voltou a olhar para ele.

– Este é o meu colega, inspetor Beauvoir. Nós podemos conversar com a senhora?

Aquele rosto magro estava nitidamente aliviado. Quantas vezes ela havia aberto uma fresta da porta para sofrer com o deboche das crianças? Para encontrar o senhorio, que exigia o pagamento do aluguel? Para ver a crueldade tomar a forma humana?

Mas não daquela vez. Aqueles homens eram da Sûreté. Não lhe fariam mal. Ela era de uma geração que ainda acreditava nisso. Estava escrito em seu rosto envelhecido.

A porta se fechou, a corrente foi solta e a porta se abriu.

Ela era minúscula. E, em uma poltrona, estava um homem que parecia uma marionete. Pequeno, rígido e murcho. O homem se esforçou para se levantar, mas Gamache foi rapidamente até ele.

– Não, por favor, monsieur Dyson. *Je vous en prie*. Pode ficar sentado.

Eles apertaram as mãos e Gamache se apresentou novamente, falando devagar, com clareza, mais alto que o normal.

– Chá? – ofereceu madame Dyson.

Ah, não não não, pensou Beauvoir. O lugar cheirava a bálsamo com um toque de urina.

– Sim, por favor. É muita gentileza sua. Posso ajudar?

Gamache foi com ela até a cozinha, deixando Beauvoir a sós com a marionete. Ele tentou começar uma conversa amena, mas ficou sem assunto depois de um comentário sobre o clima.

– Bela casa – disse, finalmente, e monsieur Dyson olhou para o inspetor como se ele fosse um idiota.

Beauvoir examinou as paredes. Havia um crucifixo em cima da mesa de jantar e um Jesus sorridente cercado de luz. Mas o resto delas estava coberto de fotos de uma única pessoa. A filha Lillian. A vida dela irradiava em volta daquele Jesus sorridente. As fotos de bebê estavam mais próximas d'Ele e, conforme ela ia ficando mais velha, as imagens se espalhavam pelas paredes. Às vezes sozinha, às vezes com outras pessoas. Os pais também envelheciam, do casal jovem e radiante que segurava a primeira filha – a única –, em frente a uma casa pequena e arrumadinha, para o que figurava nas imagens do primeiro Natal e de aniversários cafonas.

Beauvoir correu os olhos pelas paredes em busca de uma foto de Lillian e Clara, então percebeu que, se houvesse alguma, teria sido retirada havia muito tempo.

Havia fotos de uma garotinha banguela com cabelos alaranjados brilhantes segurando um imenso cachorro de pelúcia e, um pouco depois, parada ao lado de uma bicicleta com um grande laço de fita. Brinquedos, presentes. Tudo o que uma garotinha poderia querer.

E amor. Não, não só amor. Adoração. Aquela garota, aquela mulher, era adorada.

Beauvoir sentiu algo se remexer dentro de si. Algo que parecia ter rastejado para dentro dele enquanto ele jazia numa poça do próprio sangue no chão daquela fábrica.

Tristeza.

Desde aquele instante, a morte nunca mais fora a mesma, nem – é preciso dizer – a vida.

Ele não gostava disso.

Tentou se lembrar de Lillian Dyson quarenta anos depois daquela foto. Com maquiagem demais e os cabelos tingidos de louro-claro. Vestido vermelho brilhante, que gritava: *Olhem para mim!* Quase uma palhaça. A paródia de um ser humano.

Porém, por mais que Beauvoir tentasse, era tarde demais. Agora, via Lillian Dyson como uma garotinha. Adorada. Confiante. Mergulhando de cabeça no mundo. Um mundo que os pais sabiam que precisava ser mantido do lado de fora, com correntes.

Ainda assim, eles tinham aberto uma fresta na porta, e uma fresta era o suficiente. Se houvesse algo malévolo, malicioso, um assassino do lado de fora, bastaria uma fresta.

– *Bon* – disse a voz do chefe atrás dele.

Beauvoir se virou e viu Gamache carregando uma bandeja de latão com um bule, um pouco de leite, açúcar e delicadas xícaras de porcelana.

– Onde a senhora quer que eu coloque?

Ele soava caloroso, simpático. Mas não jovial. Não queria enganá-los. Não queria dar a impressão de que eles estavam ali com notícias maravilhosas.

– Bem aqui, obrigada – disse madame Dyson, correndo para tirar o guia da TV e o controle remoto de uma mesa imitando madeira ao lado do sofá, mas Beauvoir chegou lá primeiro, os recolheu e os entregou a ela.

Ela bateu os olhos nos dele e sorriu. Não um sorriso largo, mas uma versão mais suave e triste do da filha. Agora Beauvoir sabia de onde vinha o sorriso de Lillian.

E suspeitava que aquele casal de idosos soubesse por que eles estavam ali. Provavelmente, não a notícia exata. Não que sua única filha estava morta. Tinha sido assassinada. Mas o olhar que madame Dyson lhe havia lançado dizia a Jean Guy Beauvoir que ela sabia que algo tinha acontecido. Algo de ruim.

Mesmo assim, ela estava sendo gentil. Ou estava apenas tentando manter distância daquela notícia? Manter os dois em silêncio por mais um precioso minuto?

– Leite e açúcar? – perguntou ela à marionete.

Monsieur Dyson se inclinou para a frente.

– Esta é uma ocasião especial – fingiu confidenciar aos visitantes. – Geralmente, ela não oferece leite.

Aquilo partiu o coração de Beauvoir, pensar que aqueles dois aposentados não podiam comprar muito leite. Que o pouco que tinham era oferecido agora aos convidados.

– É que me dá gases – explicou o idoso.

– A sua, papai – disse madame Dyson, entregando a xícara e o pires ao inspetor-chefe, para que ele repassasse ao marido.

Ela também fingiu fazer uma confidência aos convidados:

– É verdade. Acredito que os senhores tenham cerca de vinte minutos depois do primeiro gole.

Quando todos estavam sentados com suas xícaras, Gamache tomou um gole, pousou a louça delicada no pires e se inclinou para o casal de idosos. Madame Dyson estendeu o braço e pegou a mão do marido.

Será que ela ainda o chamaria de "papai" depois daquele dia?, perguntou-se Beauvoir. Ou seria a última vez? Aquilo se tornaria doloroso demais? Devia ser assim que Lillian o chamava.

Ele ainda seria um pai, mesmo que já não houvesse filha?

– Eu tenho más notícias – disse o chefe. – Sobre a sua filha, Lillian.

Enquanto falava, Gamache os olhava nos olhos e via a vida deles mudar. Ela ficaria marcada por aquele momento. Dividida entre antes e depois da notícia. Duas vidas completamente diferentes.

– Infelizmente, ela faleceu.

Ele usou frases curtas e declarativas. Sua voz era calma, profunda. Incondicional. Precisava dar a notícia com rapidez, sem se estender. E de maneira clara. Não poderia haver dúvidas.

– Eu não entendo – disse madame Dyson, embora seus olhos dissessem que ela entendia tudo.

Estava apavorada. O monstro que toda mãe temia tinha se infiltrado por aquela fresta. Havia levado a filha dela e agora estava sentado na sala de estar.

Madame Dyson se voltou para o marido, que se esforçava para se sentar mais à frente. Talvez para se levantar. Para confrontar aquela notícia, aquelas palavras. Para expulsá-las, mandá-las para fora da sala, para fora da casa, para longe da porta deles. Bater naquelas palavras até que elas se tornassem mentira.

Mas ele não podia.

– Mais uma coisa – disse o inspetor-chefe, ainda os olhando nos olhos. – Lillian foi assassinada.

– Ah, meu Deus, não! – disse a mãe de Lillian, levando à boca a mão, que depois escorregou até o peito.

Até os seios. E parou ali, mole.

Os dois encaravam Gamache, e Gamache a eles.

– Sinto muito por ter que trazer essa notícia – disse ele, sabendo como a frase soava banal, mas sabendo também que não dizê-la seria ainda pior.

Agora madame e monsieur Dyson já haviam partido. Tinham atravessado para aquele continente onde viviam os pais enlutados. Parecia igual ao resto do mundo, mas não era. As cores desbotavam. As músicas eram só um punhado de notas. Os livros já não tinham a capacidade de transportar ou confortar, não completamente. Nunca mais teriam. Comida era nutrição, pouco mais que isso. Respiração eram suspiros.

E eles sabiam de algo que os outros não sabiam. Sabiam como o resto do mundo tinha sorte.

– Como foi? – murmurou madame Dyson.

Ao lado dela, o marido estava furioso, tão furioso que nem conseguia falar.

Mas estava com o rosto completamente retorcido e seus olhos brilhavam. Na direção de Gamache.

– Ela teve o pescoço quebrado – disse o chefe. – Foi muito rápido. Ela nem viu acontecer.

– Por quê? – perguntou ela. – Por que alguém mataria Lillian?

– Nós não sabemos. Mas vamos descobrir quem fez isso.

Armand Gamache estendeu as mãos grandes em concha na direção dela. Uma oferta.

Jean Guy Beauvoir notou o tremor na mão direita do chefe. Bem sutil.

Isso também era novidade, desde a fábrica.

Madame Dyson deixou cair a minúscula mão do peito até as mãos de Gamache, e ele as fechou, segurando a dela como se fosse um pardal.

Ele não disse nada. Nem ela.

Os dois ficaram sentados em silêncio, e ali ficariam pelo tempo que fosse necessário.

Beauvoir olhou para monsieur Dyson. A raiva dele tinha se transformado em confusão. Um homem de ação quando jovem agora aprisionado em uma poltrona. Incapaz de salvar a filha. Incapaz de confortar a esposa.

Beauvoir se levantou e ofereceu os braços ao homem idoso. Monsieur Dyson olhou para eles, depois estendeu as duas mãos oscilantes para um dos braços e o agarrou. Beauvoir o pôs de pé e o apoiou enquanto ele se virava para a esposa. E abria os braços.

Ela se levantou e caminhou para dentro deles.

Eles se abraçaram, se ampararam. E choraram.

Até que se separaram.

Beauvoir tinha encontrado lenços de papel e deu um punhado para cada um. Quando o casal se recuperou, o inspetor-chefe Gamache fez algumas perguntas.

– Lillian morava em Nova York havia muitos anos. Os senhores poderiam falar um pouco sobre a vida dela lá?

– Ela era artista – disse o pai.   Maravilhosa. A gente não a visitava muito, mas ela vinha nos ver de tantos em tantos anos, mais ou menos.

Aquilo parecia meio vago, pensou Gamache.

– Ela ganhava a vida como artista? – perguntou ele.

– Com certeza – disse madame Dyson. – Fazia muito sucesso.

– Ela já foi casada? – perguntou o chefe.

– O nome dele era Morgan – contou madame Dyson.

– Não, Morgan, não – corrigiu o marido. – Quase isso. Madison.

– Isso, isso mesmo. Já faz muitos anos, e eles não ficaram casados por muito tempo. A gente não conheceu Madison, mas ele não era um homem bom. Bebia. Nossa pobre Lillian foi totalmente iludida por ele. Muito charmoso, como eles sempre são.

Gamache notou que Beauvoir havia pegado sua caderneta.

– A senhora disse que ele bebia? – perguntou o chefe. – Como a senhora sabe?

– Lillian nos contou. Ela acabou botando ele para fora. Mas isso foi há muito tempo.

– A senhora sabe se ele parou de beber? – perguntou Gamache. – Talvez tenha entrado para os Alcoólicos Anônimos?

Eles pareciam confusos.

– A gente não o conhecia, inspetor-chefe – repetiu ela. – Talvez ele tenha entrado, antes de morrer.

– Ele morreu? – perguntou Beauvoir. – A senhora sabe quando foi?

– Ah, já faz muitos anos. Lillian contou para a gente. Deve ter bebido até morrer.

– A sua filha falava sobre amigos específicos?

– Ela tinha muitos amigos. A gente conversava uma vez por semana, e ela sempre estava saindo para alguma festa ou vernissage.

– Ela chegou a citar o nome de algum? – quis saber Gamache.

Os dois balançaram a cabeça.

– Ela já mencionou uma amiga chamada Clara, daqui do Quebec?

– Clara? Era a melhor amiga da Lillian. As duas eram unha e carne. Ela costumava jantar com a gente na nossa antiga casa.

– Mas elas não mantiveram contato?

– Clara roubou algumas ideias da Lillian. Depois deixou de ser amiga dela. Usou Lillian e a jogou fora quando conseguiu o que queria. Aquilo acabou com a nossa filha.

– Por que a sua filha foi para Nova York? – perguntou Gamache.

– Ela achava que a cena artística de Montreal não era muito receptiva. Os artistas não gostavam quando eram criticados, mas era o trabalho dela, afinal de contas. Ela queria ir para um lugar onde os artistas fossem mais sofisticados.

– Ela falou de algum artista especificamente? Alguém que possa ter desejado mal a ela?

– Naquela época? Segundo ela, todo mundo.

– E mais recentemente? Quando ela voltou para Montreal?

– No dia 16 de outubro – afirmou monsieur Dyson.

– O senhor se lembra da data exata? – perguntou Gamache.

– O senhor também se lembraria se fosse a sua filha.

O chefe assentiu.

– O senhor está certo. Eu tenho uma filha e com certeza me lembraria do dia em que ela voltasse para casa.

Os dois homens se entreolharam por um instante.

– Lillian contou por que voltou?

Gamache fez uma conta rápida. Teria sido cerca de oito meses atrás. Pouco depois, ela comprara o carro e começara a frequentar as exposições de arte da cidade.

– Ela só disse que estava com saudades de casa – contou madame Dyson. – Nós nos achamos as pessoas mais sortudas do mundo.

Gamache fez uma pausa para que ela pudesse se recompor. Os dois policiais da Sûreté sabiam que, após dar a notícia da morte aos entes queridos, havia uma pequena janela de tempo antes que eles desmoronassem. Antes que o choque passasse e a dor tomasse conta.

Aquele momento estava chegando. A janela logo fecharia com uma batida. Eles tinham que fazer valer cada pergunta.

– Desta vez, ela estava feliz aqui em Montreal? – perguntou Gamache.

– Eu nunca a vi tão feliz – disse o pai. – Acho que ela deve ter conhecido um homem. A gente perguntava, ela sempre ria e negava. Mas eu não tenho tanta certeza.

– Por que o senhor diz isso? – quis saber Gamache.

– Quando ela vinha jantar, sempre saía cedo – contou madame Dyson. – Às sete e meia. A gente brincava dizendo que ela tinha um encontro.

– E o que ela dizia?

– Só ria. Mas – disse ela, hesitando – tinha alguma coisa ali.

– Como assim?

Madame Dyson respirou fundo de novo, como se estivesse tentando se manter viva por tempo suficiente para ajudar aquele policial. Ajudá-lo a encontrar quem havia matado sua filha.

– Não sei, mas ela não costumava sair cedo antes, daí de repente começou a fazer isso. Só que não dizia o motivo.

– A sua filha bebia?

– Bebia? – perguntou monsieur Dyson. – Não entendi a pergunta. Bebia o quê?

– Álcool. Nós encontramos um objeto na cena do crime que pode ter vindo de um grupo dos Alcoólicos Anônimos. Os senhores sabem se a sua filha pode ter entrado para o AA?

– Lillian? – perguntou madame Dyson, atônita. – Nunca a vi beber na minha vida. Ela sempre era a motorista das festas. Tomava alguns drinques, às vezes, mas nunca muitos.

– A gente nem tem álcool em casa – observou monsieur Dyson.

– Por que não? – quis saber Gamache.

– Acho que a gente só perdeu o interesse – respondeu madame Dyson. – Temos outras coisas mais importantes nas quais gastar a nossa aposentadoria.

Gamache aquiesceu e se levantou.

– Posso?

Ele apontou para as fotos nas paredes.

– Por favor – respondeu ela, juntando-se a ele.

– Era uma mulher muito bonita – disse ele, enquanto os dois observavam as imagens.

Lillian ia ficando mais velha conforme eles caminhavam ao redor da sala modesta. Da amada recém-nascida, passara à adorada adolescente e depois à bela jovem com cabelos da cor do pôr do sol.

– A sua filha foi encontrada num quintal – disse ele, tentando fazer com que aquilo não soasse tão terrível. – Que pertence à amiga dela, Clara.

Madame Dyson parou e encarou o inspetor-chefe.

– Da Clara? Não é possível. Lillian jamais teria ido até lá. Ela preferia encontrar o diabo a procurar aquela mulher.

– O senhor disse que Lillian foi morta na casa da Clara? – quis saber monsieur Dyson.

– *Oui*. No quintal.

– Então o senhor sabe quem matou Lillian – disse ele. – O senhor já prendeu a Clara?

– Não – respondeu Gamache. – Existem outras possibilidades. A sua filha falou de mais alguém desde que voltou a Montreal? Alguém que pudesse querer mal a ela?

– Ninguém tão óbvio quanto a Clara – respondeu monsieur Dyson com rispidez.

– Eu sei que é difícil – disse Gamache, calmamente.

Ele esperou um instante antes de voltar a falar.

– Mas os senhores precisam pensar bem sobre a minha pergunta. É vital. Ela falou de mais alguém? Alguém com quem se aborreceu recentemente?

– Ninguém – respondeu madame Dyson, por fim. – É como a gente disse, ela nunca pareceu tão feliz.

Gamache e Beauvoir agradeceram aos Dysons pela ajuda e entregaram seus cartões de visita.

– Por favor, liguem para a gente – pediu o chefe, diante da porta – se lembrarem de alguma coisa ou se precisarem de qualquer coisa.

– Com quem a gente fala sobre... – começou madame Dyson.

– Eu vou mandar alguém vir aqui conversar com os senhores sobre as providências. Tudo bem?

Eles assentiram. Monsieur Dyson, que havia se levantado com dificuldade, estava de pé ao lado da esposa, encarando Gamache. Dois homens, dois pais. Mas, agora, em continentes diferentes.

Enquanto desciam as escadas, seus passos ecoando nas paredes, Gamache se perguntou como pessoas assim podiam ter criado a mulher que Clara havia descrito.

Vil, invejosa, amarga, mesquinha.

Mas a verdade é que os Dysons pensavam o mesmo de Clara.

Havia muito sobre o que refletir.

Madame Dyson tinha certeza de que a filha jamais iria até a casa de Clara Morrow. Não conscientemente.

Será que Lillian havia sido conduzida até lá? Atraída para o lugar sem saber que se tratava da casa de Clara? Nesse caso, por que fora morta? E por que ali?

DEZ

Depois de livrar o quintal de todos os espíritos malignos, Myrna, Dominique e Ruth se sentaram para tomar umas cervejas geladas no loft de Myrna.

– Então, o que vocês acham que era aquela ficha? – perguntou Dominique, recostando-se no sofá.

– O mal de novo – respondeu Ruth, e as outras mulheres a encararam.

– Como assim? – perguntou Myrna.

– AA? – esbravejou Ruth. – Bando de adoradores do diabo. É uma seita. Controle da mente. Demônios. Afastam as pessoas do caminho natural.

– De ser alcoólatras? – perguntou Myrna com uma risada.

Ruth lançou a ela um olhar desconfiado.

– Eu não espero que a jardineira-bruxa entenda.

– Você ficaria surpresa com o que a gente aprende em um quintal – disse Myrna. – E com uma bruxa.

Nesse momento, Clara entrou, parecendo distraída.

– Você está bem? – perguntou Dominique.

– Estou, sim. Peter colocou uma garrafa de champanhe na geladeira, para a gente comemorar. Foi a primeira chance que a gente teve de brindar à vernissage.

Clara se serviu de chá gelado da geladeira de Myrna e se juntou a elas.

– Isso foi legal – comentou Dominique.

– Aham – concordou Clara.

Myrna olhou bem para ela, mas não disse nada.

– Do que vocês estavam falando?

– Do corpo no seu quintal – respondeu Ruth. – Você matou a mulher ou não?

– Certo – disse Clara. – Eu vou dizer isso só uma vez e espero que vocês se lembrem. Estão prestando atenção?

Elas assentiram, com exceção de Ruth.

– Ruth?

– O quê?

– Você me fez uma pergunta. Estou prestes a responder.

– Tarde demais. Perdi o interesse. A gente não vai comer nada?

– Prestem atenção – disse Clara, olhando para todas elas e falando devagar, pronunciando bem cada palavra: – Eu. Não. Matei. Lillian.

– Você tem um pedaço de papel? – perguntou Dominique. – Não sei se vou conseguir me lembrar disso tudo.

Ruth riu.

– Então – disse Myrna –, vamos partir do princípio de que a gente acredita em você. Por um instante. Quem matou, então?

– Só pode ter sido alguém que estava na festa – disse Clara.

– Mas quem, Sherlock? – perguntou Myrna.

– Quem odiava Lillian o suficiente para matá-la? – quis saber Dominique.

– Qualquer um que a conhecesse – disse Clara.

– Isso não é justo – retrucou Myrna. – Você não a via há mais de vinte anos. E é possível que ela só tenha sido má com você. Isso acontece. Alguma coisa na gente é um gatilho para a outra pessoa, traz à tona o pior das duas.

– Não com Lillian – disse Clara. – Ela usava o desprezo com generosidade. Odiava todo mundo, e todo mundo acabava odiando ela. Como você disse antes: o sapo na panela. Ela aumentava o fogo.

– Espero que isso não seja uma sugestão de jantar – disse Ruth –, porque foi o que eu comi no café da manhã.

Elas olharam para Ruth, que abriu um sorriso largo.

– Bom, talvez tenha sido um ovo.

Elas se voltaram para Myrna.

– E talvez não tenha botado em uma panela – continuou Ruth –, mas em um copo. E, pensando bem, não era um ovo.

Elas se voltaram para Ruth.

– Era uísque.

As mulheres se concentraram em Myrna, que explicou o fenômeno psicológico.

– Acho que eu sempre me odiei por ter ficado ali tanto tempo, por ter deixado Lillian me machucar tanto antes de finalmente me afastar. Nunca mais.

Clara ficou surpresa por Myrna não dizer nada.

– Gamache provavelmente pensa que fui eu – disse Clara afinal, quebrando o silêncio. – Estou ferrada.

– Vou ter que concordar – disse Ruth.

– Claro que não está – disse Dominique. – Na verdade, é o oposto.

– Como assim?

– Você tem uma coisa que o inspetor-chefe não tem – disse Dominique. – Você conhece a cena artística e a maioria das pessoas que estavam na festa. Qual é a principal pergunta que a gente tem na mão?

– Além de quem matou Lillian? Bom, o que ela estava fazendo aqui?

– Ótimo! – exclamou Dominique, levantando-se. – É uma excelente questão. Por que a gente não pergunta?

– Para quem?

– Para os convidados que ainda estão aqui em Three Pines.

Clara pensou por um instante.

– Vale a pena tentar.

– É perda de tempo – disse Ruth. – Ainda acho que foi você.

– Cuidado, sua velha – disse Clara. – Você é a próxima.

A EQUIPE FORENSE ENCONTROU o inspetor-chefe Gamache e o inspetor Beauvoir no apartamento de Lillian Dyson em Montreal. Enquanto os policiais coletavam amostras e impressões digitais, Gamache e Beauvoir observavam o espaço.

Era um apartamento modesto no último andar de um prédio de três andares. Nenhuma construção no distrito Plateau Mont Royal era alta, por isso, embora pequeno, o apartamento de Lillian era iluminado.

Beauvoir entrou rapidamente na sala principal e começou a trabalhar, mas Gamache ficou parado na entrada. Para ter uma boa ideia do lugar. Tinha um ar viciado. Cheirava a tinta a óleo e janelas fechadas. Os móveis eram genuinamente velhos, não vintage. Do tipo que você encontra no Exército da Salvação.

O piso era de parquê com tapetes desbotados. Ao contrário de alguns artistas, que se preocupavam com a aparência da casa, Lillian Dyson parecia indiferente ao que havia entre aquelas paredes. Mas não ao que estava pregado nelas.

Pinturas. Pinturas luminosas, deslumbrantes. Não brilhantes ou chamativas, mas com imagens deslumbrantes. Ela as colecionava? Será que eram de algum amigo artista em Nova York?

Ele se inclinou para ver a assinatura.

Lillian Dyson.

O inspetor-chefe Gamache deu um passo para trás e olhou para elas, atônito. A mulher morta havia pintado aquilo. Ele foi de quadro em quadro, lendo as assinaturas e as datas para ter certeza. Mas sabia que não havia nenhuma dúvida. O estilo era forte, singular.

Todas tinham sido criadas por Lillian Dyson, e todas nos últimos sete meses.

Eram diferentes de tudo o que ele já havia visto.

Os quadros dela eram ousados e exuberantes. Paisagens urbanas, Montreal, pintadas de modo a parecer uma floresta. Os prédios eram altos e instáveis, como árvores fortes que cresciam cada uma para um lado. Ajustados à natureza, e não o contrário. Lillian conseguira transformar as construções em criaturas vivas, como se elas tivessem sido plantadas, regadas e nutridas e brotassem do concreto. Atraentes, como são todas as coisas vitais.

Não era um mundo relaxante, aquele que ela havia pintado. Mas tampouco ameaçador.

Gamache gostava dos quadros. Bastante.

– Tem mais aqui, chefe! – gritou Beauvoir ao notar que Gamache olhava para os quadros. – Parece que ela transformou o quarto num estúdio!

Gamache passou pela equipe forense, que coletava amostras e impressões digitais, e se juntou a Beauvoir no pequeno quarto. Uma cama de solteiro, bem arrumada, estava encostada na parede, e havia uma cômoda, mas o resto do modesto ambiente tinha sido ocupado por pincéis embebidos dentro de latas e telas encostadas nas paredes. O chão fora coberto por uma lona e o quarto cheirava a óleo e removedor de tinta.

Gamache se aproximou da tela no cavalete.

Estava inacabada. Mostrava uma igreja em vermelho-vivo, quase como se estivesse pegando fogo. Mas não estava. Simplesmente brilhava. E, ao lado dela, ruas serpenteavam como rios e as pessoas pareciam juncos. Nenhum outro artista que ele conhecia tinha aquele estilo. Era como se Lillian Dyson tivesse inventado um movimento artístico totalmente novo, como os cubistas, os impressionistas, os pós-modernistas e os expressionistas abstratos.

Armand Gamache mal conseguia olhar para o lado. Lillian pintava Montreal como se fosse uma obra da natureza, não do ser humano. Com toda a força, a potência, a energia e a beleza da natureza. E a selvageria também.

Estava claro que ela vinha experimentando, amadurecendo aquele estilo. Os primeiros trabalhos, de sete meses antes, tinham algum potencial, mas eram hesitantes. Então, por volta do Natal, ela parecia ter feito um grande avanço e aquele estilo audacioso e fluido havia tomado conta das obras.

– Chefe, olha só isto!

O inspetor Beauvoir estava ao lado da mesinha de cabeceira. Nela, havia um grande livro azul. O inspetor-chefe Gamache tirou uma caneta do bolso e abriu o livro na página marcada.

Havia uma frase sublinhada e destacada em amarelo. Quase com violência.

– *O alcoólico é como um tornado* – leu o inspetor-chefe Gamache –, *atravessando, com um estrondo, a vida dos outros. Corações são partidos. Doces relacionamentos morrem.*

Ele deixou o livro se fechar sozinho. Na capa azul-escura, em letras brancas e grossas, estava escrito *Alcoólicos Anônimos*.

– Acho que agora a gente sabe quem fazia parte do AA – disse Beauvoir.

– É, parece que sim – disse Gamache. – Acho que temos que fazer umas perguntas para essa turma.

Depois de o lugar inteiro ter sido examinado pela equipe forense, Gamache entregou a Beauvoir um dos livretos da gaveta. Ele estava sujo, cheio de orelhas, bem usado. Beauvoir o folheou e depois leu a capa.

Lista de Reunião dos Alcoólicos Anônimos.

Dentro dele, uma reunião de domingo à noite havia sido circulada. Beauvoir já imaginava o que ele e o inspetor-chefe iam fazer às oito daquela noite.

As quatro mulheres formaram duplas, imaginando que estariam mais seguras assim.

– Vocês obviamente não viram muitos filmes de terror – disse Dominique. – As mulheres sempre andam em pares. Uma para morrer de uma maneira pavorosa, e a outra para gritar.

– Eu sou a que grita – disse Ruth.

– Sinto informar, querida. Você é o próprio terror – declarou Clara.

– Bom, isso é um alívio. Você vem? – perguntou Ruth a Dominique, que olhou para Myrna e Clara com falso desprezo.

Myrna as observou partir e se virou para Clara.

– Como Peter está?

– Peter? Por que você está perguntando?

– Estava só pensando.

Clara analisou a amiga.

– Você nunca está "só pensando". O que foi?

– Você não parecia exatamente feliz quando chegou. E disse que vocês dois brindaram à vernissage. Foi só isso mesmo?

Clara se lembrou de Peter de pé na cozinha, bebendo champanhe. Brindando à exposição individual dela com vinho avinagrado e um sorriso.

Mas ainda não estava pronta para falar daquilo. Além disso, pensou enquanto observava a amiga, tinha medo do que Myrna poderia dizer.

– É só um momento difícil para o Peter – respondeu ela. – Acho que todos nós sabemos disso.

E sentiu o olhar de Myrna se intensificar, depois se abrandar.

– Ele está se esforçando – disse Myrna.

Aquela era uma resposta diplomática, pensou Clara.

Do outro lado da praça, elas viram Gabri e Olivier sentados na varanda da pousada, bebendo cerveja. Relaxando antes do horário de pico de fim da tarde no bistrô.

– Mutt e Jeff – disse Gabri, fazendo um sinal para que as duas mulheres se aproximassem.

– Beto e Ênio – rebateu Myrna enquanto ela e Clara subiam os degraus da varanda.

– Seus amigos artistas ainda estão aqui – disse Olivier, levantando-se e dando dois beijinhos nas faces das mulheres.

– Parece que vão ficar mais alguns dias – comentou Gabri, que não gostava nada daquilo, já que sua ideia de pousada perfeita era uma pousada vazia. – O pessoal do Gamache disse que os outros podiam ir embora, então eles foram. Devem ter achado chato aqui. Aparentemente, um assassinato não é suficiente para prender a atenção deles.

Myrna e Clara os deixaram monitorando o vilarejo e entraram na pousada.

– Então, no que vocês têm trabalhado? – perguntou Clara a Paulette.

Elas vinham conversando havia alguns minutos. Sobre o clima, lógico. E a exposição de Clara. Assuntos que tinham o mesmo peso para Paulette e Normand.

– Ainda estão desenvolvendo aquela série maravilhosa sobre o voo?

– Estamos. Aliás, uma galeria em Drummondville está interessada, e a gente talvez entre em um concurso em Boston.

– Que incrível – disse Clara, e depois se voltou para Myrna. – Eles têm uma série impressionante com asas.

Myrna quase se engasgou. Se ouvisse a palavra "impressionante" mais uma vez, acabaria vomitando. Ela se perguntou o que queria dizer aquele código. Horrível? Uma droga? Até então, Normand havia descrito os trabalhos de Clara, dos quais nitidamente não gostava, como "impressionantes". Paulette havia dito que Normand planejava criar obras poderosas que, garantiu, elas achariam "impressionantes".

E, lógico, eles tinham ficado simplesmente *impressionados* com o sucesso de Clara.

Mas depois admitiram que também tinham ficado impressionados com o assassinato de Lillian.

– Então – disse Clara, pegando, como quem não quer nada, uma tigela de balas de alcaçuz da mesa da sala de estar –, eu estava meio que me perguntando como a Lillian veio parar aqui ontem. Vocês sabem quem a convidou?

– Não foi você? – perguntou Paulette.

Clara balançou a cabeça.

Myrna se recostou e escutou com atenção o debate sobre quem poderia ter contato com Lillian.

— Já tinha uns meses que ela estava de volta a Montreal, sabia? — disse Paulette.

Clara não sabia.

— É — completou Normand. — Até abordou a gente em uma vernissage e se desculpou por ter sido babaca há alguns anos.

— Sério? — perguntou Clara. — A Lillian fez isso?

— Achamos que ela só estava puxando o nosso saco — disse Paulette. — Quando ela foi embora, nós não éramos ninguém, mas agora estamos bem estabelecidos.

— Agora ela precisa da gente — concordou Normand. — Precisava.

— Para quê? — quis saber Clara.

— Ela disse que tinha voltado a pintar. Queria mostrar o portfólio para a gente — explicou Normand.

— E o que vocês disseram?

Eles se entreolharam.

— Dissemos que não tínhamos tempo. Não fomos grossos, mas não queríamos nada com ela.

Clara assentiu. Ela teria feito o mesmo, ou ao menos esperava que sim. Teria sido educada, mas distante. Uma coisa era perdoar, outra era voltar pulando para a jaula daquele urso, ainda que ele estivesse de tutu e sorrindo. Como era mesmo a analogia que Myrna havia usado?

Para a panela com água fervente.

— Talvez ela tenha entrado de penetra na festa. Muita gente fez isso — disse Normand.

— Como Denis Fortin.

Normand disse o nome do galerista casualmente, inserindo-o na conversa como uma faca entre os ossos. Uma palavra destinada a ferir. Ele olhou para Clara. E Myrna olhou para ele.

A livreira se inclinou para a frente, curiosa para ver como Clara lidaria com aquele ataque. Porque era disso que se tratava. De um ataque civilizado e sutil, lançado com um sorriso. Uma espécie de bomba de nêutrons social. Que manteria as estruturas da educada conversa de pé enquanto massacrava a pessoa.

Após ouvir aquele casal falar por meia hora, porém, Myrna podia dizer que não estava exatamente impressionada com aquele ataque. Nem Clara.

– Mas ele foi convidado – disse Clara, usando o mesmo tom casual de Normand. – Eu mesma convidei Denis.

Myrna quase sorriu. O golpe de misericórdia de Clara foi chamar Fortin pelo primeiro nome, como se ela e o proeminente galerista fossem camaradas. E, sim, lá estava.

Tanto Normand quanto Paulette ficaram *impressionados*.

Ainda assim, duas perguntas um tanto preocupantes seguiam sem resposta.

Quem tinha convidado Lillian para a festa de Clara?

E por que ela havia aceitado o convite?

ONZE

— Sinceramente, você é a pior investigadora da história — disse Dominique.

— Pelo menos fiz algumas perguntas — retrucou Ruth.

— Só porque eu não consegui falar nada.

Myrna e Clara tinham ido encontrar as duas no bistrô e agora estavam sentadas em frente a uma das lareiras, acesa mais por efeito do que por necessidade.

— Ela perguntou para André Castonguay se ele tinha pau grande.

— Não, eu perguntei como ele podia ter uma cara de pau tão grande. É bem diferente.

Ruth ergueu o polegar e o indicador indicando aproximadamente 5 centímetros.

Clara não se conteve e abriu um sorriso malicioso. Sempre quisera fazer aquela pergunta aos galeristas.

Dominique balançou a cabeça.

— Depois ela perguntou para o outro...

— François Marois? — disse Clara.

Tinha ficado tentada a atribuir os artistas a Dominique e Ruth e ficar com os galeristas, mas ainda não queria encontrar Castonguay. Não logo após o telefonema dele e a conversa com Peter.

— É, François Marois. Ela quis saber qual era a cor preferida dele.

— Achei que podia ser útil — disse Ruth.

— E foi? — perguntou Dominique.

— Não tanto quanto imaginei — admitiu Ruth.

– Então, apesar desse interrogatório minucioso, nenhum deles confessou ter matado Lillian Dyson? – perguntou Myrna.

– A resistência deles foi surpreendente – contou Dominique. – Embora Castonguay tenha deixado escapar que o primeiro carro dele foi um Gremlin.

– Vai me dizer que isso não é um sinal claro de psicopatia? – disse Ruth.

– E vocês? Como se saíram? – perguntou Dominique, pegando a limonada.

– Não sei ao certo – respondeu Myrna, pegando um punhado de castanhas-de-caju e quase esvaziando a tigela. – Gostei do jeito como você desarmou aquele tal de Normand quando ele falou do Denis Fortin.

– Como assim? – perguntou Clara.

– Bom, quando você falou que tinha convidado Fortin. Aliás, pensando agora, esse é outro mistério. O que Denis Fortin estava fazendo aqui?

– Detesto ter que te dizer isto, mas eu realmente convidei Fortin.

– Por que cargas d'água você faria isso, meu bem? – perguntou Myrna. – Depois de tudo o que ele fez?

– Olha, se eu deixasse de fora todos os galeristas e marchands que me fecharam a porta, a festa ficaria vazia.

Não era a primeira vez que Myrna ficava admirada com a amiga, que perdoava tanto. E que tinha tanto a perdoar.

Embora se considerasse bastante estável, Myrna duvidava que durasse tanto tempo naquele universo de belos coquetéis e barbáries que era a cena artística.

Ela também se perguntou quem mais havia sido perdoado sem merecer.

GAMACHE HAVIA LIGADO ANTES E agora estacionava em uma vaga nos fundos da galeria, na Rue St. Denis, em Montreal. O estacionamento era reservado aos funcionários, porém, às cinco e meia de um domingo, a maioria deles já tinha ido para casa.

Ele saiu do carro e olhou em volta. A St. Denis era uma rua cosmopolita de Montreal. Mas o beco atrás dela era repugnante, com camisinhas usadas e seringas vazias espalhadas pelo chão.

A fachada gloriosa escondia aquela sordidez.

E qual era a verdadeira St. Denis?, perguntou-se ao trancar o carro e caminhar em direção à rua vibrante.

A porta de vidro da Galerie Fortin estava trancada. Gamache procurou a campainha, mas Denis Fortin apareceu, todo sorrisos, e a abriu para ele.

– Monsieur Gamache – disse Fortin, apertando a mão do inspetor-chefe. – É um prazer rever o senhor.

– *Mais, non* – disse o chefe, fazendo uma leve mesura. – O prazer é meu. Obrigado por me receber tão tarde.

– Foi bom para colocar alguns trabalhos em dia. O senhor sabe como é – comentou Fortin, trancando a porta com cuidado e gesticulando para que o inspetor-chefe avançasse pela galeria. – O meu escritório fica lá em cima.

Gamache o acompanhou. Eles já tinham se encontrado algumas vezes, quando Fortin estivera em Three Pines cogitando montar uma exposição de Clara. Com uns 40 anos, Fortin tinha um jeito alegre e sedutor. Vestia um paletó sob medida de corte impecável, uma camisa bem passada de colarinho aberto e uma calça jeans preta. Elegante e estiloso.

Enquanto subiam as escadas, Gamache ouvia Fortin descrever algumas das obras nas paredes com grande entusiasmo. O policial escutava com atenção, mas também examinava a galeria em busca de alguma obra de Lillian Dyson. O estilo dela era tão singular que se entregaria facilmente. As paredes, porém, embora contassem com alguns trabalhos brilhantes, não ostentavam nenhum Dyson.

– Café? – ofereceu Fortin, apontando para a máquina de cappuccinos ao lado do escritório.

– *Non, merci.*

– Uma cerveja, talvez? Hoje o dia esquentou.

– Isso seria ótimo – disse o chefe, acomodando-se no escritório de Fortin.

Assim que Fortin saiu, Gamache se inclinou sobre a mesa do marchand e passou rapidamente os olhos pelos papéis. Contratos de artistas. Alguns estudos para a publicidade das próximas exposições. Uma de um famoso artista quebequense e outra de alguém que Gamache não conhecia. Algum artista promissor, com certeza.

Mas nenhuma menção, naquela rápida análise, a Lillian Dyson. Ou a Clara Morrow.

Gamache ouviu passos leves e se sentou bem na hora em que Fortin entrava.

– Pronto – disse o galerista, carregando uma bandeja com duas cervejas e um pouco de queijo. – A gente sempre tem um estoque de vinho, cerveja e queijo. Ferramentas de trabalho.

– Não telas e pincéis? – perguntou o inspetor-chefe, pegando a cerveja gelada no copo de vidro fosco.

– Isso é para os tipos criativos. Eu sou apenas um humilde homem de negócios. Uma ponte entre o talento e o dinheiro.

– *À votre santé* – disse o chefe, erguendo o copo, assim como Fortin, antes de os dois beberem um gratificante gole de cerveja.

– Criativos – comentou Gamache, baixando o copo e aceitando um pedaço de Stilton perfumado. – Mas os artistas também são emotivos, muitas vezes instáveis, imagino.

– Os artistas? Como assim?

Fortin riu. Um riso fácil e leve. Gamache não resistiu e sorriu de volta. Era difícil não gostar dele.

Sabia que o charme também era uma ferramenta de trabalho dos galeristas. Fortin oferecia queijo e charme. Quando queria.

– Suponho que sim – continuou Fortin –, mas depende: comparados a quê? Por exemplo, em uma comparação com uma hiena furiosa ou uma cobra faminta, os artistas se saem muito bem.

– O senhor não parece gostar muito dos artistas.

– Na verdade, eu gosto. Gosto deles, mas, o que é mais importante, eu os entendo. A vaidade, os medos e as inseguranças deles. Poucos artistas se sentem confortáveis no meio das outras pessoas. A maioria prefere trabalhar sozinha no próprio estúdio. Quem quer que tenha dito "o inferno são os outros" deve ter sido um artista.

– Foi Sartre – disse Gamache. – Um escritor.

– Suspeito que os editores tenham experiências parecidas lidando com os escritores. No meu caso, eu tenho aqui artistas que conseguem capturar em uma pequena tela não só a realidade da vida, mas os mistérios, o espírito, a profundidade e as emoções conflituosas do ser humano. No entanto, a maioria deles odeia e teme as outras pessoas. Eu entendo isso.

– O senhor entende? Como?

Fez-se um silêncio tenso. Apesar de toda a simpatia, Denis Fortin não gostava de perguntas argutas. Preferia conduzir a conversa a ser conduzido. Estava acostumado, notou Gamache, a ser ouvido, bajulado e ter as opiniões confirmadas. A ter as decisões e afirmações simplesmente aceitas. Fortin era um homem poderoso num mundo de gente vulnerável.

– Eu tenho uma teoria, inspetor-chefe – disse Fortin, cruzando as pernas e alisando o tecido da calça jeans. – Que, quase sempre, é a gente que escolhe o nosso trabalho. A gente pode até se aprimorar com o tempo, mas a maioria das pessoas cai numa carreira porque ela se encaixa naquilo em que já são boas. Eu amo arte. Não pinto nada. Sei porque já tentei. Na verdade, pensei que quisesse ser artista, mas aquele fracasso terrível me levou ao que eu sempre estive destinado a fazer: reconhecer o talento nos outros. É uma combinação perfeita. Eu ganho muito bem e vivo cercado pela grande arte. E por grandes artistas. Faço parte dessa cultura de criatividade sem passar pela angústia da criação.

– Imagino que seu mundo não seja isento de angústia.

– É verdade. Se eu escolho representar um artista e a exposição é um fiasco, fica muito mal para mim. Mas aí eu dou um jeito de espalhar que sou só muito ousado e disposto a correr riscos. De vanguarda. Geralmente funciona.

– Mas o artista... – disse Gamache, deixando a sugestão no ar.

– Pois é. Esse arrisca o próprio pescoço.

Gamache olhou para Fortin e tentou não deixar transparecer sua repugnância. Como a rua de sua galeria, Fortin tinha uma fachada atraente, mas escondia um interior sórdido. Era um oportunista. Ele se alimentava do talento dos outros. Ficara rico com o talento dos outros. Enquanto a maioria dos artistas mal conseguia sobreviver e assumia todos os riscos.

– O senhor os protege? – perguntou Gamache. – Tenta defender os artistas dos críticos?

Fortin pareceu achar o comentário ao mesmo tempo inesperado e divertido.

– Eles são adultos, monsieur Gamache. São eles que recebem todos os elogios e também precisam aceitar as críticas quando elas vêm. Tratar artistas como crianças nunca é uma boa ideia.

– Não como crianças, talvez – sugeriu Gamache –, mas como parceiros respeitados. O senhor não apoiaria um parceiro respeitado se ele estivesse sendo atacado?

– Eu não tenho parceiros – declarou Fortin, o sorriso ainda no rosto, mas talvez um tanto fixo demais. – Complica as coisas. Como o senhor sabe. É melhor não ter ninguém para defender. Isso acaba atrapalhando o seu julgamento.

– É uma perspectiva interessante – disse Gamache.

Ele entendeu, então, que Fortin havia assistido ao vídeo do ataque na fábrica. Aquela era uma alusão velada ao que tinha acontecido. Fortin, assim como o resto do mundo, o havia visto falhar ao tentar defender seu pessoal. Ao tentar salvá-los.

– Como o senhor sabe, eu não consegui proteger a minha equipe – disse Gamache. – Mas pelo menos tentei. O senhor não tenta?

Ficou claro que Fortin não esperava que o inspetor-chefe aludisse ao evento de maneira tão direta. Aquilo o tirou do prumo.

Você não é tão estável quanto finge ser, pensou Gamache. *Talvez seja mais parecido com os artistas do que gostaria de acreditar.*

– Felizmente, ninguém atira de verdade nos meus artistas – respondeu Fortin, afinal.

– Não, mas existem outras formas de atacar. De machucar. Até de matar. Você pode matar a reputação de uma pessoa. Matar o impulso e o desejo dela, até a criatividade, se tentar bastante.

Fortin riu.

– Se um artista é tão frágil assim, devia ou encontrar outra coisa para fazer, ou nem se aventurar a sair de casa. É melhor jogar as telas fora e trancar logo do lado de fora. Mas a maioria dos artistas que eu conheço tem um ego enorme. E uma ambição enorme. Eles querem os elogios, o reconhecimento. Esse é o problema deles. É o que os deixa vulneráveis. Não o talento, mas o ego.

– Mas o senhor concorda que eles são vulneráveis, pela razão que for?

– Concordo. Eu já disse isso.

– E o senhor concorda que ser tão vulnerável pode deixar alguns artistas com medo?

Fortin hesitou por um instante, pressentindo a armadilha, mas sem saber ao certo onde ela estava. Ele aquiesceu.

– E que pessoas com medo podem atacar?

– Acredito que sim. Do que a gente está falando exatamente? Imagino que esta não seja apenas uma conversa agradável em uma tarde de domingo. E acho que o senhor também não está interessado em comprar uma das minhas obras.

De repente, elas tinham se tornado "minhas" obras, notou Gamache.

– *Non, monsieur.* Eu explico em um instante, se o senhor me permitir.

Fortin consultou o relógio. Toda a sutileza, todo o charme haviam desaparecido.

– Eu estava me perguntando por que o senhor foi à festa de Clara Morrow ontem.

Longe de ser o derradeiro empurrão que derrubaria Fortin, a pergunta de Gamache primeiro deixou o marchand boquiaberto. Depois, o fez rir.

– É disso que se trata? Eu não entendo. Não infringi nenhuma lei. Além disso, foi a própria Clara quem me convidou.

– *Vraiment?* Mas o senhor não estava na lista de convidados.

– Não, eu sei. Eu tinha ouvido falar, é claro, da vernissage dela no Musée e decidi ir até lá.

– Por quê? O senhor dispensou Clara como artista e não rompeu com ela nas melhores condições. Na verdade, o senhor a humilhou.

– Ela contou isso para o senhor?

Gamache ficou em silêncio, encarando o outro.

– Claro que contou – continuou Fortin. – De que outra forma o senhor saberia? Agora eu lembrei. Vocês são amigos. É por isso que o senhor está aqui? Veio me ameaçar?

– Estou agindo de maneira ameaçadora? Acho que vai ser difícil convencer alguém disso – disse Gamache, inclinando o copo de cerveja para o marchand ainda atônito.

– Existem outras formas de ameaça além de apontar uma arma para a minha cara – retrucou Fortin.

– É verdade. Exatamente o meu argumento anterior. Existem diferentes formas de violência. Diferentes formas de matar, mesmo mantendo o corpo vivo. Mas eu não estou aqui para ameaçar o senhor.

Seria tão fácil assim ameaçá-lo?, perguntou-se Gamache. Fortin seria mesmo tão vulnerável que uma simples conversa com um oficial de polícia lhe parecia um ataque? Talvez ele fosse bem mais parecido com os artistas que representava do que acreditava. E talvez vivesse com mais medo do que admitia.

– Estou quase terminando, já vou deixar o senhor aproveitar o resto do domingo – disse Gamache, num tom agradável. – Se o senhor decidiu que o trabalho de Clara Morrow não valia a pena, por que foi à vernissage dela?

Fortin inspirou profundamente, segurou o ar por um instante enquanto olhava para Gamache, depois o soltou em uma longa exalação rescendendo a cerveja.

– Eu fui porque queria me desculpar com ela.

Agora era a vez de Gamache ficar surpreso. Fortin não parecia ser o tipo de pessoa que admitia suas falhas com facilidade.

Fortin respirou fundo outra vez. Aquilo era nitidamente doloroso.

– No verão passado, quando eu estava em Three Pines para discutir a exposição com Clara, a gente tomou uns drinques no bistrô e um homem grande serviu a mesa. Bem, eu disse uma coisa idiota sobre esse homem quando ele foi embora. Mais tarde, Clara me repreendeu por isso e, infelizmente, eu fiquei tão irritado que caí em cima dela. Cancelei a exposição. Foi uma coisa idiota de se fazer, e eu me arrependi quase imediatamente. Mas era tarde demais. Eu já havia anunciado o cancelamento e não podia voltar atrás.

Armand Gamache encarava o homem, tentando decidir se acreditava nele ou não. Mas havia um jeito fácil de confirmar a história. Bastava perguntar para Clara.

– Então o senhor foi à abertura da exposição para se desculpar com Clara? Por que ser dar ao trabalho?

Fortin corou de leve e olhou para a direita, pela janela, para a luz do entardecer. Do lado de fora, pessoas se reuniam nos *terrasses* da St. Denis para beber cerveja, martínis, vinho e jarras de sangria. Aproveitando um dos primeiros dias realmente quentes e ensolarados da primavera.

Dentro da silenciosa galeria, porém, a atmosfera não era nem quente nem ensolarada.

– Eu sabia que Clara seria grande. Ofereci uma exposição individual para ela porque o trabalho dela é diferente de tudo que está por aí. O senhor já viu?

Fortin se inclinou para a frente, em direção a Gamache. Não mais envolto na própria ansiedade, não mais na defensiva. Agora, estava quase transportado. Excitado. Energizado ao falar de grandes obras de arte.

Ali estava, pensou Gamache, um homem que realmente amava a arte. Podia ser um homem de negócios, talvez até um oportunista. Um egoísta falastrão.

Mas conhecia e amava a grande arte. A arte de Clara.

A arte de Lillian Dyson?

– Vi, sim – respondeu o inspetor-chefe. – E concordo. É incrível.

Fortin deu início, então, a uma dissecação apaixonada dos retratos de Clara. Das várias nuances, do uso de pequenas pinceladas dentro de pinceladas longas e lânguidas. Ouvir aquilo era fascinante. E Gamache se pegou aproveitando aquele momento com Fortin.

No entanto, não estava ali para debater as pinturas de Clara.

– Se eu bem me lembro, o senhor chamou Gabri de "bicha nojenta".

As palavras tiveram o efeito desejado. Eram não apenas chocantes, mas asquerosas, vergonhosas. Principalmente à luz do que Fortin acabara de descrever. A luz, a graça e a esperança que Clara havia criado.

– É algo que digo sempre. Ou melhor, dizia. Não digo mais.

– Por que o senhor dizia uma coisa dessas?

– É o que o senhor estava falando antes, sobre as diferentes formas de matar. Muitos dos meus artistas são gays. Quando estou com um artista novo que sei que é gay, costumo apontar para alguém e dizer isso. Isso os deixa desconcertados. Com medo, instáveis. É para mexer com a cabeça deles. E, quando eles não me enfrentam, sei que estão na minha mão.

– E eles enfrentam?

– Clara foi a primeira. Eu devia ter visto nisso um indício de que ela era especial. Uma artista com voz, visão e coragem. Mas esse tipo de coragem pode ser inconveniente. Prefiro quando são submissos.

– Então o senhor rescindiu com Clara e tentou manchar a reputação dela.

– Não funcionou – disse ele, com um sorriso triste. – O Musée a pegou. Eu fui lá pedir desculpas. Sabia que logo, logo, seria ela quem teria todo o poder, toda a influência.

– Um ato nobre movido por interesse? – perguntou Gamache.

– Melhor que nenhum – respondeu Fortin.

– O que aconteceu quando você chegou?

– Eu cheguei cedo lá, e a primeira pessoa que vi foi aquele cara, o que eu ofendi.

– Gabri.

– Isso. Eu me toquei que também devia desculpas a ele. Então falei com ele primeiro. Foi um festival de contrições.

Gamache sorriu de novo. Fortin finalmente parecia sincero. E o inspetor-chefe podia, é claro, confirmar a história. Aliás, aquilo era tão fácil de verificar que ele suspeitava que fosse a verdade. Denis Fortin tinha ido à vernissage, sem convite, para se desculpar.

– E depois o senhor se aproximou de Clara. O que ela disse?

– Na verdade, foi ela quem veio falar comigo. Acho que ouviu o meu pedido de desculpas para Gabri. A gente começou a conversar, e eu disse que sentia muito. E a parabenizei pela exposição. Disse que queria que tivesse sido na Galerie Fortin, mas que ela estava muito melhor no Musée. Ela foi bem legal.

Gamache sentiu o alívio, até a surpresa, na voz de Fortin.

– Ela me convidou para a festa daquela noite, em Three Pines. Eu tinha um jantar marcado, mas senti que não podia recusar. Então saí rapidinho para cancelar o jantar com os meus amigos e fui para o churrasco.

– Quanto tempo o senhor ficou lá?

– Sinceramente? Não muito. A viagem de ida e volta é longa. Conversei com alguns colegas, desviei de alguns artistas medíocres...

Gamache se perguntou se entre eles estavam Normand e Paullete e suspeitou que sim.

– ... conversei com Clara e Peter, para que eles soubessem que eu estava lá. Depois fui embora.

– O senhor conversou com André Castonguay ou François Marois?

– Falei com os dois. A galeria de Castonguay fica aqui na rua, se o senhor estiver procurando por ele.

– Já falei com ele. Castonguay ainda está em Three Pines, assim como monsieur Marois.

– Ah, é? – disse Fortin. – Gostaria de saber por quê.

Gamache colocou a mão no bolso e pegou a ficha.

– O senhor já viu uma destas? – perguntou, segurando o saquinho hermético.

– Uma antiga moeda de 1 dólar?

– Olhe melhor, por favor.

– Posso? – perguntou Fortin, apontando para a ficha, no que Gamache a entregou. – É leve – comentou, observando as duas faces antes de devolvê-la. – Sinto muito, não faço ideia do que seja.

Ele observou o inspetor-chefe com atenção.

– Acho que fui bem paciente – disse Fortin. – Talvez agora o senhor possa me contar do que se trata.

– O senhor conhece uma mulher chamada Lillian Dyson?

Fortin pensou, depois balançou a cabeça.

– Deveria? Ela é artista?

– Estou com uma foto dela. O senhor se importa de dar uma olhada?

– Nem um pouco.

Fortin pegou a foto, lançou um olhar perplexo a Gamache, depois voltou a observar a imagem. Arqueou as sobrancelhas.

– Ela parece...

Gamache não concluiu a frase por ele. Será que Fortin diria "familiar"? "Morta"?

– Estar dormindo. Está?

– O senhor conhece esta mulher?

– Talvez a tenha visto em algumas vernissages, mas eu vejo tanta gente...

– O senhor a viu na exposição de Clara?

Fortin pensou, depois balançou a cabeça.

– Enquanto eu estava na vernissage, ela não apareceu por lá. Mas era cedo, não tinha muita gente ainda.

– E no churrasco?

– Quando eu cheguei, já havia escurecido, então talvez estivesse, mas eu não vi.

– Ela com certeza estava lá – disse Gamache, recolocando a ficha no bolso. – Foi morta lá.

Fortin encarou Gamache, boquiaberto.

– Alguém morreu na festa? Onde? Como?

– O senhor já viu o trabalho dela, monsieur Fortin?

– Desta mulher? – perguntou Fortin, meneando a cabeça para a foto, agora na mesa entre eles. – Nunca. Nunca vi esta mulher, nem o trabalho dela. Pelo menos não que eu saiba.

Então outra pergunta surgiu na cabeça de Gamache.

– Vamos supor que ela fosse uma grande artista. Como valeria mais para uma galeria, viva ou morta?

– É uma pergunta terrível, inspetor-chefe – disse Fortin, mas depois parou para pensar. – Viva ela criaria novas obras para a galeria vender e, presumidamente, por cada vez mais dinheiro. Mas morta?

– *Oui?*

– Se ela fosse tão boa assim? Quanto menos quadros, melhor. Ia ter uma guerra de lances pelas obras, e os preços...

Fortin olhou para o teto.

Gamache já tinha sua resposta. Mas aquela era a pergunta certa?

DOZE

— O que é isto?

Clara parou ao lado do telefone da cozinha. A churrasqueira estava acesa e, lá fora, Peter espetava bifes.

— O quê? — gritou ele através da porta telada.

— Isto.

Clara saiu da casa e ergueu um pedaço de papel. O rosto de Peter se transformou.

— Ah, merda. Meu Deus, Clara, eu esqueci completamente. Com todo esse caos que foi encontrar a Lillian e todas as interrupções... — disse, gesticulando com os espetos, depois parou.

A expressão de Clara, em vez de se suavizar como acontecia tantas vezes, endureceu. Na mão, ela segurava a lista de mensagens de parabéns que Peter havia anotado. Ele a tinha deixado perto do telefone. Debaixo do telefone. Presa ali, por segurança. Pretendia mostrar a ela.

Só havia esquecido.

De onde estava, dava para Clara ver a fita da polícia delineando um círculo irregular no quintal. Um buraco. Onde uma vida havia terminado.

Mas agora outro buraco se abria, bem onde Peter estava. Quase dava para ver a fita amarela em volta dele, envolvendo-o. Engolindo-o, como tinha feito com Lillian.

Peter a encarava, seus olhos implorando compreensão. Suplicando.

E, aos olhos de Clara, ele parecia desaparecer, deixando apenas um espaço vazio onde seu marido um dia estivera.

Armand Gamache estava em casa, em seu escritório, fazendo anotações e conversando com Isabelle Lacoste.

– Falei com o inspetor Beauvoir sobre isso e ele sugeriu que eu também ligasse para o senhor, chefe. A maioria dos convidados foi interrogada – disse ela. – A gente está conseguindo traçar um panorama da noite, mas Lillian Dyson ainda não aparece nele. A gente conversou com todo mundo, inclusive os garçons. Ninguém viu Lillian.

Gamache anuiu. Ele vinha acompanhando os relatórios escritos por Lacoste o dia inteiro. Como sempre, eram impressionantes. Claros, meticulosos. Intuitivos. A agente Lacoste não tinha medo de seguir a própria intuição. Não tinha medo de errar. E isso era uma grande qualidade.

Significava que ela estava disposta a explorar becos escuros que um agente comum nem sequer veria. Ou, se visse, descartaria como improvável. Como perda de tempo.

Onde, perguntava ele aos agentes, um assassino provavelmente se esconderia? Onde era óbvio? Talvez. Porém, na maioria das vezes, assassinos eram encontrados em lugares inesperados. Em corpos e personalidades inesperados.

Nos becos escuros, quase todos debaixo de um verniz agradável.

– O que você acha que isso significa, o fato de ninguém ter visto Lillian na festa? – perguntou ele.

A agente Lacoste ficou em silêncio por um instante.

– Bom, eu pensei que ela pode ter sido morta em outro lugar e levada até o quintal dos Morrows. Isso explicaria por que não foi vista na festa nem na vernissage.

– E?

– Eu falei com a equipe forense e eles acham pouco provável. Acreditam que ela morreu onde foi encontrada.

– Quais são as outras opções?

– Além do óbvio? Que ela foi teletransportada para lá por alienígenas.

– Além dessa opção.

– Acho que ela chegou e foi direto para o quintal dos Morrows.

– Por quê?

Lacoste fez uma pausa e analisou as possiblidades com calma. Não com medo de cometer um erro, mas também sem correr na direção dele.

– Por que dirigir uma hora e meia até lá e depois ignorar a festa, indo direto para um quintal tranquilo? – perguntou ela, refletindo em voz alta.

Gamache esperou. Sentia o cheiro do jantar que Reine-Marie preparava. Seu prato de massa preferido: fettuccine com aspargos frescos, pinoli e queijo de cabra. Estava quase pronto.

– Ela foi até o quintal para se encontrar com alguém – disse Lacoste, por fim.

– É o que imagino – disse Gamache.

Com os óculos de leitura, ele fazia anotações. Eles já haviam repassado os fatos, todas as descobertas forenses, os resultados preliminares da autópsia e os interrogatórios das testemunhas. Agora estavam na fase da interpretação.

Entrando no beco escuro.

Era ali que os assassinos eram encontrados. Ou perdidos.

Annie apareceu na porta com um prato na mão.

– Vai comer aqui? – murmurou ela.

Ele balançou a cabeça e sorriu, levantando a mão para informar que dentro de só mais um minuto se juntaria a ela e à mãe. Quando Annie saiu, ele voltou a atenção para a agente Lacoste.

– E o que o inspetor Beauvoir disse? – quis saber Gamache.

– Ele fez perguntas parecidas. Queria saber quem eu acho que Lillian Dyson foi encontrar.

– É uma boa pergunta. E o que você disse para ele?

– Que eu acho que ela foi encontrar o assassino – respondeu Isabelle Lacoste.

– Sim, mas será que era quem ela esperava encontrar? – perguntou Gamache. – Ou ela pensou que ia encontrar uma pessoa, mas outra apareceu?

– O senhor acha que ela foi atraída até lá?

– Acho que é uma possibilidade – ponderou Gamache.

– O inspetor Beauvoir também acha isso. Lillian Dyson era ambiciosa. Tinha acabado de voltar para Montreal e precisava alavancar a carreira. Sabia que a festa da Clara ia estar cheia de galeristas e marchands. Que lugar melhor para fazer contatos? Beauvoir acha que ela foi atraída até o quintal por alguém que fingiu ser um galerista importante. E, então, foi assassinada.

Gamache sorriu. Jean Guy estava levando a sério o papel de mentor. E fazendo um bom trabalho.

– E o que você acha?

– Acho que ela deve ter tido uma boa razão para aparecer na festa de Clara Morrow. Ao que tudo indica, as duas se odiavam. Então, o que poderia ter atraído Lillian Dyson até lá? O que poderia ser mais forte que esse tipo de rancor?

– Tinha que ser algo que ela queria muito – continuou Gamache. – E o que seria isso?

– Encontrar um galerista importante. Impressionar essa pessoa com o trabalho dela – respondeu Lacoste, sem hesitar.

– Acho que sim – disse o chefe, debruçando-se na mesa e passando os olhos pelos relatórios. – Mas como ela conseguiu chegar a Three Pines?

– Alguém deve ter convidado Lillian para a festa, talvez a atraído até lá com a promessa de um encontro privado com um dos grandes galeristas e marchands – sugeriu Lacoste, seguindo a linha de pensamento do chefe.

– Essa pessoa teria que mostrar o caminho até lá – disse Gamache, lembrando-se dos mapas inúteis no banco do carona de Lillian – e, depois, matá-la no quintal da Clara.

– Mas por quê?

Agora era a vez da agente Lacoste de perguntar.

– O assassino sabia que aquele era o quintal da Clara ou qualquer lugar teria servido? – prosseguiu ela. – Será que o assassinato podia ter acontecido na casa de Ruth ou de Myrna?

Gamache respirou fundo.

– Não sei. Por que marcar uma conversa em uma festa, afinal? Se ele estava planejando um assassinato, não teria escolhido um lugar mais discreto? E conveniente? Por que Three Pines, e não Montreal?

– Talvez Three Pines fosse conveniente, chefe.

– Talvez – concordou ele.

Era algo que Gamache vinha considerando. Que o crime tinha acontecido ali porque o assassino estava ali. Morava ali.

– Além disso – disse Lacoste –, o assassino devia saber que isso ia gerar um monte de suspeitos. A festa estava cheia de gente que conhecia Lillian Dyson de anos atrás e a odiava. Sem contar que seria fácil para ele se misturar à multidão.

– Mas por que no quintal dos Morrows? – pressionou o inspetor-chefe.

– Por que não no bosque ou em qualquer outro lugar? O quintal de Clara foi escolhido de propósito?

Não, pensou Gamache, levantando-se da cadeira. Ainda havia muita coisa escondida. O beco ainda estava muito escuro. Ele gostava de lançar ideias, teorias, especulações. Mas era cuidadoso para não passar muito à frente dos fatos. Ainda estavam tateando, e corriam o risco de se perder.

– Algum avanço quanto à motivação? – perguntou ele.

– O inspetor Beauvoir e eu interrogamos quase todo mundo que estava na festa, ele em Montreal e eu aqui. Todos disseram a mesma coisa. Quase ninguém teve contato com Lillian desde que ela voltou, mas todo mundo que a conhecia de anos atrás, quando era crítica de arte, odiava e temia essa mulher.

– Então o motivo foi vingança? – perguntou Gamache.

– Ou isso, ou impedir que ela fizesse mais estragos agora que estava de volta.

– Ótimo – disse ele, depois fez uma pausa, refletindo. – Mas tem outra possibilidade.

Ele contou a ela sobre o interrogatório de Denis Fortin e a certeza do galerista de que um artista brilhante morto era mais valioso que um vivo.

O inspetor-chefe Gamache não tinha dúvidas de que Lillian Dyson era tanto uma pessoa abominável quanto uma artista brilhante.

Uma artista brilhante morta. O que era bem mais rentável. E gerenciável. Agora, os quadros dela poderiam deixar alguém muito rico.

Ele se despediu da agente Lacoste, fez mais algumas anotações e se juntou a Reine-Marie e Annie na sala de jantar. Jantaram tranquilamente a massa acompanhada de baguetes frescas. Gamache ofereceu vinho a elas, mas ele mesmo não tomou.

– Quer manter a mente fresca? – perguntou Reine-Marie.

– Na verdade, estou planejando ir a um encontro do AA hoje à noite. Achei que não seria bom estar com bafo de álcool.

A esposa riu.

– Talvez você não fosse o único lá. Você finalmente admitiu que tem um problema?

– Ah, eu tenho um problema, só não é com o álcool.

Ele sorriu para as duas. Depois, olhou bem para a filha.

– Você está tão calada. Aconteceu alguma coisa?

– Eu preciso falar com vocês.

TREZE

Gamache parou na Rue Sherbrooke, no centro de Montreal, e olhou para a pesada igreja de tijolos vermelhos do outro lado da rua. Na verdade, ela não era feita de tijolos, mas de imensas pedras retangulares de um vermelho sanguíneo. Ele havia passado pela construção centenas de vezes ao volante e nunca tinha olhado para ela de verdade.

Mas agora fazia isso.

Ela era escura, feia e pouco convidativa. Estava longe de gritar salvação. Ou sequer sussurrar. Ao contrário, gritava penitência e expiação. Culpa e punição.

Parecia uma prisão para pecadores. Poucos entrariam ali com passos tranquilos e coração leve.

Mas, agora, outra memória surgia. A da igreja reluzente, não exatamente em chamas, mas brilhando. E a rua em que ele estava, parecendo um rio, e as pessoas parecendo juncos.

Aquela era a igreja no cavalete de Lillian Dyson. Inacabada, mas já uma obra de gênio. Se ele ainda tivesse alguma dúvida, ver o objeto real a teria eliminado. Ela pegara uma construção, uma cena que a maioria das pessoas consideraria agourenta, e a transformara em algo dinâmico e vivo. Além de bastante atraente.

Enquanto Gamache observava a igreja, os carros se transformavam em uma torrente de veículos. E as pessoas que entravam na igreja eram ramos de junco. Flutuando. Atraídas para ela.

Assim como ele.

– Oi, bem-vindo à reunião.

Mal tinha entrado na igreja, o inspetor-chefe se viu dentro de um corredor polonês de saudações. Dos dois lados, as pessoas estendiam as mãos, sorrindo. Tentou pensar que aqueles não eram sorrisos maníacos, embora um ou dois definitivamente fossem.

– Oi, bem-vindo à reunião – disse uma jovem, conduzindo Gamache porta adentro e pelas escadas que davam no porão lúgubre e mal-iluminado.

O lugar cheirava a coisa guardada, cigarros velhos, café ruim, leite azedo e suor. O teto era baixo e tudo parecia embrulhado em um filme de sujeira. Inclusive a maioria das pessoas.

– Obrigado – disse ele, apertando a mão da moça.

– É a sua primeira vez aqui? – perguntou ela, examinando bem Gamache.

– É, sim. Não tenho certeza se estou no lugar certo.

– Eu também me senti assim no começo. Mas dá uma chance. Por que eu não te apresento para alguém? Bob! – berrou ela.

Um homem mais velho com uma barba irregular e roupas descombinadas se aproximou. Ele mexia o café com o dedo.

– Vou deixar o senhor com ele – disse a jovem. – Homens devem ficar entre homens.

O inspetor-chefe se perguntou onde havia se metido.

– Oi. Meu nome é Bob.

– Armand.

Eles apertaram as mãos. A de Bob estava meio pegajosa. O próprio Bob parecia pegajoso.

– Então, o senhor é novo aqui? – perguntou Bob.

– Aqui é a reunião dos Alcoólicos Anônimos? – sussurrou Gamache, curvando-se.

Bob riu. Ele tinha um bafo de café e tabaco. Gamache se endireitou.

– Com certeza. O senhor está no lugar certo.

– Na verdade, eu não sou alcoólico.

Bob lançou a ele um olhar divertido.

– Claro que não. Por que a gente não pega um café e conversa um pouco? A reunião vai começar dentro de alguns minutos.

Bob serviu uma caneca de café para Gamache. Pela metade.

– Só por precaução – disse Bob.

– Que tipo de precaução?

– Contra os DTs – disse Bob, observando Gamache e vendo o leve tremor na mão que segurava a caneca de café. – Eu também tinha. Não é nada divertido. Quando foi a última vez que o senhor bebeu?

– Hoje à tarde. Tomei uma cerveja.

– Só uma?

– Eu não sou alcoólico.

De novo, Bob sorriu. Seus dentes, os poucos que restavam, estavam manchados.

– Isso significa que o senhor está sóbrio há algumas horas. Parabéns.

Gamache se pegou sentindo orgulho de si mesmo e deu graças a Deus por não ter tomado aquela taça de vinho no jantar.

– Ei, Jim! – gritou Bob para o outro lado da sala, na direção de um homem grisalho com olhos muito azuis. – Temos outro recém-chegado!

Gamache olhou para ele e viu que Jim estava tendo uma conversa séria com um jovem que parecia resistente.

Era Beauvoir.

O inspetor-chefe Gamache sorriu e fez contato visual com Beauvoir. Jean Guy se levantou, mas Jim o fez se sentar de novo.

– Vem cá – disse Bob, conduzindo Gamache até uma mesa comprida, cheia de livros, panfletos e fichas. Gamache pegou uma delas.

– Uma ficha de ingresso – disse o chefe, examinando-a.

Era exatamente igual à encontrada no quintal de Clara.

– Pensei que o senhor tinha dito que não era alcoólico.

– E não sou – disse Gamache.

– Nesse caso, foi um excelente palpite seu – declarou Bob com uma gargalhada.

– Muita gente tem uma destas? – perguntou Gamache.

– Claro.

Bob materializou uma ficha brilhante do bolso e olhou para ela, no que sua expressão se suavizou.

– Eu peguei esta aqui na minha primeira reunião. Sempre a carrego comigo. É como uma medalha, Armand.

Então ele colocou a ficha na mão de Gamache e a fechou.

– Não – protestou Gamache. – Eu não posso.

– Mas o senhor precisa, Armand. Hoje sou eu que te dou esta ficha, mas um dia o senhor vai dá-la para outra pessoa. Para alguém que precise dela. Por favor.

Bob fechou os dedos de Gamache sobre a ficha. Antes que o chefe pudesse dizer mais uma palavra, ele se afastou e voltou para a mesa comprida.

– O senhor também vai precisar disto – disse ele, erguendo um grosso livro azul.

– Eu já tenho um.

Gamache abriu a maleta e mostrou o livro lá dentro.

Bob ergueu as sobrancelhas.

– O senhor talvez precise de um destes, eu acho.

Ele entregou a Gamache um panfleto que dizia *Vivendo em negação*.

Gamache pegou a lista de reuniões que havia encontrado na casa de Lillian e notou no olhar do novo amigo algo que rapidamente se acostumara a esperar. Divertimento.

– O senhor ainda afirma que não é alcoólico? Poucas pessoas sóbrias carregam o livro do AA, uma ficha de ingresso e uma lista de reuniões para cima e baixo – disse Bob, analisando a lista. – Estou vendo que o senhor marcou várias reuniões. Inclusive algumas só para mulheres. Sinceramente, Armand...

– Esta lista não é minha.

– Estou vendo. É de algum amigo? – perguntou Bob, com uma paciência infinita.

Gamache quase sorriu.

– Não exatamente. A jovem que apresentou a gente falou que homens devem ficar entre homens. O que isso quer dizer?

– É, o senhor claramente precisa de uma explicação – disse Bob, apontando para a lista de reuniões na frente de Gamache. – Isto aqui não é uma balada. Alguns caras batem em mulheres. Algumas mulheres estão atrás de um namorado. Acham que isso vai salvá-los. Não vai. Aliás, é o oposto. Ficar sóbrio já é difícil o suficiente sem esse tipo de distração. Então os homens conversam basicamente com homens. E as mulheres, com mulheres. Assim a gente foca no que importa.

Bob fixou um olhar duro em Gamache. Penetrante.

– Nós somos legais, Armand, mas sérios. O que está em jogo aqui é a nossa vida. A sua vida. Se deixar, o álcool mata a gente. Mas eu vou te dizer, se um velho bêbado como eu conseguiu ficar sóbrio, o senhor também vai conseguir. E, se o senhor quiser ajuda, é para isso que estou aqui.

E Armand acreditou nele. Aquele homenzinho pegajoso e desgrenhado salvaria a vida dele se pudesse.

– *Merci* – disse Gamache, com sinceridade.

Atrás dele, um martelo golpeou várias vezes a madeira, produzindo uma série de sons agudos. Gamache se virou e viu um homem mais velho e distinto sentado na frente da sala, atrás de uma mesa comprida, com uma mulher idosa ao lado.

– A reunião começou – sussurrou Bob.

Gamache virou de costas e viu que Beauvoir tentava chamar a sua atenção, apontando para um assento vazio ao lado dele. Desocupado, imaginava, por Jim, que agora estava sentado do outro lado da sala com outra pessoa. Talvez tivesse considerado Beauvoir um caso perdido, pensou Gamache, sorrindo e abrindo caminho entre os outros para pegar o assento vazio.

Bob, porém, não o abandonara e agora se sentara do outro lado de Gamache.

– "Como caíram os valorosos" – sussurrou Gamache, inclinando-se para Beauvoir. – Ontem à noite você era crítico de arte do *Le Monde* e agora não passa de um bêbado.

– Estou em boa companhia – disse Beauvoir. – Estou vendo que o senhor fez um amigo.

Beauvoir e Bob sorriram e assentiram um para o outro por cima de Gamache.

– Preciso falar com o senhor – sussurrou Beauvoir.

– Depois da reunião – disse Gamache.

– A gente tem que ficar? – perguntou Jean Guy, desanimado.

– Você não precisa – respondeu Gamache. – Mas eu vou ficar.

– Eu também – disse Beauvoir.

O inspetor-chefe meneou a cabeça e entregou a ficha de ingresso a Beauvoir, que a examinou e ergueu as sobrancelhas.

Gamache sentiu uma leve pressão no braço direito e voltou os olhos para Bob, que o apertava e sorria.

– Que bom que o senhor ficou – sussurrou ele. – E que também convenceu aquele jovem a ficar. E deu a sua ficha para ele. Esse é o espírito. A gente ainda vai deixar o senhor sóbrio.

— É muita gentileza — disse Gamache.

O presidente dos Alcoólicos Anônimos deu as boas-vindas a todos e pediu um momento de silêncio, que foi seguido pela "Oração da serenidade".

— Concedei-nos, Senhor — disseram todos, em uníssono —, a Serenidade necessária...

— É a mesma prece — disse Beauvoir, em voz baixa. — A da ficha.

— É, sim.

— O que é isto aqui? Uma seita?

— Rezar não faz de uma reunião uma seita — sussurrou o chefe.

— O senhor reparou bem em todos esses sorrisos e apertos de mão? O que foi isso? Não vai me dizer que essas pessoas não estão sob algum controle mental.

— A felicidade também não é uma seita — sussurrou Gamache, mas Beauvoir parecia não acreditar.

O inspetor olhou em volta, desconfiado. A sala estava lotada. Cheia de homens e mulheres de todas as idades. Alguns, lá no fundo, gritavam alguma coisa de vez em quando. Uma ou outra discussão surgia e era rapidamente controlada. O restante das pessoas sorria e ouvia o presidente.

Para Beauvoir, eles pareciam doidos.

Quem poderia estar feliz sentado no porão nojento de uma igreja domingo à noite? Só estando bêbado, chapado ou maluco.

— Ele não é familiar? — perguntou Beauvoir, indicando o presidente do AA, um dos poucos que pareciam sãos.

O chefe se perguntava a mesma coisa. O homem era bonito e estava bem barbeado. Parecia ter 60 e poucos anos. Com cabelos grisalhos bem aparados, óculos clássicos e estilosos, ele vestia um suéter leve, que parecia ser de caxemira.

Estilo casual, mas caro.

— Médico, talvez? — sugeriu Beauvoir.

Gamache pensou. Talvez um médico, sim. Mais provavelmente um terapeuta. Um psicólogo especializado em vícios, responsável por aquela reunião de alcoólicos. O chefe queria dar uma palavrinha com ele quando a reunião terminasse.

O presidente tinha acabado de apresentar a secretária, que agora lia anúncios intermináveis, na maioria desatualizados, e tentava encontrar papéis que parecia ter perdido.

– Meu Deus – murmurou Beauvoir. – Não me admira que as pessoas bebam. Isso é quase tão divertido quanto se afogar.

– Shhh – fez Bob, lançando a Gamache um olhar de advertência.

O presidente apresentou o orador da noite, mencionando algo como "padrinho". Ao seu lado, Beauvoir gemeu e olhou para o relógio. Ele parecia inquieto.

Um jovem de andar arrastado foi até a frente da sala. Ele tinha a cabeça raspada e tatuagens por toda a cabeça. Uma delas era uma mão com o dedo médio erguido. Na testa, havia tatuado "Foda-se".

O rosto inteiro estava perfurado por piercings. Nariz, sobrancelhas, lábios, língua e orelhas. O inspetor-chefe não sabia se aquilo era moda ou automutilação.

Ele olhou de soslaio para Bob, sentado placidamente a seu lado com se o avô tivesse acabado de caminhar até a frente da sala.

Sem alarme nenhum.

Talvez, pensou Gamache, ele sofresse de algum distúrbio. Talvez tivesse ficado com o miolo mole de tanto beber e perdido o juízo. A capacidade de reconhecer o perigo. Porque, se alguém ali indicava alerta, essa pessoa era o jovem lá na frente.

O inspetor-chefe olhou para o presidente, sentado na mesa principal, observando atentamente o rapaz. Ele pelo menos parecia alerta. Assimilando tudo.

É claro que ele faria isso, pensou Gamache, já que estava apadrinhando um garoto que parecia capaz de fazer qualquer coisa.

– Meu nome é Brian, eu sou alcoólico e viciado.

– Oi, Brian – todos disseram.

Exceto Gamache e Beauvoir.

Brian falou por meia hora. Contou a eles como foi crescer em Griffintown, uma área marginalizada de Montreal. Filho de uma mãe viciada em crack e de uma avó viciada em metanfetamina. Sem pai. A gangue se tornara seu pai, seus irmãos e professores.

A fala dele era cheia de palavrões.

Brian contou histórias de roubos de farmácias, roubos de casas e até de uma invasão à própria casa certa noite. Para roubá-la.

A sala caiu na risada. Aliás, as pessoas não paravam de rir. Quando Brian contou a eles que, quando foi internado na ala psiquiátrica e o médico lhe perguntou quanto ele bebia, disse uma cerveja por dia, a sala inteira gargalhou de maneira histérica.

Gamache e Beauvoir se entreolharam. Até o presidente estava se divertindo à beça.

Brian tinha recebido tratamento de choque, dormido em bancos de parques e acordado um dia em Denver. Algo que ele ainda não conseguia explicar.

Mais uma explosão de risos.

Brian havia atropelado uma criança com um carro roubado.

E fugido do local.

Brian tinha 14 anos. A criança havia morrido. Assim como as risadas.

– E mesmo assim eu não parei de beber e de usar droga – admitiu Brian. – Tinha sido culpa da criança. Culpa da mãe dela. Mas não minha.

Fez-se um silêncio na sala.

– Só que chegou um dia em que o mundo já não tinha drogas suficientes para me fazer esquecer o que fiz – disse ele.

Agora, o silêncio era total.

Brian olhou para o presidente, que sustentou o olhar do jovem e, em seguida, assentiu de leve.

– Vocês sabem o que finalmente me derrubou? – perguntou Brian ao grupo.

Ninguém respondeu.

– Queria dizer que foi a culpa, o peso na consciência, mas não foi. Foi a solidão.

Ao lado de Gamache, Bob assentiu. As pessoas na frente deles assentiram, lentamente. Como se curvassem a cabeça sob um peso enorme. E a erguessem de novo.

– Eu estava solitário pra caralho. Como em toda a minha vida.

Ele baixou a cabeça, o que deixou visível uma enorme suástica tatuada.

Depois voltou a erguê-la e encarou o grupo. Olhou diretamente para Gamache, antes de se voltar para outra pessoa.

Eram olhos tristes. Mas havia algo mais ali. Um brilho. De loucura?, perguntou-se Gamache.

– Mas não mais – disse Brian. – A vida inteira eu procurei uma família. Quem diria que a minha família seriam vocês, seus filhos da puta?

A sala explodiu em gargalhadas. Com exceção de Gamache e Beauvoir. Então Brian parou de rir e fitou a multidão.

– Eu pertenço a este lugar – disse baixinho. – A esta merda de porão de igreja. Com vocês.

Ele fez uma mesura desajeitada e, por um instante, pareceu o garoto que realmente era, ou poderia ter sido. Jovem, com menos de 20 anos. Tímido, bonito. Mesmo com as cicatrizes de tatuagens, piercings e a solidão.

O grupo aplaudiu. Por fim, o presidente se levantou e pegou uma ficha da mesa. Ele a segurou.

– Esta é uma ficha de ingresso – disse. – Tem um camelo de um lado porque, se ele pode ficar 24 horas sem beber, você também pode. Nós podemos te mostrar como parar de beber, um dia de cada vez. Será que temos algum recém-chegado aqui que queira pegar uma?

Ele a ergueu como se fosse uma hóstia, uma hóstia mágica.

E olhou diretamente para Armand Gamache.

Naquele instante, Gamache descobriu afinal quem era o homem que conduzia a reunião e por que ele parecia tão familiar. Aquele homem não era um terapeuta, nem um médico. Era o chefe de Justiça, Thierry Pineault, da Suprema Corte do Quebec.

E Vossa Excelência, o chefe de Justiça Pineault, obviamente o havia reconhecido.

Por fim, ele acabou colocando a ficha na mesa e a reunião acabou.

– O senhor quer tomar um café? – perguntou Bob. – Alguns de nós vamos ao Tim Hortons depois da reunião. O senhor está convidado.

– Talvez eu encontre com vocês lá – disse Gamache. – Obrigado. Eu só preciso falar com ele – explicou, apontando para o presidente, e eles se despediram com um aperto de mão.

Quando os policiais se aproximaram da mesa comprida, o presidente levantou os olhos dos papéis.

– Armand – disse ele, levantando-se e olhando para Gamache. – Bem-vindo.

– Merci, Monsieur le Justice.

O chefe de Justiça sorriu e se inclinou para a frente.

– É uma organização anônima, Armand. Como você deve saber.

– Isso inclui o senhor? Mas o senhor conduz a reunião para os alcoólicos. Eles devem saber quem o senhor é.

Então Vossa Excelência Pineault, o chefe de Justiça, riu e saiu de trás da mesa.

– Meu nome é Thierry e eu sou alcoólico.

Gamache ergueu as sobrancelhas.

– Eu pensei...

– Que eu estava no comando? O cara sóbrio que lidera os bêbados?

– Bom, o responsável pela reunião – disse Gamache.

– Todos nós somos responsáveis – rebateu Thierry.

O inspetor-chefe olhou rápido para um homem que discutia com a própria cadeira.

– Em diferentes graus – admitiu Thierry. – Nós nos revezamos na condução das reuniões. Algumas pessoas daqui sabem minha profissão, a maioria só me conhece apenas como o velho Thierry P.

Mas Gamache conhecia o jurista e sabia que "apenas um velho" nunca combinaria com ele.

Thierry voltou a atenção para Beauvoir.

– Eu também vi você no tribunal.

– Jean Guy Beauvoir – disse Beauvoir. – Eu sou inspetor na Divisão de Homicídios.

– Claro. Eu devia ter te reconhecido. Só não esperava ver vocês aqui. Mas, bom, vocês obviamente também não esperavam me ver. O que os traz aqui? – perguntou ele, voltando a olhar para Gamache.

– Um caso – respondeu Gamache. – Será que a gente pode conversar em particular?

– Claro. Venha comigo.

Thierry os conduziu por uma porta nos fundos e depois por uma série de corredores, cada um mais sombrio que o outro. Por fim, eles se viram em uma escada nos fundos da igreja. Pineault indicou um degrau como se oferecesse assentos na primeira fileira da ópera, depois ele mesmo ocupou um.

– Aqui? – perguntou Beauvoir.

– Infelizmente, isto é o mais privado que este lugar pode ficar. Então, do que se trata?

– Estamos investigando o assassinato de uma mulher em um vilarejo de Eastern Townships – contou Gamache, sentando-se no degrau imundo ao lado do chefe de Justiça. – Um lugar chamado Three Pines.

– Eu conheço – disse Thierry. – Tem um bistrô e uma livraria maravilhosos.

– Isso mesmo – concordou Gamache, um tanto surpreso. – Como o senhor conhece Three Pines?

– Nós temos uma casa de campo lá perto. Em Knowlton.

– Bom, a mulher que foi morta morava em Montreal, mas estava visitando o vilarejo. Nós encontramos isto perto do corpo – disse Gamache, entregando a Thierry a ficha de ingresso. – E isto no apartamento dela, junto com uma série de panfletos – prosseguiu ele, estendendo a lista de reuniões. – Esta reunião estava circulada.

– Quem era ela? – perguntou Thierry, observando a lista de reuniões e a moeda.

– Lillian Dyson.

Thierry olhou para cima, bem dentro dos olhos castanho-escuros de Gamache.

– Está falando sério?

– O senhor conhecia a vítima.

Thierry P. assentiu.

– Eu estava me perguntando por que ela não veio hoje. Geralmente ela vem.

– Há quanto tempo o senhor conhecia Lillian?

– Ah, eu teria que pensar. Há pelo menos alguns meses. Não mais que um ano – contou Thierry, para depois lançar a Gamache um olhar penetrante. – Presumo que ela tenha sido assassinada.

Gamache assentiu.

– O pescoço foi quebrado.

– Não pode ter sido uma queda? Um acidente?

– Definitivamente, não – respondeu Gamache.

Ele viu "o velho" Thierry P. desaparecer. Agora o homem sentado a seu lado naqueles degraus imundos era o chefe de Justiça do Quebec.

– Algum suspeito?

– Uns duzentos. Teve uma festa para comemorar a abertura de uma exposição de arte.

Thierry aquiesceu.

– Você deve saber, é claro, que Lillian era uma artista.

– Sei. Como o senhor sabe?

Gamache redobrou a atenção. Aquele homem, embora fosse o chefe de Justiça, também conhecia tanto a vítima quanto o minúsculo vilarejo onde ela havia morrido.

– Ela falou.

– Mas eu pensei que a associação fosse anônima – disse Beauvoir.

Thierry sorriu.

– Bom, algumas pessoas têm a boca maior que outras. Tanto Lillian quanto a madrinha dela são artistas. Às vezes, eu as ouvia conversando durante o café. Depois de um tempo a gente acaba conhecendo um ao outro pessoalmente. Não só por testemunhos.

– Testemunhos? – perguntou Beauvoir. – Testemunho de quê?

– Perdão. Isso é jargão do AA. Testemunho é o que vocês viram Brian fazer esta noite. É um discurso, mas a gente não gosta de chamar assim. Fica parecendo uma performance. Então chamamos de testemunho.

Os olhos sagazes do chefe de Justiça Pineault captaram a expressão de Beauvoir.

– Você acha isso engraçado?

– Não, senhor – disse Beauvoir imediatamente.

Mas todos sabiam que era mentira. Ele não só achava aquilo engraçado como patético.

– Eu também achava – admitiu Thierry. – Antes de entrar para o AA. Pensava que palavras como "testemunho" eram engraçadas. Uma muleta para pessoas estúpidas. Mas eu estava errado. Foi uma das coisas mais difíceis que já fiz. Nos testemunhos do AA, a gente tem que ter uma sinceridade completa e brutal. É muito doloroso. Como Brian fez hoje à noite.

– Se é tão doloroso, por que vocês fazem isso? – perguntou Beauvoir.

– Porque também é libertador. Ninguém pode nos machucar quando estamos dispostos a admitir nossas falhas, nossos segredos. É muito poderoso.

– O senhor conta seus segredos para as pessoas? – quis saber Gamache.

Thierry aquiesceu.

– Não para todo mundo. A gente não publica um anúncio no jornal. Mas conta para as pessoas do AA.

– E isso deixa o senhor sóbrio? – perguntou Beauvoir.

– Ajuda.

– Mas tem coisas muito ruins – argumentou Beauvoir. – Aquele Brian matou uma criança. A gente podia prender ele.

– Podiam, mas ele já foi preso. Na verdade, se entregou. Cumpriu cinco anos. Saiu há uns três. Ele enfrentou os próprios demônios. O que não significa que eles não possam aparecer de novo – disse Thierry Pineault, virando-se para o inspetor-chefe. – Como você sabe.

Gamache levantou os olhos, mas não disse nada.

– Só que agora eles têm bem menos poder, já que estão à luz. É disso que se trata, inspetor. Arrancar todas essas coisas terríveis de onde estão escondidas.

– Não é só porque a gente pode ver – insistiu Beauvoir – que a coisa desaparece.

– É verdade, mas, até que você veja, não existe esperança.

– Lillian deu algum testemunho recentemente? – perguntou Gamache.

– Nunca, que eu saiba.

– Então ninguém conhecia os segredos dela? – perguntou o chefe.

– Só a madrinha dela.

– É como o senhor e Brian? – perguntou Gamache, e Thierry assentiu.

– A gente escolhe uma pessoa no AA e essa pessoa se torna uma espécie de mentor, de guia. A gente chama de padrinho ou madrinha. Eu tenho um, assim como Lillian. Todo mundo tem.

– E vocês contam tudo para esse padrinho ou madrinha? – quis saber Gamache.

– Tudo.

– Quem era a madrinha de Lillian?

– Uma mulher chamada Suzanne.

Os dois investigadores esperavam ouvir algo mais. Como um sobrenome. Mas Thierry simplesmente olhou para eles, aguardando a próxima pergunta.

– Será que o senhor pode ser mais específico? – perguntou Gamache. – Suzanne, em Montreal, não ajuda muito.

Thierry sorriu.

– Infelizmente, não. Eu não posso dizer a vocês o sobrenome dela, mas vou fazer melhor. Vou apresentar Suzanne para vocês.

– *Parfait* – disse Gamache, levantando-se e tentando não notar que a calça grudava um pouco na escada.

– Mas a gente precisa se apressar – disse Thierry, caminhando na frente, a passos largos e rápidos, quase correndo. – Ela pode já ter ido embora.

Os homens voltaram rapidamente pelos corredores e entraram na sala grande onde a reunião tinha acontecido. Mas ela estava vazia. Não só de gente, mas de cadeiras, mesas, livros e café. Tudo havia sumido.

– Droga – disse Thierry. – Nós a perdemos.

Um homem guardava as canecas em um armário. Thierry falou com ele e depois voltou.

– Ele disse que Suzanne está no Tim Hortons.

– O senhor se importa? – disse Gamache, indicando a porta, no que Thierry assumiu a dianteira, conduzindo os dois policiais à cafeteria.

Enquanto aguardavam uma pausa no trânsito para disparar pela Rue Sherbrooke, Gamache perguntou:

– O que o senhor achava de Lillian?

Thierry se virou para examinar Gamache. Aquele era um olhar que o inspetor-chefe conhecia. De quando via o homem na corte. Julgando os outros. E ele era um bom juiz.

Então Thierry se voltou para observar o trânsito, mas falou:

– Ela era muito animada, estava sempre disposta a ajudar. Muitas vezes se voluntariava para fazer café ou arrumar as cadeiras e as mesas. Dá muito trabalho preparar uma reunião e depois guardar tudo. Nem todo mundo ajuda, mas Lillian sempre ajudava.

Os três homens, vendo o espaço entre os carros ao mesmo tempo, atravessaram correndo as quatro pistas da avenida, chegando em segurança do outro lado.

Thierry fez uma pausa e se virou para Gamache.

– É tão triste, sabe? Ela estava reconstruindo a vida. Todo mundo gostava dela. Eu gostava.

– Desta mulher? – perguntou Beauvoir, tirando a foto do bolso com um espanto óbvio. – Lillian Dyson?

Thierry olhou para ele e assentiu.

– Esta é a Lillian. Trágico.

– E o senhor afirma que todo mundo gostava dela? – pressionou Beauvoir.

– É – respondeu Thierry. – Por quê?

– Bom... – disse Gamache. – A sua descrição não bate com o que os outros estão dizendo.

– Sério? E o que eles estão dizendo?

– Que ela era cruel, manipuladora, abusiva até.

Thierry não disse nada. Em vez disso, se virou e começou a caminhar por uma escura rua secundária. No quarteirão seguinte, eles viram o conhecido letreiro da cafeteria Tim Hortons.

– Ela está ali – disse Thierry quando entraram na cafeteria. – Suzanne! – chamou ele, acenando.

Uma mulher de cabelos pretos curtíssimos olhou para cima. Tinha uns 60 e poucos anos, imaginou Gamache. Usava várias bijuterias chamativas, uma camisa justa com um xale leve e uma saia uns 7 centímetros curta demais em seu corpo. Havia outras seis mulheres na mesa, de idades variadas.

– Thierry!

Suzanne se ergueu de um salto e se jogou nos braços de Thierry, como se não tivesse acabado de vê-lo. Depois, voltou os olhos brilhantes e inquisitivos para Gamache e Beauvoir.

– Sangue novo?

Beauvoir se encrespou. Não gostou daquela mulher indecente e atrevida. Barulhenta. E agora ela parecia pensar que Beauvoir era um deles.

– Eu te vi na reunião hoje. Está tudo bem, querido – disse ela, rindo, ao notar a expressão de Beauvoir. – Você não precisa gostar da gente. Só tem que ficar sóbrio.

– Eu não sou alcoólatra.

Mesmo em seus ouvidos, a palavra soou como um inseto morto ou um pedaço de sujeira que ele mal podia esperar para tirar da boca. Mas ela não se ofendeu.

Já Gamache, sim. Ele lançou um olhar de advertência a Beauvoir e estendeu a mão para Suzanne.

– Meu nome é Armand Gamache.

– É pai dele? – perguntou Suzanne, apontando para Beauvoir.

Gamache sorriu.

– Felizmente, não. Nós não estamos aqui por causa do AA.

O jeito grave do inspetor-chefe pareceu impressionar Suzanne, cujo sorriso se desfez. Os olhos, no entanto, seguiram alertas.

Vigilantes, percebeu Beauvoir. O que ele primeiro havia tomado como brilho de uma idiota era, na verdade, algo bem diferente. Aquela mulher prestava atenção. Por trás da risada e do brilho intenso havia uma cabeça trabalhando. Furiosamente.

– O que aconteceu? – perguntou ela.

– Será que a gente pode conversar em particular?

Thierry os deixou e se juntou a Bob, Jim e outros quatro homens do outro lado da cafeteria.

– Vocês querem um café? – perguntou Suzanne, enquanto eles iam até uma mesa tranquila perto dos banheiros.

– *Non, merci* – respondeu Gamache. – Bob foi muito gentil e já me serviu um, embora só pela metade.

Suzanne riu. Ela parecia, na opinião de Beauvoir, rir muito. Ele se perguntou o que aquilo escondia. Pela experiência dele, sabia que ninguém estava sempre alegre daquele jeito.

– Por causa dos *delirium tremens*? – perguntou ela, e, depois que Gamache assentiu, ela olhou para Bob com muito carinho. – Ele mora no Exército da Salvação, sabe? Vai a sete reuniões por semana. Parte do princípio de que todo mundo que conhece é alcoólico.

– Existem suposições piores – disse Gamache.

– Como eu posso ajudar?

– Eu sou da Sûreté du Québec – explicou Gamache. – Divisão de Homicídios.

– O senhor é o inspetor-chefe Gamache? – perguntou ela.

– Sou.

– O que posso fazer pelo senhor?

Beauvoir ficou feliz de ver a mulher bem menos alegre e bem mais cautelosa.

– É sobre Lillian Dyson.

Suzanne arregalou os olhos.

– Lillian? – sussurrou.

Gamache assentiu.

– Infelizmente, ela foi assassinada ontem à noite.

– Ah, meu Deus! – disse Suzanne, levando a mão à boca. – Foi um assalto? Alguém invadiu o apartamento dela?

– Não. Não parece ter sido acaso. Aconteceu em uma festa. Ela foi encontrada morta no quintal da casa. Com o pescoço quebrado.

Suzanne soltou um longo suspiro e fechou os olhos.

– Desculpa. Eu estou chocada. A gente se falou ontem por telefone.

– Sobre o quê?

– Ah, só uma ligação de rotina. Ela me telefona a cada poucos dias. Nada importante.

– Ela mencionou a festa?

– Não, não falou nada.

– Mas a senhora deve conhecer Lillian muito bem – comentou Gamache.

– Conheço.

Suzanne olhou pela janela, para os homens e mulheres que passavam. Perdidos em seus próprios pensamentos, em seu próprio mundo. Mas o mundo de Suzanne tinha acabado de mudar. Agora era um mundo onde existiam assassinatos. E não existia Lillian Dyson.

– O senhor já teve um mentor, inspetor-chefe?

– Já. Ainda tenho.

– Então o senhor sabe como esse relacionamento pode ser íntimo.

Ela se voltou para Beauvoir, o olhar suavizado, e sorriu de leve.

– Sei – disse o chefe.

– E estou vendo que o senhor é casado – disse Suzanne, indicando o próprio dedo anelar nu.

– É verdade – concordou Gamache.

Ele observava Suzanne com olhos pensativos.

– Imagine agora esses dois relacionamentos combinados e aprofundados. Não existe nada no mundo como o que acontece entre um padrinho e um afilhado.

Os dois homens olharam para ela.

– Como assim? – perguntou Gamache, afinal.

– É íntimo sem ser sexual, uma relação de confiança que não é amizade. Eu não quero nada dos meus afilhados. Nada. Só honestidade. Tudo o que eu quero para eles é que fiquem sóbrios. Não sou o marido ou a esposa deles, a melhor amiga ou a chefe. Eles não me devem explicações. Eu só os guio e escuto.

– E o que a senhora ganha com isso? – quis saber Beauvoir.

– A minha própria sobriedade. Um bêbado ajuda o outro. Nós podemos enganar muita gente, inspetor, e é o que fazemos muitas vezes. Mas não uns aos outros. Nós nos conhecemos. Somos muito loucos, sabe? – disse Suzanne, com uma pequena risada.

Aquilo não era novidade para Beauvoir.

– Lillian era louca quando conheceu a senhora? – perguntou Beauvoir.

– Ah, era. Mas só porque a visão de mundo dela estava toda distorcida. Tinha feito tantas más escolhas que já não sabia mais como fazer as boas.

– Pelo que entendo, como parte do relacionamento de vocês, Lillian contou os segredos dela para a senhora – disse o inspetor-chefe.

– Contou.

– E quais eram os segredos de Lillian Dyson?

– Não sei.

Gamache olhou para aquela mulher atarracada.

– Não sabe, madame? Ou não quer dizer?

QUATORZE

Peter estava deitado na cama, segurando com força a beirada do colchão de casal. A cama era realmente muito pequena para eles. Mas eles só podiam pagar aquela cama de casal quando se casaram, e Peter e Clara tinham se acostumado a ficar bem perto um do outro.

Tão perto que se tocavam. Mesmo nas noites mais quentes e pegajosas de julho. Deitavam nus na cama, lençóis arrancados, corpos molhados e escorregadios de suor. E, ainda assim, se tocavam. Não muito. Só uma mão nas costas dela. Um dedo do pé na perna dele.

Contato.

Naquela noite, porém, ele se agarrava a seu lado da cama, e ela, ao dela, como se fossem as paredes de dois penhascos. Com medo de cair. Mas temendo que estivessem prestes a fazê-lo.

Tinham ido se deitar cedo, para que o silêncio parecesse natural.

Não parecia.

– Clara? – murmurou ele.

O silêncio se estendeu. Ele conhecia o som de Clara dormindo, e não era aquele. A Clara adormecida era quase tão exuberante quanto a Clara acordada. Ela não ficava se mexendo, mas roncava e grunhia. Às vezes, dizia algo ridículo. Uma vez, havia murmurado: "Mas o Kevin Spacey está preso na Lua."

Clara não havia acreditado quando Peter contara a ela na manhã seguinte, mas ele tinha ouvido nitidamente.

Aliás, ela não acreditava quando Peter dizia que ela roncava, cantarolava e fazia todo tipo de barulho. Não muito alto. Mas Peter estava ligado nela. Ele a ouvia até quando ela mesma não podia ouvir.

Mas, naquela noite, ela estava em silêncio.
– Clara? – tentou de novo.
Sabia que ela estava ali e sabia que estava acordada.
– A gente precisa conversar.
Então ele a ouviu. Uma longuíssima inspiração. E, depois, um suspiro.
– O que foi?
Ele se sentou na cama, mas não acendeu a luz. Preferia não ver o rosto dela.
– Desculpa.
Ela não se moveu. Podia vê-la, uma montanha escura na cama, empurrada até o limite do mundo. Ela não conseguia se afastar mais dele sem cair.
– Você sempre pede desculpas.
A voz dela estava abafada. Falava com as cobertas sem sequer levantar a cabeça.
O que ele podia dizer diante daquilo? Ela estava certa. Quando olhava para trás, via que o relacionamento deles não passava de uma série de eventos em que fazia e dizia algo estúpido e ela o perdoava. Até aquele dia.
Algo havia mudado. Ele pensara que a maior ameaça ao casamento deles era a exposição de Clara. O sucesso dela. E o fracasso repentino dele. Ainda mais espetacular diante do triunfo dela.
Mas estava errado.
– A gente precisa resolver isso – disse Peter. – A gente precisa conversar.
Clara se sentou de repente na cama, brigando com o edredom, tentando liberar os braços. Finalmente, conseguiu e se voltou para ele.
– Para quê? Para eu te desculpar de novo? É isso? Você acha que eu não sei o que você tem feito? Torcido pelo fracasso da minha exposição? Torcido para que os críticos dissessem que meu trabalho é uma droga e você é o verdadeiro artista? Eu conheço você, Peter. Eu consigo ver a sua cabeça funcionando. Você nunca entendeu a minha arte, nunca gostou dela. Você acha o que eu faço infantil e bobo. *Retratos? Que vergonha* – disse ela, baixando a voz para imitar a dele.
– Eu nunca disse isso.
– Mas pensou.
– Não pensei.
– Não mente para mim, cacete! Não agora.

O alerta na voz dela era claro. E novo. Eles haviam brigado antes, mas nunca assim.

Peter sabia que o casamento deles tinha acabado ou acabaria em breve. A menos que encontrasse a coisa certa a dizer. A fazer.

Se "desculpa" não havia funcionado, o que funcionaria?

– Você deve ter ficado exultante quando viu a crítica do *Ottawa Star* – continuou Clara. – Quando eles disseram que eu era um *papagaio velho e cansado que imita artistas de verdade*. Isso te deu prazer, Peter?

– Como você pode pensar uma coisa dessas?

Mas aquilo realmente dera prazer a ele. E alívio. Fora o primeiro momento feliz que tivera em muito tempo.

– É a crítica do *New York Times* que importa, Clara. É para essa que eu ligo.

Ela o encarou. E ele sentiu as mãos, os pés e as pernas ficarem gelados. Como se o coração tivesse enfraquecido e não conseguisse mais bombear o sangue para tão longe. Só agora seu coração entendia o que ele soubera a vida inteira. Ele era um fraco.

– Então diga uma frase da crítica do *New York Times*.

– Como?

– Anda. Se ela te causou uma impressão tão forte, se foi tão importante para você, com certeza você deve se lembrar de pelo menos uma frase.

Ela aguardou.

– Uma palavra – insistiu ela, com uma voz glacial.

Peter vasculhou a memória, desesperado atrás de uma palavra, qualquer uma, do *New York Times*. Para provar, mais para si mesmo do que para Clara, que se importava, um pouco que fosse.

Mas ele só se lembrava, só via, a crítica gloriosa do jornal de Ottawa.

Embora seja bonito, o trabalho dela não é nem visionário nem ousado.

Ele pensava que era ruim quando ela pintava quadros apenas embaraçosos. Mas ficou muito pior quando eles se tornaram brilhantes. Em vez de refletirem nele a própria glória, eles só sublinhavam o seu fracasso. As criações dele esmaeciam à medida que as dela se iluminavam. Então ele havia lido e relido a frase do papagaio, aplicando-a no ego como se fosse um antisséptico, e a arte de Clara, a infecção.

Mas agora ele sabia que não era a arte dela que havia infeccionado.

– Foi o que eu pensei – retrucou Clara. – Nem uma palavra. Bom, deixa eu te refrescar a memória: *As pinturas de Clara Morrow não são apenas brilhantes, mas luminosas. Com pinceladas audaciosas e generosas, ela redefiniu o gênero do retrato.* Eu voltei lá e decorei. Não porque eu acredite que seja verdade, mas para poder escolher no que acreditar, e preciso acreditar sempre no pior.

Imagina só, pensou Peter, enquanto o frio se aproximava da barriga, *poder escolher no que acreditar.*

– Então vieram as mensagens – disse Clara.

Peter fechou os olhos devagar. Uma piscada reptiliana.

As mensagens. De todos os compradores de Clara. De galeristas, marchands e curadores do mundo inteiro. De parentes e amigos.

Ele havia passado a maior parte da manhã, depois que Gamache, Clara e os outros saíram, depois que o corpo de Lillian fora removido, atendendo o telefone.

Que tocava e tocava. Ressoava. E cada toque o diminuía. Cada toque o despia – assim ele sentia – de sua masculinidade, dignidade e autoestima. Ele tinha tomado nota das mensagens e sido agradável com as pessoas que mandavam na cena artística. Os titãs. Que o conheciam apenas como o marido de Clara.

A humilhação fora completa.

Em algum momento ele acabou passando o bastão para a secretária eletrônica e se escondendo em seu estúdio. Onde havia se escondido a vida inteira. Do monstro.

Podia senti-lo no quarto deles agora. Sentir o farfalhar de sua cauda. Seu bafo quente e fétido.

Durante a vida inteira soubera que, se ficasse bem quieto, fosse bem pequeno, o monstro não o veria. Se não fizesse barulho, não levantasse a voz, ele não o ouviria, não o machucaria. Se fosse perfeito e escondesse a crueldade sob sorrisos e boas ações, ele não o devoraria.

Mas agora percebia que não havia como se esconder. Ele sempre estaria lá e sempre o encontraria.

Ele era o monstro.

– Você queria que eu fracassasse.

– Nunca – disse Peter.

– Eu pensei que, no fundo, no fundo, você estivesse feliz por mim. Que só precisava de um tempo. Mas isso é quem você realmente é, não é?

De novo, uma negativa estava na ponta da língua, quase saindo da boca de Peter. Mas ele parou. Algo o impediu. Algo se interpôs entre as palavras em sua cabeça e as palavras que saíam de sua boca.

Ele olhou para ela e, finalmente, com as unhas destruídas e ensanguentadas após se agarrar àquilo a vida inteira, finalmente abriu as mãos.

– O retrato das Três Graças – disse ele, as palavras tropeçando para fora da boca. – Eu vi o quadro antes de você terminar. Eu entrei no seu estúdio e tirei o pano do cavalete.

Ele fez uma pausa para se recompor. Mas era tarde demais para isso. Peter caía vertiginosamente.

– Eu vi...

Peter procurou a palavra certa. Até que percebeu que não estava procurando a palavra. Estava se escondendo dela.

– Glória. Eu vi glória. Clara, e tanto amor que partiu meu coração.

Ele fitou os lençóis, que suas mãos apertavam com força. E suspirou.

– Então entendi que você era uma artista muito melhor do que eu jamais seria. Porque você não pinta coisas. Não pinta nem gente.

De novo, ele viu o retrato que Clara havia feito das três amigas idosas. *As Três Graças*. Émilie, Beatrice e Kaye. Suas vizinhas em Three Pines. Como elas riam e apoiavam umas às outras. Velhas, frágeis, perto da morte.

Com todos os motivos para ter medo.

E, no entanto, todos que olhavam para aquele quadro sentiam o que elas sentiam.

Júbilo.

No instante em que viu *As Três Graças*, Peter entendeu que estava acabado.

E entendeu outra coisa. Algo que as pessoas que viam as obras extraordinárias de Clara podiam não perceber conscientemente, mas pressentiam. Nos ossos, na espinha dorsal.

Sem um único crucifixo, sem hóstia nem Bíblia, sem privilégio de clero nem Igreja, as pinturas de Clara irradiavam uma fé sutil e privada. No único ponto brilhante de um olho. Em velhas mãos que seguravam velhas mãos. Pela vida valiosa.

Clara pintava aquela vida valiosa.

Enquanto o resto da cínica cena artística pintava o pior, Clara pintava o melhor.

Por anos ela tinha sido marginalizada, ridicularizada e relegada ao ostracismo. Pelo sistema e, secretamente, por Peter.

Peter pintava coisas. Muito bem. Chegava a alegar que pintava Deus, no que alguns marchands acreditavam. Era uma boa história. Mas, se ele nunca havia encontrado Deus, como poderia pintá-Lo?

Clara não apenas O havia encontrado, como O conhecia. E ela pintava o que conhecia.

– Você tem razão. Sempre tive inveja de você – disse ele, olhando diretamente para ela.

Já não havia medo agora. Ele tinha passado dessa fase.

– Eu tive inveja de você desde a primeira vez que te vi. E isso nunca me deixou. Eu tentei, mas o sentimento está sempre ali. Até aumentou com o tempo. Ah, Clara... Eu te amo e me odeio por fazer isso com você.

Ela ficou em silêncio. Não o ajudou. Tampouco o ofendeu. Ele estava por conta própria.

– Mas não é a sua arte que eu invejo. Pensei que fosse, e era por isso que eu ignorava o seu trabalho. Fingia não entender. Mas eu entendia muito bem o que você estava fazendo no estúdio. O que você estava se esforçando para captar. E eu vi você se aproximar cada vez mais daquilo ao longo dos anos. Isso me matava. Ah, meu Deus, Clara... Por que eu não podia simplesmente ficar feliz por você?

Ela continuou em silêncio.

– Quando eu vi *As Três Graças*, entendi que você tinha chegado lá. Depois, veio aquele retrato. Da Ruth. Ah, meu Deus – disse ele, os ombros caídos. – Quem mais, a não ser você, pintaria a Ruth como a Virgem Maria? Tão cheia de desprezo, amargura e decepções?

Ele abriu os braços, depois os baixou e exalou.

– E aí veio aquele ponto. Aquele pontinho branco nos olhos dela. Naqueles olhos cheios de ódio. Exceto por aquele ponto. Que via que algo se aproximava.

Peter olhou para Clara, tão longe do outro lado da cama.

– Não é a sua arte que eu invejo. Nunca foi.

– Você está mentindo, Peter – murmurou Clara.

– Não, não, não estou – disse Peter, erguendo a voz, desesperado.

– Você criticou *As Três Graças*! Ridicularizou o retrato da Ruth! – gritou Clara. – Queria que eu estragasse, destruísse os dois!

– Sim, mas não eram as pinturas! – gritou Peter de volta.

– Mentira.

– Não eram as pinturas. Era…

– Sim? – berrou Clara. – Sim? O que era? Deixa eu adivinhar. Culpa da sua mãe? Do seu pai? Que você tinha dinheiro de mais ou de menos? Que seus professores te maltratavam e seu avô bebia? Que desculpa você vai inventar agora?

– Não, você não entende.

– Claro que eu entendo, Peter. Eu te entendo muito bem. Enquanto eu vivia à sua sombra, nós estávamos ótimos.

– Não. – Peter se levantara da cama, recuando até encostar na parede. – Você precisa acreditar em mim.

– Não, Peter, não mais. Você não me ama. O amor não faz isso.

– Clara, não.

Então aquela queda vertiginosa, desorientadora e terrível finalmente terminou. E Peter chegou ao chão.

– Era a sua fé! – gritou ele, desabando no chão. – As suas crenças! A sua esperança! – disse ele, a voz rouca falhando entre os arquejos. – Era muito pior que sua arte. Eu queria pintar como você, mas só porque isso significaria que eu veria o mundo como você. Ah, meu Deus, Clara! Tudo o que sempre invejei em você foi a sua fé!

Ele abraçou as pernas e as puxou até o peito com violência, reduzindo-se ao máximo. Tornando-se um pequeno globo. E se balançou.

Para a frente e para trás. Para a frente e para trás.

Na cama, Clara o encarava. Silenciada não pela raiva, mas pelo espanto.

Jean Guy Beauvoir pegou uma braçada de roupa suja e a atirou em um canto.

– Pronto – disse ele, sorrindo. – Sinta-se em casa.

– *Merci* – disse Gamache, sentando-se.

No mesmo instante, seus joelhos saltaram de maneira alarmante, quase encostando nos ombros.

– Cuidado com o sofá! – gritou Beauvoir da cozinha. – Acho que as molas já foram para o saco!

– É bem possível – disse Gamache, tentando se acomodar.

Ele se perguntou se uma prisão turca era assim. Enquanto Beauvoir servia uma bebida para cada um, o chefe observou o conjugado mobiliado bem no centro de Montreal.

Os únicos toques pessoais pareciam ser a pilha de roupa suja no canto e um bichinho de pelúcia, um leão, meio escondido na cama desfeita. Aquilo era meio estranho, infantil até. Jamais poderia imaginar que Jean Guy tivesse um boneco daqueles.

No ar fresco e limpo da noite eles haviam percorrido devagar os três quarteirões que separavam a cafeteria do apartamento de Beauvoir enquanto comparavam anotações.

"O senhor acreditou nela?", tinha perguntado Beauvoir.

"Quando Suzanne disse que não se lembrava dos segredos de Lillian?", fora a resposta de Gamache, ponderando.

As árvores que ladeavam a rua no centro da cidade estavam cheias de folhas, que passavam de um verde jovem e claro a um amarelo mais escuro e maduro.

"Você acreditou?", devolvera o chefe.

"Nem por um segundo", respondera Beauvoir.

"Nem eu", dissera Gamache. "Mas a questão é: ela mentiu pra gente de propósito, para esconder alguma coisa, ou só precisava de um tempo para organizar as ideias?"

"Eu acho que foi de propósito."

"Você sempre acha."

Era verdade. O inspetor Beauvoir sempre pensava o pior. Era mais seguro assim.

Suzanne havia explicado que tinha vários afilhados e que todos contavam tudo para ela.

"É o quinto passo do programa do AA", dissera ela, para depois citá-lo: "*Admitimos perante Deus, perante nós mesmos e perante outro ser humano a natureza exata de nossas falhas*. No caso, eu sou esse 'outro ser humano'."

Ela então havia dado novamente uma risada e feito uma careta.

"A senhora não gosta?", perguntara Gamache, interpretando a expressão.

"No início, com os meus primeiros afilhados, eu gostava. Ficava meio que curiosa para saber que tipo de coisa eles tinham aprontado na carreira de bebuns e se eram parecidas com as minhas. Era emocionante sentir que alguém confiava em mim daquele jeito. Isso não acontecia muito quando eu bebia, sabe? Tinha que ser muito doido pra confiar em mim naquela época. Mas, depois de um tempo, começou a ficar meio chato. Todo mundo pensa que os próprios segredos são terríveis, mas são praticamente iguais aos dos outros."

"Como o quê?", perguntara o inspetor-chefe.

"Ah, ter um caso. Ser gay enrustido. Roubar. Ter pensamentos terríveis. Ficar bêbado e perder grandes eventos familiares. Decepcionar entes queridos. Machucar quem você ama. Às vezes, é abusivo. Não estou dizendo que o que eles fizeram foi certo. Lógico que não foi. Por isso que a gente esconde por tanto tempo. Mas não é exclusivo. Eles não estão sozinhos. Sabe qual é a pior parte do quinto passo?"

"Admitir perante nós mesmos?", questionara Gamache.

Beauvoir tinha ficado chocado ao ver que o chefe se lembrava da frase. Aquilo parecia um grande drama. Um bando de alcoólatras com pena de si mesmos, querendo receber perdão instantâneo.

Beauvoir acreditava no perdão, mas só depois do castigo.

Suzanne sorrira.

"Exatamente. Parece que é mais fácil admitir essas coisas para nós mesmos. Afinal de contas, a gente estava lá quando aconteceu. Só que, é claro, a gente não consegue admitir que o que fez foi tão ruim. Passa anos justificando e negando o próprio comportamento."

Gamache assentira, pensativo.

"Os segredos costumam ser tão ruins quantos os de Brian?"

"Quer dizer, matar uma criança? Às vezes."

"Algum dos seus afilhados já matou alguém?"

"Alguns dos meus afilhados admitiram ter matado", tinha respondido ela, afinal. "Nunca de propósito. Nunca um assassinato. Mas acidentes. Na maioria das vezes, por dirigir bêbados."

"Inclusive Lillian?", perguntara Gamache, em voz baixa.

"Não me lembro."

"Eu não acredito nisso", dissera Gamache, em uma voz tão baixa que quase não se ouvia.

Ou talvez fossem aquelas palavras que Suzanne achava tão difíceis de escutar.

"Ninguém ouve uma confissão dessas e esquece", concluíra o chefe.

"Acredite no que o senhor quiser, inspetor-chefe."

Gamache então havia aquiescido e entregado a ela seu cartão.

"Eu fico em Montreal esta noite, mas depois nós vamos para Three Pines. Vamos ficar por lá até descobrir quem matou Lillian Dyson. Me ligue quando lembrar."

"Three Pines?", perguntara Suzanne, pegando o cartão.

"É o vilarejo onde Lillian foi morta."

Ele então se levantara, imitado por Beauvoir.

"A senhora disse que a vida de vocês depende da verdade", dissera ele. "Eu odiaria saber que a senhora se esqueceu disso logo agora."

Quinze minutos depois, eles estavam no novo apartamento de Beauvoir. Enquanto Jean Guy abria e fechava armários, resmungando, Gamache se levantou com esforço do torturante sofá e caminhou pela sala de estar, olhando pela janela para a pizzaria do outro lado de rua, que anunciava uma "superfatia". Então se voltou para a sala, observando as paredes cinzentas e os móveis baratos. Seu olhar vagou até o telefone e o bloco de papel.

– Você não está só comendo na pizzaria daqui do lado, hein? – perguntou Gamache.

– Por quê? – gritou Beauvoir, da cozinha.

– Restaurante Milos – disse Gamache, lendo a informação no bloco de papel ao lado do telefone. – Muito chique.

Beauvoir se virou para a sala, olhando diretamente para a escrivaninha e o bloco e depois para o chefe.

– Estava pensando em levar o senhor e madame Gamache lá.

Por um instante, sob a luz da lâmpada nua da sala, Beauvoir lhe lembrou Brian. Não o jovem desafiador e arrogante do início do depoimento, mas o garoto oprimido. Humilhado. Perplexo. Falho. Humano.

Cauteloso.

– Para agradecer todo o apoio que vocês me deram – explicou Beauvoir. – Durante a minha separação da Enid e o outro lance. Foram meses difíceis.

O inspetor-chefe Gamache olhou para o homem mais novo, estupefato. O Milos era um dos melhores restaurantes de frutos do mar do Canadá. E, com certeza, um dos mais caros. Era um dos restaurantes preferidos do casal, embora eles só fossem lá em ocasiões muito especiais.

– *Merci* – disse ele, afinal. – Mas você sabe que a gente já ficaria muito feliz com uma pizza.

Jean Guy sorriu, pegando o bloco da escrivaninha e enfiando-o em uma gaveta.

– Certo, então não o Milos. Mas eu vou convidar vocês para uma "super-fatia" e não se fala mais nisso.

– Madame Gamache vai adorar – disse Gamache, rindo.

Beauvoir entrou na cozinha e voltou com as bebidas. Uma cerveja artesanal para o chefe e água para ele.

– Não vai querer cerveja? – perguntou o chefe, erguendo o copo.

– Toda essa conversa sobre bebida me tirou a vontade. Água está ótimo.

Eles voltaram a se sentar, e desta vez Gamache escolheu uma das cadeiras duras ao redor da pequena mesa de jantar de vidro. Depois tomou um gole de cerveja.

– O senhor acha que aquilo funciona? – perguntou Beauvoir.

Gamache levou um momento para entender do que o inspetor estava falando.

– O AA?

Beauvoir anuiu e já foi logo dando sua opinião:

– Para mim, parece bem autocomplacente. E por que revelar os próprios segredos faria com que eles parassem de beber? Não seria melhor só esquecer, em vez de desenterrar aquilo tudo? Sem contar que nenhuma daquelas pessoas estudou para isso. Aquela Suzanne é caótica. Não vai me dizer que ela consegue ajudar alguém.

O chefe olhou para o extenuado segundo em comando.

– Acho que o AA funciona porque ninguém, por mais bem-intencionado que seja, consegue entender o que é aquela experiência, a não ser quem já passou pela mesma coisa – disse Gamache em voz baixa.

Ele evitou se inclinar para a frente, para não invadir o espaço pessoal do inspetor.

– É como a fábrica. O ataque. Ninguém sabe como foi, exceto quem estava lá com a gente. Os terapeutas ajudaram, e muito. Mas não é a mesma coisa que falar com um de nós – disse Gamache, olhando para Beauvoir, que parecia estar desmoronando por dentro. – Você costuma pensar no que aconteceu na fábrica?

Agora era a vez de Beauvoir ficar em silêncio.

– Às vezes.

– Quer falar sobre isso?

– Que bem isso ia fazer? Eu já contei para os investigadores, para os terapeutas. O senhor e eu já superamos isso. Acho que está na hora de a gente parar de falar e seguir em frente, não acha?

Gamache inclinou a cabeça para o lado e examinou Jean Guy.

– Não, não acho. Acho que a gente precisa continuar falando até que tudo se resolva, até que não exista mais nenhuma pendência.

– O que aconteceu na fábrica já foi – retrucou Beauvoir, para depois se conter. – Desculpa. É que eu acho isso vitimista. Eu só quero seguir com a minha vida. Se o senhor quer mesmo saber, a única pendência, a única coisa que ainda me incomoda é quem vazou aquele vídeo do ataque. Como ele foi parar na internet?

– A investigação interna concluiu que foi um hacker.

– Eu sei. Eu li o relatório. Mas o senhor não acredita nisso, não é?

– Não tenho escolha – disse Gamache. – Nem você.

Era impossível não notar o alerta na voz do chefe. Um alerta que Beauvoir escolheu ignorar, ou não escutar.

– Não foi um hacker – argumentou ele. – Ninguém sabia que aquelas fitas existiam, só os policiais da Sûreté. Não foi um hacker que pirateou aquela gravação.

– Já chega, Jean Guy.

Não era a primeira vez que eles discutiam aquilo. O vídeo do ataque à fábrica fora colocado na internet, onde viralizou. Milhões de pessoas do mundo inteiro tinham assistido às imagens editadas.

E visto o que acontecera.

Com eles. Com os outros. Milhões de pessoas, como se aquilo fosse uma série de TV. Entretenimento.

Após meses de investigação, a Sûreté havia concluído que tinha sido um hacker.

– Por que eles não encontraram o cara? – insistiu Beauvoir. – A gente tem um departamento inteiro só para investigar crimes cibernéticos. E eles não conseguiram encontrar um idiota que, segundo o próprio relatório da Sûreté, só teve sorte?

– Deixa isso pra lá, Jean Guy – disse Gamache com um tom severo.

– A gente precisa descobrir a verdade, senhor – afirmou Beauvoir, inclinando-se para a frente.

– A gente sabe a verdade – respondeu Gamache. – O que a gente precisa fazer é aprender a conviver com ela.

– O senhor não vai investigar mais a fundo? Vai simplesmente aceitar?

– Vou. E você também. Prometa para mim, Jean Guy. Esse problema é de outra pessoa. Não nosso.

Os dois se encararam por um instante, até que Beauvoir concordou de leve com a cabeça.

– *Bon* – disse Gamache, esvaziando o copo e indo até a cozinha. – Hora de ir para casa. A gente precisa voltar para Three Pines bem cedo.

Armand Gamache se despediu de Beauvoir e caminhou devagar pelas ruas noturnas. Tinha esfriado, e ele estava feliz por ter levado o casaco. Tinha planejado chamar um táxi, mas se viu subindo a Ste. Urbain até a Avenue Laurier.

Enquanto caminhava, pensou no AA, em Lillian e em Suzanne. No chefe de Justiça. Nos artistas e marchands adormecidos em suas camas em Three Pines.

Mas, principalmente, no efeito corrosivo dos segredos. Inclusive o seu.

Tinha mentido para Beauvoir. Ainda não havia acabado. E ele não deixaria aquilo pra lá.

Jean Guy lavou o copo de cerveja e foi para o quarto.

Continue andando, só continue andando, implorou a si mesmo. *Só mais alguns passos.*

Mas ele parou, é claro. Como havia feito todas as noites desde que aquele vídeo surgira.

Uma vez na internet, ele nunca, jamais seria apagado. Ficaria lá para sempre. Esquecido talvez, mas ainda ali, esperando ser encontrado. Para emergir de novo.

Como um segredo. Nunca completamente escondido. Nunca totalmente esquecido.

E aquele vídeo estava longe de ser esquecido. Não, ainda não.

Beauvoir largou o corpo na cadeira e tirou o computador do modo hibernar. O endereço estava em sua lista de favoritos, mas identificado errado de propósito.

Com os olhos pesados pelo sono e o corpo dolorido, Jean Guy clicou nele.

E lá surgiu o vídeo.

Ele apertou o play. Depois, de novo. E mais uma vez.

Assistiu ao vídeo em looping. A imagem era nítida, assim como o som, as explosões, o tiroteio e os gritos.

– *Policial ferido, policial ferido!*

E a voz de Gamache firme, imperiosa. Emitindo ordens claras, mantendo o grupo unido e o caos sob controle enquanto a equipe tática os pressionava a avançar cada vez mais no interior da fábrica. Encurralando os atiradores. Que estavam em número muito maior do que eles esperavam.

Em looping, Beauvoir se viu levar um tiro no abdômen. E, em looping, viu algo pior. O inspetor-chefe Gamache. Os braços jogados para trás, arqueando as costas. Levantando voo e depois caindo. Batendo no chão. Sem se mexer.

E, então, o caos fechando o cerco.

Finalmente exausto, ele se afastou da tela e se preparou para dormir. Escovou os dentes e jogou água no rosto. Pegou a medicação prescrita e tomou um comprimido de oxicodona.

Então enfiou outro pequeno frasco de comprimidos debaixo do travesseiro. Caso precisasse durante a noite. Ele estava seguro ali. Fora de vista. Como uma arma. Um último recurso.

Um frasco de Percocet.

Caso a oxicodona não fosse suficiente.

Na cama, no escuro, ele aguardou o efeito do analgésico. Podia sentir o dia desaparecer. As preocupações, a ansiedade e as imagens recuarem. Enquanto abraçava o leão de pelúcia e flutuava em direção ao esquecimento, uma imagem boiava junto com ele. Não aquela em que ele levava um tiro. Nem mesmo aquela em que o chefe era atingido e caía.

Tudo isso tinha desaparecido, engolido pela oxicodona.

Mas um pensamento permanecia, seguindo-o até o limiar.

Restaurante Milos. O telefone anotado, agora escondido na gaveta da escrivaninha. Toda semana, nos últimos três meses, ele havia ligado para o restaurante e feito uma reserva. Para dois. Para o sábado à noite. Para a mesa dos fundos, junto à parede caiada.

E todo sábado à tarde ele cancelava a reserva. Beauvoir se perguntou se ainda se davam ao trabalho de anotar o nome. Talvez só fingissem. Assim como ele.

Mas no dia seguinte, tinha certeza, seria diferente.

Ligaria para ela, sem hesitar. E ela diria sim. E ele levaria Annie Gamache ao Milos, com suas taças de cristal e suas toalhas de linho branco. Ela pediria o linguado, e ele, a lagosta.

E ela o escutaria, olhando para ele com aqueles olhos intensos. Ele perguntaria tudo sobre o dia, a vida, os gostos e os sentimentos dela. Tudo. Queria saber tudo.

Todas as noites ele adormecia diante da mesma imagem. Annie olhando para ele do outro lado da mesa. Então ele estenderia o braço e colocaria a mão sobre a dela. E ela permitiria.

Enquanto afundava no sono, Beauvoir colocava uma das mãos sobre a outra. Era aquilo que sentiria.

Então a oxicodona assumia o controle total. E Jean Guy Beauvoir já não sentia mais nada.

QUINZE

Clara desceu para tomar café da manhã. A casa cheirava a café e pãezinhos tostados.

Quando acordou, surpresa por ter conseguido dormir, a cama estava vazia. Ela levou um instante para se lembrar do que havia acontecido na noite anterior.

Da briga deles.

Como estivera perto de se vestir e deixá-lo. Pegar o carro, dirigir até Montreal. E se hospedar em um hotel barato.

E depois?

Depois, algo viria. O resto da sua vida, imaginava. Já não se importava.

Mas então Peter finalmente havia falado a verdade.

Eles tinham conversado noite adentro e adormecido. Não se tocando, ainda não. Ambos estavam machucados demais para isso. Era como se tivessem sido esfolados e dissecados. Desossados. Como se suas entranhas tivessem sido removidas. Examinadas. E estivessem podres.

Eles não tinham um casamento, mas a paródia de uma parceria.

Porém também haviam descoberto que talvez, só talvez, pudessem ficar juntos de novo.

Seria diferente. Seria melhor?

Clara não sabia.

– Bom dia – disse Peter quando ela apareceu com os cabelos arrepiados para um lado e os olhos remelentos.

– Bom dia – disse ela.

Ele lhe serviu uma caneca de café.

Depois que Clara adormecera e ele ouvira aquela respiração pesada e um ronco, Peter havia descido até a sala de estar. Procurara os jornais e o catálogo brilhoso da exposição.

E passara a noite sentado ali. Memorizando a crítica do *New York Times*. E a do *Times* de Londres. Para saber as duas de cor.

Para que ele também pudesse escolher no que acreditar.

Depois, havia observado as reproduções dos quadros dela no catálogo.

Eram brilhantes. Mas ele já sabia disso. No passado, porém, tinha olhado para os retratos dela e visto falhas. Reais ou imaginárias. Uma pincelada ligeiramente errada. As mãos, que poderiam ser melhores. Havia se concentrado, de maneira deliberada, em minúcias, para que não visse o todo.

Agora ele olhava para o todo.

Dizer que aquilo o deixava feliz seria uma mentira, e Peter Morrow estava determinado a parar de mentir. Para si mesmo. Para Clara.

A verdade era que ver tamanho talento ainda doía. No entanto, pela primeira vez desde que conhecera Clara, ele não estava procurando as falhas.

Mas havia outra coisa contra a qual ele havia lutado a noite inteira. Peter tinha contado tudo a ela. Cada coisa nojenta que havia feito e pensado. Para que ela soubesse de tudo. Para que não houvesse mais segredos que pudessem surpreendê-los.

Exceto uma coisa.

Lillian. E o que ele tinha dito para ela na exposição dos alunos, tantos anos antes. Ele podia contar nos dedos as palavras que dissera. Mas cada uma delas era uma bala. E todas haviam atingido o alvo. Clara.

– Obrigada – disse Clara, aceitando a caneca de café forte e intenso. – Que cheiro bom.

Ela também estava determinada a não mentir, a não fingir que estava tudo bem na esperança de que a fantasia se tornasse realidade. A verdade era que o café realmente cheirava bem. Aquilo, pelo menos, era seguro dizer.

Peter se sentou, tomando coragem para contar o que havia feito. Respirou fundo, fechou os olhos por um segundo e abriu a boca para falar.

– Eles voltaram cedo – disse Clara, meneando a cabeça para a janela, para onde estivera olhando.

Peter observou um Volvo parar e estacionar. O inspetor-chefe Gamache e Jean Guy Beauvoir desceram e foram até o bistrô.

Ele fechou a boca e desistiu, concluindo que aquela não uma boa hora, afinal.

Clara sorriu ao observar os dois homens pela janela. Ela se divertia com o fato de que o inspetor Beauvoir já não trancava o carro. Quando estiveram em Three Pines pela primeira vez, para investigar o assassinato de Jane, os policiais sempre faziam questão de trancar o carro. Mas agora, muitos anos depois, já não se davam ao trabalho.

Eles sabiam, deduziu ela, que os moradores de Three Pines podiam até roubar uma vida de vez em quando, mas não um carro.

Clara olhou para o relógio da cozinha. Quase oito horas.

– Eles devem ter saído de Montreal pouco depois das seis.

– Aham – disse Peter, observando Gamache e Beauvoir desaparecerem dentro do bistrô.

Então ele olhou para as mãos de Clara. Uma segurava a caneca, mas a outra repousava na velha mesa de pinho, fechada, mas sem muita força.

Será que ele teria coragem?

Ele estendeu o braço e, muito lentamente, para não a surpreender ou assustar, colocou a mão grande sobre a dela. Segurando o punho de Clara em sua palma. Deixando-o seguro ali, no pequeno lar que sua mão havia criado.

E ela permitiu.

Era o suficiente, disse a si mesmo.

Não precisava contar o resto. Não precisava chateá-la.

– Eu vou querer... – disse Beauvoir, devagar, estudando o cardápio.

Ele estava sem fome, mas sabia que precisava pedir alguma coisa. O cardápio tinha panquecas de mirtilo, crepes, ovos beneditinos, bacon e linguiças, além de croissants quentinhos.

Ele estava acordado desde as cinco. Tinha pegado o chefe em casa às 5h45. Agora eram quase sete e meia. Beauvoir esperou a fome bater.

O inspetor-chefe Gamache baixou o cardápio e olhou para o garçom.

– Enquanto ele decide, eu vou querer uma caneca de *café au lait* e umas panquecas de mirtilo com linguiças.

– *Merci* – disse o garçom, pegando o cardápio de Gamache e olhando para Beauvoir. – E para monsieur?

— Tudo parece tão bom — respondeu Beauvoir. — Vou querer o mesmo que o inspetor-chefe, obrigado.

— Eu tinha certeza de que você ia pedir os ovos beneditinos — comentou Gamache, sorrindo, enquanto o garçom se retirava. — Achei que fosse o seu preferido.

— Eu cozinhei isso ontem — disse Beauvoir, e Gamache riu.

Ambos sabiam que era mais provável que ele tivesse comido uma "superfatia" no café da manhã. Na verdade, nos últimos tempos, Beauvoir só tomava um café e, quem sabe, comia um bagel.

Pela janela, eles viam o vilarejo de Three Pines iluminado pelo sol da manhã. Ainda não havia muita gente lá fora. Alguns moradores passeavam com cachorros. Outros estavam sentados na varanda, bebericando um café e lendo o jornal da manhã. A maioria, porém, ainda dormia.

— Como a agente Lacoste está se saindo? — perguntou o inspetor-chefe quando os cafés chegaram.

— Nada mal. O senhor falou com ela ontem à noite? Sugeri que ela pedisse a sua opinião sobre umas coisas.

Enquanto tomavam o café, os dois compararam suas anotações. Quando a comida chegou, Beauvoir consultou o relógio.

— Eu pedi que ela encontrasse a gente aqui às oito.

Faltavam dez minutos para a hora marcada e, ao levantar os olhos, ele viu Lacoste atravessar a praça com uma pasta na mão.

— Gostei disso de ser mentor — comentou Beauvoir.

— Você é bom nisso — disse Gamache. — É claro que teve um bom professor. Benevolente, justo. Porém firme.

Beauvoir olhou para o inspetor-chefe com uma perplexidade exagerada.

— O senhor? Quer dizer que o senhor me orientou todos esses anos? Isso explica por que eu fui parar na terapia.

Gamache baixou os olhos para o prato e sorriu.

A agente Lacoste se juntou a eles e pediu um cappuccino.

— E um croissant, *s'il vous plaît* — gritou para o garçom, que já estava saindo, antes de colocar a pasta na mesa. — Eu li o seu relatório sobre a reunião de ontem à noite, chefe, e fiz algumas pesquisas.

— Já? — perguntou Beauvoir.

– Bom, eu acordei cedo e, sinceramente, não estava a fim de bater papo com aqueles artistas na pousada.

– Por que não? – quis saber Gamache.

– A verdade é que eu acho eles uns chatos. Ontem jantei com Normand e Paulette para ver se conseguia arrancar mais alguma coisa deles sobre Lillian Dyson, mas parece que eles já perderam o interesse na história.

– Sobre o que vocês conversaram? – perguntou Beauvoir.

– Eles passaram a maior parte do jantar rindo da crítica que o *Ottawa Star* fez sobre a exposição da Clara Morrow. Disseram que ia acabar com a carreira dela.

– Mas quem se importa com o que o *Ottawa Star* pensa? – questionou Beauvoir.

– Há dez anos, ninguém, mas agora, com a internet, essa crítica pode ser lida pelo mundo inteiro – explicou Lacoste. – Opiniões insignificantes, do nada, se tornam relevantes. Como Normand disse, as pessoas só se lembram das críticas negativas.

– Não sei se isso é verdade – comentou Gamache.

– Você teve alguma sorte rastreando aquela crítica da Lillian Dyson? – perguntou Beauvoir.

– *Arte é a natureza dele, produzi-la é uma função fisiológica?* – citou Lacoste, torcendo para que se referisse a Normand ou Paulette.

E pela primeira vez pensou que talvez se referisse mesmo. O "dele" da crítica poderia ser Normand. Isso explicaria a amargura do homem e o deleite quando outra pessoa recebia uma crítica negativa.

Isabelle Lacoste balançou a cabeça.

– Não tive sorte com isso. Faz muito tempo, mais de vinte anos. Eu mandei um agente fuçar os arquivos do *La Presse*. A gente vai ter que examinar os microfilmes, um de cada vez.

– *Bon* – aprovou o inspetor Beauvoir, assentindo.

Lacoste partiu o croissant quente em dois, despedaçando-o.

– Eu fiz uma pesquisa sobre a madrinha de Lillian Dyson no AA, como o senhor pediu, chefe – disse ela, depois deu uma mordida no croissant antes de colocá-lo no prato e pegar a pasta. – Suzanne Coates, 62 anos. É garçonete no Nick's, na Greene Avenue. Conhecem?

Beauvoir balançou a cabeça, mas Gamache assentiu.

– Uma instituição de Westmount.

– Assim como Suzanne, ao que tudo indica. Hoje de manhã, antes de vir para cá, eu liguei para lá. Falei com uma das garçonetes. Uma tal de Lorraine. Ela confirmou que Suzanne trabalha lá há vinte anos. Mas ficou um pouco desconfiada quando eu perguntei qual era o horário dela. Acabou admitindo que elas cobrem as faltas das colegas quando tiram uma grana extra trabalhando em festas particulares. Suzanne deveria estar no turno do almoço, mas não foi trabalhar no sábado. Ontem, trabalhou normalmente. O turno dela começa às onze.

– Quando você diz "trabalhar em festas particulares", isso não quer dizer...? – perguntou Beauvoir.

– Prostituição? – perguntou Lacoste. – A mulher tem 62 anos. Embora tenha exercido a profissão há alguns anos. Foi presa duas vezes por prostituição e uma por violação de domicílio. Isso foi no início dos anos 1980. Também foi acusada de roubo.

Tanto Gamache quanto Beauvoir ergueram as sobrancelhas. Ainda assim, tinha sido havia muito tempo e aqueles crimes não chegavam nem perto de assassinato.

– Eu também encontrei as informações fiscais dela. Ano passado, ela declarou renda de 23 mil dólares. Mas está completamente endividada. Cartão de crédito. Ela tem três, todos estourados. Parece pensar que não têm limite de crédito, mas meta. Como a maioria dos endividados, vive enrolando os credores, mas a coisa toda está prestes a desmoronar.

– Ela tem noção disso? – perguntou Gamache.

– Difícil não ter, a não ser que ela seja completamente louca.

– Você não conheceu essa mulher – disse Beauvoir. – Ser louca é uma das melhores qualidades dela.

André Castonguay sentiu o cheiro do café.

Estava deitado na cama, no colchão confortável, debaixo dos lençóis de 600 mil fios e do edredom de penas de ganso. E queria estar morto.

Parecia que tinha despencado de uma altura enorme. E, de alguma forma, sobrevivido, embora estivesse esmagado e arranhado. Estendeu a mão trêmula para o copo d'água e bebeu o que restava. Agora se sentia melhor.

Devagar, ele se sentou, ajustando-se à nova posição. Finalmente se levantou e envolveu o corpo flácido no roupão de banho. *Nunca mais*, disse ele enquanto se arrastava até o banheiro e olhava o próprio reflexo. *Nunca mais.*

Mas também dissera isso no dia anterior. E na véspera. E um dia antes disso.

A EQUIPE DA SÛRETÉ PASSOU a manhã na sala de investigação, instalada na antiga estação da Canadian National Railway. A construção baixa de tijolos tinha um século e ficava do outro lado do rio Bella Bella, em Three Pines. Estava abandonada, já que os trens haviam deixado de parar ali décadas antes. Sem nenhuma explicação.

Por um tempo, eles continuaram apitando quando passavam serpenteando pelo vale e entre as montanhas antes de desaparecer nas curvas.

Mas, um dia, até eles pararam. Nada de expresso do meio-dia. Nada de entrega de correspondência às três da tarde para Vermont.

Nenhuma ajuda para os moradores acertarem o relógio.

Assim, tanto as viagens de trem quanto o tempo haviam parado em Three Pines.

A estação ficou vazia até que Ruth Zardo teve uma ideia que não incluía azeitonas e cubos de gelo. A brigada de incêndio voluntária de Three Pines ocuparia o espaço. E foi assim que, com Ruth na vanguarda, eles ocuparam a adorável construção de tijolos e se instalaram nela.

Assim como a equipe da Divisão de Homicídios fazia agora. Numa das metades do amplo salão havia equipamentos de combate a incêndios, machados, mangueiras e capacetes. Um caminhão. Na outra metade, mesas, computadores, impressoras e scanners. Nas paredes estavam pendurados pôsteres com dicas de segurança contra incêndios, mapas detalhados da região e fotos dos últimos ganhadores do Prêmio do Governador-Geral para Poesia em Língua Inglesa – o que incluía Ruth –, além de vários quadros grandes com títulos como: *Suspeitos, Evidências, Vítima e Perguntas.*

As perguntas eram muitas, e a equipe passou a manhã tentando respondê-las. O relatório detalhado da legista chegou e o inspetor Beauvoir se encarregou dele, assim como das evidências forenses. Enquanto ele investigava como Lillian havia morrido, Lacoste investigava como ela havia vivido. O período em que tinha morado em Nova York, o casamento, amigos e colegas. O que fazia, o que pensava. O que os outros pensavam dela.

E o inspetor-chefe Gamache juntava todos os elementos.

Ele começou em sua mesa, com uma caneca de café, lendo todos os relatórios do dia e da noite anterior. Daquela manhã.

Depois pegou o grande livro azul da mesa e foi dar uma volta. Instintivamente, caminhou até o vilarejo, mas fez uma pausa na ponte de pedra que formava um arco sobre o rio.

Ruth estava sentada no banco da praça. Aparentemente, sem fazer muita coisa, embora o inspetor-chefe soubesse que não era o caso. Ela estava fazendo a coisa mais difícil do mundo.

Estava esperando sem perder as esperanças.

Enquanto ele a observava, Ruth levantou a cabeça grisalha para o céu. E apurou os ouvidos. Para um som distante, como um trem. Alguém voltando para casa. Então voltou a baixar a cabeça.

Quanto tempo ela aguardaria? Já estavam quase em meados de junho. Quantos outros, mães e pais, haviam se sentado exatamente onde Ruth estava agora, esperando sem perder as esperanças? Apurando os ouvidos para os silvos do trem. Perguntando-se se ele pararia e um jovem conhecido desceria dele, trazido de volta de lugares como Vimy Ridge, Flanders Fields ou Passchendaele? Por Dieppe e Arnhem.

Por quanto tempo sobrevivia a esperança?

Ruth ergueu a cabeça para o céu e voltou a apurar os ouvidos, esperando um grito distante. E, então, a baixou de novo.

Uma eternidade, pensou Gamache.

E se a esperança durava para sempre, quanto tempo durava o ódio?

Ele deu meia-volta para não a perturbar. Mas tampouco queria ser perturbado. Precisava de um tempo em silêncio, para ler e pensar. Assim, caminhou de volta, passou pela antiga estação ferroviária e seguiu pela rua de terra, uma das que irradiavam a partir da praça do vilarejo. Já havia caminhado bastante por Three Pines, mas nunca por aquela rua específica.

Imensos bordos se alinhavam na estrada, os galhos misturando-se lá no alto. As folhas quase bloqueavam o sol. Mas não chegavam a tanto. Os raios filtrados atingiam a terra, Gamache e o livro em suas mãos como pequenos pontos de luz.

Gamache encontrou uma imensa rocha cinzenta, um afloramento na beira da estrada. Ele se sentou, pôs os óculos de leitura, cruzou as pernas e abriu o livro.

Uma hora depois, fechou-o e olhou para a frente. Então se levantou e caminhou mais um pouco, avançando pelo túnel de luz e sombra. No bosque, via folhas secas e brotos de samambaias e ouvia o alarido dos esquilos e pássaros. Estava ciente de tudo isso, embora sua cabeça estivesse em outro lugar.

Finalmente ele parou, se virou e andou de volta, a passos lentos mas decididos.

DEZESSEIS

– Certo – disse Gamache, acomodando-se na cadeira diante da mesa de conferências improvisada. – Me contem o que vocês sabem.

– O relatório completo da Dra. Harris chegou hoje de manhã – disse Beauvoir, de pé ao lado das folhas de papel pregadas na parede.

Ele fez uma pausa e aproximou do nariz a caneta hidrográfica destampada, inalando o cheiro de álcool.

– Lillian Dyson teve o pescoço quebrado, torcido com um único movimento – relatou, simulando a ação. – Não tinha nenhum hematoma no rosto ou nos braços. Só uma pequena marca no pescoço, onde ele foi quebrado.

– O que isso nos diz? – perguntou o chefe.

– Que a morte foi rápida – respondeu Beauvoir, anotando a informação em letras grossas.

Ele adorava aquela parte. Colocar os fatos, as evidências, no papel. Registrar com tinta aquelas informações, para que os fatos se tornassem verdade.

– Como nós imaginamos, ela foi pega de surpresa. A Dra. Harris afirma que o assassino pode ser tanto um homem quanto uma mulher. Dificilmente alguém idoso. O assassinato exigiu alguma força e alavancagem. Provavelmente, o assassino não era mais baixo que madame Dyson – explicou Beauvoir, consultando as anotações que tinha nas mãos. – Mas, como ela tinha 1,65 metro, a maioria das pessoas seria mais alta que ela.

– Qual é a altura de Clara Morrow? – perguntou Lacoste.

Os homens se entreolharam.

– Eu diria que ela é mais ou menos desse tamanho – respondeu Beauvoir, e Gamache assentiu.

Aquela, infelizmente, era uma pergunta pertinente.

– Não houve nenhuma outra agressão – continuou Beauvoir. – Nem abuso sexual. Nenhuma evidência de atividade sexual recente. Ela estava ligeiramente acima do peso, mas não muito. Tinha jantado poucas horas antes. McDonald's.

Beauvoir tentou não pensar no McLanche Feliz que a legista havia encontrado.

– Algum outro alimento no estômago? – quis saber Lacoste. – A comida servida na festa, por exemplo?

– Nada.

– Havia álcool ou alguma droga no corpo? – perguntou Gamache.

– Não.

O chefe se voltou para a agente Lacoste. Ela consultou as anotações e começou a ler.

– O ex-marido de Lillian Dyson era trompetista de jazz em Nova York. Conheceu Lillian em uma exposição de arte. Ele estava se apresentando em um coquetel e ela era uma das convidadas. Foi uma atração mútua. Parece que ambos eram alcoólatras. Eles se casaram e, por um tempo, pareceram ter tomado jeito. Depois, tudo desmoronou. Para os dois. Ele começou a usar crack e metanfetamina. Foi dispensado de shows. Depois foram despejados do apartamento. Foi um caos. Ela acabou deixando o marido e saiu com outros homens. Eu encontrei dois deles, mas não os outros. Parecem ter sido encontros casuais, não relacionamentos. E, parece, cada vez mais desesperados.

– Ela também era viciada em crack ou metanfetamina? – perguntou Gamache.

– Não temos evidências disso – informou Lacoste.

– Como ela ganhava a vida? – perguntou o inspetor-chefe. – Como artista ou crítica?

– De nenhuma dessas formas. Parece que vivia à margem da cena artística – contou Lacoste, voltando às anotações.

– Então, o que ela fazia? – quis saber Beauvoir.

– Bom, ela vivia ilegalmente nos Estados Unidos. Não tinha visto de trabalho. Pelo que eu descobri, trabalhou por baixo dos panos em lojas de material de artes. Conseguia uns bicos aqui e ali.

Gamache parou para pensar. Para uma jovem de 20 anos, teria sido uma vida emocionante. Para uma mulher beirando os 50, parecia uma situação exaustiva, desanimadora.

– Talvez ela não fosse viciada, mas será que não vendia drogas? – perguntou ele. – Ou se prostituía?

– Talvez tenha feito as duas coisas por um tempo, mas não recentemente – respondeu Lacoste.

– A legista afirma que não existem evidências de doenças sexualmente transmissíveis. Nenhuma marca ou cicatriz de agulhas – disse Beauvoir, consultando o relatório. – Como vocês sabem, a maioria dos traficantes pequenos também é viciada.

– Os pais de Lillian achavam que o marido tinha morrido – disse o chefe.

– Ele morreu – explicou Lacoste. – Há três anos. De overdose.

Beauvoir riscou o nome do homem.

– Os registros da Imigração do Canadá mostram que ela cruzou a fronteira de ônibus, vindo da cidade de Nova York, no dia 16 de outubro do ano passado – prosseguiu Lacoste. – Há nove meses. Ela solicitou o auxílio do governo e conseguiu.

– Quando ela entrou para os Alcoólicos Anônimos? – perguntou Gamache.

– Não sei – respondeu Lacoste. – Tentei falar com a madrinha dela, Suzanne Coates, mas não obtive resposta, e no Chez Nick me disseram que ela está de folga por alguns dias.

– Folga programada? – disse Gamache, inclinando-se para a frente.

– Não perguntei.

– Pergunte, por favor – pediu o chefe, levantando-se. – Quando descobrir, me avise. Também tenho umas perguntas para ela.

Ele foi até a mesa e fez uma ligação. Podia ter dado o nome e o número à agente Lacoste ou ao inspetor Beauvoir, mas preferiu telefonar ele mesmo.

– Escritório do chefe de Justiça – disse uma voz eficiente.

– Eu poderia falar com Sua Excelência, o juiz Pineault, por favor? É o inspetor-chefe Gamache, da Sûreté.

– Infelizmente, o juiz Pineault não está no escritório hoje, inspetor-chefe.

Gamache fez uma pausa, surpreso.

– Ah, é? Ele está doente? Eu vi o senhor juiz ontem à noite, e ele não comentou nada.

Agora foi a vez de a secretária do chefe de Justiça fazer uma pausa.

– Ele ligou hoje de manhã e disse que ia trabalhar de casa pelos próximos dias.

– Isso foi inesperado?

– O chefe de Justiça é livre para fazer o que quiser, monsieur Gamache – respondeu ela, tolerante, diante da pergunta claramente inapropriada.

– Eu vou tentar falar com ele em casa. *Merci*.

Ele discou o próximo número do caderninho. Restaurante Chez Nick.

Não, respondeu a mulher sobrecarregada que atendeu, Suzanne não estava lá. Ela havia ligado para avisar que não iria trabalhar.

A mulher não pareceu feliz.

– Ela disse por quê? – perguntou Gamache.

– Não estava se sentindo bem.

Gamache agradeceu e desligou. Em seguida, tentou o celular de Suzanne. Estava desligado. Pôs o fone no gancho e bateu os óculos de leve na mão.

Parecia que a reunião do AA de domingo à noite havia desaparecido.

Sem Suzanne Coates, sem Thierry Pineault.

Será que deveria se preocupar? Armand Gamache sabia que o sumiço de qualquer pessoa durante uma investigação de assassinato era motivo de preocupação. Mas não de pânico.

Ele se levantou e foi até a janela. Dali, via o rio Bella Bella e Three Pines. Enquanto observava a paisagem, um carro se aproximou e parou. Só tinha dois bancos na frente, era elegante, novo e caro. Contrastava com os carros velhos em frente às casas.

Um homem saiu do veículo e olhou em volta. Parecia indeciso, mas não perdido. Então entrou no bistrô, confiante.

Gamache estreitou os olhos enquanto observava.

– Hum... – grunhiu.

Ao se virar, olhou para o relógio. Quase meio-dia.

O chefe pegou o livro grande de sua mesa.

– Eu vou estar no bistrô – disse ele, vendo sorrisos de cumplicidade nos rostos de Lacoste e Beauvoir.

Não podia culpá-los.

Gamache ajustou os olhos ao interior escuro do bistrô. Do lado de fora estava ficando quente, mas mesmo assim havia fogo nas duas lareiras de pedra.

Aquilo era como entrar em outro mundo, com sua própria atmosfera e estação. No bistrô, nunca ficava nem quente nem frio demais. A temperatura era ideal.

– *Salut, patron* – disse Gabri, acenando de trás do comprido balcão de madeira polida. – Voltou cedo! Sentiu a minha falta?

– Nunca devemos falar sobre os nossos sentimentos, Gabri – respondeu Gamache. – Isso acabaria com Olivier e Reine-Marie.

– É verdade – disse Gabri, rindo, dando a volta no balcão e oferecendo um cachimbo de alcaçuz ao inspetor-chefe. – Ouvi dizer que é sempre melhor reprimir as emoções.

Gamache pôs o doce na boca fingindo fumar.

– Muito europeu – disse Gabri, assentindo. – Muito Maigret.

– *Merci*. Era o visual que eu queria.

– Não vai sentar lá fora? – perguntou Gabri, apontando para o *terrasse*, com suas mesinhas redondas e seus guarda-sóis alegres, debaixo dos quais alguns moradores bebericavam cafés e outros consumiam *apéritifs*.

– Não, estou procurando uma pessoa.

Armand Gamache apontou para os fundos do bistrô, para a mesa ao lado da lareira. Sentado de maneira confortável, parecendo perfeitamente à vontade, em casa, estava o galerista Denis Fortin.

– Antes, tenho uma pergunta para você – disse Gamache. – Monsieur Fortin conversou com você na vernissage da Clara?

– Em Montreal? Conversou – respondeu Gabri, rindo. – Com certeza. Pediu desculpas.

– O que ele disse?

– Ele disse, abre aspas: "Eu queria pedir desculpas por ter te chamado de bicha nojenta." Fecha aspas – contou Gabri, antes de lançar a Gamache um olhar perscrutador. – Embora eu seja mesmo uma, sabe?

– Já ouvi alguns rumores. Mas não é legal ser chamado assim.

Gabri balançou a cabeça.

– Não foi a primeira vez e, provavelmente, não vai ser a última. Mas você está certo. A gente nunca se acostuma. É sempre uma nova ferida.

Os dois olhavam para o marchand, sentado descontraído. Lânguido, relaxado.

– Como você se sente em relação a ele agora? – perguntou Gamache. – Devo mandar alguém testar a bebida dele?

Gabri sorriu.

– Na verdade, eu gosto dele. Poucas pessoas que me chamam de bicha nojenta pedem desculpas. Ele merece algum crédito. E ele também se desculpou com a Clara por tê-la tratado tão mal.

Então o marchand tinha falado a verdade, pensou Gamache.

– Ele também estava aqui na festa sábado à noite. Clara o convidou – contou Gabri, seguindo o olhar do inspetor-chefe. – Não sabia que ele tinha ficado.

– Não ficou.

– Então o que está fazendo aqui de volta?

Gamache se perguntava a mesma coisa. Tinha visto Denis Fortin chegar alguns minutos antes e havia ido até lá justamente para perguntar.

– Eu não esperava ver o senhor aqui – disse Gamache, abordando Fortin, que tinha acabado de se levantar da poltrona.

Eles apertaram as mãos.

– Eu não esperava vir, mas a minha galeria fecha às segundas e eu fiquei pensando...

– Sobre o quê?

Os dois se sentaram nas poltronas. Gabri trouxe uma limonada para Gamache.

– O senhor estava dizendo que ficou pensando... – disse Gamache.

– Sobre o que o senhor disse quando foi me visitar ontem.

– Sobre o assassinato?

Denis Fortin corou.

– Bom, não. Sobre François Marois e André Castonguay ainda estarem aqui.

Gamache sabia aonde ele queria chegar, mas precisava que Fortin dissesse aquilo em voz alta.

– Continue.

Fortin abriu um sorriso largo. Travesso e cativante.

– Nós, da cena artística, gostamos de pensar que somos rebeldes, inconformados. Espíritos livres. Um grupo intelectual e intuitivo, acima dos outros. Mas o "establishment artístico" não tem esse nome à toa. O fato é que o que mais tem nesse grupo são seguidores. Se um marchand começa a rondar um artista, não vai demorar muito para que outros façam o mesmo. Nós seguimos o burburinho. É assim que esses fenômenos são criados. Não porque um artista seja melhor do que todos os outros, mas porque os marchands têm uma mentalidade de rebanho. De repente, todos eles decidem que querem um artista em particular.

– Eles?

– Nós – admitiu ele, com relutância, e Gamache viu de novo aquele rubor de irritação que nunca abandonava completamente a pele de Fortin.

– E esse artista se torna a próxima grande novidade?

– Pode se tornar. Se fosse só Castonguay, eu não me preocuparia. Ou até só Marois. Mas os dois?

– E por que o senhor acha que eles ainda estão aqui? – perguntou Gamache.

Ele sabia por quê. Marois dissera a ele. Mas, de novo, queria ouvir a interpretação de Fortin.

– Por causa dos Morrows, é claro.

– E é por isso que o senhor está aqui?

– Por que mais seria?

Medo e ganância, dissera monsieur Marois. Era isso que se agitava atrás do exterior brilhante da cena artística. E era isso que ocupava naquele momento o tranquilo bistrô.

JEAN GUY BEAUVOIR ATENDEU o telefone.

– Inspetor Beauvoir? É Clara Morrow.

A voz dela era baixa. Um sussurro.

– O que foi? – perguntou Beauvoir, também baixando a voz, por instinto.

De sua mesa, a agente Lacoste olhou para ele.

– Tem alguém no meu quintal. Alguém que eu não conheço.

Beauvoir se levantou.

– Fazendo o quê?

– Olhando – sussurrou Clara. – Para o lugar onde Lillian foi morta.

A agente Lacoste parou na beira da praça. Alerta.

À sua esquerda, o inspetor Beauvoir contornava, em silêncio, o chalé dos Morrows. À sua direita, o inspetor-chefe Gamache caminhava devagar pelo gramado. Tomando cuidado para não ser percebido por quem quer que estivesse lá atrás.

Os moradores interromperam o passeio dos cachorros. As conversas ficaram abafadas e se extinguiram e logo o vilarejo parou. Para esperar e assistir.

O trabalho de Lacoste, ela sabia, era salvar os moradores se fosse necessário. Caso quem quer que estivesse lá atrás escapasse do chefe. De Beauvoir. Isabelle Lacoste era a última linha de defesa.

Ela sentiu a arma no coldre do quadril, escondida debaixo do paletó estiloso. Mas não a pegou. Ainda não. O inspetor-chefe Gamache havia repetido diversas vezes que eles nunca, jamais, deveriam sacar a arma a menos que pretendessem usá-la.

E que deveriam atirar para fazer o outro parar. Não apontar para um braço ou uma perna, mas para o corpo.

Não necessariamente para matar, mas você com certeza não vai querer errar. Porque, quando uma arma é sacada, significa que todo o resto falhou. E o caos se instaurou.

E, de novo, sem ser convidada, uma imagem lhe veio à cabeça. De quando se inclinara sobre o chefe, que, deitado no chão, tentava falar. Com os olhos vidrados. Tentando focar. De quando segurara a mão dele, pegajosa de sangue, e olhara para a aliança de casamento de Gamache, também coberta de sangue. Havia tanto sangue naquelas mãos...

Ela afastou as lembranças e tentou se concentrar.

Beauvoir e Gamache tinham desaparecido. Agora, tudo o que ela via era a casinha tranquila sob o sol. E tudo o que ouvia era o próprio coração, batendo, batendo.

O inspetor-chefe Gamache deu a volta no chalé e parou.

De pé, de costas para ele, estava uma mulher. Ele tinha certeza de que sabia quem era, mas queria confirmar. Tinha certeza de que era inofensiva, mas também queria confirmar antes de baixar a guarda.

Gamache olhou rápido para a esquerda e viu Beauvoir ali, também alerta. Porém não mais alarmado. O chefe ergueu a mão esquerda, um sinal para Beauvoir ficar onde estava.

– *Bonjour* – disse Gamache, e a mulher deu um pulo, gritou e se virou.

– Cacete! – exclamou Suzanne. – O senhor quase me matou de susto.

Gamache sorriu de leve.

– *Désolé*, mas a senhora quase matou Clara Morrow de susto.

Suzanne olhou para o chalé e viu Clara parada na janela da cozinha. Fez um pequeno aceno e sorriu como quem pede desculpas. Clara acenou de volta, hesitante.

– Desculpa – disse Suzanne, e logo depois viu Beauvoir, parado a alguns metros, do outro lado do quintal. – Eu sou inofensiva. Idiota, talvez. Mas inofensiva.

O inspetor Beauvoir olhou irritado para ela. Sabia, por experiência própria, que os idiotas nunca eram inofensivos. Eram os piores. A estupidez era responsável por tantos crimes quanto a raiva e a ganância. Mas ele relevou e caminhou até os dois.

– Vou avisar Lacoste que está tudo bem – sussurrou para o chefe.

– *Bon*. Eu assumo daqui.

Beauvoir olhou para Suzanne por cima do ombro e balançou a cabeça. Mulher idiota.

– Então – disse Gamache, quando ficaram sozinhos. – O que a senhora está fazendo aqui?

– Vim ver onde Lillian morreu. Eu não consegui dormir ontem à noite, acho que a ficha finalmente caiu. Lillian foi morta. Assassinada.

Mas ela ainda parecia não acreditar.

– Eu precisava vir. Para ver o lugar onde aconteceu. O senhor disse que ia estar aqui e eu queria oferecer a minha ajuda.

– Ajuda? Como?

Agora era a vez de Suzanne parecer surpresa.

– A não ser que tenha sido engano ou um ataque aleatório, alguém matou Lillian de propósito. O senhor não acha?

Gamache aquiesceu, observando aquela mulher com atenção.

– Alguém queria ver Lillian morta. Mas quem?

– E por quê? – completou o inspetor-chefe.

– Exatamente. Talvez eu possa ajudar com o "por quê".
– Como?
– Quando? – perguntou Suzanne, e sorriu.

Então ela se virou para olhar o buraco no quintal, cercado pela fita amarela esvoaçante, e seu sorriso se desvaneceu.

– Eu conhecia Lillian melhor que ninguém. Melhor que os pais dela. Provavelmente, melhor que ela mesma. Eu posso ajudar.

Ela encarou os olhos castanho-escuros de Gamache. Era uma mulher obstinada, pronta para a luta. Só não estava pronta para o que via agora. Reflexão.

Ele estava refletindo sobre as palavras dela. Não as descartando, não organizando os argumentos. Armand Gamache estava pensando sobre o que a ouvira dizer.

O inspetor-chefe estudou a enérgica mulher à sua frente. As roupas dela eram tão justas, tão descombinadas... Aquilo era um ato criativo, ou só falta de gosto? Será que ela não se enxergava, ou não se importava com a aparência?

Ela parecia uma idiota. E até se descrevia assim.

Mas não era. Tinha olhos perspicazes. E palavras ainda mais perspicazes.

Conhecia a vítima melhor que ninguém. Estava em uma posição única para ajudar. Mas será que aquela era a verdadeira razão de estar ali?

– Oi – disse Clara, hesitante, caminhando até eles da porta da cozinha.

No mesmo instante Suzanne se virou e olhou para ela, depois foi até Clara, com a mão estendida.

– Ah, desculpa. Eu devia ter batido na porta e pedido permissão, em vez de sair invadindo o seu quintal. Não sei por que não fiz isso. Meu nome é Suzanne Coates.

Enquanto as duas se cumprimentavam e conversavam, Gamache olhou para o quintal. Para o cajado de oração enfiado no chão. E se lembrou do que Myrna havia encontrado debaixo daquele bastão.

Uma ficha de ingresso. Do AA.

Ele tinha deduzido que ela pertencia à vítima, mas agora estava em dúvida. Será que não era do assassino? E isso explicava por que Suzanne tinha aparecido no quintal sem avisar?

Suzanne estava procurando a ficha perdida, a sua ficha perdida? Sem saber que a polícia já estava com ela?

Clara e Suzanne se juntaram a ele, e Clara agora descrevia como o corpo tinha sido encontrado.

– Você era amiga da Lillian? – perguntou Clara quando terminou.

– De certa forma. A gente tinha uns amigos em comum.

– Você é artista? – quis saber Clara, observando as roupas da mulher mais velha.

– De certa forma – respondeu Suzanne, rindo. – Nem de longe do seu nível. Gosto de pensar que o meu trabalho é intuitivo, mas os críticos já chamaram de outra coisa.

As duas riram.

Atrás delas, vistas apenas por Gamache, as fitas do cajado de oração flutuavam, como se captassem as risadas.

– Bom, o meu trabalho foi chamado de "outra coisa" por anos – admitiu Clara. – Mas, na maioria das vezes, não eram chamados de nada. Nem eram notados. Esta é a minha primeira exposição em muito tempo.

As mulheres trocaram figurinhas, enquanto Gamache escutava. Eram crônicas da vida artística. Sobre o equilíbrio entre o ego e a criação. Sobre como enfrentar o ego e a criação.

Como tentar não se importar. E se importar demais.

– Eu não fui à sua vernissage – disse Suzanne. – Muito refinada para mim. Em situações assim, é mais provável que eu seja a pessoa servindo os sanduíches que comendo, mas ouvi dizer que foi magnífica. Parabéns. Eu pretendo ir à exposição assim que der.

– Nós podemos ir juntas – ofereceu Clara. – Se você quiser.

– Obrigada – disse Suzanne. – Se eu soubesse que você era legal desse jeito, já teria invadido o seu quintal há anos.

Ela olhou em volta e ficou em silêncio.

– No que você está pensando?

Suzanne sorriu.

– Estava pensando em contrastes. Sobre a violência em um lugar tranquilo como este. Uma coisa tão feia acontecendo justo aqui.

Então todos olharam em volta, para o quintal calmo. Até, finalmente, pousarem os olhos no ponto isolado pela fita amarela.

– O que é aquilo?

– É um cajado de oração – disse Clara.

Os três olharam para as fitas, que se entrelaçavam. Então Clara teve uma ideia. Ela explicou o ritual e depois perguntou:

– Você quer prender uma fita?

Suzanne pensou por um instante.

– Quero muito. Obrigada.

– Eu volto daqui a alguns minutos – disse Clara, assentindo para os dois, depois caminhando em direção ao vilarejo.

– Mulher bacana – comentou Suzanne, observando Clara. – Espero que ela consiga continuar assim.

– A senhora tem dúvida? – perguntou Gamache.

– O sucesso pode mexer com as pessoas. Mas, bom, o fracasso também – disse ela, rindo de novo, para depois ficar quieta.

– A senhora acha que Lillian Dyson foi assassinada por quê? – perguntou ele.

– Por que o senhor acha que eu sei?

– Porque eu concordo com a senhora. A senhora conhecia Lillian melhor que ninguém. Melhor que ela mesma. Conhecia os segredos dela, e agora vai me contar.

DEZESSETE

– Oláááá! – disse Clara. – *Bonjour!*

Ela ouvia vozes, gritos. Mas eram metálicos, distantes. Como os sons de uma TV. Então os ruídos cessaram e tudo ficou em silêncio. O lugar parecia vazio, embora ela soubesse que provavelmente não estava.

Clara avançou um pouco mais pelo interior da antiga estação ferroviária, passando pelo brilhante caminhão de bombeiros vermelho e pelos equipamentos da brigada de incêndio. Viu seu próprio capacete e seu par de botas. Todo mundo em Three Pines era membro da brigada de incêndio voluntária. E Ruth Zardo era a chefe, já que, sozinha, aterrorizava mais que qualquer fogo. Precisando escolher entre Ruth e um prédio em chamas, a maioria ficaria com o prédio.

– *Oui, allô?*

Uma voz masculina ecoou no amplo salão e, ao dar a volta no caminhão, Clara viu o inspetor Beauvoir atrás de uma mesa, olhando em sua direção.

Ele sorriu e a cumprimentou com dois beijinhos.

– Vem, senta aqui. O que eu posso fazer por você? – perguntou ele.

Ele tinha um jeito alegre, animado. Mas Clara ficara chocada ao ver o inspetor agora, depois de tê-lo visto na vernissage. Estava emaciado, cansado. Magro demais, mesmo para os padrões daquele homem sempre esguio. Como todo mundo, ela sabia o que ele havia enfrentado. Pelo menos, como todo mundo, conhecia a história, as palavras. Mas agora Clara percebia que não "sabia" de verdade. Jamais poderia saber.

– Eu gostaria de pedir um conselho – disse ela, sentando-se na cadeira giratória ao lado da de Beauvoir.

– Meu?

A surpresa dele era óbvia, assim como o deleite.

– Seu.

Ao notar a reação dele, ela ficou feliz de não ter contado que só não se dirigira a Gamache porque ele não estava sozinho.

– Café? – ofereceu Jean Guy, apontando para o café fresco na cafeteira.

– Adoraria, obrigada.

Eles se levantaram, serviram o café em canecas brancas lascadas, pegaram alguns biscoitos recheados cada um, depois voltaram a se sentar.

– Então, qual é a história? – perguntou Beauvoir, recostando-se e olhando para ela de uma maneira toda sua, mas que também lembrava Gamache.

Era muito reconfortante, e Clara ficou feliz de ter decidido conversar com aquele jovem inspetor.

– É sobre os pais da Lillian. Eu conheci os dois, sabe? Muito bem, em certa época. Estava me perguntando se ainda estão vivos.

– Estão. Fomos falar com eles ontem. Contar sobre a filha.

Clara ficou em silêncio, tentando imaginar como tinha sido para ambos os lados.

– Deve ter sido horrível. Eles adoravam Lillian. Ela era a única filha deles.

– É sempre horrível – admitiu Beauvoir.

– Eu gostava muito deles. Mesmo quando eu e Lillian nos desentendemos, eu tentei manter contato, mas eles não quiseram. Eles acreditaram no que Lillian falou sobre mim. O que é compreensível, imagino.

Ela parecia, porém, pouco convencida.

Beauvoir não disse nada, mas se lembrou do veneno na voz do Sr. Dyson quando ele quase acusou Clara do assassinato da filha.

– Eu estava pensando em visitar os dois – disse Clara. – Para dizer que eu sinto muito. O que foi?

A expressão no rosto de Beauvoir a interrompeu.

– Eu não faria isso – disse ele, colocando a caneca na mesa e inclinando-se para a frente. – Eles estão muito chateados. Acho que uma visita sua não ia ajudar em nada.

– Mas por quê? Eu sei que eles acreditaram nas coisas terríveis que Lillian disse, mas talvez a minha visita possa amenizar um pouco isso. Eu e Lillian fomos melhores amigas na infância, você não acha que eles iam gostar de conversar sobre ela com alguém que amava a filha deles? – perguntou Clara, e fez uma pausa antes de continuar: – Que um dia a amou.

– Talvez, em algum momento. Mas não agora. Dê um tempo para eles.

Era, mais ou menos, o conselho que Myrna dera a ela. Clara tinha ido à livraria para pegar a fita e o charuto de sálvia e erva-doce secas. Mas também tinha ido atrás de conselhos. Será que ela deveria dirigir até Montreal para visitar os Dysons?

Myrna havia perguntado por que ela queria fazer aquilo.

"Eles estão velhos e solitários", dissera Clara, chocada que a amiga precisasse de explicação. "Essa é a pior coisa que podia acontecer na vida deles. Eu só quero oferecer algum conforto. Acredite em mim, a última coisa que eu quero no mundo é ir até lá, mas acho que é o certo a fazer. Deixar para trás todos esses ressentimentos."

A fita estava enrolada nos dedos de Clara, estrangulando-os.

"Para você, talvez", dissera Myrna. "Mas e para eles?"

"Como você sabe que eles já não deixaram isso tudo para trás?", perguntara Clara, desenrolando a fita e depois brincando com ela.

Enrolando-a. Torcendo-a.

"Talvez eles estejam lá sozinhos, arrasados. E eu não vou até lá porque estou com medo?"

"Se você precisa ir, vai", sugerira Myrna. "Mas só se tiver certeza de que está fazendo isso por eles, e não por você."

Com as palavras ressoando nos ouvidos, Clara havia atravessado a praça do vilarejo e ido até a sala de investigação para falar com Beauvoir. Mas também para conseguir outra coisa.

O endereço deles.

Agora, após conversar com o inspetor, Clara assentia. Duas pessoas tinham dado o mesmo conselho a ela. Esperar. Ela notou que estava olhando para a parede da antiga estação ferroviária. Para as fotos de Lillian, morta. Em seu quintal.

Onde aquela mulher desconhecida e o inspetor-chefe Gamache a aguardavam.

– Acho que eu me lembro da maioria dos segredos da Lillian.

– Acha? – perguntou Gamache.

Eles estavam caminhando pelo quintal de Clara. Parando aqui e ali para admirar o lugar.

– Eu não estava mentindo para o senhor ontem à noite, sabe? Não conte para os meus afilhados, mas eu confundo os segredos deles. Depois de certo tempo, é difícil separar um do outro. Fica tudo meio misturado mesmo.

Gamache sorriu. Ele também era um cofre onde muitos segredos eram guardados. Coisas que havia descoberto durante investigações e que não tinham nenhuma relevância para os casos. Que nunca precisavam ser reveladas. Por isso, ele as trancava dentro de si.

Se alguém de repente exigisse saber os segredos de monsieur C., ele hesitaria. Para revelá-los, com certeza precisaria de tempo para separá-los do resto.

– Os segredos de Lillian não eram piores que os de ninguém – contou Suzanne. – Pelo menos, não os que ela me contou. Alguns roubos em lojas, algumas dívidas não pagas. Pegar dinheiro da bolsa da mãe. Ela se envolveu com drogas e traiu o marido. Quando estava em Nova York, roubava do caixa do chefe e não dividia algumas gorjetas.

– Nada muito grave – concluiu Gamache.

– Nunca é. A maioria de nós dá errado por uma série de pequenas transgressões. Coisas minúsculas que vão se somando, até que a gente é soterrada debaixo delas. É muito fácil não fazer coisas realmente ruins, mas são as centenas de pequenas maldades que vão te pegar um dia. Quando você escuta as pessoas por muito tempo, descobre que não é o tapa ou o soco, mas aquela fofoca sussurrada, aquele olhar desdenhoso. É disso que as pessoas com alguma consciência têm vergonha. É isso que elas bebem para esquecer.

– E as pessoas que não têm consciência?

– Essas nem entram para o AA. Acham que não tem nada de errado com elas.

Gamache pensou sobre aquilo por um instante.

– A senhora disse: "Pelo menos, não os que ela me contou." Isso significa que ela escondeu alguns segredos da senhora?

Ele não estava olhando para a mulher. Tinha descoberto que as pessoas se abriam mais quando ninguém invadia seu espaço pessoal. Então, o inspetor-chefe Gamache olhava para a frente, para as madressilvas e rosas que cresciam em um caramanchão e se aqueciam sob o sol do início da tarde.

– Algumas pessoas conseguem soltar tudo de uma vez – disse Suzanne. – Mas a maioria precisa de tempo. Não é que elas escondam as coisas de propósito. É que, às vezes, os segredos foram enterrados tão fundo que elas nem sabem mais que eles estão ali.

– Até que?

– Até que eles cavam o caminho de volta. A essa altura, uma coisa minúscula já se transformou em algo quase irreconhecível. Algo imenso e terrível.

– E o que acontece então? – perguntou o inspetor-chefe.

– Então a gente tem uma chance – explicou Suzanne. – A gente pode encarar a verdade. Ou enterrá-la de volta. Quer dizer, pode tentar.

Para um observador casual, eles pareceriam dois velhos amigos conversando sobre literatura ou o último concerto no teatro municipal. Mas alguém mais astuto talvez notasse a expressão que tinham no rosto. Não grave, mas talvez um pouco sombria para aquele adorável dia ensolarado.

– O que acontece quando as pessoas tentam enterrar a verdade de novo? – perguntou Gamache.

– Não sei para os seres humanos normais, mas, para os alcoólicos, isso é letal. Um segredo apodrecido te leva a beber. E a bebida te leva para o túmulo. Mas não antes de te roubar tudo. As pessoas que você ama, o seu trabalho e a sua casa. A sua dignidade. E, finalmente, a sua vida.

– Tudo por causa de um segredo?

– Por causa de um segredo e da decisão de se esconder da verdade. A escolha de se acovardar – disse ela, olhando para ele com atenção. – Ficar sóbrio não é para os covardes, inspetor-chefe. Eu não sei o que senhor acha dos alcoólicos, mas ficar sóbrio, realmente sóbrio, demanda uma honestidade imensa, o que demanda uma coragem imensa. Parar de beber é a parte fácil. Depois, a gente tem que se enfrentar. Enfrentar os nossos demônios. Quantas pessoas estão dispostas a fazer isso?

– Não muitas – admitiu Gamache. – Mas o que acontece se os demônios vencem?

Clara Morrow atravessou a ponte lentamente, parando para olhar o rio Bella Bella logo abaixo. Ele gorgolejava, capturando o sol em reflexos prateados e dourados. Dali podia ver as pedras polidas no fundo do riacho e, de vez em quando, uma truta-arco-íris, que passava deslizando.

Deveria ir a Montreal? Na verdade, já havia procurado o endereço dos Dysons, só queria confirmar com Beauvoir. Estava no bolso dela, e agora Clara olhava de soslaio para o carro, parado logo ali. Aguardando.

Deveria ir a Montreal?

O que estava esperando? Do que tinha medo?

De que eles a odiassem. De que a culpassem. De que a mandassem embora. De que o Sr. e a Sra. Dyson, que um dia haviam sido como pais para ela, a rejeitassem.

Mas ela sabia que precisava fazer aquilo. A despeito do que Myrna dissera. A despeito do que Beauvoir dissera. Não havia perguntado a Peter. Ainda não confiava nele o suficiente para conversar sobre algo tão importante. Mas suspeitava de que ele diria a mesma coisa.

Não vá.

Não se arrisque.

Clara se afastou do rio e percorreu a outra metade da ponte.

– POIS É – DISSE Suzanne –, às vezes os demônios vencem. Às vezes a gente não consegue encarar a verdade. É doloroso demais.

– E o que acontece?

Já sem olhar para o belo quintal, Suzanne acariciava a grama com os pés.

– O senhor já ouviu falar do "Humpty Dumpty", inspetor-chefe?

– Aquele personagem do poeminha infantil? Eu lia essa história para os meus filhos.

Lembrava que Daniel amava aquela história. Queria que Gamache a lesse repetidas vezes. Nunca se cansava das ilustrações do velho ovo boboca e dos cavalos e homens do nobre rei que corriam em seu socorro.

Mas Annie berrava. As lágrimas não paravam de rolar, encharcando a camisa dele quando a segurava. E a embalava. Tentando confortar a menina. Demorou um pouco para Gamache acalmá-la e descobrir qual era o problema. Então tudo ficou claro. A pequena Annie, com apenas 4 anos, não aguentava ver Humpty Dumpty despedaçado daquele jeito. Incurável. Machucado demais.

– É uma alegoria, é claro – disse Suzanne.

– A senhora quer dizer que o Sr. Dumpty nunca existiu? – perguntou Gamache.

– Exatamente, inspetor-chefe.

O sorriso dela esmaeceu, e Suzanne deu alguns passos em silêncio.

– Assim como Humpty Dumpty, algumas pessoas estão destruídas demais para se curar.

– Como Lillian?

– Ela estava se curando. Acho que ia ficar bem. Com certeza estava trabalhando duro para isso.

– Mas? – disse Gamache.

Suzanne deu mais alguns passos.

– Lillian estava destruída, uma bagunça só. Mas ela estava reconstruindo a vida dela, devagar. O problema não era esse.

O inspetor-chefe pensou no que aquela mulher, tão escandalosa e ao mesmo tempo tão leal, estava tentando lhe dizer. Então entendeu.

– Ela não era o Humpty Dumpty – disse ele. – Não tinha caído do muro. Ela empurrava os outros. Os outros é que sofriam grandes quedas graças a Lillian.

Ao seu lado, a cabeça de Suzanne Coates subia e descia sutilmente a cada passo.

– Desculpa ter demorado tanto – disse Clara, contornando o velho arbusto de lilases na esquina da casa. – Fui pegar estas coisas com a Myrna.

Ela estendeu a fita e o charuto e recebeu um olhar desconcertado tanto do inspetor-chefe quanto de Suzanne.

– Que tipo de ritual é esse exatamente? – perguntou Gamache, com um sorriso hesitante.

– É um ritual de purificação. Quer participar?

Gamache hesitou, depois assentiu. Estava familiarizado com aquele tipo de ritual. Alguns moradores de Three Pines tinham realizado eventos parecidos nos locais dos assassinatos anteriores. Mas ele nunca havia sido convidado a participar. Embora, sabia Deus, já tivesse sido defumado por incenso suficiente em sua juventude católica. Aquilo não poderia ser pior.

Pela segunda vez em dois dias, Clara pôs fogo na sálvia e na erva-doce. Gentilmente, ela empurrou a fumaça aromática na direção da artista intensa, espalhando-a sobre a cabeça e o corpo da mulher. Liberando, explicou Clara, todos os pensamentos negativos e as energias ruins.

Então foi a vez de Gamache. Ela olhou para ele. Ele tinha uma expressão meio confusa, mas relaxada, atenta. Ela passou a fumaça sobre o inspetor-chefe, até que ela pairasse como uma nuvem doce em volta dele e depois se dissipasse na brisa.

– Que todas as energias negativas sejam removidas – disse Clara, fazendo o mesmo consigo. – Pronto.

Se fosse fácil assim, pensaram todos em silêncio.

Então Clara deu uma fita para cada um, os convidou a rezar por Lillian em silêncio e depois amarrá-la no cajado.

– E esta fita amarela da polícia? – perguntou Suzanne.

– Ah, não tem importância – respondeu Clara. – É mais uma sugestão que uma ordem. Além disso, eu conheço o cara que colocou ela aí.

– Um incompetente – comentou Gamache, abaixando a fita amarela para Suzanne e depois passando por cima dela. – Mas tem boas intenções.

A AGENTE ISABELLE LACOSTE REDUZIU a velocidade do carro até quase parar. Estava deixando Three Pines em direção a Montreal para ajudar na pesquisa das críticas de Lillian Dyson nos arquivos do *La Presse*. Para tentar descobrir sobre quem era aquele artigo particularmente maldoso.

Ao passar pela casa dos Morrows, viu algo que pensou que jamais veria na vida. Um policial sênior da Sûreté du Québec aparentemente rezando para um graveto.

Ela sorriu e teve vontade de se juntar a ele. Muitas vezes rezava em silêncio na cena do crime. Quando todos os outros iam embora, Isabelle Lacoste voltava. Para que o morto soubesse que não seria esquecido.

Aquela, no entanto, parecia ser a vez do inspetor-chefe. Ela se perguntou pelo que ele rezava. Lembrando-se de quando segurou aquela mão ensanguentada, Lacoste pensou que talvez pudesse adivinhar.

O INSPETOR-CHEFE GAMACHE PÔS A mão direita no cajado e limpou a mente. Após um instante, prendeu a fita nele e deu um passo para trás.

– Eu rezei a "Oração da serenidade" – disse Suzanne. – E o senhor?

Mas Gamache preferiu não contar a elas qual fora a sua prece.

– E você? – perguntou Suzanne a Clara.

Ela era mandona e curiosa, notou Gamache. E se perguntou se aquelas eram boas qualidades em uma madrinha.

Assim como Gamache, Clara permaneceu em silêncio.

Mas agora Clara tinha a sua resposta.

– Eu preciso dar uma saída. Vejo vocês mais tarde – disse ela, correndo para casa.

Agora estava com pressa. Já havia perdido tempo demais.

DEZOITO

– Tem certeza de que eu não posso ir com você?

Peter seguia Clara da porta da casa até o carro estacionado diante do portão.

– Eu não vou demorar. Só tenho que fazer uma coisinha em Montreal.

– O quê? Eu posso ajudar?

Ele estava desesperado para provar a Clara que havia mudado. Mas, embora ela agisse de maneira civilizada, a situação era evidente. Sua esposa, que tinha tanta fé, finalmente havia perdido a fé nele.

– Não. Aproveite um tempo sozinho.

– Ligue quando chegar lá – gritou ele atrás do carro, mas não tinha certeza de que ela havia escutado.

– Aonde ela foi?

Peter se virou e viu o inspetor Beauvoir parado a seu lado.

– Montreal.

Beauvoir ergueu as sobrancelhas, mas não disse nada. Depois, afastou-se na direção do bistrô e do *terrasse*.

Peter observou o inspetor Beauvoir se sentar debaixo de um dos guarda-sóis amarelos e azuis da Campari, completamente sozinho. Olivier apareceu logo depois, como se fosse o mordomo pessoal do inspetor.

Beauvoir recebeu dois cardápios, pediu uma bebida e relaxou.

Peter invejava aquilo. Poder se sentar sozinho. Completamente sozinho. E se bastar. Invejava quase tanto quanto invejava as pessoas sentadas em grupos de dois, três ou quatro. Aproveitando a companhia umas das outras. Para Peter, a única coisa pior que ter companhia era estar sozinho. A não ser que fosse em seu próprio estúdio. Ou com Clara. Só os dois.

Agora, porém, tinha sido abandonado na beira da estrada.

E Peter Morrow não sabia o que fazer.

– O seu homem vai ficar uma fera com o senhor por atrasar o almoço – disse Suzanne, meneando a cabeça para o bistrô.

Eles tinham deixado o quintal de Clara e decidido caminhar pela praça. Ruth estava sentada em um banco bem no meio do pequeno parque. O centro de toda a gravidade de Three Pines.

Ela fitava o céu, e Gamache se perguntou se as preces eram realmente atendidas. Também olhou para cima, como fizera quando colocara a mão no cajado.

Mas o céu seguia vazio e silencioso.

Então ele baixou os olhos para a terra e viu Beauvoir sentado à mesa do bistrô, observando-os.

– Ele não parece nada feliz – comentou Suzanne.

– Ele nunca fica feliz quando está com fome.

– E aposto que ele vive com fome – disse Suzanne.

O chefe olhou para ela, esperando ver o onipresente sorriso, mas foi surpreendido por uma expressão bastante séria.

Eles voltaram a caminhar.

– Por que a senhora acha que Lillian Dyson veio para Three Pines? – perguntou Gamache.

– Tenho me perguntado a mesma coisa.

– E chegou a alguma conclusão?

– Acho que pode ser por dois motivos. Ou ela veio reparar os danos causados – disse Suzanne, parando para encarar Gamache –, ou causar mais estragos.

O inspetor-chefe aquiesceu. Tinha pensado o mesmo. Mas entre uma coisa e outra havia um abismo. Na primeira opção, Lillian estava sóbria e saudável e, na segunda, era cruel e não havia se arrependido, não tinha mudado nada. Será que ela era um dos homens do rei ou havia ido até Three Pines para empurrar mais alguém do muro?

Gamache colocou os óculos de leitura e abriu o livro grande que havia deixado no bistrô e depois buscado.

– *O alcoólico é como um tornado, atravessando, com um estrondo, a vida dos outros* – leu com uma voz baixa e grave.

Ele olhou para Suzanne por cima dos óculos meia-lua.

– A gente encontrou isto na mesa de cabeceira dela. Essas palavras estavam destacadas.

Ele ergueu o livro. Em letras brancas brilhantes contra um fundo preto destacavam-se as palavras "Alcoólicos Anônimos".

Suzanne sorriu.

– Não muito discreto. Irônico, na verdade.

Gamache sorriu e baixou os olhos para o livro.

– Tem mais. *Corações são partidos. Doces relacionamentos morrem.*

Ele fechou o livro devagar e tirou os óculos.

– Isto diz alguma coisa para a senhora?

Suzanne estendeu a mão e Gamache entregou o livro a ela. Ao abri-lo onde estava o marcador, passou os olhos pela página e sorriu.

– Isto me diz que ela estava no nono passo – comentou, devolvendo o livro a Gamache. – Ela devia estar lendo esta seção do livro. É o passo em que nos desculpamos com quem magoamos. Acho que ela veio aqui para isso.

– O que é o nono passo?

– *Fizemos reparações diretas dos danos causados a tais pessoas sempre que possível, salvo quando fazê-las significasse prejudicá-las ou a outrem* – citou ela.

– A tais pessoas?

– Àquelas que a gente prejudicou com as nossas ações. Acho que ela veio aqui para se desculpar.

– *Doces relacionamentos morrem* – disse Gamache. – A senhora acha que ela veio aqui para falar com Clara Morrow? Para, como vocês dizem, fazer uma reparação?

– Talvez. Parece que tem muitos artistas aqui. Ela pode ter vindo se desculpar com qualquer um deles. Só Deus sabe quantas reparações ela tinha que fazer.

– Mas será que alguém realmente faria isso?

– Como assim?

– Se eu quisesse me desculpar sinceramente com alguém, acho que não faria isso em uma festa.

– É um bom argumento – concordou ela, com um suspiro profundo. –

Tem mais uma coisa, algo que eu não queria admitir. Não tenho certeza de que ela realmente chegou ao nono passo. Acho que ela não passou por todos os passos que levam a ele.

– Isso importa? A pessoa tem que seguir a ordem?

– Ninguém tem que fazer nada, mas com certeza ajuda. O que aconteceria se alguém fizesse o primeiro ano da faculdade e depois pulasse para o último?

– Provavelmente seria reprovado.

– Exatamente.

– Mas o que ser reprovado significa neste caso? A pessoa não seria chutada para fora do AA, seria?

Suzanne riu, porém sem alegria.

– Não. Olha, todos os passos são importantes, mas o nono talvez seja o mais delicado, o mais arriscado. É realmente a primeira vez que a gente entra em contato com os outros. Assume a responsabilidade pelo que fez. Se não for feito direito...

– O que acontece?

– A gente pode causar mais danos. Para os outros e para nós mesmos.

Ela parou na beira da rua tranquila para cheirar um lilás em plena floração. E, suspeitou Gamache, para ganhar tempo.

– É lindo – disse ela, erguendo o nariz da flor perfumada e olhando em volta, como se visse o belo vilarejo pela primeira vez. – Eu me vejo morando aqui. Daria um belo lar.

Gamache não disse nada. Achava que ela estava preparando algo.

– A vida de quem bebe é bem complicada. Caótica. A gente se envolve em todo tipo de problema. É uma zona. E tudo o que a gente quer é isto aqui. Um lugar tranquilo ao sol. Mas cada dia que bebemos nos afasta mais disso.

Suzanne olhou para os pequenos chalés ao redor da praça. A maioria das casas tinha uma varanda e um quintal com peônias, tremoços e rosas em flor. Além de gatos e cachorros descansando ao sol.

– A gente anseia por um lar. Depois de tantos anos brigando com todo mundo em volta, com nós mesmos, só queremos paz.

– E como vocês encontram a paz? – perguntou Gamache.

Ele, mais do que ninguém, sabia que a paz, assim como Three Pines, podia ser bem difícil de encontrar.

– Bom, primeiro a gente precisa se encontrar. Em algum lugar, ao longo do caminho, a gente se perdeu. Começou a perambular sem rumo em meio a uma confusão de drogas e álcool. E acabou se afastando cada vez mais de quem a gente realmente era.

Ela se virou para ele, de novo com um sorriso no rosto.

– Mas alguns de nós encontram o caminho de volta. Da selvageria – continuou Suzanne, desviando o olhar dos olhos castanho-escuros de Gamache, da praça, das casas e lojas para a floresta e as montanhas ao redor. – Encher a cara é só uma parte do problema. Esta é uma doença das emoções. Das percepções.

Ela deu leves tapinhas nas têmporas antes de continuar.

– A forma como a gente vê as coisas, como pensa, fica toda ferrada. E isso afeta nosso jeito de sentir. E eu vou dizer uma coisa para o senhor, inspetor-chefe, é muito difícil e assustador mudar as nossas percepções. A maioria não consegue. Mas alguns sortudos são capazes de mudar. E, ao fazer isso, a gente se encontra e – concluiu, olhando em volta – encontra o nosso lar.

– É preciso mudar a cabeça para mudar o coração? – perguntou Gamache.

Suzanne não respondeu. Em vez disso, continuou a olhar para o vilarejo.

– Como é interessante isso de os celulares não funcionarem aqui. E carro nenhum passou desde que a gente começou a andar. Será que o mundo exterior sequer sabe que Three Pines está aqui?

– É um vilarejo anônimo – disse Gamache. – Não está em nenhum mapa. É preciso encontrá-lo – comentou ele, virando-se para a sua companheira. – Tem certeza de que Lillian realmente tinha parado de beber?

– Ah, sim, desde a primeira reunião.

– E quando foi isso?

Suzanne ponderou por um instante.

– Há uns oito meses.

Gamache fez os cálculos.

– Então ela entrou para o AA em outubro. A senhora sabe por quê?

– Quer dizer se aconteceu alguma coisa? Não. Para alguns, como Brian, algo terrível acontece. O mundo desaba. A pessoa se quebra em mil pedaços. Para outros, a coisa é mais silenciosa, quase imperceptível. É um leve desmoronar. Por dentro. Foi o que aconteceu com Lillian.

Gamache assentiu.

– A senhora já esteve na casa dela?
– Não. A gente sempre se encontrava em uma cafeteria ou na minha casa.
– A senhora viu o trabalho dela?
– Não. Ela me disse que tinha voltado a pintar, mas eu não vi. Não quis.
– Por que não? Sendo artista, imaginei que teria se interessado.
– Na verdade, eu me interessei. Infelizmente, sou muito bisbilhoteira. Mas me pareceu uma situação em que eu não tinha nada a ganhar. Se o trabalho dela fosse incrível, eu podia ficar com inveja, o que não seria bom. E, se fosse horrível, o que eu ia dizer? Então não fui ver.
– A senhora realmente ficaria com inveja da sua afilhada? Não parece o relacionamento que a senhora descreveu.
– Aquilo é o ideal. Estou bem perto da perfeição, como o senhor sem dúvida deve ter notado, mas ainda não cheguei lá – brincou Suzanne, rindo de si mesma. – Esse é o meu único defeito. A inveja.
– E a bisbilhotice.
– Meus dois defeitos. Inveja e bisbilhotice. Também sou mandona. Ah, meu Deus! Eu sou mesmo toda errada.
Ela riu.
– Pelo que eu soube, a senhora está endividada.
Suzanne parou de repente.
– Como o senhor sabe disso?
Ela encarou Gamache e, como ele não respondeu, assentiu, resignada.
– Claro que o senhor ia descobrir. Sim, eu estou endividada. Nunca fui boa com dinheiro e, agora que, ao que tudo indica, não posso mais roubar, a vida ficou bem mais difícil.
Ela sorriu de maneira cativante.
– Mais um defeito para incluir em uma lista que não para de crescer.
De fato, uma lista que não para de crescer, pensou Gamache. O que mais ela não estava contando? Ele achava estranho que as duas artistas não tivessem comparado seus trabalhos. Que Lillian não tivesse mostrado as pinturas à madrinha. Em busca de aprovação, de uma opinião.
E o que Suzanne faria? Notaria que eram brilhantes, para depois o quê? Matar Lillian em um acesso de inveja?
Parecia improvável.
Mas com certeza era estranho que, em oito meses de um relacionamento

íntimo, Suzanne não tivesse visitado o apartamento de Lillian nem uma vez. Nunca tivesse visto o trabalho dela.

Então outra coisa passou pela cabeça de Gamache.

– Vocês se viram pela primeira vez no AA, ou já se conheciam antes?

Ele viu que tinha acertado na mosca. O sorriso dela não vacilou, mas o olhar ficou mais atento.

– Na verdade, a gente já se conhecia. Embora "conhecer" não seja a palavra certa. A gente já havia se esbarrado em algumas exposições anos atrás. Antes de ela ir para Nova York. Mas nunca fomos amigas.

– Vocês eram amigáveis uma com a outra, digamos.

– Depois de alguns drinques? Eu era mais do que amigável, inspetor-chefe – disse Suzanne, rindo.

– Mas não com Lillian, imagino.

– Bom, não nesse sentido – concordou Suzanne. – Olha, a verdade é que eu não estava no nível dela. Ela era a grande, a importante crítica do *La Presse*, e eu era só mais uma artista bêbada. E... cá entre nós? Por mim, estava tudo bem. Ela era bem babaca. Era famosa por isso. Nem todos os drinques do mundo tornariam abordar Lillian uma boa ideia.

Gamache pensou por um instante, depois voltou a caminhar.

– Há quanto tempo a senhora está no AA? – perguntou ele.

– Vinte e três anos no último dia 18 de março.

– Vinte e três anos? – perguntou ele, sem disfarçar a surpresa.

– O senhor precisava me ver quando eu cheguei lá – disse ela, rindo. – Doida de pedra. O que está vendo é o resultado de 23 anos de muito empenho.

Eles passaram em frente ao *terrasse*. Beauvoir apontou para a cerveja e Gamache assentiu.

– Vinte e três anos – repetiu Gamache quando eles retomaram a caminhada. – A senhora parou de beber mais ou menos quando Lillian foi para Nova York.

– Acho que sim.

– Foi só coincidência?

– Ela não fazia parte da minha vida. Eu beber ou ficar sóbria não tinha nada a ver com Lillian.

A voz de Suzanne tinha adquirido um tom cortante. Levemente irritado.

– A senhora ainda pinta? – quis saber Gamache.

– Um pouco. Mais de brincadeira. Eu faço alguns cursos, dou alguns cursos, vou a vernissages com comida e bebida de graça...

– Lillian mencionou Clara ou a exposição dela?

– Ela nunca mencionou Clara, pelo menos não de nome. Mas ela disse que precisava fazer reparações a vários artistas, marchands e galeristas. Talvez Clara estivesse entre eles.

– A senhora acha que aqueles ali também estavam?

Com um pequeno meneio de cabeça, Gamache indicou duas pessoas que os observavam, sentadas na varanda da pousada.

– Paulette e Normand? Não, ela também não falou dos dois. Mas eu não ficaria surpresa se Lillian precisasse fazer reparações a eles. Ela não era muito legal quando bebia.

– Ou escrevia. *Arte é a natureza dele, produzi-la é uma função fisiológica* – citou Gamache.

– Ah, o senhor sabe dessa história, não é?

– Obviamente, a senhora também.

– Todos os artistas do Quebec sabem. Foi o momento de glória da Lillian. Quer dizer, como crítica. Sua *pièce de résistance*. Um assassinato quase perfeito.

– A senhora sabe sobre quem era?

– O senhor não sabe?

– Se eu soubesse, estaria perguntando?

Suzanne analisou Gamache por um instante.

– Talvez. O senhor é muito traiçoeiro, acho. Mas não, não sei.

Um assassinato quase perfeito. Era uma boa descrição. Lillian havia desferido um golpe mortal com aquela frase. Será que a vítima tinha esperado décadas para revidar?

– Posso te acompanhar?

Mas era tarde demais. Myrna já havia se acomodado e, uma vez sentada, não seria fácil tirá-la dali.

Beauvoir olhou para ela com uma expressão pouco convidativa.

– Claro. Sem problema.

Ele examinou o *terrasse*. Em algumas mesas sob o sol, clientes bebericavam cervejas, limonadas e chás gelados. Mas outras estavam vazias. Por que Myrna decidira se sentar com ele?

A única resposta possível era a resposta que ele temia.

– Como você está? – perguntou ela.

Ela queria conversar. Ele tomou um grande gole de cerveja.

– Estou bem, obrigado.

Myrna assentiu, brincando com a umidade de seu copo de cerveja.

– Que dia lindo – disse ela por fim.

Beauvoir não respondeu e continuou olhando para a frente. Talvez assim ela entendesse. Queria ficar sozinho com seus pensamentos.

– No que você está pensando?

Então ele olhou para ela. Havia uma expressão delicada em seu rosto. Interessada, mas não penetrante. Não perscrutadora.

Uma expressão agradável.

– No caso – mentiu.

– Entendi.

Os dois se voltaram para a praça. Não havia muita atividade ali. Ruth tentava apedrejar os pássaros e alguns moradores cuidavam do quintal. Um passeava com o cachorro. E o inspetor-chefe Gamache e uma mulher estranha caminhavam na rua de terra.

– Quem é aquela?

– Alguém que conhecia a vítima – respondeu Beauvoir.

Não havia necessidade de falar muito.

Myrna aquiesceu e pegou algumas castanhas-de-caju robustas da tigela de castanhas variadas.

– É bom ver que o inspetor-chefe parece bem melhor. Você acha que ele já se recuperou?

– Claro que sim. Há muito tempo.

– Bom, não tem como ter sido há tanto tempo assim – disse ela, de maneira lógica. – Já que aquilo tudo aconteceu pouco antes do Natal.

Tinha sido há tão pouco tempo?, pensou Beauvoir, pasmo. Só seis meses antes? Parecia ter acontecido há séculos.

– Bom, ele está bem, assim como eu.

– Bem *demais*? Desequilibrado, egoísta, mesquinho, amargo, inseguro e solitário? Como na definição da Ruth?

Aquilo levou um sorriso involuntário aos lábios do inspetor. Ele tentou não sorrir demais, mas não conseguiu.

– Não posso falar pelo chefe, mas acho que está tudo certo comigo.

Myrna sorriu e deu um gole na cerveja. Ela observava Beauvoir, que observava Gamache.

– Não foi culpa sua, sabe?

O corpo de Beauvoir ficou tenso, em um espasmo involuntário.

– O que você quer dizer com isso?

– O que aconteceu lá na fábrica. Com ele. Não tinha nada que você pudesse fazer.

– Eu sei disso – retrucou ele.

– Eu me pergunto se sabe mesmo. Deve ter sido terrível o que você viu.

– Por que você está dizendo isso? – rebateu Beauvoir, a cabeça em um turbilhão.

De repente, tudo ficara confuso.

– Porque acho que você precisa ouvir. Você não tem como salvá-lo sempre – declarou Myrna, olhando para o jovem cansado à sua frente.

Ele estava sofrendo, ela sabia. E também sabia que só duas coisas podiam gerar uma dor daquelas tanto tempo depois do evento.

Amor. E culpa.

– As coisas são mais fortes no ponto em que estão quebradas.

– Onde você ouviu isso? – perguntou ele, encarando-a.

– Eu li em uma entrevista que o inspetor-chefe deu depois do ataque. E ele tem razão. Mas leva bastante tempo, e é preciso muita ajuda para fazer esse remendo. Você provavelmente pensou que ele tivesse morrido.

Ele havia pensado. Tinha visto o chefe ser baleado. Cair. E ficar ali, parado.

Morto ou morrendo. Beauvoir tinha certeza.

E não havia feito nada para ajudá-lo.

– Não tinha nada que você pudesse fazer – disse Myrna, interpretando corretamente os pensamentos dele. – Nada.

– Como você sabe? – perguntou Beauvoir. – Como você pode saber?

– Porque eu vi. No vídeo.

– E você acha que aquilo mostra tudo? – retrucou ele.

– Você realmente acredita que podia ter feito mais?

Beauvoir se virou, sentindo a familiar dor no estômago se transformar em pontadas agudas. Sabia que Myrna estava tentando ser gentil, mas só queria que ela fosse embora.

Ela não vivera aquilo. Ele, sim, e nunca tinha acreditado que não havia mais nada que pudesse fazer.

O chefe tinha salvado a vida dele. Arrastado Beauvoir para um lugar seguro. E o enfaixado. Mas, quando o próprio Gamache levou um tiro, foi a agente Lacoste quem abriu caminho até ele. Salvou a vida do chefe.

Enquanto ele não tinha feito nada. Só ficara caído. Assistindo.

– A senhora gostava dela? – perguntou Gamache.

Eles tinham dado a volta completa e agora estavam parados na praça, bem em frente ao *terrasse*. Ele viu André Castonguay e François Marois sentados a uma mesa, aproveitando o almoço. Ou, pelo menos, aproveitando a comida, se não a companhia. Os dois não pareciam estar conversando muito.

– Gostava – respondeu Suzanne. – Ela foi se tornando gentil. Atenciosa, até. Feliz. Eu não imaginei que pudesse gostar da Lillian quando ela apareceu no porão da igreja pela primeira vez, naquele estado lamentável. Nós não éramos exatamente melhores amigas quando ela foi para Nova York. Mas, naquela época, éramos mais jovens e mais bêbadas. E suspeito que nenhuma de nós duas fosse muito legal. Mas as pessoas mudam.

– A senhora tem certeza de que Lillian mudou?

– O senhor tem certeza de que eu mudei? – perguntou Suzanne, e riu.

Aquela, Gamache tinha que admitir, era uma boa pergunta.

Então outra pergunta lhe ocorreu. Ficou surpreso de não ter pensado em fazê-la antes.

– Como a senhora encontrou Three Pines?

– Como assim?

– O vilarejo. É quase impossível de achar. E, mesmo assim, aqui está a senhora.

– Ele me trouxe.

Gamache se virou e olhou para onde ela apontava. Depois do *terrasse*, por uma janela, via-se um homem de costas para eles. Com um livro na mão.

Embora não visse o rosto dele, Gamache reconheceu o homem. Thierry Pineault estava parado na janela da livraria de Myrna.

DEZENOVE

Clara Morrow estava sentada no carro, observando o velho e decrépito prédio residencial. Aquilo era bem diferente da linda casinha onde os Dysons moravam quando Clara os conhecera.

Durante toda a viagem, relembrara sua amizade com Lillian. O monótono trabalho de férias, separando correspondência, que elas arrumaram juntas. Depois, mais tarde, como salva-vidas. Tinha sido ideia de Lillian. Elas haviam feito cursos de salva-vidas e passado juntas na prova de natação. Uma ajudando a outra. Escondendo-se atrás da cabine de salvamento para fumar cigarros e maconha.

Na escola, participavam das mesmas equipes de vôlei e atletismo. Uma ajudava a outra nos movimentos de ginástica.

Praticamente todas as boas lembranças que Clara tinha da infância incluíam Lillian.

E o Sr. e a Sra. Dyson também estavam sempre lá. Como gentis personagens coadjuvantes. No pano de fundo, como os pais nas tirinhas do Snoopy. Quase nunca eram vistos, mas de alguma forma sempre havia sanduíches de salada de ovo, saladas de frutas e cookies quentinhos com gotas de chocolate. Sempre havia uma jarra colorida de pink lemonade.

A Sra. Dyson era baixa, rechonchuda, com cabelos ralos sempre arrumados. Na época, parecia velha, mas agora Clara percebia que devia ser mais jovem do que ela era agora. E o Sr. Dyson era alto, esguio, com cabelos ruivos cacheados. Debaixo do sol brilhante, parecia ter ferrugem na cabeça.

Não. Não havia dúvida, e Clara estava horrorizada consigo mesma por ter hesitado. Era a coisa certa a fazer.

Após desistir do elevador, ela subiu os três lances de escada, tentando não reparar no cheiro rançoso de tabaco, maconha e urina.

Parou em frente à porta fechada do casal. E ficou encarando-a fixamente. Recuperando o fôlego após um esforço não apenas físico.

Clara fechou os olhos e evocou a pequena Lillian, de bermuda verde e camiseta, emoldurada pela porta. Sorrindo. Convidando-a para entrar.

Então bateu na porta.

– Senhor chefe de Justiça – disse Gamache, estendendo a mão.

– Inspetor-chefe – disse Thierry Pineault, apertando-a.

– Pelo visto, temos chefes demais por aqui – comentou Suzanne. – Vamos pegar uma mesa.

– A gente pode sentar com o inspetor Beauvoir – sugeriu Gamache, conduzindo os dois na direção de seu braço direito, que havia se levantado e indicava a própria mesa.

– Prefiro que a gente sente ali – disse Pineault.

Suzanne e Gamache ficaram parados. Pineault apontava para uma mesa encostada na parede de tijolinhos, na parte menos atraente do *terrasse*.

– É mais discreta – explicou Pineault, vendo a expressão intrigada dos dois.

Gamache ergueu uma sobrancelha, mas concordou e acenou para Beauvoir, chamando-o a se juntar a eles. O chefe de Justiça se sentou primeiro, de costas para o vilarejo. Gabri anotou os pedidos.

– Isto os incomoda? – perguntou Gamache, apontando para as cervejas que Beauvoir havia trazido.

– Nem um pouco – disse Suzanne.

– Eu tentei ligar para o senhor hoje de manhã – disse Gamache.

Gabri colocou as bebidas na mesa.

– Quem é esse cara? – sussurrou para Beauvoir.

– O chefe de Justiça do Quebec.

– Ah, claro.

Gabri olhou para Beauvoir com irritação e saiu.

– E o que a minha secretária disse? – perguntou Pineault, tomando um gole de água Perrier com limão.

– Só que o senhor estava trabalhando de casa – contou Gamache.

Pineault sorriu.

– Eu meio que estou. Só não especifiquei qual casa.

– O senhor decidiu vir até a casa de Knowlton?

– É um interrogatório, inspetor-chefe? Devo contratar um advogado?

O sorriso ainda estava lá, mas nenhum dos dois era bobo. Interrogar o chefe Justiça do Quebec era uma jogada arriscada.

Gamache sorriu de volta.

– É só uma conversa entre amigos, Vossa Excelência. Espero que o senhor possa ajudar.

– Ah, pelo amor de Deus, Thierry! Fala logo para o homem o que ele quer saber. Não foi para isso que a gente veio?

Gamache olhou para Suzanne do outro lado da mesa. O almoço deles tinha chegado e agora ela enfiava terrine de pato na boca. Não em um acesso de gula, mas de medo. Só faltava abraçar o prato. Suzanne não queria a comida dos outros. Apenas a dela. E estava disposta a defendê-la se fosse necessário.

Entretanto, entre uma garfada e outra, havia feito uma pergunta interessante.

Para que, se não para ajudar na investigação, Thierry Pineault estava lá?

– Ah, eu estou aqui para ajudar – disse Pineault, casualmente. – Infelizmente, foi uma reação instintiva, inspetor-chefe. A reação de um advogado. Peço desculpas.

Gamache notou outra coisa. Embora o chefe de Justiça demonstrasse prazer em desafiar o chefe da Divisão de Homicídios da Sûreté du Québec, nunca fazia o mesmo com Suzanne, artista ocasional e garçonete em tempo integral. Aliás, parecia impassível diante dos pequenos golpes de escárnio, das críticas e dos gestos extravagantes da mulher. Seriam só boas maneiras?

O chefe achava que não. Tinha a impressão de que o juiz se sentia, de alguma forma, intimidado por Suzanne. Como se ela soubesse algo sobre ele.

– Eu pedi para ele me trazer – disse Suzanne. – Sabia que ele queria ajudar.

– Por quê? Sei que Suzanne gostava da Lillian. O senhor também?

O chefe de Justiça voltou os olhos claros e frios para Gamache.

– Não como o senhor está imaginando.

– Não estou imaginando nada. Só perguntando.

– Eu estou tentando ajudar – disse Pineault, com a voz severa e os olhos duros.

Gamache estava acostumado àquela atitude, era comum vê-la nos tribunais. Nas conferências da direção da Sûreté.

E entendeu exatamente o que estava acontecendo. O chefe de Justiça Thierry Pineault estava tratando Gamache com desprezo. De um jeito delicado, sofisticado, gentil, bem-educado, mas ainda era desprezo.

O problema do desprezo escancarado, Gamache sabia, era que o que deveria permanecer privado tornava-se público. Aquele tipo de desprezo expunha o chefe de Justiça Pineault.

– E como o senhor acha que pode ajudar? Por acaso sabe de algo que eu não sei?

– Estou aqui porque Suzanne me pediu e porque sei onde fica Three Pines. Eu a trouxe de carro. Essa é a minha ajuda.

Gamache virou-se para Suzanne, que agora cortava um pedaço de baguete fresca, passava-o na manteiga e enfiava-o na boca. Ela realmente mandava nele daquele jeito? Tratava o homem como um mero motorista?

– Eu pedi ajuda para o Thierry porque sabia que ele ficaria calmo. Seria sensato.

– E porque ele é o chefe de Justiça – acrescentou Beauvoir.

– Eu sou alcoólica, não idiota – respondeu Suzanne com um sorriso. – Me pareceu uma vantagem.

De fato, era uma vantagem, pensou Gamache. Mas por que ela achava que precisava de uma? E por que o chefe de Justiça havia escolhido aquela mesa, longe dos outros? A pior mesa do *terrasse*. E por que rapidamente se sentara de frente para a parede?

Gamache olhou em volta. O juiz estava se escondendo? Ao chegar, tinha ido direto para a livraria, saindo de lá só quando Suzanne voltara. E agora se sentava de costas para todos. De onde não via nada, mas também não era visto.

Gamache varreu o vilarejo com os olhos, assimilando tudo o que o chefe de Justiça Pineault estava perdendo.

Ruth no banco, alimentando os pássaros e, de vez em quando, olhando para o céu. Normand e Paulette, os artistas medíocres, na varanda da pousada. Alguns moradores, voltando para casa com sacolas de compras da mercearia de monsieur Béliveau. E os outros fregueses do bistrô, entre eles André Castonguay e François Marois.

Clara estava parada no corredor, olhando para a porta, que haviam batido na cara dela. O som ainda ecoava nas paredes, pelos corredores, escada abaixo e, finalmente, porta afora. Derramando-se no sol brilhante.

Seus olhos estavam arregalados; seu coração, acelerado. Seu estômago, azedo.

Clara sentiu que ia vomitar.

– Ah, aí estão vocês – disse Denis Fortin, parado na porta do bistrô.

Ele teve o grande prazer de ver André Castonguay dar um pulo e quase derrubar a taça de vinho branco.

François Marois, no entanto, não pulou. Mal reagiu.

Como um lagarto, pensou Fortin, *tomando sol em uma pedra*.

– *Tabernac!* – exclamou Castonguay. – Que diabos você está fazendo aqui?

– Posso? – perguntou Fortin, sentando-se com eles antes que tivessem tempo de negar.

Eles sempre haviam negado a Fortin um lugar na mesa. Por décadas. A cabala dos marchands e galeristas. Agora já velhos. Assim que Fortin decidira que não seria artista e abrira a própria galeria, eles haviam fechado as fileiras. Contra o intruso, o novato.

Bom, lá estava ele agora. Mais bem-sucedido que qualquer um deles. Exceto, talvez, que aqueles dois homens. De todos os membros do meio artístico do Quebec, ele só se importava com a opinião daqueles dois, Castonguay e Marois.

Um dia eles teriam que aceitá-lo. E podia muito bem ser aquele dia.

– Ouvi dizer que vocês estavam aqui – começou ele, sinalizando para o garçom trazer mais uma rodada.

Notou que Castonguay já estava bem avançado no vinho branco. Marois, no entanto, bebericava um chá gelado. Austero, culto, contido. Frio. Assim como o homem.

Fortin havia mudado para uma cerveja artesanal. McAuslan. Jovem, dourada e impertinente.

– O que *você* está fazendo aqui? – repetiu Castonguay, enfatizando a palavra como se Fortin precisasse se explicar.

E ele quase fez isso, em uma reação instintiva. Uma necessidade de agradar aqueles homens.

Mas parou a tempo e sorriu, cheio de charme.

– Vim pelo mesmo motivo que vocês. Para contratar os Morrows.

Aquilo fez Marois reagir. Devagar, muito devagar, o marchand virou a cabeça e, olhando diretamente para Fortin, ergueu devagar, muito devagar, as sobrancelhas. Em qualquer outra pessoa, aquilo teria sido cômico. Mas, em Marois, o resultado era assustador.

Fortin sentiu um frio na espinha, como se tivesse olhado para a cabeça de uma górgona.

Ele engoliu em seco e não desviou o olhar, na esperança de que, se fosse transformado em pedra, pelo menos estaria com uma expressão de desdém casual. No entanto, temia que agora tivesse uma fisionomia bem diferente.

Castonguay caiu na risada.

– Você? Contratar os Morrows? Você teve a sua chance e desperdiçou! – disse ele, para depois tomar um grande gole de vinho.

O garçom trouxe mais bebidas, e Marois ergueu a mão para impedi-lo.

– Acho que a gente já bebeu o suficiente. Ele se voltou para Castonguay. – Que tal uma breve caminhada?

Mas Castonguay nem pestanejou. Simplesmente pegou a taça.

– Você nunca vai contratar os Morrows, e sabe por quê?

Fortin balançou a cabeça, mas quis se matar por ter reagido.

– Porque eles sabem quem você é!

Ele estava falando alto agora. Tão alto que as conversas ao redor se dissiparam.

Na mesa dos fundos, todos olharam em volta, exceto Thierry Pineault, que não desgrudou a cara da parede.

– Já chega, André – disse Marois, pondo a mão no braço do outro homem.

– Não chega, não! – disse Castonguay, virando-se para François Marois. – A gente trabalhou duro pelo que tem: estudou arte, aprendeu a técnica... A gente pode até discordar, mas pelo menos tem uma discussão inteligente. Agora, este aqui – prosseguiu, sacudindo o braço na direção de Fortin –, ele só quer grana fácil!

– E você só quer – disse Fortin, levantando-se – uma garrafa. Quem é pior?

Fortin fez uma pequena e rígida mesura e se afastou. Não sabia para onde estava indo. Só queria se afastar. Daquela mesa. Do establishment artístico. Dos dois homens que olhavam para ele. E provavelmente riam.

– As pessoas não mudam – disse Beauvoir, achatando o hambúrguer e observando o molho escorrer.

Suzanne e o chefe de Justiça Pineault tinham ido embora, para a pousada. E agora, finalmente, o inspetor Beauvoir podia conversar sobre o assassinato em paz.

– Você acha mesmo? – perguntou Gamache.

No prato dele havia camarões ao alho e óleo e salada de manga com quinoa. A churrasqueira estava fazendo hora extra para saciar a multidão faminta na hora do almoço, produzindo bifes, hambúrgueres, camarões e salmões grelhados.

– Pode até parecer que mudam – teorizou Beauvoir –, mas, se você for uma criança má, vai se tornar um adulto babaca e morrer cheio de raiva.

Ele mordeu o sanduíche. Antes, aquele hambúrguer, com bacon, cogumelos, cebolas caramelizadas e queijo azul derretido, o teria deixado em êxtase, mas agora o deixava meio enjoado. Ainda assim, ele se forçou a comer, para tranquilizar Gamache.

Beauvoir percebeu que o chefe o observava comer e ficou um pouco irritado, mas o sentimento logo passou. Na verdade, ele não ligava. Depois de conversar com Myrna, tinha ido até o banheiro e tomado um Percocet, e ficara ali, a cabeça entre as mãos, até sentir a quentura se espalhar e a dor diminuir e desaparecer.

Do outro lado da mesa, o inspetor-chefe Gamache comeu uma garfada de camarões e salada com um prazer genuíno.

Ambos tinham olhado para cima quando André Castonguay levantara a voz.

Beauvoir ia até se levantar, mas o chefe o havia impedido. Querendo ver como aquilo ia acabar. Como o resto dos fregueses, eles observaram Denis Fortin se afastar, rígido, as costas retas, os braços ao lado do corpo.

Como um soldadinho, pensou Gamache, lembrando-se do filho Daniel quando era criança, marchando pelo parque. Indo ou voltando de uma batalha. Decidido.

Fingindo.

Denis Fortin tinha batido em retirada, Gamache sabia. Para lamber as próprias feridas.

– Suspeito que o senhor não concorde – declarou Beauvoir.

– Que as pessoas não mudam? – perguntou Gamache, levantando os olhos do prato. – Não, eu não concordo. Acredito que as pessoas podem mudar e mudam.

– Mas não tanto quanto a vítima parece ter mudado – afirmou Beauvoir. – Isso seria muito *chiaroscuro*.

– Muito o quê? – perguntou Gamache, baixando os talheres e encarando o inspetor.

– Significa um contraste muito forte. Um jogo de luz e sombra.

– É mesmo? E você inventou essa palavra?

– Não. Eu escutei na vernissage da Clara e até a usei algumas vezes. Povinho esnobe. Foi só dizer *chiaroscuro* algumas vezes e eles se convenceram de que eu era o crítico do *Le Monde*.

Gamache voltou a pegar os talheres e balançou a cabeça.

– Então a palavra podia significar qualquer coisa e mesmo assim você a usou?

– O senhor não notou? Quanto mais ridícula é a frase, mais ela é aceita. O senhor viu a cara deles quando descobriram que eu não trabalhava para o *Le Monde*?

– Muito *Schadenfreude* da sua parte – disse Gamache, e não ficou surpreso de ver o olhar desconfiado de Beauvoir. – Então você procurou *chiaroscuro* no dicionário hoje de manhã. É isso o que vocês fazem quando eu não estou por perto?

– Isso e jogar Free Cell. Além de assistir pornografia, é claro, mas isso a gente só faz no seu computador.

Beauvoir abriu um sorriso largo e deu uma mordida no hambúrguer.

– Você acha realmente que a vítima era muito *chiaroscuro*? – quis saber Gamache.

– Na verdade, não. Só falei isso para me exibir. Acho que é tudo balela.

Uma hora, ela é uma babaca, no instante seguinte se tornou essa pessoa maravilhosa? Fala sério. É mentira.

– Agora estou vendo como eles confundiram você com um crítico formidável – comentou Gamache.

– É isso mesmo. Olha, as pessoas não mudam. O senhor acha que as trutas do Bella Bella estão ali porque amam Three Pines? Mas talvez ano que vem vão para outro lugar? – perguntou Beauvoir, virando a cabeça na direção do rio.

Gamache olhou para o inspetor.

– O que você acha?

– Eu acho que as trutas não têm alternativa. Elas voltam porque são trutas. É isso que as trutas fazem. A vida é simples assim. Os patos voltam para o mesmo lugar todos os anos. Os gansos também. Salmões, borboletas, veados... Cara, os veados são criaturas tão aferradas aos hábitos que seguem uma trilha no bosque e nunca se desviam. É por isso que tantos deles são mortos, como a gente sabe. Eles nunca mudam. As pessoas são iguais. Nós somos o que somos. Nós somos quem somos.

– A gente não muda? – perguntou Gamache, pegando um aspargo fresco.

– Exatamente. O senhor me ensinou que as pessoas, que os casos, são basicamente muito simples. Somos nós que complicamos tudo.

– E o caso Dyson? Somos nós que estamos complicando?

– Acho que sim. Acho que a vítima foi morta por alguém que ela sacaneou. Fim da história. Uma história triste mas simples.

– Alguém do passado dela? – perguntou Gamache.

– Não, é aí que eu acho que o senhor se engana. Quem conheceu a nova Lillian, aquela que parou de beber, diz que ela se tornou uma pessoa decente. E quem conhecia a velha Lillian, antes de parar de beber, afirma que ela era péssima.

Beauvoir tinha as duas mãos no ar, uma agarrando o enorme hambúrguer e a outra segurando uma batata frita. Entre elas havia espaço, uma separação.

– O que estou dizendo é que a velha e a nova eram a mesma pessoa – concluiu ele, juntando as mãos. – Só tinha uma Lillian. Assim como só existe um de mim. Um do senhor. Ela pode ter aprendido a disfarçar melhor depois que entrou para o AA, mas aquela mulher amarga, má, horrível ainda estava ali, pode acreditar.

– E ainda magoava as pessoas?

Beauvoir comeu a batata e assentiu. Aquela era sua parte preferida da investigação. Não a comida, embora em Three Pines isso nunca fosse um problema. Ele se lembrava de outros casos, em outros lugares, em que ele e o chefe tinham passado dias sem quase nada para comer, ou dividindo latas de ervilhas frias e apresuntados. Até isso, precisava admitir, tinha sido divertido. Em retrospecto. Mas aquele pequeno vilarejo produzia proporções iguais de cadáveres e refeições gourmet.

Ele gostava da comida, mas o que amava de verdade eram as conversas com o chefe. Só os dois.

– Uma teoria é que Lillian Dyson tenha vindo aqui fazer reparações a alguém – disse Gamache. – Se desculpar.

– Se veio, aposto que não foi sincera.

– Então para que vir até aqui?

– Para fazer o que era da natureza dela. Sacanear alguém.

– Clara?

– Talvez. Ou outra pessoa. Ela tinha várias opções.

– E deu errado – disse Gamache.

– Bom, com certeza não deu certo, pelo menos não para ela.

Será que a resposta era assim tão simples?, perguntou-se Gamache. Lillian Dyson estava apenas sendo fiel a quem realmente era?

Uma pessoa egoísta, destrutiva e nociva – bêbada ou sóbria?

A mesma pessoa, com os mesmos instintos e a mesma natureza.

Ferir os outros.

– Mas – argumentou Gamache – como ela soube da festa? Era uma festa particular. Tinha que ter convite. E todos nós sabemos que Three Pines é difícil de achar. Como Lillian soube da festa e como ela encontrou este lugar? E como o assassino sabia que ela ia estar aqui?

Beauvoir respirou fundo, tentando pensar, depois balançou a cabeça.

– Eu cheguei até aqui, chefe. É a sua vez de fazer algo útil.

Gamache tomou um gole de cerveja e ficou calado. Tão calado, aliás, que Beauvoir ficou preocupado. Talvez tivesse chateado o chefe com seu comentário impertinente.

– O que foi? – perguntou Beauvoir. – Tem alguma coisa errada?

– Não, não exatamente.

Gamache olhou para Beauvoir como se tentasse se decidir sobre algo.

– Você disse que as pessoas não mudam, mas você e Enid se amaram um dia, certo?

Beauvoir assentiu.

– Mas agora estão separados, a caminho do divórcio. Então o que aconteceu? – perguntou Gamache. – Você mudou? Ou foi Enid? Algo mudou.

Beauvoir olhou surpreso para Gamache. O chefe estava realmente perturbado.

– O senhor tem razão – admitiu Beauvoir. – Alguma coisa mudou. Mas acho que não foi a gente. Acho que a gente só percebeu que não era quem fingia ser.

– Perdão? – perguntou Gamache, inclinando-se para a frente.

Beauvoir reuniu os pensamentos dispersos.

– Quer dizer, a gente era jovem. Acho que a gente não sabia o que queria. Todo mundo estava casando, e parecia divertido. Eu gostava dela. Ela gostava de mim. Mas acho que nunca foi amor de verdade. E acho que eu estava fingindo, na verdade. Tentando ser alguém que eu não era. O homem que Enid queria.

– Então o que aconteceu?

– Depois do tiroteio, percebi que tinha quer ser o homem que eu era. E esse homem não amava Enid o suficiente para ficar com ela.

Gamache permaneceu em silêncio por um instante, imóvel, pensando.

– Você falou com Annie no sábado à noite, antes da vernissage – disse, por fim, o inspetor-chefe.

Beauvoir gelou. O chefe prosseguiu, sem a necessidade de uma réplica:

– E você viu ela e David juntos na festa.

Beauvoir se forçou a piscar. A respirar. Mas não conseguia. Ele se perguntou quanto tempo faltava para cair duro no chão.

– Você conhece bem a Annie.

A cabeça de Beauvoir parecia que ia explodir. Ele só queria que aquilo acabasse, que o chefe dissesse logo o que estava pensando. Finalmente, Gamache olhou para cima, encarando Beauvoir. Os olhos dele, longe de demonstrar raiva, pareciam implorar.

– Ela falou do casamento dela?

– *Pardon?* – perguntou Beauvoir, com um fiapo de voz.

– Achei que ela podia ter dito alguma coisa para você, pedido o seu conselho ou algo do gênero. Sabendo o que aconteceu com você e Enid.

Agora a cabeça de Beauvoir girava. Nada daquilo fazia sentido.

Gamache se recostou e respirou fundo, jogando no prato o guardanapo enrolado.

– Eu me sinto tão idiota. Havia pequenos sinais de que as coisas não iam bem. David cancelou alguns jantares em família e começou a se atrasar, como no sábado à noite. Saía cedo. Eles já não demonstravam afeto como antes. Eu e madame Gamache conversamos sobre isso, mas pensei que era só uma evolução natural do relacionamento deles. Não ficar tão grudados. E às vezes os casais se afastam, mas depois voltam a se unir.

Beauvoir sentiu o coração voltar a bater. Com um baque poderoso.

– Annie e David estão se afastando?

– Ela não falou nada para você?

Beauvoir balançou a cabeça. Seu cérebro balançou lá dentro. Preso em um único pensamento. Annie e David estavam se afastando.

– Você notou alguma coisa?

Ele havia notado? Quanto daquilo era real e quanto ele tinha imaginado, exagerado? Beauvoir se lembrou da mão de Annie no braço de David. E David parecia não notar. Nem escutar. Distraído.

Beauvoir havia visto aquilo tudo, mas tinha medo de sentir algo mais do que apenas pena. Afeto desperdiçado com um homem que não se importava. A voz de seu próprio ciúme, e não a verdade. Mas agora...

– O que o senhor quer dizer?

– Annie foi lá em casa ontem para jantar e conversar. Ela e David estão passando por um momento difícil – contou Gamache, com um suspiro. – Eu tinha esperanças de que ela tivesse te falado alguma coisa. Mesmo com todas as brigas, eu sei que Annie é como uma irmã mais nova para você. Vocês se conhecem desde que ela tinha...

– Quinze anos.

– Há tanto tempo assim? – perguntou Gamache, espantado. – Aquele ano não foi bom para Annie. A primeira paixonite e tinha que ser logo por você.

– Ela teve uma queda por mim?

– Você não sabia? Ah, teve. Todas as vezes que você ia lá em casa, ela enchia o meu ouvido e o de madame Gamache. Jean Guy isso, Jean Guy aquilo. Nós tentamos dizer que você era um degenerado, mas isso só parecia aumentar a atração.

– Por que o senhor não me contou?

Gamache olhou para ele com um ar divertido.

– Você ia querer saber? Já vivia provocando a menina, teria sido insuportável. Além disso, ela implorou pra gente não contar.

– Mas agora o senhor contou.

– Quebra de confiança. Espero que você não conte para ela.

– Vou fazer o possível. Qual é o problema com David? – quis saber Beauvoir, olhando para o hambúrguer parcialmente comido como se de repente ele tivesse feito algo fascinante.

– Ela não foi muito específica.

– Eles estão se separando? – perguntou ele, torcendo para aparentar um desinteresse educado.

– Não sei direito – respondeu Gamache. – Tem muita coisa acontecendo na vida dela, muitas mudanças. Ela conseguiu outro trabalho, como você sabe. Na Vara de Família.

– Mas Annie odeia crianças.

– Olha, ela não é muito boa com elas, mas eu não diria que odeia. Annie adora Florence e Zora.

– Ela tem que adorar – disse Beauvoir. – Elas são da família. Annie provavelmente vai depender delas quando for velha. Ela vai ser a amarga tia Annie, com chocolates vencidos e uma coleção de puxadores de portas. E as duas vão ter que cuidar dela. Então ela não pode traumatizar as crianças agora.

Gamache riu enquanto Beauvoir se lembrava de Annie com a primeira neta do chefe, Florence. Fazia três anos. Quando Florence era bebê. Talvez tivesse sido a primeira vez que seus sentimentos por Annie vieram à tona. Chocando Beauvoir com seu tamanho e ferocidade. Desabando sobre ele. Inundando-o. Virando o inspetor de ponta-cabeça.

O momento em si, porém, fora muito pequeno, muito delicado.

Lá estava Annie. Sorrindo, embalando a sobrinha. Sussurrando algo para a garotinha.

E, de repente, Beauvoir havia percebido que queria ter filhos. E queria isso com Annie. Com mais ninguém.

Annie. Segurando o filho ou a filha deles.

Annie. Segurando Beauvoir.

Ele sentira o coração pular, com se amarras que nunca soubera que existiam tivessem sido liberadas.

– A gente sugeriu que ela tentasse resolver o problema com David.

– O quê? – perguntou Beauvoir, arremessado de volta ao presente.

– A gente só não quer que ela cometa um erro.

– Mas – argumentou Beauvoir, com a mente acelerada – talvez ela já tenha cometido esse erro. Talvez David seja o erro.

– Talvez. Mas ela precisa ter certeza.

– Então o que vocês sugeriram?

– A gente disse que vai apoiar qualquer decisão que ela tomar, mas sugeriu, de leve, terapia de casal – contou o chefe, colocando as mãos grandes e expressivas na mesa de madeira e tentando sustentar o olhar de Beauvoir.

Mas tudo o que via era a filha, sua garotinha, na sala de estar deles, no domingo à noite. Oscilando entre soluços e ataques de fúria. Entre odiar David, odiar a si mesma e odiar os pais por sugerirem a terapia.

"Tem algo que você não está contando para a gente?", perguntara, finalmente, Gamache.

"Como o quê?", retrucara Annie.

O pai havia se calado por um instante. Reine-Marie estava sentada ao lado dele no sofá, olhando ora para marido, ora para a filha.

"Ele te fez algum mal?"

Gamache perguntara de maneira direta. Com os olhos firmes na filha. Atrás da verdade.

"Fisicamente?", perguntara Annie. "Você quer saber se ele me bateu?"

"Quero."

"Nunca. David jamais faria isso."

"Ele te machucou de outras formas? Emocionalmente? Ele é abusivo?"

Annie balançara a cabeça. Gamache sustentara o olhar da filha. Já havia analisado o rosto de tantos suspeitos atrás da verdade, mas nenhuma vez parecera tão importante quanto aquela.

Se David tivesse feito mal à filha dele...

Sentia a raiva subir só de imaginar. O que ele faria se descobrisse que o homem tinha, na verdade...

Gamache se afastara daquele precipício e apenas meneara a cabeça. Aceitando a resposta dela. Então havia se sentado ao lado da filha e a abraçado. Embalado Annie. Sentindo a cabeça dela sobre o ombro. As lágrimas dela através de sua camisa. Assim como fazia quando ela chorava por causa do Humpty Dumpty. Mas, daquela vez, ela é quem havia sofrido uma grande queda.

Depois de um tempo, Annie acabara se afastando, e Reine-Marie entregara a ela alguns lenços de papel.

"Você quer que eu dê um tiro no David?", perguntara Gamache, enquanto ela assoava o nariz com um som de buzina.

Annie dera risada, recuperando o fôlego com dificuldade.

"Só acertar o joelho."

"Vou colocar isso no topo da minha lista de tarefas", respondera o pai.

Então ele havia se reclinado para olhar nos olhos da filha, agora com uma expressão séria.

"Qualquer que seja a sua decisão, a gente está com você. Entendeu?"

Ela assentira e secara o rosto.

"Eu sei."

Assim como Reine-Marie, ele não estava necessariamente chocado, mas perplexo. Parecia haver algo que Annie não estava contando. Alguma coisa não batia. Todo casal tem suas fases complicadas. Ele e Reine-Marie às vezes discutiam. Magoavam-se às vezes. Nunca de propósito, mas, quando as pessoas vivem tão juntas, é inevitável.

"Imagina se você e papai estivessem casados com pessoas diferentes quando se conheceram", perguntara Annie, afinal, olhando bem nos olhos deles. "O que vocês teriam feito?"

Eles ficaram em silêncio, encarando a filha. Exatamente a pergunta que Beauvoir tinha feito há pouco, pensou Gamache.

"Você está dizendo que conheceu outra pessoa?", perguntara Reine-Marie.

"Não", respondera Annie, balançando a cabeça. "Estou dizendo que a pessoa certa está em algum lugar, tanto para mim quanto para David. E a gente se agarrar a um erro não vai consertar nada. Isso nunca vai dar certo."

Mais tarde, quando Gamache e Reine-Marie ficaram sozinhos, ela fizera a mesma pergunta a ele.

"Armand", perguntara ela, tirando os óculos de leitura quando os dois estavam deitados na cama, cada um com seu livro, "o que você faria se fosse casado quando a gente se conheceu?"

Gamache baixara o livro e olhara para a frente. Tentando imaginar a situação. Seu amor por Reine-Marie tinha sido tão instantâneo e completo que era difícil para ele se ver com outra pessoa, quanto mais casado.

"Que Deus me perdoe", dissera ele, finalmente, virando-se para ela. "Eu teria deixado a minha mulher. Uma decisão terrível e egoísta, mas eu seria um péssimo marido depois disso. E tudo por sua culpa, sua atrevida."

Reine-Marie assentira.

"Eu teria feito a mesma coisa. Mas teria trazido os pequenos Julio Jr. e Francesca comigo, é claro."

"Julio e Francesca?"

"Meus filhos com o Julio Iglesias."

"Coitado, não me admira que ele cante tantas músicas tristes. Você partiu o coração dele."

"Ele nunca se recuperou", retrucara ela, sorrindo.

"Talvez a gente possa apresentar o Julio para a minha ex. Isabella Rossellini."

Reine-Marie dera uma risada soltando o ar pelo nariz, pegara o livro e depois o baixara de novo.

"Você não está mais pensando no Julio, eu espero."

"Não. Estava pensando na Annie e no David."

"Você acha que acabou?", perguntara ele, e ela assentira.

"Acho que ela conheceu outra pessoa, mas não quer contar para a gente."

"Sério?"

Ela o havia surpreendido, mas agora ele pensava que podia ser verdade. Reine-Marie assentira de novo.

"Talvez ele seja casado. Pode ser alguém do escritório de advocacia. Isso explicaria por que ela está mudando de trabalho."

"Caramba, espero que não."

No entanto, ele sabia que, qualquer que fosse o problema, não havia nada que pudesse fazer. A não ser estar ao lado da filha para ajudar a recolher os cacos. Mas aquela imagem o lembrou de uma coisa.

– Bom, eu tenho que voltar ao trabalho – disse Beauvoir, levantando-se. – A pornografia não vai se assistir sozinha.

– Espera – pediu Gamache.

E, ao ver a expressão do chefe, Beauvoir afundou de volta na cadeira.

Gamache estava calado, com a testa franzida. Pensando. Beauvoir tinha visto aquela expressão inúmeras vezes. Sabia que o inspetor-chefe Gamache estava seguindo uma pista dentro da própria cabeça. Um pensamento, que levava a outro, que, por sua vez, levava a um terceiro. Na escuridão, não exatamente em um beco, mas em um poço. Tentando encontrar a coisa escondida mais fundo. O segredo. A verdade.

– Você disse que o ataque à fábrica foi o que finalmente fez você decidir se separar da Enid.

Beauvoir aquiesceu. Aquilo era verdade.

– Será que o que aconteceu teve o mesmo efeito em Annie?

– Como?

– Foi uma experiência devastadora para todo mundo – explicou o chefe. – Não só pra gente. Para a nossa família também. Talvez, como você, Annie tenha reavaliado a vida dela.

– Então por que ela não falou isso para o senhor?

– Talvez ela não queira que eu me sinta responsável. Talvez ela nem saiba disso, não conscientemente.

Então Beauvoir se lembrou da conversa que tivera com Annie antes da vernissage. Ela havia perguntado sobre a separação dele. E feito uma vaga alusão ao ataque e a suas consequências.

Ela estava certa, é claro. Tinha sido o empurrão de que ele precisava.

Ele a havia calado, recusando-se a discutir o assunto por medo de falar demais. Mas será que ela, na verdade, queria falar sobre suas próprias dúvidas?

– Como o senhor se sentiria se fosse isso que tivesse acontecido? – perguntou Beauvoir ao chefe.

O inspetor-chefe se recostou, o rosto ligeiramente preocupado.

– Talvez seja uma coisa boa – sugeriu Beauvoir, em voz baixa. – Seria bom, não seria, se algo positivo viesse do que aconteceu? Talvez Annie possa encontrar o verdadeiro amor agora.

Gamache olhou para Jean Guy. Abatido, exausto, magro demais. Ele aquiesceu.

– *Oui*. Seria bom se algo positivo viesse do que aconteceu. Mas eu não tenho certeza de que o fim do casamento da minha filha pode ser considerado uma coisa boa.

Jean Guy, porém, discordava.

– O senhor quer que eu fique aqui? – perguntou ele.

Gamache despertou do devaneio.

– O que eu quero é que você vá trabalhar.

– Bom, eu vou ter que procurar "Schnaugendender" no dicionário.

– Procurar o quê?

– A palavra que o senhor usou.

– *Schadenfreude* – corrigiu Gamache, sorrindo. – Não precisa se dar ao trabalho. Significa ficar feliz com a desgraça alheia.

Beauvoir parou perto da mesa.

– Acho que isso descreve muito bem a vítima. Mas Lillian Dyson ia além. Na verdade, ela criava a desgraça. Deve ter sido uma pessoa bem feliz.

Mas Gamache não pensava assim. Pessoas felizes não bebiam todas as noites para conseguir dormir.

Beauvoir saiu. Enquanto bebericava o café, o inspetor-chefe voltou a ler o livro do AA, atento às passagens sublinhadas e aos comentários nas margens, perdendo-se na linguagem arcaica porém bela daquele volume que descrevia, com tanta delicadeza, a descida ao inferno e a longa escalada de volta. Após algum tempo, ele fechou o livro, marcando-o com o dedo, e olhou para o nada.

– Posso sentar com você?

Gamache levou um susto. Ele se levantou, fez uma leve mesura e puxou uma cadeira.

– Por favor.

Myrna Landers se sentou, colocando o *éclair* e o *café au lait* na mesa do bistrô.

– Você parecia perdido em pensamentos.

Gamache assentiu.

– Estava pensando no Humpty Dumpty.

– Então o caso está praticamente resolvido.

O chefe sorriu.

– Estamos chegando perto – disse, e depois olhou para ela por um instante. – Posso fazer uma pergunta?

– Sempre.

– Você acha que as pessoas mudam?

Com o *éclair* a meio caminho da boca, Myrna fez uma pausa. Ela baixou o doce e olhou para o inspetor-chefe com olhos límpidos e perscrutadores.

– De onde veio isso?

– Existe um debate sobre a vítima ter mudado ou não, se ela era a mesma pessoa que todos conheciam há vinte anos ou se estava diferente.

– O que o faz pensar que ela mudou? – perguntou Myrna antes de dar uma mordida no *éclair*.

– Sabe aquela ficha que você encontrou no quintal? Você estava certa, é do AA e pertencia à vítima. Ela tinha parado de beber há oito meses – contou o chefe. – Quem a conheceu no AA descreve uma pessoa totalmente diferente daquela descrita pela Clara. Não um pouco diferente; completamente. Uma é gentil e generosa, a outra é cruel e manipuladora.

Myrna franziu o cenho e pensou, tomando um gole de *café au lait*.

– Todos nós mudamos. Só os psicóticos permanecem iguais.

– Mas isso não seria mais crescimento que mudança? Como os harmônicos de uma nota. A fundamental continua a mesma.

– Só uma variação sobre o tema? – perguntou Myrna, interessada. – Mas não uma mudança real? – prosseguiu, pensativa. – Acho que muitas vezes é o caso. A maioria das pessoas cresce, mas não muda completamente.

– A maioria. Mas algumas mudam?

– Algumas, inspetor-chefe.

Ela o observou com atenção. Viu o rosto familiar, barbeado. Os cabelos grisalhos, que cacheavam de leve em volta das orelhas. E a cicatriz profunda na têmpora. Um pouco mais abaixo, os olhos eram gentis. Ela temera que eles tivessem mudado; que, quando os visse de novo, houvessem endurecido.

Não haviam. Nem ele.

Mas ela não se iludia. Podia até não parecer, mas ele tinha mudado. Todo mundo que saíra vivo daquela fábrica saíra diferente.

– As pessoas mudam quando não têm escolha. É mudar ou morrer. Você mencionou o AA. Os alcoólicos só param de beber quando chegam ao fundo do poço.

– O que acontece depois?

– O que se espera que aconteça depois de uma grande queda.

Ela agora começava a entender. Uma grande queda.

– O mesmo que aconteceu com o Humpty Dumpty.

Ele assentiu de leve.

– Quando as pessoas chegam ao fundo do poço – continuou ela –, podem ficar lá e morrer, como a maioria faz. Ou tentar se reerguer.

– Juntar os cacos – disse Gamache. – Como o nosso amigo Sr. Dumpty.

– Bom, ele teve a ajuda de todos os cavalos e homens do rei – disse Myrna, fingindo seriedade. – E nem eles conseguiram consertar o Sr. Dumpty.

– Eu li os relatórios – concordou o chefe.

– Além do mais, mesmo que tivessem conseguido, ele ia simplesmente cair de novo – disse ela, agora séria de verdade. – A pessoa vai continuar repetindo a mesma estupidez. Se alguém coloca todas as peças no mesmo lugar, como espera que a vida fique diferente?

– Tem outra opção?

Myrna sorriu para ele.

– O senhor sabe que tem. Mas é a mais difícil. Não é muita gente que tem estômago para isso.

– Mudar – disse Gamache.

Talvez, pensou ele, aquele fosse justamente o problema de Humpty Dumpty. O destino dele não era ser consertado. Era ser diferente. Afinal de contas, um ovo sempre estaria em perigo em cima de um muro.

Talvez Humpty Dumpty precisasse cair. E, talvez, todos os homens do rei precisassem falhar.

Myrna esvaziou a caneca e se levantou. Gamache fez o mesmo.

– As pessoas mudam, inspetor-chefe. Mas você precisa saber de uma coisa. – E, baixando a voz, concluiu: – Nem sempre para melhor.

– Por que você não vai lá e diz alguma coisa para ele? – perguntou Gabri enquanto colocava a bandeja de copos vazios no balcão.

– Estou ocupado – respondeu Olivier.

– Você está limpando os copos, um dos garçons pode fazer isso. Fala com ele.

Os dois olharam através da janela de cristal de chumbo para o homem grande sozinho na mesa. Um café e um livro à sua frente.

– Eu vou – disse Olivier. – Não me pressione.

Gabri pegou o pano de prato e começou a secar os copos enquanto o companheiro enxaguava a espuma.

– Ele cometeu um erro – disse Gabri. – Ele pediu desculpas.

Olivier olhou para o companheiro, com seu alegre avental vermelho e branco em forma de coração. O avental que havia implorado para Gabri não comprar no Dia dos Namorados dois anos antes. Que havia implorado para não usar. Do qual tinha sentido tanta vergonha que havia rezado para que ninguém que viesse de Montreal visitá-los encontrasse Gabri naquele traje ridículo.

Mas, agora, Olivier o amava. Não queria que Gabri mudasse de roupa de jeito nenhum.

Não queria que Gabri mudasse em nada.

Enquanto lavava os copos, viu Armand Gamache tomar um gole do café e se levantar.

BEAUVOIR FOI ATÉ ONDE ESTAVAM pregadas as folhas de papel na parede da antiga estação ferroviária. Destampou a caneta hidrográfica e a aproximou do nariz enquanto lia o que estava escrito. Em colunas pretas e organizadas.

Muito reconfortante. Legível, ordenado.

Leu e releu as listas de evidências, pistas e perguntas. Acrescentou alguns dados de suas investigações daquele dia.

Eles tinham interrogado a maioria dos convidados da festa. Ninguém havia admitido ter torcido o pescoço de Lillian, o que não era de surpreender.

Mas agora, ao fitar as folhas de papel, algo lhe ocorreu.

Todos os outros pensamentos despareceram.

Seria possível?

Havia outras pessoas na festa. Moradores, membros da comunidade artística, amigos e parentes.

No entanto, alguém mais estava lá. Uma pessoa mencionada várias vezes, mas nunca com a devida atenção. E que nunca fora interrogada. Pelo menos não profundamente.

O inspetor Beauvoir pegou o telefone e discou um número de Montreal.

VINTE

Clara fechou a porta e se recostou nela. Para ver se ouvia Peter.
Na esperança. Torcendo para não ouvir nada. Torcendo para estar sozinha. E estava.
Ah, não não não, pensou. *O morto ainda jazia gemendo.*
Lillian não estava morta. Estava viva no rosto do Sr. Dyson.
Clara tinha voltado correndo para casa, mal conseguindo manter o carro na estrada, a vista ainda turva pelo impacto daquele rosto. Daqueles rostos.
Do Sr. e da Sra. Dyson. O pai e a mãe de Lillian. Velhos, fracos. Quase irreconhecíveis quando comparados ao casal forte e alegre de que ela se lembrava.
Mas as vozes eram fortes. A linguagem, mais forte ainda.
Não havia dúvidas. Clara tinha cometido um erro terrível. E, em vez de melhorar as coisas, havia piorado.
Como pudera se enganar daquele jeito?

— Aquele merdinha — disse Castonguay, empurrando a mesa com força e levantando-se, cambaleante. — Eu tenho uma ou duas coisas para falar com ele.
François Marois também se levantou.
— Agora não, meu amigo.
Os dois observaram Denis Fortin descer a colina e entrar no vilarejo. Ele não hesitou, não olhou na direção deles. Não se desviou do caminho que tinha claramente planejado.

Denis Fortin estava indo para a casa dos Morrows. Isso era óbvio para Castonguay, Marois e para o inspetor-chefe Gamache, que também observava a cena.

– Mas a gente não pode deixar esse sujeito falar com eles – argumentou Castonguay, tentando se desvencilhar de Marois.

– Ele não vai conseguir, André. Você sabe disso. Deixe que ele tente a sorte. Além disso, eu vi Peter Morrow sair tem alguns minutos. Ele não está em casa.

Castonguay se voltou para Marois, trôpego.

– *Vraiment?*

Ele estava com um sorriso meio idiota no rosto.

– *Vraiment* – confirmou Marois. – Sério. Por que você não volta para o hotel e relaxa?

– Boa ideia.

André Castonguay atravessou a praça do vilarejo devagar, controlando os passos.

Gamache havia assistido a tudo e agora voltava o olhar para François Marois. O rosto do marchand tinha um quê de sofisticação cansada. Ele parecia quase confuso.

O inspetor-chefe desceu do *terrasse* e foi até Marois, cujos olhos não haviam deixado o chalé dos Morrows, como se aguardasse a casa fazer algo digno de nota. Então olhou para Castonguay, arrastando-se pela rua de terra.

– Coitado do André – disse Marois para Gamache. – Isso não foi muito gentil da parte do Fortin.

– O quê? – perguntou Gamache, também observando o galerista.

Castonguay havia parado no topo da colina, balançando um pouco, e depois continuou seu caminho.

– A mim me pareceu que monsieur Castonguay é que foi abusivo.

– Mas ele foi provocado – argumentou Marois. – Fortin sabia como André ia reagir assim que ele sentou na mesa. Depois ele…

– O quê?

– Bom, ele pediu mais bebidas. Embebedou André.

– Monsieur Castonguay tem algum problema?

– O probleminha do papai? – perguntou Marois, sorrindo, depois balançou a cabeça. – Isso virou um segredo conhecido. Na maior parte do tempo, ele mantém sob controle. Ele precisa. Mas às vezes...

Ele fez um gesto eloquente com as mãos.

Sim, pensou Gamache. *Às vezes...*

– Depois, dizer na cara do André que veio contratar os Morrows... Fortin estava atrás de encrenca. Homenzinho presunçoso.

– Isso não é um pouco hipócrita vindo de vocês? – perguntou Gamache. – Afinal, os senhores estão aqui pela mesma razão.

Marois riu.

– *Touché.* Mas a gente chegou primeiro.

– O senhor está me dizendo que existe um sistema de ordem de chegada? Tem tanta coisa na cena artística que eu não sabia...

– O que eu quero dizer é que ninguém precisa me dizer o que é uma grande obra de arte. Eu vejo, eu reconheço. O trabalho da Clara é brilhante. Eu não preciso do *Times*, de Denis Fortin ou de André Castonguay para me dizer. Mas algumas pessoas compram obras de arte com as orelhas, e outras, com os olhos.

– Denis Fortin precisa da validação dos outros?

– Na minha opinião, sim.

– E o senhor sai por aí espalhando a sua opinião? É por isso que Fortin odeia o senhor?

François Marois voltou toda a atenção para o inspetor-chefe. O rosto dele já não era um enigma. Seu espanto era óbvio.

– Ele me odeia? Tenho certeza de que ele não me odeia. Somos concorrentes, sim, muitas vezes vamos atrás dos mesmos artistas e compradores, o que pode ser bem desagradável, mas acho que existe um respeito, um coleguismo. E eu guardo minhas opiniões para mim mesmo.

– O senhor acabou de me dizer – lembrou Gamache.

Marois hesitou.

– O senhor perguntou. Caso contrário, eu nunca teria dito nada.

– É provável que Clara assine com Fortin?

– Talvez. Todo mundo ama um pecador arrependido. E tenho certeza de que ele está fazendo um *mea culpa* agora.

– Ele já fez – contou Gamache. – Por isso que foi convidado para a vernissage.

– Ahhh – disse Marois, assentindo. – Eu estava me perguntando isso.

Pela primeira vez Marois pareceu preocupado. Depois, com um esforço, seu belo rosto relaxou.

– A Clara não é boba. Vai enxergar quem ele é. Ele não sabia o que tinha nas mãos antes e ainda não entende as pinturas dela. Fortin trabalhou duro para construir uma reputação como vanguardista, mas ele não é isso. Basta um movimento em falso, uma exposição ruim, que a coisa toda desaba. A reputação é algo frágil, e Fortin sabe disso melhor do que ninguém.

Marois apontou para André Castonguay, já quase no hotel.

– Agora, ele é menos vulnerável. Tem vários clientes e uma grande conta corporativa. Com a Kelley Foods.

– A fabricante de comida para bebês?

– Exatamente. Uma grande compradora corporativa. Eles investem pesado em arte para os escritórios do mundo inteiro. Faz com que pareçam menos mercenários e mais sofisticados. E adivinha quem prospecta as obras de arte para eles?

Não era necessário responder. André Castonguay havia praticamente mergulhado pela porta do hotel. E desaparecido de vista.

– Eles são bastante conservadores, é claro – continuou o marchand. – Mas, bom, André também é.

– Se ele é tão conservador, por que está interessado no trabalho de Clara Morrow?

– Ele não está.

– Peter?

– Acho que sim. Assim ele ganha dois por um. Um pintor que tem um trabalho vendável para a Kelley Foods. Seguro, convencional, respeitável. Nada muito ousado ou sugestivo. Mas também ganha todo tipo de publicidade e legitimidade ao escolher uma artista realmente de vanguarda, Clara Morrow. Nunca subestime o poder da ganância, inspetor-chefe. Ou do ego.

– Eu vou anotar isso, *merci* – disse Gamache, sorrindo enquanto observava Marois seguir o caminho de Castonguay colina acima.

– *Não com um porrete se parte o coração.*

Gamache se virou na direção da voz. Ruth estava sentada no banco, de costas para ele.

– *Nem com uma pedra* – disse ela, aparentemente para o nada. – *Um chicote tão pequeno que ninguém poderia ver, eu conheci.*

Gamache se sentou ao lado dela.

– Emily Dickinson – disse Ruth, olhando para a frente.

– Armand Gamache – disse o inspetor-chefe.

– Não eu, seu idiota. O poema.

Ruth voltou os olhos raivosos para Gamache, mas viu que ele sorria. Ela soltou uma imensa gargalhada.

– *Não com um porrete se parte o coração* – repetiu Gamache.

Aquilo era familiar. A frase o lembrava de algo que alguém dissera recentemente.

– Quanto drama hoje, hein? – disse Ruth. – Muito barulho. Espanta os pássaros.

E, verdade seja dita, não havia um pássaro sequer à vista, embora Gamache soubesse que ela só pensava em um deles, e não em vários.

Rosa, sua pata, que havia voado para o sul no último outono. E não tinha voltado com os outros. Não tinha voltado para o ninho.

Mas Ruth não havia perdido as esperanças.

Sentado em silêncio no banco, Gamache lembrou por que a frase do poema de Dickinson lhe era tão familiar. Ao abrir o livro que ainda conservava nas mãos, olhou para as palavras marcadas por uma mulher morta.

Corações são partidos. Doces relacionamentos morrem.

Então ele reparou que alguém os observava do bistrô. Olivier.

– Como ele está? – perguntou Gamache, apontando discretamente para o bistrô.

– Quem?

– Olivier.

– Sei lá. Quem se importa?

Gamache ficou calado por um instante.

– Se eu bem me lembro, ele era um bom amigo seu – disse o inspetor-chefe.

Ruth ficou calada, seu rosto imóvel.

– As pessoas cometem erros – disse Gamache. – Ele é um bom homem, sabe? E eu sei que ele ama a senhora.

Ruth fez um ruído grosseiro.

– Olha, ele só liga para dinheiro. Não liga para mim, para Clara, para Peter... Nem mesmo para Gabri. Não de verdade. Ele venderia todos nós por alguns trocados. O senhor devia saber disso melhor do que ninguém.

– Vou dizer o que eu sei – insistiu Gamache. – Eu sei que ele cometeu um erro. E que se arrepende. E que está tentando se redimir.

– Mas não com o senhor. Ele mal olha na sua cara.

– E a senhora olharia? Se eu a prendesse por um crime que não cometeu, a senhora me perdoaria?

– Olivier mentiu pra gente. Para mim.

– Todo mundo mente – disse Gamache. – Todo mundo esconde algumas coisas. As mentiras dele foram bem ruins, mas eu já vi piores. Muito piores.

Os lábios já finos de Ruth quase desapareceram.

– Eu vou dizer para o senhor quem mentiu – disse ela. – Aquele homem com quem o senhor estava falando agora.

– François Marois?

– Sei lá como esse sujeito se chama. Com quantos homens o senhor estava falando agora? Seja qual for o nome dele, ele não estava falando a verdade.

– Como assim?

– Não foi o cara jovem que ficou pedindo um monte de bebida. Foi ele. Muito antes de o mais jovem aparecer, o outro camarada já estava bêbado.

– Tem certeza?

– Eu tenho um bom faro para bebida e um bom olho para bêbados.

– E um bom ouvido para mentiras, pelo visto.

Ruth abriu um sorriso que surpreendeu até a ela mesma.

Gamache se levantou e lançou um olhar para Olivier antes de se curvar devagar na direção de Ruth e sussurrar, para que apenas ela pudesse ouvir:

Agora, eu tenho uma boa:
deitado em seu leito de morte,
você tem uma hora neste plano.

– Chega – interrompeu ela, erguendo a mão ossuda na altura do rosto dele, sem tocá-lo, mas perto o suficiente para bloquear as palavras. – Eu sei como termina. E me pergunto se o senhor realmente sabe a resposta para essa pergunta – disse ela, lançando a ele um olhar duro. – *Quem é que você precisa perdoar há tantos anos*, inspetor-chefe?

Ele se levantou e a deixou, caminhando em direção à ponte sobre o rio Bella Bella, perdido em pensamentos.

– Chefe!

Gamache se virou e viu que o inspetor Beauvoir caminhava em sua direção a passos largos, vindo da sala de investigação.

Conhecia aquele olhar. Jean Guy tinha novidades.

VINTE E UM

Tudo o que Clara queria era ficar sozinha. Em vez disso, estava na cozinha, ouvindo Denis Fortin. Mais jovial do que nunca. Mais arrependido.

– Café? – perguntou ela, para logo depois se perguntar por que havia oferecido se queria que ele fosse embora.

– Não, *merci* – respondeu ele, sorrindo. – Eu realmente não quero incomodar.

Mas já está incomodando, pensou Clara, sabendo que estava sendo insensível. Ela é quem havia aberto a porta. Estava começando a não gostar de portas. Fechadas ou abertas.

Se, um ano antes, alguém lhe dissesse que um dia estaria louca para que aquele galerista saísse de sua casa, Clara jamais acreditaria. Tudo o que havia feito, tudo o que todos os artistas que conhecia faziam, inclusive Peter, tinha como objetivo chamar a atenção de Fortin.

Mas agora ela só conseguia pensar em como se livrar dele.

– Imagino que você saiba por que estou aqui – disse Fortin, com um sorriso largo. – Na verdade, eu queria falar com você e Peter. Ele está em casa?

– Não, não está. Você prefere voltar quando ele estiver aqui?

– Não, não quero desperdiçar o seu tempo – disse ele, levantando-se. – Sei que a gente teve um péssimo começo. Tudo por minha culpa. Eu queria poder mudar isso. Fui muito, muito burro.

Ela ameaçou dizer alguma coisa, mas ele ergueu a mão e sorriu.

– Você não precisa ser legal, eu sei o babaca que fui. Mas eu aprendi e não vou agir daquele jeito de novo. Nem com você, nem com mais ninguém, espero. Eu só queria dizer isso uma vez e ir embora. Fazer com que você e, quem sabe, o seu marido saibam disto. Tudo bem?

Clara assentiu.

– Eu gostaria de representar você e Peter. Eu sou jovem, e nós três podemos crescer juntos. Vou estar por perto por um bom tempo para ajudar a guiar a carreira de vocês. Acho que isso é importante. Minha ideia é trabalhar em uma exposição individual para cada um de vocês e, depois, organizar uma exposição em conjunto. Aproveitar o talento dos dois. Seria incrível. A exposição do ano, da década. Por favor, pense a respeito, é só o que eu peço.

Clara aquiesceu e observou Fortin partir.

BEAUVOIR SE JUNTOU AO INSPETOR-CHEFE na ponte.

– Olha só isso.

Ele entregou uma folha impressa ao chefe.

Gamache viu o título e depois passou os olhos pelo documento rapidamente. Até que parou, como se tivesse batido em uma parede, após três quartos da página. Levantou os olhos e encontrou os de Beauvoir, que aguardava. Sorrindo.

O chefe se voltou para a folha, desta vez lendo mais devagar. Lendo até o fim.

Não queria deixar nada escapar, como eles quase haviam deixado.

– Bom trabalho – disse ele, devolvendo o documento para Beauvoir. – Como você encontrou isso?

– Eu estava repassando os interrogatórios e percebi que a gente talvez não tenha falado com todo mundo que estava na festa.

Gamache aquiesceu.

– Bom. Excelente.

Ele estendeu o braço para a pousada.

– Vamos?

Alguns instantes depois, eles deixaram a luz brilhante e quente do sol para entrar na varanda fresca. Normand e Paulette os observaram cruzar a praça. Aliás, Gamache suspeitava que o vilarejo inteiro havia feito o mesmo.

Three Pines podia até parecer sonolento, mas, na verdade, não deixava passar nada.

Os dois artistas ergueram os olhos quando eles se aproximaram.

– Os senhores poderiam me fazer um grande favor? – disse Gamache, sorrindo.

– Claro – respondeu Paulette.

– Será que poderiam dar uma volta no vilarejo ou tomar alguma coisa no bistrô? Por minha conta?

Os dois olharam para ele, no início sem entender, mas depois a ficha caiu para Paulette. Ela pegou seu livro e uma revista e assentiu.

– Caminhar é uma ótima ideia, não acha, Normand?

Normand parecia preferir ficar onde estava, no confortável balanço da varanda fresca, com uma velha revista *Paris Match* nas mãos e uma limonada. Gamache não podia culpá-lo. Mas precisava que eles saíssem dali.

Os dois policiais esperaram até que os artistas estivessem longe. Então se voltaram para a terceira ocupante da varanda.

Suzanne Coates estava em uma cadeira de balanço ao lado de uma limonada. Mas, em vez de uma revista, estava com um caderno de desenho no colo.

– Olá – disse ela, mas não se levantou.

– *Bonjour* – disse Beauvoir. – Onde está o chefe de Justiça?

– Foi para a casa dele em Knowlton. Eu peguei um quarto aqui na pousada.

– Por quê? – quis saber Beauvoir.

Ele puxou uma cadeira, e Gamache se sentou em uma cadeira de balanço próxima, cruzando as pernas.

– Pretendo ficar até o senhor descobrir quem matou Lillian. Acho que vai ser um bom incentivo para os senhores concluírem logo o caso.

Ela sorriu, assim como Beauvoir.

– Eu avançaria muito mais rápido se a senhora contasse a verdade para a gente.

Aquilo desfez o sorriso dela.

– Sobre o quê?

Beauvoir entregou a folha de papel a ela. Suzanne a pegou, leu e depois devolveu. A considerável energia da mulher não diminuiu, mas se contraiu, como em uma implosão. Ela olhou para o inspetor-chefe. Gamache não entregava nada. Apenas olhava Suzanne com interesse.

– A senhora estava aqui na noite do assassinato – disse Beauvoir.

Suzanne fez uma pausa, e Gamache ficou surpreso de ver que, mesmo àquela altura, quando já não havia esperanças de escapar, ela ainda parecia pensar em uma mentira.

– Estava – admitiu afinal, lançando olhares ora para um homem, ora para o outro.

– Por que não nos contou?

– O senhor perguntou se eu estava na vernissage do Musée, e eu não estava. Não perguntou sobre a festa daqui.

– A senhora está dizendo que não mentiu? – perguntou Beauvoir, irritado, olhando de relance para Gamache como quem dissesse: "Viu? Outro viado seguindo o mesmo velho caminho. As pessoas não mudam."

– Escuta – disse Suzanne, agitando-se na cadeira –, eu vou a muitas vernissages, mas quase sempre estou segurando uma bandeja. Eu falei para os senhores. É como eu faço uma grana extra. Nunca escondi isso. Bom, quer dizer, escondi da Receita Federal. Mas contei tudo para os senhores.

Ela parecia implorar algo a Gamache, que assentiu.

– A senhora não contou tudo para a gente – disse Beauvoir. – Esqueceu de mencionar que estava aqui quando a sua amiga foi assassinada.

– Eu não era uma das convidadas. Estava trabalhando na festa. E não foi nem como garçonete. Eu fiquei na cozinha a noite toda. Não vi Lillian. Não sabia nem que ela estava lá. Como eu ia saber? Olha, essa festa foi planejada há muito tempo. Eu fui contratada semanas antes.

– A senhora mencionou a festa para Lillian? – perguntou Beauvoir.

– Claro que não. Eu não falo para ela de todas as festas em que vou trabalhar.

– A senhora sabia de quem era a festa?

– Não fazia ideia. Sabia que era de uma artista, mas a maioria é. As empresas para as quais trabalho fazem basicamente vernissages. Eu não decidi vir até aqui, fui designada para aquela festa. Não fazia ideia de quem estava dando a festa e não estava nem aí. Só queria que ninguém reclamasse de nada e que eu fosse paga.

– Quando a gente disse que Lillian tinha morrido em uma festa em Three Pines, você deve ter juntado as peças – pressionou Beauvoir. – Por que não falou nada?

– Eu devia ter falado – admitiu ela. – Sei disso. Aliás, foi uma das razões que me fizeram vir até aqui. Eu queria contar a verdade. Só estava criando coragem.

Beauvoir a observou com um misto de desprezo e admiração.

Era uma farsa magistral. Ele olhou de soslaio para o chefe, que também ponderava sobre aquela mulher. No entanto, o rosto dele era indecifrável.

– Por que a senhora não falou ontem à noite? – insistiu Beauvoir. – Por que mentir?

– Eu estava em choque. Na primeira vez que os senhores falaram de Three Pines, eu achei que tinha escutado mal. Foi só depois que os senhores foram embora que a ficha caiu. Eu estava aqui naquela noite. Talvez até quando ela morreu.

– E por que não contou assim que chegou aqui hoje? – perguntou Beauvoir.

Ela balançou a cabeça.

– Eu sei. Foi burrice. É que, quanto mais tempo passava, mais eu percebia o que ia parecer. Aí eu me convenci de que não importava, já que não tinha saído da cozinha do bistrô a noite toda. Não tinha visto nada. De verdade.

– A senhora tem uma ficha de ingresso? – perguntou Gamache.

– Perdão?

– Uma ficha de ingresso do AA. Bob me disse que todo mundo pega uma. A senhora tem?

Suzanne aquiesceu.

– Posso ver?

– Na verdade, eu dei a minha para alguém. Tinha esquecido.

Os dois homens a encararam, e Suzanne corou.

– Para quem? – perguntou Gamache.

Suzanne hesitou.

– Para quem? – pressionou Beauvoir, inclinando-se para a frente.

– Não sei, não estou conseguindo lembrar.

– A senhora não está conseguindo é pensar em uma mentira. A gente quer a verdade. Agora – exigiu Beauvoir.

– Onde está a sua ficha de ingresso? – perguntou Gamache.

– Eu não sei. Eu dei para um dos meus afilhados, anos atrás. A gente faz isso.

Mas o inspetor-chefe achava que a ficha estava muito mais perto do que isso. Suspeitava que ela estivesse no saquinho de evidências, após ter sido encontrada coberta de terra onde Lillian havia caído. Suspeitava que aquela fora uma das muitas razões para Suzanne Coates ir até Three Pines. Para encontrar a ficha perdida. Ver como a investigação estava indo. E, quem sabe, tentar atrapalhá-la.

Mas, com certeza, não para contar a verdade a eles.

PETER DESCEU A RUA DE terra e viu o carro estacionado um pouco torto na beira do gramado.

Clara estava em casa.

Ele havia passado grande parte da tarde sentado em um banco da Igreja Anglicana de St. Thomas. Repetindo as preces de sua infância, que praticamente se resumiam ao Pai-Nosso, à Bênção dos Alimentos – "Abençoai-nos, Senhor, e a este alimento..." – e às Vésperas, mas então se lembrara de que conhecia a versão do Ursinho Pooh, e não a da Igreja.

Ele havia rezado. Havia se sentado ali, em silêncio. Havia até cantado alguma coisa do hinário.

Seu traseiro tinha ficado dolorido, e Peter não havia se sentido nem jubiloso nem triunfante.

Então tinha ido embora. Se Deus estava na Igreja de St. Thomas, estava se escondendo dele.

Tanto Deus quanto Clara o estavam evitando. Não era, de jeito algum, um bom dia. No entanto, enquanto caminhava até o vilarejo, ele pensara que Lillian teria adorado trocar de lugar com ele.

Havia coisas piores que não encontrar Deus. Como, por exemplo, encontrá-Lo.

Ao se aproximar de casa, viu Denis Fortin saindo de lá. Os dois acenaram um para o outro enquanto Peter avançava até a porta de casa.

Ele encontrou Clara na cozinha, olhando para a parede.

– Acabei de ver o Fortin – disse Peter, surgindo de trás dela. – O que ele queria?

Clara se virou, e Peter congelou o sorriso no rosto.

– O que foi? O que aconteceu?

– Eu fiz uma coisa horrível – disse ela. – Preciso falar com a Myrna.

Clara tentou contorná-lo, indo em direção à porta.

– Não, espera, Clara. Fala comigo. Me conte o que aconteceu.

– Você viu a cara dela? – perguntou Beauvoir, correndo para alcançar Gamache.

Os dois atravessavam a praça do vilarejo após deixar Suzanne sentada na varanda. A cadeira de balanço parada. A aquarela no colo dela, uma representação do exuberante quintal de Gabri, esmagada e arruinada. Pela própria mão da mulher. A mão que a criara a destruíra.

Mas Beauvoir também tinha visto a cara de Gamache. O endurecimento, a frieza nos olhos dele.

– O senhor acha que a ficha de ingresso era dela? – perguntou Beauvoir, acompanhando o passo do chefe.

Gamache desacelerou. Eles estavam quase na ponte de novo.

– Não sei – respondeu, o rosto impassível. – Graças a você, a gente sabe que ela mentiu sobre estar em Three Pines na noite em que Lillian morreu.

– Ela afirma não ter saído da cozinha – disse Beauvoir, observando o vilarejo. – Mas teria sido fácil para ela se esgueirar por trás das lojas e entrar no quintal da Clara.

– E se encontrar com Lillian lá – completou Gamache.

Ele se virou e olhou para a casa dos Morrows. Agora, ele e Gamache estavam parados na ponte. Algumas árvores e arbustos de lilases tinham sido plantados para garantir a privacidade do quintal de Clara e Peter. Nem os convidados que estivessem na ponte teriam visto Lillian ali. Ou Suzanne.

– Suzanne deve ter falado para Lillian sobre a festa, sabendo que Clara estava na lista de pessoas com quem ela tinha que se desculpar – disse Beauvoir. – Aposto que ela até incentivou Lillian a vir. E marcou o encontro no quintal. – Beauvoir olhou em volta. – É o quintal mais próximo do bistrô, o mais conveniente. Isso explica por que Lillian foi encontrada ali. Podia ter sido em qualquer quintal, calhou de ser no da Clara.

– Então ela mentiu quando disse que não falou da festa para Lillian – disse Gamache. – E mentiu quando disse que não sabia de quem era a festa.

– Eu garanto, senhor. Tudo que sai da boca daquela mulher é mentira.

Gamache anuiu. Não havia dúvida, era o que estava começando a parecer.

– Lillian pode até ter conseguido uma carona com Suzanne... – continuou Beauvoir.

– Isso não bate – disse Gamache. – Ela veio com o próprio carro.

– Certo – disse Beauvoir, pensando, tentando vislumbrar a sequência de eventos. – Mas ela pode ter seguido Suzanne até aqui.

Gamache considerou a hipótese, assentindo.

– Isso explicaria como ela encontrou Three Pines. Ela seguiu Suzanne.

– Mas ninguém viu Lillian na festa – prosseguiu Beauvoir. – E, com aquele vestido vermelho, se ela estava aqui, alguém a teria visto.

Gamache pensou.

– Talvez Lillian não quisesse ser vista até estar pronta.

– Pronta para quê?

– Para se desculpar com Clara. Talvez ela tenha ficado no carro até certa hora, quando tinha combinado de encontrar a madrinha no quintal, quem sabe com a promessa de uma última palavra de apoio antes de encarar uma situação difícil. Lillian deve ter pensado que Suzanne estava fazendo um grande favor a ela.

– E que favor, hein? Matar a mulher...

Gamache ficou parado ali, pensando, depois balançou a cabeça. A história talvez se encaixasse. Mas fazia sentido? Por que Suzanne mataria a afilhada? Por que mataria Lillian? E de uma forma tão premeditada? Tão pessoal? Envolver o pescoço de Lillian com as próprias mãos e quebrá-lo?

O que teria levado Suzanne a fazer isso?

Será que a vítima não era bem a mulher que Suzanne havia descrito? Será que Beauvoir estava certo de novo? Talvez Lillian não tivesse mudado, ainda fosse a mesma mulher cruel, mordaz e manipuladora que Clara conhecera. Será que ela havia feito Suzanne perder a cabeça?

Suzanne tivera de novo uma grande queda, mas dessa vez estendera a mão e levara Lillian com ela? Pela garganta?

Quem quer que tivesse matado Lillian a odiava. Aquele não era um crime desprovido de paixão. Tinha sido reflctido e deliberado. Assim como a arma. As próprias mãos do assassino.

– Eu cometi um erro terrível, Peter.

Gamache se virou na direção da voz, assim como Beauvoir. Era Clara, e as palavras vinham de trás da exuberante tela de folhas e lilases.

– Fale, pode me contar – disse Peter, com a voz baixa e tranquilizadora, como se tentasse convencer um gato a sair de sob o sofá.

– Ah, meu Deus... – sussurrou Clara, com a respiração rápida e curta. – O que foi que eu fiz?

– O que você fez?

Gamache e Beauvoir se entreolharam e se aproximaram devagar da mureta de pedra da ponte.

– Eu fui visitar os pais da Lillian.

Nenhum dos policiais da Sûreté conseguia ver a expressão de Peter, nem mesmo a de Clara, mas eles podiam imaginá-las.

Fez-se uma longa pausa.

– Foi gentil da sua parte – disse Peter, mas a voz dele era hesitante.

– Não foi gentil – retrucou Clara. – Você devia ter visto a cara deles. Foi como encontrar duas pessoas quase mortas e esfolar elas. Ah, meu Deus, Peter, o que foi que eu fiz?

– Tem certeza de que não quer uma cerveja?

– Não, eu não quero uma cerveja. Eu quero a Myrna, eu quero...

Qualquer pessoa, menos você.

Aquilo não foi dito, mas todos ouviram. O homem no quintal e os homens na ponte. E Beauvoir sentiu o coração apertado por Peter. Coitado. Ele estava completamente perdido.

– Não, espere, Clara! – chamou a voz de Peter.

Os policiais entenderam que Clara se afastava dele.

– Só me conte, por favor. Eu também conhecia Lillian. Eu sei que vocês já foram grandes amigas. Você com certeza amava os Dysons.

– Amava – disse Clara, parando. – Amo.

A voz dela estava mais clara. Ela se virou de frente para Peter, de frente para os policiais atrás das árvores.

– Eles sempre foram muito legais comigo. E, agora, eu fiz isso.

– Me conte – insistiu Peter.

– Eu perguntei para um monte de gente antes de ir, e todas as pessoas me disseram a mesma coisa – explicou Clara, voltando para perto de Peter. – Para eu não ir. Todo mundo disse que os Dysons estariam tristes demais para me ver. Mas eu fui mesmo assim.

– Por quê?

– Porque eu queria dizer que sinto muito. Por Lillian. Mas também por nossa briga. Queria dar a eles a chance de falar sobre os velhos tempos, sobre a infância da Lillian. Quem sabe contar e ouvir histórias com alguém que conhecia e amava a filha deles.

– Mas eles não quiseram conversar?

– Foi horrível. Eu bati na porta e a Sra. Dyson atendeu. Estava na cara que ela vinha chorando há horas. Estava destruída. Demorou um pouco para ela me reconhecer, mas, quando isso aconteceu...

Peter esperou. Todos eles esperaram. Imaginando a mulher idosa na porta.

– ... eu nunca vi tanto ódio na minha vida. Nunca. Se ela pudesse, tinha me matado ali mesmo. E aí o Sr. Dyson apareceu. Minúsculo, ele mal está se aguentando, mal está vivo. Eu lembro quando ele era enorme. Ele pegava a gente e carregava nos ombros. Mas agora está todo curvado e... – disse Clara, fazendo uma pausa enquanto procurava as palavras – ... minúsculo. Minúsculo.

Não havia outras palavras. Ou quase já não havia.

– "Você matou a nossa filha!", ele disse, "Você matou a nossa filha!", e tentou me bater com a bengala, mas ela ficou presa na porta e ele acabou chorando, de tão frustrado.

Beauvoir e Gamache podiam ver a cena. O frágil e educado Sr. Dyson, em seu luto, reduzido a uma fúria assassina.

– Você tentou, Clara – disse Peter, com uma voz tranquilizadora, reconfortante. – Você tentou ajudar. Não tinha como você prever.

– Mas todo mundo me avisou. Como eu não imaginei? – perguntou Clara, com um soluço.

E, mais uma vez, Peter teve a sabedoria de ficar calado.

– Eu pensei nisso tudo durante todo o caminho de volta, e sabe o que eu percebi?

De novo, Peter esperou, embora Beauvoir, escondido a cerca de 5 metros dali, quase tenha falado, quase tenha perguntado: *O quê?*

– Eu me convenci de que era um ato corajoso, quase santo, ir lá reconfortar os Dysons. Mas, na verdade, eu fui até lá por mim. E agora olha só o que eu fiz. Se eles não fossem tão velhos, acho que o Sr. Dyson teria me matado.

Gamache e Beauvoir ouviram soluços abafados enquanto Peter abraçava a esposa.

O inspetor-chefe se afastou da ponte e começou a caminhar em direção à sala de investigação, do outro lado do rio Bella Bella.

Na sala de investigação, eles se separaram, Beauvoir para seguir as pistas agora promissoras e Gamache para ir a Montreal.

– Eu volto na hora do jantar – disse ele, deslizando para trás do volante do Volvo. – Tenho que falar com a superintendente Brunel sobre os quadros de Lillian Dyson. Para saber quanto eles podem valer.

– Boa ideia.

Assim como Gamache, Beauvoir havia visto as pinturas na casa da vítima. Pareciam apenas imagens estranhas e distorcidas das ruas de Montreal. Familiares, reconhecíveis, mas, enquanto as ruas e os prédios da vida real eram angulares, os dos quadros eram arredondados, fluidos.

Tinham deixado Beauvoir meio enjoado. Ele se perguntou o que a superintendente Brunel acharia das obras.

Gamache se perguntava a mesma coisa.

Já era fim de tarde quando ele chegou a Montreal e abriu caminho no trânsito da hora do rush até o apartamento de Thérèse Brunel, em Outremont.

Tinha ligado antes para ter certeza de que os Brunels estariam em casa e, enquanto subia as escadas, Jérôme abriu a porta. Ele era quase um quadrado perfeito e, com certeza, um anfitrião perfeito.

– Armand – disse ele, estendendo a mão e apertando a do inspetor-chefe. – Thérèse está na cozinha, preparando alguns petiscos. Por que a gente não se senta na varanda? O que você bebe?

– Só uma Perrier, *s'il te plaît*, Jérôme – respondeu Gamache, seguindo o anfitrião pela familiar sala de estar, passando por pilhas de livros de referência abertos, além dos enigmas e cifras de Jérôme.

Eles foram até a varanda da frente, que dava para a rua e para um parque verdejante. Era difícil acreditar que logo ali na esquina estava a Avenue Laurier, repleta de bistrôs, *brasseries* e lojas.

Ele e Reine-Marie moravam apenas algumas ruas adiante e tinham ido àquela casa muitas vezes para jantar ou tomar uns drinques. E os Brunels também haviam estado muitas vezes na casa deles.

Embora aquela não fosse exatamente uma visita social, os Brunels conseguiam tornar todo evento agradável. Se era preciso falar de crimes e assassinatos, por que não fazer isso com drinques, queijos, salames temperados e azeitonas?

Era exatamente o que Armand Gamache pensava.

– *Merci*, Jérôme – disse Thérèse Brunel, entregando uma bandeja de comida ao marido e aceitando uma taça de vinho branco.

Eles ficaram na varanda sob o sol da tarde, contemplando o parque.

– Essa época do ano é linda, não é? – disse Thérèse. – Tão fresca.

Então ela voltou a atenção para o homem a seu lado. E ele, para ela.

Armand Gamache viu uma mulher que conhecia havia mais de dez anos. Que, aliás, havia treinado. Tinha dado aulas a ela na academia de polícia. Ela havia se destacado dos outros cadetes, não apenas pela óbvia inteligência, mas também porque tinha idade para ser mãe deles. Era, inclusive, uma década mais velha que o próprio Gamache.

Tinha ingressado na Sûreté após uma carreira de destaque como curadora-chefe do Musée des Beaux-Arts, em Montreal. Célebre historiadora da arte e advogada, tinha sido consultada pela Sûreté sobre o aparecimento de uma pintura misteriosa. Não sobre o desaparecimento, mas sobre o súbito aparecimento de um quadro.

Naquela ocasião, diante daquele crime, ela descobriu que amava enigmas. Depois de ajudar em alguns casos, entendeu o que realmente queria fazer, o que estava destinada a fazer.

Então se dirigiu a um estupefato oficial de recrutamento e se inscreveu na Sûreté.

Isso tinha sido há doze anos. Agora ela era uma das policiais seniores da Sûreté, superando seu professor e mentor. Mas apenas, como ambos sabiam, porque ele havia escolhido um caminho diferente, que fora destinado a ele.

– Como posso ajudar, Armand? – perguntou ela, apontando para uma das cadeiras da varanda com sua mão magra e elegante.

– Vocês querem que eu saia? – perguntou Jérôme, lutando para se levantar.

– Não, não – respondeu Gamache, acenando para que o homem se sentasse –, pode ficar, se quiser.

Jérôme sempre queria. Médico de pronto-socorro aposentado, sempre adorara enigmas e achava bem divertido que a esposa, que vivia zombando gentilmente de suas cifras intermináveis, agora estivesse ela própria afundada até o pescoço em mistérios. De natureza mais séria, com certeza.

O inspetor-chefe Gamache colocou a Perrier na mesa e tirou o dossiê da maleta.

– Queria que você desse uma olhada nisto e me dissesse o que acha.

A superintendente Brunel espalhou as fotos na mesa de ferro forjado, usando os óculos e os pratos para impedir que a leve brisa as levantasse.

Os homens esperaram, em silêncio, que ela analisasse as imagens. Brunel não se apressou. Alguns carros passavam. Do outro lado, no parque, crianças jogavam futebol e brincavam nos balanços.

Armand Gamache tomou um gole da água com gás, mexeu a borbulhante rodela de limão com o dedo e observou a amiga examinar as pinturas do apartamento de Lillian Dyson. Thérèse estava séria, uma investigadora experiente a quem fora entregue um elemento de um caso de assassinato. Seus olhos iam de um lado para o outro, estudando as pinturas. Até que desaceleraram e pousaram primeiro em uma imagem, depois em outra. Ela moveu as pinturas na mesa, inclinando a cabeça para o lado, o que fez seu penteado elegante mexer.

O olhar dela ainda era penetrante, mas a expressão se suavizava conforme ia se perdendo nas pinturas e no enigma.

Armand não havia contado nada sobre os quadros a eles. Sobre quem os havia pintado e o que queria saber. Não tinha dado nenhuma informação, exceto que eram parte de uma investigação de assassinato.

Queria que ela formasse a própria opinião, sem a influência das perguntas e dos comentários dele.

O inspetor-chefe havia ensinado a ela que a cena do crime não estava só no chão. Estava na cabeça das pessoas. Nas lembranças e percepções delas. Nos sentimentos. E o investigador não vai querer contaminar isso com perguntas sugestivas.

Finalmente, ela se afastou da mesa e ergueu os olhos. Primeiro, como sempre, para Jérôme, depois para Gamache.

– E então, superintendente?

– Então, inspetor-chefe, posso te dizer que nunca vi essas obras ou esse artista antes. O estilo é único. Diferente de tudo o que há por aí. Enganosamente simples. Não primitivo, mas também não artificial. Os trabalhos são lindos.

– Seriam valiosos?

– É uma boa pergunta – disse ela, analisando as imagens de novo. – A beleza não está na moda. Obras provocantes, sombrias, áridas, cínicas, é isso o que as galerias e os curadores querem agora. Parece que eles acham que esse tipo de trabalho é mais complexo, mais desafiador, mas eu posso te dizer que, com certeza, não é. A luz é tão desafiadora quanto a escuridão. Descobrimos muita coisa sobre nós mesmos observando o que é belo.

– E o que estas obras – perguntou Gamache, apontando as pinturas na mesa – lhe dizem?

– Sobre mim? – perguntou ela com um sorriso.

– Se você quiser, mas eu estava pensando mais no artista.

– Quem é o pintor, Armand?

Ele hesitou.

– Eu conto em um segundo, mas queria ouvir o que você pensa.

– Quem quer que tenha pintado isso é um artista maravilhoso. Não iniciante, acho eu. As obras têm muitas nuances. Como eu disse, são enganosamente simples, mas, se você olhar bem, são feitas de sutilezas. Como aqui – disse ela, apontando para onde uma rua contornava um prédio como um rio em volta de uma rocha. – Este leve jogo de luz. E aqui, à distância, onde o céu, o prédio e a rua se encontram e fica difícil distinguir um do outro.

Thérèse olhava para as pinturas quase com melancolia.

– São magníficas. Eu gostaria de conhecer o artista – disse ela, encarando Gamache e sustentando o olhar dele por mais tempo que o necessário. – Mas suspeito que isso não vá acontecer. Ele está morto, não está? É a vítima?

– O que te faz pensar isso?

– Além do fato de você ser o chefe da Divisão de Homicídios? – disse ela, sorrindo, o que fez Jérôme, ao lado da mulher, soltar um grunhido indicando que estava se divertindo. – Porque, para você me trazer isto, ou o artista é um suspeito ou a vítima, e quem quer que tenha pintado esses quadros era incapaz de matar.

– Por quê?

– Artistas tendem a pintar o que conhecem. Uma pintura é um sentimento. Os melhores artistas se revelam nos trabalhos – explicou a superintendente Brunel, olhando de relance para as imagens de novo. – Quem quer que tenha pintado isto era uma pessoa satisfeita. Não, talvez, um homem perfeito, mas um homem satisfeito.

– Ou mulher – corrigiu o inspetor-chefe. – E você acertou, ela está morta.

Ele contou aos dois sobre Lillian Dyson, sobre a vida e a morte dela.

– Você já sabe quem a matou? – perguntou Jérôme.

– Estou chegando perto – respondeu Gamache, juntando as fotos.

– O que você pode me dizer sobre François Marois e André Castonguay?

Thérèse ergueu uma sobrancelha perfeitamente desenhada.

– Os marchands? Eles estão envolvidos?

– Sim, assim como Denis Fortin.

– Bom – começou Thérèse, tomando um gole de vinho branco –, Castonguay tem a própria galeria, mas grande parte da renda dele vem do contrato com a Kelley. Ele fechou esse contrato há décadas e conseguiu segurar até hoje.

– Do jeito que você fala, parece uma coisa frágil.

– Na verdade, eu acho surpreendente ele manter esse negócio. Nos últimos anos, ele perdeu muita influência, com a abertura de novas galerias mais contemporâneas.

– Como a do Fortin?

– Exatamente. Como a do Fortin. Muito agressiva. Ele realmente tomou de assalto o cenário artístico local. Não posso dizer que o culpo. Eles excluíram Fortin, daí a única opção que ele teve foi enfiar o pé na porta.

– Denis Fortin não parece ter se contentado em apenas derrubar as portas – disse Gamache, pegando uma fatia fina de salame italiano temperado e uma azeitona preta. – Tenho a impressão de que ele quer que tudo desabe em volta de Castonguay. Fortin quer tudo e não tem medo de ir atrás.

– A orelha de Van Gogh – disse Thérèse, e sorriu quando Gamache fez uma pausa antes de colocar o salame fatiado na boca. – Não estou falando dos frios, Armand. Você está seguro. Embora eu não garanta nada em relação às azeitonas.

Ela lançou a ele um olhar malicioso.

– Você disse "a orelha de Van Gogh"? – perguntou o inspetor-chefe. – Uma outra pessoa usou essa mesma expressão no início da investigação. Não lembro quem foi. O que significa?

– Significa pegar tudo por medo de deixar passar alguma coisa importante. Como deixaram passar a genialidade de Van Gogh naquela época. É o que Denis Fortin está fazendo. Pegando todos os artistas promissores, para o caso de um deles se tornar o novo Van Gogh, Damien Hirst ou Anish Kapoor.

– A próxima sensação. Ele deixou Clara Morrow passar.

– Com certeza – concordou a superintendente Brunel. – E deve estar desesperado para não repetir o erro.

– Então será que ele ia querer esta artista? – perguntou Gamache, apontando para o dossiê agora fechado na mesa.

Ela aquiesceu.

– Acho que sim. Como eu disse, a beleza não está na moda, mas, bom, se você for encontrar a próxima sensação, não vai ser entre as pessoas que fazem o que todo mundo está fazendo. Você precisa de alguém que esteja criando o próprio estilo. Como ela.

Ela deu uma batidinha no dossiê com o dedo manicurado.

– E François Marois? – perguntou Gamache. – Onde ele se encaixa?

– Ah, é uma boa pergunta. Nessas disputas internas, ele sempre aparenta imparcialidade. Parece nunca se envolver. Alega que só quer promover a grande arte e os artistas. E é fato que ele entende do riscado. De todos os marchands do Canadá e, com certeza, desta cidade, eu diria que ele é quem mais identifica talentos.

– E o que mais?

Thérèse Brunel olhou para Gamache com atenção.

– Você certamente passou algum tempo com ele, Armand. O que você acha?

Gamache pensou por um instante.

– Acho que, de todos os marchands, ele é quem tem mais chance de conseguir o que quer.

Brunel assentiu devagar.

– Ele é um predador – disse ela, afinal. – Paciente, impiedoso. Extremamente sedutor, como você deve ter notado, até ver algo que quer. Então… É melhor você se esconder em algum lugar até que a matança termine.

– É ruim assim?

– É ruim assim. Eu nunca vi François Marois não conseguir o que queria.

– Ele já infringiu a lei?

Ela balançou a cabeça.

– Não as leis dos homens, pelo menos.

Os três amigos ficaram em silêncio por um instante. Até que Gamache falou:

– Durante a investigação, eu me deparei com uma citação e estava me perguntando se você conhece. *Arte é a natureza dele, produzi-la é uma função fisiológica.*

Ele se recostou e observou a reação dos dois. Thérèse, tão séria um segundo antes, sorriu um pouco, enquanto o marido caiu na gargalhada.

– Eu conheço essa citação. É de uma crítica, eu acho. Mas de muitos anos atrás – disse Thérèse.

– Isso. Uma crítica do *La Presse*. Escrita pela vítima desse caso.

– Por ela ou sobre ela?

– A crítica diz "dele", Thérèse – observou o marido dela, com um ar brincalhão.

– É verdade, mas Armand pode ter citado errado. Ele é famoso pela incompetência, como você bem sabe – disse ela com um sorriso, e Gamache riu.

– Bom, desta vez, por pura sorte, eu acertei – disse ele. – Você se lembra sobre quem essa frase foi escrita?

Thérèse Brunel pensou, depois balançou a cabeça.

– Desculpa, Armand. Como eu disse, a frase ficou famosa, mas desconfio que o artista não.

– As críticas são tão importantes assim?

– Para Kapoor ou Twombly, não. Para alguém que está começando, fazendo uma primeira exposição, são cruciais. O que me lembra uma coisa: eu li críticas maravilhosas sobre a exposição da Clara. A gente não pôde ir à vernissage, mas eu não fiquei surpresa. O trabalho dela é genial. Eu liguei para dar os parabéns, mas não consegui falar com ela. Com certeza ela deve estar muito ocupada.

– As pinturas da Clara são melhores que estas? – perguntou Gamache, apontando para o dossiê.

– São diferentes.

– *Oui*. Mas se você ainda fosse a curadora-chefe do Musée, que artista compraria, Clara Morrow ou Lillian Dyson?

Thérèse pensou por um instante.

– Olha, eu disse que os trabalhos são diferentes, mas eles têm uma coisa importante em comum. Os dois são bastante alegres, cada qual a seu modo. Que lindo vai ser se a arte seguir esse caminho.

– Por quê?

– Porque talvez signifique que o espírito humano está indo nessa direção. Depois de um período de escuridão.

– Isso seria bom – concordou Gamache, pegando o dossiê.

Mas, antes de se levantar, ele olhou para Thérèse e mudou de ideia.

– O que você sabe sobre o chefe de Justiça Thierry Pineault?

– Ai, meu Deus, Armand, não vai me dizer que ele também está envolvido?

– Está.

A superintendente Brunel respirou fundo.

– Eu não o conheço pessoalmente, só como jurista. Ele parece muito direito, íntegro. Não tem nenhuma mancha no histórico. Todo mundo tem seus tropeços, mas eu nunca ouvi nada contra ele como juiz em exercício.

– E fora do tribunal? – pressionou Gamache.

– Ouvi falar que ele gostava de beber e às vezes ficava bastante desagradável. Mas, bom, ele tinha um bom motivo. Perdeu um neto, parece, ou foi uma netinha? Estava dirigindo embriagado. Parou de beber depois disso.

Gamache se levantou e ajudou a tirar a mesa, levando a bandeja para a cozinha. Depois foi até a porta. Mas parou.

Ele vinha pensando se deveria dizer certa coisa a Thérèse e Jérôme. Porém, se havia um momento perfeito para isso, era aquele. E, se havia um casal perfeito para aquela conversa, eram eles.

Quando eles pararam na soleira da porta, Gamache a fechou devagar e olhou para os dois.

– Eu tenho outra pergunta para vocês – disse ele, em voz baixa. – Nada a ver com o caso. É sobre outra coisa.

– *Oui?*

– O vídeo do ataque – disse ele, observando-os com atenção. – Quem vocês acham que realmente colocou aquilo na internet?

Jérôme parecia perplexo, mas a superintendente, não.

Ela parecia furiosa.

VINTE E DOIS

Thérèse os conduziu de volta para a sala de estar, mas desta vez longe tanto da porta do apartamento quanto das portas-janelas abertas. Para o centro escuro da sala.

– Teve uma investigação interna – disse ela, com a voz baixa e irritada. – Você sabe disso, Armand. Eles descobriram que foi um hacker. Algum garoto que encontrou o arquivo e provavelmente nem sabia do que se tratava. Isso é tudo.

– Se foi só um garoto com sorte, por que ele não foi encontrado? – perguntou Gamache.

– Deixe isso com os investigadores – disse ela, agora com uma voz mais suave.

Gamache examinou as duas pessoas à sua frente. Um homem e uma mulher mais velhos. Enrugados, gastos.

Assim como ele.

Por isso mesmo, Gamache havia alertado Beauvoir para não investigar mais. Por isso não havia atribuído aquela tarefa a nenhum de seus outros jovens agentes. Qualquer um deles teria cavado mais fundo com prazer.

Mas o que encontrariam enterrado ali?

Não, era melhor fazer aquilo sozinho. Com a ajuda de duas pessoas em quem confiava. E os Brunels tinham outra qualificação extraordinária: estavam mais perto do fim do que do começo. Assim como ele. Do fim da carreira. Do fim da vida. Se perdessem uma das duas coisas agora, ainda teriam vivido plenamente.

Gamache não colocaria um jovem agente naquele caso. Não perderia mais um, não se tivesse escolha.

– Eu esperei o relatório da investigação interna – disse ele. – Li e passei dois meses estudando o documento, pensando sobre ele.

A superintendente Brunel refletiu bastante antes de fazer a pergunta cuja resposta não queria realmente ouvir:

– E o que você concluiu?

– Que a investigação foi falha, talvez de propósito. Aliás, quase com certeza de propósito. Alguém de dentro da Sûreté está tentando encobrir a verdade.

Não adiantava fingir o contrário. Era nisso que ele acreditava.

– Por que você diz isso? – perguntou Jérôme.

– Porque seria quase impossível um hacker encontrar o arquivo do vídeo. E, mesmo que ele tivesse encontrado, os investigadores descobririam quem foi. É isso que eles fazem. Nós temos um departamento inteiro só para investigar crimes cibernéticos. Eles teriam encontrado a pessoa.

Thérèse e Jérôme estavam calados. Então Jérôme se voltou para a esposa.

– O que você acha?

Ela olhou para o marido e depois para o convidado.

– Você está dizendo que alguém de dentro da Sûreté está tentando encobrir a verdade. E qual você acha que é a verdade?

– Que foi um vazamento interno – respondeu Gamache. – Alguém de dentro da Sûreté vazou o vídeo de propósito.

Enquanto falava, ele percebeu que não estava dizendo nada que ela já não soubesse ou suspeitasse.

– Mas por quê? – perguntou ela.

Aquela era, claramente, uma pergunta que estava fazendo a si mesma.

– Acho que o "porquê" depende do "quem" – respondeu Gamache, observando a amiga com atenção. – Isso não é uma surpresa para você, é?

Thérèse Brunel hesitou, depois balançou a cabeça.

– Eu também li o relatório, assim como os outros superintendentes. Não sei o que eles pensaram, mas eu cheguei à mesma conclusão que você. Não necessariamente que foi um vazamento interno – disse ela, lançando a ele um olhar de advertência –, mas que, por alguma razão estranha, a investigação foi inconclusiva.

Ela fez uma pausa e prosseguiu:

– Considerando que tinha a ver com quatro policiais mortos, além da quebra de confiança dos familiares deles e do Serviço, eu esperava que a investigação fosse rigorosa. Achei que eles se dedicariam a ela de corpo e alma. E eles alegaram que fizeram isso. Só que a conclusão, a despeito de toda a retórica, foi surpreendentemente fraca: a fita foi roubada por um hacker desconhecido.

Ela balançou a cabeça e respirou fundo, exalando o ar antes de falar de novo:

– Nós temos um problema, Armand.

Ele assentiu, olhando para os dois.

– Nós temos um grande problema – concordou.

A superintendente Brunel se sentou e indicou duas cadeiras para eles, que se juntaram a ela. Thérèse fez uma pausa, prestes a atravessar o Rubicão.

– Quem você acha que fez isso?

Gamache fitou os olhos inteligentes e brilhantes da mulher.

– Você sabe quem eu acho que foi.

– Eu sei, mas preciso que você diga.

– O superintendente Sylvain Francoeur.

Lá de fora vinham gritos de crianças, que perseguiam umas às outras, corriam e davam risadas.

– Isso vai ser divertido – disse Jérôme Brunel, esfregando as mãos como se estivesse diante de um enigma espinhoso.

– Jérôme! – exclamou a esposa. – Você não está ouvindo? O chefe da Sûreté du Québec pode muito bem ter feito algo não só ilegal mas profundamente cruel. Um ataque a policiais vivos e mortos. E à família deles. Em benefício próprio.

Thérèse se voltou para Gamache.

– Se foi Francoeur, por que ele faria isso?

– Não sei. Mas sei que ele está tentando se livrar de mim há anos. Talvez tenha pensado que esse seria o empurrão final.

– Mas o vídeo não mostrou uma imagem ruim sua, Armand – argumentou Jérôme. – Foi exatamente o oposto. Mostrou uma imagem muito boa.

– E o que destruiria você, Jérôme? – perguntou Gamache, olhando com carinho para o homem à sua frente. – Ser acusado injustamente ou ser exaltado injustamente? Sobretudo diante de tanta dor e de tão pouco para exaltar.

– Não foi culpa sua – disse Jérôme, olhando nos olhos do amigo.

– *Merci* – disse Gamache, inclinando a cabeça. – Mas também não foi o meu melhor momento.

Jérôme aquiesceu. Os holofotes podiam ser uma coisa complicada. Eram capazes de fazer uma pessoa sair correndo para se esconder em um lugar escuro. Para longe do brilho devastador da aprovação pública.

Gamache não havia corrido, mas tanto Jérôme quanto Thérèse sabiam que ele havia se sentido muito tentado. Havia chegado a um passo de entregar o distintivo e se aposentar. E ninguém o culparia. Assim como ninguém o havia culpado pela morte daqueles jovens agentes. Ninguém exceto o próprio Gamache.

Porém, em vez de se aposentar, de recuar, o inspetor-chefe tinha ficado.

E Jérôme se perguntou se aquele era o motivo. Se havia mais uma coisa que o inspetor-chefe Gamache precisava fazer. Um último dever, tanto em relação aos vivos quanto aos mortos.

Descobrir a verdade.

A AGENTE ISABELLE LACOSTE ESFREGOU o rosto e consultou o relógio. 19h35.

O chefe havia ligado mais cedo com o que parecia ser um pedido estranho. Na verdade, uma sugestão. Era trabalho extra, mas ela havia designado outro agente para fazer a pesquisa. Agora, cinco deles examinavam os documentos no arquivo do jornal *La Presse*, em Montreal.

A pesquisa estava indo muito depressa, mas, sem saber quando a crítica havia sido publicada nem o ano, nem sequer a década, ficava difícil. E o inspetor-chefe Gamache tinha acabado de dificultar ainda mais a busca.

– Olha só isso! – disse um dos agentes juniores, virando-se para Lacoste. – Acho que eu encontrei.

– Ah, ainda bem – resmungou outra.

Os outros três agentes se aglomeraram em volta do microfilme.

– Você consegue ampliar? – perguntou Lacoste, e o agente apertou um botão.

A tela se aproximou com um salto e a imagem ficou mais clara.

Ali, em negrito, estavam as palavras "A arte sobe ao trono". E o que se seguia era não tanto uma crítica ou uma análise, mas uma série de trocadilhos escatológicos, como o que envolvia a palavra "trono" e o da frase que continha "função fisiológica".

Até os agentes exaustos riram enquanto liam.

Era infantil, imaturo. Mesmo assim, bem engraçado. Como ver alguém escorregar em uma casca de banana e cair. Nada sutil. Mas, por alguma razão, dava vontade de rir.

Isabelle Lacoste não riu.

Ao contrário dos outros, tinha visto como aquela crítica terminava. Não com o ponto-final na página, mas com o corpo esparramado no quintal naquele fim de primavera.

O que tinha começado com uma piada havia acabado em assassinato.

A agente Isabelle Lacoste imprimiu cópias da crítica, certificando-se de que a data estivesse bem clara. Depois agradeceu, dispensou os outros agentes e entrou no carro para voltar a Three Pines. Convencida de que, naquele veículo, carregava uma condenação.

VINTE E TRÊS

Peter estava sentado no estúdio de Clara.

Ela havia saído, logo após um jantar bastante silencioso, para falar com Myrna. No fim das contas, ele não fora suficiente. Tinha sido testado, sabia disso. E deixara a desejar.

Ele mesmo estava sempre desejando alguma coisa. Mas até então não sabia exatamente o quê, então tinha ido atrás de tudo.

Agora, pelo menos, sabia.

Havia se sentado no estúdio de Clara e agora esperava. Deus, ele sabia, também vivia ali. Não só na Igreja de St. Thomas, na colina. Mas ali, naquele espaço entulhado, com caroços de maçã secos e latas lotadas de pincéis endurecidos. Com aquelas pinturas.

Os imensos pés de fibra de vidro e os Úteros Guerreiros.

Do outro lado do corredor, em seu estúdio impecável, ele havia aberto espaço para a inspiração. Tudo estava limpo e organizado. Mas, em vez disso, a inspiração tinha errado de endereço e aterrissado ali.

Não, pensou Peter, ele não estava atrás só de inspiração, era mais do que isso.

Aquele era o problema. A vida inteira, havia confundido uma coisa com a outra. Achado que inspiração era o suficiente. Confundido a criação com o Criador.

Tinha levado uma Bíblia para o estúdio de Clara, para ver se isso ajudava. Caso Deus precisasse de uma prova de que estava sendo sincero. Folheou o livro, encontrando os apóstolos.

Thomas, Tomé. Como a igreja deles. O incrédulo Tomé.

Como era estranho que Three Pines tivesse uma igreja com o nome de um incrédulo.

E seu próprio nome? Peter, Pedro. Ele era a rocha.

Para passar o tempo enquanto Deus não o encontrava, Peter folheou a Bíblia em busca de alguma referência a seu nome.

Encontrou várias referências agradáveis.

Pedro, a rocha, Pedro, o apóstolo, Pedro, o santo. Um mártir, até.

No entanto, Pedro também era outra coisa. Algo que Jesus tinha dito a ele quando o apóstolo se vira diante de um óbvio milagre. Um homem caminhando sobre as águas. E Pedro, embora também caminhasse sobre as águas, não havia acreditado.

Não havia acreditado em todas as evidências, em todas as provas.

Homem de pouca fé.

Isso tinha sido dito a Pedro.

Ele fechou o livro.

O CREPÚSCULO JÁ ESTAVA NO céu quando a agente Isabelle Lacoste estacionou e entrou na sala de investigação. Ela havia ligado antes, e o inspetor-chefe Gamache e o inspetor Beauvoir a aguardavam.

Ela havia lido a crítica pelo telefone, mas ainda assim os dois foram ao seu encontro, ansiosos para ver o documento.

Ela entregou uma cópia para cada um e os observou.

– Cacete! – exclamou Beauvoir, depois de correr os olhos pela página.

Os dois se voltaram para Gamache, que, com os óculos meia-lua, lia com calma. Finalmente, ele baixou a folha de papel e tirou os óculos.

– Bom trabalho – disse ele, assentindo solenemente para a agente Lacoste.

Dizer que o que ela havia encontrado era surpreendente seria um eufemismo.

– Bom, é o suficiente, o senhor não acha? – perguntou Beauvoir. – *Arte é a natureza dele, produzi-la é uma função fisiológica* – repetiu ele, sem olhar para a crítica. – Mas como tanta gente pode ter citado errado?

– Com o tempo, as coisas podem ser distorcidas – respondeu Gamache. – Todos nós vemos isso acontecer quando interrogamos testemunhas. As pessoas se lembram dos acontecimentos de maneira diferente. Preenchem os espaços em branco.

– E agora? – perguntou Beauvoir.

Estava claro o que ele achava que deveria acontecer. Gamache pensou por um instante e depois se voltou para a agente Lacoste.

– Você faria as honras? Inspetor, talvez você possa ir com ela.

A agente Lacoste riu.

– O senhor não está esperando confusão, imagino.

Ela se arrependeu imediatamente do que disse.

O chefe, no entanto, sorriu.

– Eu sempre espero confusão.

– Eu também – disse Beauvoir, verificando a arma, assim como Lacoste.

Os dois saíram noite adentro enquanto o inspetor-chefe Gamache se sentou, à espera.

Segunda-feira era uma noite tranquila, por isso o bistrô não estava totalmente cheio.

Quando entrou, Lacoste examinou o salão, como se o visse pela primeira vez. Só porque o lugar era conhecido e confortável, não significava que fosse seguro. Muitos acidentes acontecem perto de casa e muitos assassinatos, na própria casa.

Não, aquele não era o momento nem o lugar para baixar a guarda.

Myrna, Dominique e Clara bebiam chá enquanto comiam a sobremesa e conversavam em voz baixa a uma mesa próxima à janela mainelada. No canto mais distante, perto da lareira de pedra, ela viu o casal de artistas, Normand e Paulette. E, em uma mesa em frente à deles, Suzanne e os companheiros de jantar: o chefe de Justiça Thierry Pineault e Brian, que vestia uma calça jeans rasgada e uma jaqueta de couro surrada.

Denis Fortin e François Marois dividiam uma mesa, e Fortin contava alguma anedota que o divertia. Marois tinha um ar educado e ligeiramente entediado. Não havia nem sinal de André Castonguay.

– *Après toi* – murmurou Beauvoir para Lacoste enquanto eles entravam no bistrô.

Àquela altura, a maioria já havia notado os dois policiais da Sûreté. Logo que chegaram, os fregueses olharam para eles, alguns sorriram, depois voltaram a conversar. Mas, após um instante, algumas pessoas olharam de novo, pressentindo que havia algo diferente.

Myrna, Clara e Dominique se calaram e observaram os policiais avançarem por entre as mesas, deixando em silêncio aquelas por onde passavam.

A das três mulheres.

A dos marchands.

Na de Normand e Paulette, eles pararam. E se viraram para a mesa em frente.

– Podemos conversar? – perguntou a agente Lacoste.

– Aqui? Agora?

– Não. De repente em algum lugar mais calmo, não é?

E a agente Lacoste colocou, em silêncio, o artigo fotocopiado na mesa redonda de madeira.

Então aquela mesa também ficou em silêncio.

Exceto pelo resmungo de Suzanne.

– Ah, não.

Quando eles entraram, o inspetor-chefe Gamache se levantou e os cumprimentou como se aquela fosse a sua casa e estivesse recebendo convidados de honra.

Mas ninguém se enganava. E a ideia tampouco era essa. O gesto era uma cortesia, nada mais.

– Sentem-se, por favor – disse ele, apontando para a mesa de conferências.

– Qual o motivo disso tudo? – perguntou o chefe de Justiça Thierry Pineault.

– Madame – disse Gamache, ignorando Pineault e se concentrando em Suzanne, apontando para uma cadeira. – *Messieurs*.

O chefe se virou para Thierry e Brian. O juiz e seu companheiro tatuado, barbeado e cheio de piercings se sentaram em frente a Gamache. Beauvoir e Lacoste ocuparam as cadeiras dos dois lados do chefe.

– A senhora pode explicar isto aqui, por favor?

O tom do inspetor-chefe Gamache era informal. Ele apontou para o velho artigo do *La Presse* no meio da mesa, uma ilha entre os continentes rivais.

– Explicar como? – perguntou Suzanne.

– Como quiser – respondeu Gamache.

Ele ficou em silêncio, as mãos em concha uma sobre a outra.

– Isto é um interrogatório, monsieur Gamache? – perguntou o chefe de Justiça.

– Se fosse, os senhores não estariam aqui com a gente – disse Gamache, olhando para Thierry e depois para Brian. – É uma conversa, monsieur Pineault. Uma tentativa de entender uma inconsistência.

– Ele quer dizer uma mentira – emendou Beauvoir.

– Os senhores foram longe demais – declarou Pineault, virando-se para Suzanne. – Eu a aconselho a se calar.

– O senhor é advogado dela? – perguntou Beauvoir.

– Eu sou advogado – rebateu Pineault. – O que, aliás, vem a calhar. Os senhores podem chamar isto aqui do que quiserem, mas uma voz suave e palavras bonitas não vão disfarçar o que estão tentando fazer.

– E o que seria isso? – desafiou Beauvoir, agora no mesmo tom do chefe de Justiça.

– Atrair Suzanne para uma armadilha. Confundi-la.

– Poderíamos ter esperado encontrá-la sozinha para fazer essa pergunta – disse Beauvoir. – O senhor devia agradecer por ter permissão de estar aqui.

– Pronto – disse Gamache, erguendo a mão, embora sua voz ainda fosse equilibrada.

Os dois se calaram, bocas abertas, prontos para atacar.

– Já chega. Eu gostaria de falar com o senhor, juiz Pineault. Acho que o meu inspetor levantou um bom ponto.

Mas, antes de falar com o chefe de Justiça, Gamache chamou Beauvoir de lado.

– Se controle, inspetor – sussurrou. – Chega disso.

Ele sustentou o olhar de Beauvoir.

– Sim, senhor.

Beauvoir foi até o banheiro e se sentou em uma das cabines. Em silêncio. Recompondo-se. Depois, lavou o rosto e as mãos, tomou meio comprimido e olhou o próprio reflexo.

– *Annie e David estão passando por um momento difícil* – murmurou, e sentiu que se acalmava. *Annie e David estão passando por um momento difícil.*

A dor no estômago começou a desaparecer.

Do lado de fora, na sala de investigação, o inspetor-chefe Gamache e o chefe de Justiça Pineault haviam se afastado dos outros e agora estavam de pé ao lado do imenso caminhão de bombeiros vermelho.

– O seu homem está quase passando dos limites, inspetor-chefe.

– Mas ele tem razão. O senhor precisa decidir. Está aqui como advogado de Suzanne Coates ou como... – hesitou, sem saber ao certo o que dizer – ... um amigo do AA?

– Eu posso ser as duas coisas.

– Não pode, e o senhor sabe disso. O senhor é o chefe de Justiça. Por favor, se decida. Agora.

Armand Gamache encarou Pineault, esperando uma resposta. O juiz ficou surpreso. Claramente não imaginava ser desafiado.

– Eu estou aqui como um amigo do AA. Como Thierry.

A resposta surpreendeu Gamache, o que ele demonstrou.

– O senhor acha que essa é a função menos importante, inspetor-chefe?

Gamache não disse nada, mas obviamente achava.

Thierry sorriu brevemente, depois ficou muito sério.

– Qualquer um pode garantir que os direitos dela não sejam violados. Eu acho que o senhor pode. Mas o que o senhor não pode é velar pela sobriedade dela. Só outro alcoólico pode ajudar Suzanne a ficar sóbria nesta situação. Se ela perder isso, vai perder tudo.

– É assim tão frágil? – perguntou Gamache.

– Não é que a sobriedade seja frágil, o vício é que é astuto. Eu estou aqui para proteger Suzanne do vício. O senhor pode proteger os direitos dela.

– O senhor confia em mim para fazer isso?

– No senhor, eu confio. Mas no seu inspetor? – disse o chefe de Justiça, apontando na direção de Beauvoir, que tinha acabado de sair do banheiro. – O senhor precisa ficar de olho nele.

– Ele é um policial sênior da Divisão de Homicídios – disse Gamache, com frieza. – Não precisa que ninguém fique de olho nele.

– Todos os seres humanos precisam.

Aquilo fez Gamache sentir um frio na espinha, e ele ponderou sobre aquele homem que tinha tanto poder. Que tinha tantos talentos e tantas falhas. E se perguntou, mais uma vez, quem seria o padrinho ou a madrinha do chefe de Justiça Pineault. O que será que essa pessoa sussurrava naquele ouvido poderoso?

– Monsieur Pineault concordou em atuar como amigo do AA e ajudar madame Coates nessa função – disse o inspetor-chefe quando todos se sentaram.

Tanto Lacoste quanto Beauvoir ficaram surpresos, mas não disseram nada. Aquilo ia facilitar o trabalho deles.

– A senhora mentiu para nós – repetiu Beauvoir, e aproximou a crítica do rosto de Suzanne. – Todo mundo citou errado, não foi? As pessoas achavam que o artigo tinha sido escrito sobre um cara qualquer de quem ninguém se lembrava. Mas não foi sobre um homem, foi sobre uma mulher. A senhora.

– Suzanne – advertiu Thierry, depois olhou para Gamache. – Desculpa. Eu não consigo simplesmente deixar de ser jurista.

– O senhor vai ter que se esforçar mais, monsieur – disse Gamache.

– Além disso, é um pouco tarde para ter cautela, não acha? – comentou Suzanne, no que se voltou para os policiais da Sûreté. – Um chefe de Justiça, um inspetor-chefe e agora parece que eu estou liderando a lista de suspeitos.

– De novo, chefes demais? – perguntou Gamache, com um sorriso triste.

– Bem mais do que me deixaria confortável – respondeu Suzanne, depois apontou para a folha de papel e bufou. – Maldita crítica. Já foi ruim o suficiente ser insultada desse jeito, mas as pessoas errarem a citação... O mínimo que elas podiam fazer era citar direito.

Ela parecia mais entretida que zangada.

– Isso despistou a gente – admitiu Gamache, apoiando os cotovelos na mesa. – Todo mundo citou *Arte é a natureza dele...*, quando, na verdade, a crítica dizia *Arte é a natureza dela...*

– Como o senhor se tocou disso? – quis saber Suzanne.

– Ler o livro do AA ajudou – explicou Gamache, meneando a cabeça para o imenso volume, ainda em sua mesa. – O livro se refere ao alcoólico como "ele", mas logicamente muitos são "ela". Durante toda a investigação as pessoas fizeram isso. Sempre que estavam na dúvida do gênero, partiam do princípio de que era "ele", não "ela". Percebi que é uma coisa automática. Quando as pessoas não lembram sobre quem a crítica foi escrita, dizem simplesmente *Arte é a natureza dele...* Mas, na verdade, Lillian escreveu sobre você. A agente Lacoste aqui finalmente encontrou o artigo no arquivo do *La Presse*.

Todos olharam para o artigo fotocopiado. Algo que fora desenterrado. Que estava sepultado em meio aos arquivos, mas nem um pouco morto.

Havia uma foto de Suzanne, inconfundível mesmo 25 anos mais jovem. Ela estava parada, com um sorriso largo, em frente a um de seus quadros. Orgulhosa. Empolgada. Seu sonho, finalmente, tinha se tornado realidade. A arte dela fora notada. Afinal de contas, a crítica do *La Presse* estava lá.

Na foto, o sorriso de Suzanne continuava, mas ao vivo ele havia desaparecido, para ser substituído por outra coisa. Uma expressão de quase devaneio.

– Eu me lembro desse momento. Do fotógrafo me pedindo para parar ao lado de um dos meus trabalhos e sorrir. Mas sorrir não era o problema. Se ele tivesse me pedido para parar de sorrir, aí sim seria difícil. A vernissage foi em um café local. Tinha um monte de gente lá. De repente, Lillian se apresentou. Eu já havia visto Lillian em algumas exposições, mas sempre a evitava. Ela parecia azeda. Mas, daquela vez, ela foi superdoce. Ela me fez algumas perguntas e disse que ia escrever uma crítica sobre a exposição para o *La Presse*. Esta foto – disse ela, apontando para o papel na mesa – foi tirada coisa de trinta segundos depois de ela dizer isso.

Todos olharam de novo.

O sorriso da jovem Suzanne não cabia na foto. Até mesmo agora, ele iluminava a sala inteira. Uma jovem que, no entanto, ainda não tinha percebido que o chão tinha acabado de se abrir sob seus pés. Que ainda não havia notado que tinha sido arremessada no ar. Para o esquecimento. Pela mulher doce a seu lado, que fazia anotações. Também sorrindo.

Era uma imagem assustadora. Era como ver a foto de alguém no instante em que um caminhão entra em quadro. Milésimos de segundos antes do desastre.

– *Arte é a natureza dela* – disse Suzanne, sem precisar olhar o texto –, *produzi-la é uma função fisiológica.* – Depois ergueu os olhos e sorriu. – Eu nunca mais fiz outra exposição individual. Foi muito humilhante. Mesmo que os galeristas tivessem esquecido, eu não esqueci. Achei que não ia sobreviver a outra crítica dessas.

Ela olhou para o inspetor-chefe Gamache.

– *E todos os homens e cavalos do rei* – disse ele, baixinho.

Ela assentiu.

– Eu tive uma grande queda.

– A senhora mentiu para nós – comentou o chefe.

– Menti – concordou ela, olhando bem nos olhos dele.

– Suzanne.

O chefe de Justiça colocou a mão no braço dela.

– Está tudo bem – disse ela. – Eu já ia contar a verdade para eles, você sabe disso. Só é uma pena que eles tenham vindo até mim primeiro, antes que eu tivesse a chance.

– A senhora teve muitas chances – declarou Beauvoir.

Pineault estremeceu, quase saltando em defesa dela, mas se conteve.

– O senhor tem razão – disse Suzanne.

– Ela está dizendo a verdade – disse Brian.

Todos olharam para ele, surpreendidos pelas palavras, mas também pela voz. Era uma voz incrivelmente jovem, que os lembrava de que por baixo da tinta e da pele rasgada havia um rapaz.

– Suzanne convidou Thierry e eu para jantar. Para conversar – contou Brian. – Ela contou tudo para a gente – continuou ele, apontando, casualmente, com a mão tatuada, para o artigo. – E disse que ia falar com os senhores logo cedo.

Era chocante ouvir aquele garoto tatuado e cheio de piercings chamar o chefe de Justiça pelo primeiro nome. Gamache olhou para Pineault sem saber se o admirava por ajudar um jovem tão sofrido ou se achava que ele tinha perdido o juízo.

Que outros erros de julgamento o distinto jurista estava cometendo?

O inspetor-chefe Gamache voltou os olhos experientes para Brian. O rapaz estava relaxado, confortável até. Estaria drogado?, perguntou-se Gamache. Com certeza, parecia alheio à situação. Não entretido, mas tampouco chateado. Meio que flutuando acima de tudo.

– E o que o senhor disse para ela? – perguntou Beauvoir ao juiz, sem desgrudar os olhos de Brian.

Ele conhecera delinquentes como aquele, e a situação nunca terminava bem.

– Eu fiquei dividido – admitiu Pineault. – O jurista em mim pensou que ela devia arrumar um advogado, que provavelmente ia orientá-la a ficar calada. Não oferecer informações voluntariamente. O membro do AA pensou que ela devia contar a verdade quanto antes.

– E quem ganhou? – quis saber Beauvoir.

– Os senhores chegaram antes que eu pudesse dizer qualquer coisa.

– Mas o senhor devia saber que o que estava fazendo era impróprio – disse Gamache.

– O chefe de Justiça aconselhar uma suspeita de assassinato? – perguntou Thierry. – Claro que eu sabia que era impróprio, talvez até antiético. Mas, se a sua filha ou o seu filho fossem suspeitos de assassinato e o procurassem, o senhor mandaria eles falarem com outra pessoa?

– Claro que não. Mas o senhor não está dizendo que Suzanne é sua parente, está?

– Estou dizendo que conheço Suzanne melhor que a maioria das pessoas, e ela a mim. Melhor que qualquer parente, irmão ou filho. Assim como conhecemos Brian, e ele a nós.

– Eu sei que os senhores se apoiam contra o vício no álcool – disse Gamache. – Mas o senhor não pode alegar que conhecem o coração uns dos outros. Não pode dizer que só pelo fato de estar sóbria e frequentar o AA Suzanne seja inocente. Não tem como saber nem mesmo se ela está falando a verdade agora. E não tem como saber se ela é culpada de assassinato.

Aquilo irritou Thierry, e os dois homens poderosos se encararam.

– A gente deve a vida um ao outro – disse Brian.

Gamache se inclinou para a frente, fixando o olhar penetrante no jovem.

– E uma de vocês foi morta.

Ainda sem tirar os olhos de Brian, ele apontou para a parede atrás dos policiais. Repleta de fotos de Lillian estirada no quintal dos Morrows. De propósito, Gamache havia colocado os três de frente para a parede. E de frente para as fotos. Para que nenhum deles pudesse esquecer a razão de estarem ali.

– O senhor não entende – disse Suzanne, erguendo a voz, agora com uma ponta de desespero. – Quando Lillian fez aquilo comigo – e apontou para a crítica –, nós éramos diferentes. Duas bêbadas. Eu estava quase parando de beber, e ela, só começando. E, sim, eu a odiei por isso. Eu já estava frágil, e ela me fez perder totalmente o controle. Depois daquilo, eu comecei a passar o dia todo bêbada e chapada. Me prostituí para pagar o próximo copo. Era repugnante. *Eu* era repugnante. E, finalmente, eu cheguei ao fundo do poço e entrei para o AA. E comecei a reconstruir a minha vida.

– E quando Lillian entrou pela porta do AA vinte anos depois? – perguntou Gamache.

– Eu fiquei surpresa com o quanto ainda a odiava...

– Suzanne – advertiu de novo o chefe de Justiça.

– Olha, Thierry, ou eu conto tudo, ou isso não faz sentido. Certo?

Ele não parecia satisfeito, mas concordou.

– Mas então ela me pediu para ser madrinha dela – continuou Suzanne, voltando-se para os investigadores – e uma coisa estranha aconteceu.

– O quê? – perguntou Beauvoir.

– Eu perdoei Lillian.

A afirmação foi recebida com um silêncio, que acabou quebrado por Beauvoir:

– Assim, do nada?

– Não do nada, inspetor. Primeiro, eu tive que concordar. Existe algo de libertador em ajudar o próprio inimigo.

– Ela chegou a pedir desculpas por aquela crítica? – perguntou o chefe.

– Sim. Cerca de um mês atrás.

– A senhora acha que foi sincero? – perguntou a agente Lacoste.

Suzanne parou para pensar, depois assentiu.

– Eu não teria aceitado se achasse que não era sincero. Eu realmente acreditei que ela estava arrependida de ter feito aquilo comigo.

– E com outras pessoas? – perguntou Lacoste.

– E com outras pessoas – concordou Suzanne.

– Então, se ela pediu desculpas para a senhora por esta crítica – disse Gamache, meneando a cabeça para a folha na mesa –, ao que tudo indica, ela também estava se desculpando com outras pessoas sobre as quais escreveu.

– Acho que sim, provavelmente. Mas, se estava, não me contou. Eu achei que Lillian tinha pedido desculpas para mim só por causa da nossa relação de madrinha e afilhada, porque ela precisava limpar a barra comigo. Mas agora, pensando bem, acho que o senhor está certo. Eu não fui a única para quem ela pediu desculpas.

– E não foi a única artista que teve a carreira destruída por ela? – perguntou Gamache.

– Provavelmente não. Nem todas as críticas foram espetacularmente cruéis como a minha. Eu tenho um pouco de orgulho disso. Mas não foram menos poderosas.

Suzanne sorriu, mas os policiais que a encaravam notaram a lâmina afiada atirada na direção deles com as palavras "espetacularmente cruéis".

Ela não perdoou, pensou Gamache. *Pelo menos não completamente.*

Quando Suzanne e os outros saíram, os três policiais se sentaram ao redor da mesa de conferências.

– A gente tem o suficiente para dar ordem de prisão? – perguntou Lacoste. – Ela admite alimentar um ódio antigo pela vítima e ter estado aqui. Contava com motivação e oportunidade.

– Mas nós não temos provas – argumentou Gamache, recostando-se na cadeira.

Era frustrante. Eles estavam muito perto de acusar Suzanne Coates, mas não conseguiam encontrar a peça que faltava.

– É tudo sugestivo. Muito sugestivo – disse o chefe, pegando a crítica para olhar, depois baixando a folha de papel e fitando Lacoste.

– Você vai ter que voltar ao *La Presse*.

Isabelle Lacoste parecia frustrada.

– Tudo menos isso, *patron*. Por que o senhor não me dá um tiro logo?

– Desculpa – disse ele, com um sorriso um tanto cansado. – Acho que tem mais corpos enterrados naquele arquivo.

– Que corpos? – perguntou Beauvoir.

– Dos outros artistas que tiveram a carreira destruída por Lillian.

– As outras pessoas com quem ela estava se desculpando – completou Lacoste, resignada, levantando-se. – Talvez Lillian tenha ido à festa da Clara não para se desculpar com ela, mas com outra pessoa.

– O senhor acha que Suzanne Coates não matou Lillian? – perguntou Beauvoir.

– Não sei – admitiu o chefe. – Suspeito que, se Suzanne quisesse matar Lillian, teria feito isso antes. Mas... – disse Gamache, para depois fazer uma pausa. – Vocês viram a reação dela quando falou da crítica?

– Ela ainda tem raiva – disse Lacoste.

Gamache aquiesceu.

– Ela passou 23 anos no AA tentando superar esse ressentimento e ainda tem raiva. Dá para imaginar como está alguém que nem tentou? O tamanho da raiva dessa pessoa?

Beauvoir pegou a crítica e encarou a jovem alegre.

O que acontecia quando não só esperanças eram destruídas, mas sonhos e carreiras? Uma vida inteira? Ele sabia a resposta, é claro. Todos eles sabiam.

Estava pregada na parede atrás deles.

Jean Guy Beauvoir jogou água no rosto e sentiu a barba por fazer na palma das mãos. Eram duas e meia da manhã e ele não conseguia dormir. Tinha acordado com dor e deitado na cama torcendo para que passasse. Mas, é claro, não havia passado.

Então tinha se levantado com dificuldade e se arrastado até o banheiro.

Agora, virava o rosto para um lado e para o outro. Olhando para o próprio reflexo. O homem no espelho estava exausto. Com linhas de expressão. Linhas fortes – não criadas por risadas – ao redor dos olhos e da boca. Mas entre as sobrancelhas. Na testa. Ele acariciou o rosto, tentando alisar as rugas. Mas elas não queriam ir embora.

Então se inclinou mais. A barba por fazer, sob a luz intensa do banheiro da pousada, estava grisalha.

Ele virou a cabeça para o lado. Tinha fios brancos nas têmporas. A cabeça inteira estava pontilhada por eles. Quando isso tinha acontecido?

Meu Deus, pensou. *É isso que Annie vê? Um velho? Gasto e grisalho? Ah, meu Deus...*

Annie e David estão passando por um momento difícil. Mas tarde demais.

Beauvoir voltou para o quarto e se sentou na beirada da cama, olhando para o nada. Então escorregou a mão por baixo do travesseiro, pegou o frasco, tirou a tampa e o virou. O comprimido caiu na palma de sua mão. Beauvoir olhou para ele, a vista turva, e fechou a mão. Depois, abriu a mão rápido, jogou o comprimido na boca e o engoliu com um gole de água do copo que estava na mesa de cabeceira. Beauvoir esperou. Pela sensação agora familiar. Lentamente, começou a sentir a dor se dissipar. Mas outra dor ainda mais profunda continuava lá.

Jean Guy Beauvoir se vestiu e deixou a pousada em silêncio, desaparecendo na noite.

Como não tinha visto aquilo antes?

Beauvoir se aproximou da tela, chocado com o que via. Tinha assistido ao vídeo centenas de vezes. Inúmeras vezes. Havia visto tudo, cada quadro terrível, filmado pelas câmeras dos capacetes.

Então, como tinha deixado aquilo escapar?

Ele deu replay e assistiu de novo. Depois, deu replay e assistiu mais uma vez.

Lá estava ele, na tela. Arma em punho, apontando para um atirador. De repente, foi empurrado para trás. Suas pernas se dobraram. Enquanto assistia, Jean Guy se viu cair de joelhos. Depois, tombar de frente, de cara no chão. Ele se lembrava disso.

Ainda podia ver o concreto imundo correndo em sua direção. Ainda podia ver a sujeira quando o rosto se chocara contra ela.

Então viera a dor. Uma dor indescritível. Tinha, em seguida, agarrado o abdômen, mas a dor estava além do alcance.

Da tela, veio um grito, *Jean Guy!*, e então Gamache, fuzil de assalto na mão, atravessou correndo o plano aberto da fábrica. Agarrando-o pelas costas do colete à prova de balas, ele arrastou Beauvoir para trás de uma parede.

Depois, veio um close-up íntimo. De Beauvoir perdendo e retomando a consciência. De Gamache falando com ele, ordenando que ficasse acordado. Enfaixando-o e segurando a mão dele sobre a ferida, para estancar o sangue.

Do sangue na mão do chefe. Tanto sangue.

Então Gamache tinha se inclinado para a frente. E feito algo que não deveria ser visto por mais ninguém. Havia beijado Beauvoir na testa com um carinho imenso, em um gesto tão chocante quanto o tiroteio.

E tinha ido embora.

Não foi o beijo que chocou Beauvoir. Mas o que veio depois. Como não tinha visto aquilo antes? É claro que tinha visto, mas nunca, até então, havia entendido o que significava.

Gamache o havia deixado.

Sozinho.

Para morrer.

Ele o havia abandonado, para morrer sozinho no chão imundo de uma fábrica.

Beauvoir apertou replay, replay e replay. E todas as vezes, é claro, a mesma coisa aconteceu.

Myrna havia se enganado. Ele não estava chateado porque não salvara Gamache. Estava com raiva porque Gamache não o salvara.

E o chão se abriu debaixo dos pés de Beauvoir.

Armand Gamache gemeu e olhou para o relógio.

3h12.

A cama da pousada era confortável, o edredom quente o envolvia e o ar fresco da noite entrava pela janela aberta, trazendo consigo o pio de uma coruja à distância.

Deitado na cama, ele fingia que estava prestes a adormecer.

3h18.

Agora era raro acordar no meio da noite, mas ainda acontecia.

3h22.

3h27.

Gamache se conformou com a situação. Ele se levantou, vestiu uma roupa e desceu as escadas nas pontas dos pés. Vestiu o casaco, uma boina e saiu da pousada. O ar estava fresco e limpo, e agora até a coruja parecia quieta.

Nada se mexia. Exceto um investigador da Divisão de Homicídios.

Gamache caminhou devagar, no sentido anti-horário, em volta da praça do vilarejo. As casas ainda estavam silenciosas e escuras. As pessoas dormiam lá dentro.

Os três pinheiros altos farfalhavam levemente com a brisa.

O inspetor-chefe caminhava, com passos calculados e as mãos cruzadas nas costas. Limpando a mente. Sem pensar no caso; tentando, aliás, não pensar em nada. Tentando só absorver o ar fresco da noite, a paz e a tranquilidade.

A poucos passos da casa de Peter e Clara, ele parou e olhou por cima da ponte, para a sala de investigação. Uma luz estava acesa. Não era forte. Quase nem dava para ver.

Não era exatamente uma luz o que ele via na janela, mas a ausência da escuridão.

Lacoste?, perguntou-se. Será que ela havia descoberto alguma coisa e voltado? Com certeza esperaria até a manhã.

Ele atravessou a ponte, indo em direção à antiga estação ferroviária.

A olhar pela janela, viu que a luz era um brilho que vinha de uma das estações de trabalho. Alguém estava sentado, no escuro, em frente a um computador.

Não conseguia ver quem. Parecia um homem, mas ele estava muito longe, e a pessoa, muito na sombra.

Gamache não estava armado. Nunca carregava uma arma se pudesse evitar. Em vez disso, tinha, num gesto automático, pegado os óculos de leitura na mesa de cabeceira. Não ia a lugar nenhum sem enfiá-los no bolso. Na sua opinião, eles eram muito mais úteis e poderosos que qualquer arma. Embora, precisasse admitir, não parecessem tão úteis agora. Por um segundo, considerou voltar e acordar Beauvoir, mas pensou melhor. Quem quer que fosse aquele, provavelmente já teria ido embora até lá.

O inspetor-chefe Gamache pôs a mão na maçaneta da porta. Estava destrancada.

Devagar, bem devagar, ele a abriu. A porta rangeu, e ele prendeu a respiração, mas a pessoa na frente da tela não se moveu. Parecia petrificada.

Finalmente, Gamache abriu a porta o suficiente para entrar. Parou na soleira, observou o ambiente. O intruso estava sozinho ou havia outra pessoa ali?

Examinou os cantos escuros, mas não viu nenhum movimento.

O chefe deu mais alguns passos na sala de investigação, preparando-se para confrontar a pessoa em frente à tela.

Então viu a imagens no monitor. Elas piscavam no escuro. Agentes da Sûreté com armas automáticas, movendo-se em uma fábrica. Enquanto observava, viu Beauvoir ser atingido. Beauvoir cair. E se viu atravessar correndo aquele espaço cavernoso para ir até ele.

A pessoa em frente à tela estava assistindo ao vídeo vazado. Pelas costas do intruso, o chefe notou que ele tinha cabelos curtos e era esguio. Isso, e apenas isso, era o que conseguia ver.

Mais imagens piscaram na tela. Gamache se viu curvar-se sobre Beauvoir. Enfaixá-lo.

Ele mal conseguia olhar. E, no entanto, quem quer que fosse aquele em frente ao computador, estava hipnotizado. Imóvel. Até agora. Assim que o Gamache do vídeo deixou Beauvoir, a mão direita do intruso se moveu e a imagem deu um salto.

De volta ao começo.

E o ataque recomeçou.

Gamache se aproximou e, ao fazer isso, seu campo de visão e sua certeza aumentaram. Até que, finalmente, com um enjoo na boca do estômago, ele entendeu.

– Jean Guy?

Beauvoir quase caiu da cadeira. Agarrou o mouse, tentando desesperadamente clicar. Pausar, parar, fechar as imagens. Mas já era tarde. Tarde demais.

– O que você está fazendo? – perguntou Gamache, aproximando-se.

– Nada.

– Você está vendo o vídeo – afirmou Gamache.

– Não.

– Claro que está.

Gamache foi até a própria mesa e acendeu a luminária. Jean Guy Beauvoir estava sentado em frente ao próprio computador, olhando para o chefe, seus olhos vermelhos e inchados.

– O que está fazendo aqui? – perguntou Gamache.

Beauvoir se levantou.

– Eu só precisava ver de novo. A nossa conversa de ontem sobre a investigação interna trouxe tudo de volta, e eu precisava ver.

E Beauvoir teve a satisfação de ver dor e preocupação nos olhos de Gamache.

Mas, agora, Jean Guy Beauvoir sabia que aquilo era falso. Puro teatro. O homem diante dele, que parecia tão preocupado, na verdade não estava nem um pouco. Só fingia. Se ele se importasse, não o teria abandonado. Para morrer. Sozinho.

Atrás dele, o vídeo, agora invisível para os dois homens, seguia. Passava do ponto em que Beauvoir tinha apertado replay. O inspetor-chefe Gamache, de colete à prova de balas e fuzil de assalto na mão, subia correndo um lance de escadas atrás de um atirador.

– Você precisa superar, Jean Guy – disse o chefe.

– E esquecer? – retrucou Beauvoir. – Era o que o senhor queria, não era?

– Como assim?

– O senhor queria que eu esquecesse, que todos nós esquecêssemos o que aconteceu.

– Você está bem? – perguntou Gamache, aproximando-se, mas Beauvoir recuou. – O que está acontecendo?

– O senhor nem liga para quem divulgou a fita. Vai ver queria que ela vazasse. Vai ver queria que todo mundo visse o herói que é. Mas nós dois sabemos a verdade.

Atrás deles, na tela, figuras indistintas lutavam, engalfinhavam-se.

– O senhor recrutou cada um de nós – disse Beauvoir, erguendo a voz. – Orientou todos nós, depois escolheu nos levar para a fábrica. Nós seguimos o senhor, confiamos no senhor, e o que aconteceu? Eles morreram. E agora o senhor nem se dá ao trabalho de descobrir quem divulgou a fita com a morte deles! – A voz cada vez mais alta, Beauvoir quase berrava. – O senhor sabe, tanto quanto eu, que não foi nenhum garoto idiota. O senhor não é melhor do que o hacker. Não está nem aí para nós, para nenhum de nós!

Gamache olhou para ele, o maxilar cerrado com tanta força que Beauvoir chegava a ver os músculos contraídos e tensos. O chefe estreitou os olhos e sua respiração ficou ofegante. O Gamache da tela, com o rosto ensanguentado, arrastava o atirador inconsciente e algemado escada abaixo e o jogava diante dos próprios pés. Depois, de arma na mão, varria o espaço com o olhar, enquanto tiros ressoavam em rápida sucessão.

– Nunca mais diga isso – murmurou Gamache, com uma voz áspera, mal abrindo a boca.

– O senhor não é melhor do que o hacker – repetiu Beauvoir, aproximando-se do chefe, escandindo cada palavra.

Beauvoir se sentia impetuoso, poderoso e invencível. Ele queria ferir. Queria empurrá-lo, empurrá-lo. Para longe. Queria fechar bem os punhos e transformá-los em balas de canhão, esmurrando o peito de Gamache. Bater nele. Puni-lo.

– Você foi longe demais.

A voz de Gamache era baixa, com um alerta. Beauvoir viu o chefe apertar as mãos, controlando o tremor de raiva.

– E o senhor não foi longe o suficiente.

Na tela, o inspetor-chefe se virou rápido, mas tarde demais. A cabeça dele foi lançada para trás, os braços se abriram e a arma voou longe. As costas arquearam quando ele saiu do chão.

Então Gamache caiu. Ferido. Gravemente ferido.

ARMAND GAMACHE DESABOU NA CADEIRA. As pernas fracas, a mão trêmula.

Beauvoir tinha ido embora, e a porta batida ainda ecoava na sala de investigação.

Do monitor de Beauvoir, Gamache ouvia o vídeo, embora não o visse. Ouvia seu pessoal gritando uns para os outros. Lacoste chamando os médicos. Ouvia gritos e tiros.

Não precisava ver. Ele sabia. Quem era cada jovem agente. Sabia quando e como eles tinham morrido naquele ataque que havia liderado.

O inspetor-chefe continuou olhando para o nada. Respirando profundamente. Ouvindo o tiroteio atrás dele. Ouvindo os pedidos de ajuda.

Ouvindo os agentes morrerem.

Tinha passado os últimos seis meses tentando superar aquilo. Sabia que precisava deixá-los ir. E estava tentando. Estava até conseguindo, devagar. Mas não havia previsto quanto tempo levaria para enterrar quatro moças e rapazes saudáveis.

Atrás dele, os tiros e gritos se aproximavam e se afastavam. Ele reconhecia vozes que não existiam mais.

Tinha chegado perto, mas tão perto de socar Jean Guy que ficara chocado.

Gamache já havia sentido raiva antes. Sem dúvida, já havia sido insultado e testado. Por jornalistas da imprensa marrom, por suspeitos, advogados de defesa e até outros investigadores da Sûreté. Mas era raro chegar tão perto de agredir alguém fisicamente.

Ele tinha se contido. Porém, com um esforço tão grande que ficara ofegante e exausto. Além de magoado.

Ele sabia que a razão pela qual suspeitos e até colegas, embora decepcionantes e irritantes, não haviam feito com que chegasse tão perto da violência física era porque não podiam machucá-lo profundamente.

Mas alguém com quem ele se importava, sim. E tinha feito isso.

O senhor não é melhor do que o hacker.

Era verdade?

Claro que não, pensou Gamache, com impaciência. Beauvoir estava só descontando a raiva nele.

Mas isso não fazia com que estivesse errado.

Gamache respirou fundo de novo, com a sensação de que não havia ar suficiente na sala.

Talvez devesse contar a Beauvoir que, na verdade, estava investigando o vazamento. Talvez devesse confiar nele. Mas não era uma questão de confiança, e sim de proteção. Não podia expor Beauvoir àquilo. Se antes estivera tentado, os eventos dos últimos quinze minutos o haviam feito mudar de ideia. Beauvoir ainda estava muito vulnerável, muito machucado. Quem quer que tivesse vazado o vídeo era poderoso e vingativo. E Beauvoir, tão debilitado, não seria páreo para ele.

Não, aquela era uma tarefa para pessoas dispensáveis. Na carreira e fora dela.

Gamache se levantou e foi até o computador. O vídeo tinha recomeçado e, antes que pudesse desligar o aparelho, viu, de novo, Jean Guy Beauvoir levar um tiro. Cair. E bater no chão de concreto.

Até aquele momento, Gamache não havia percebido que Jean Guy Beauvoir nunca tinha se levantado de verdade.

VINTE E QUATRO

Gamache preparou um bule de café e se acomodou.

Era inútil tentar voltar a dormir. Ele olhou para o relógio na mesa: 4h43. Não faltava tanto tempo assim para a hora de acordar.

Colocou a caneca sobre uma pilha de papéis e digitou algumas palavras no teclado. Esperou a informação aparecer, depois digitou um pouco mais. Clicou e rolou o botão do mouse. Leu. E leu um pouco mais.

Os óculos tinham se provado úteis, no fim das contas. Ele se perguntou o que poderia ter feito se tivesse uma arma. Mas não queria nem pensar naquilo.

Digitou de novo e leu. E leu um pouco mais.

Foi fácil descobrir os principais eventos da vida do chefe de Justiça Thierry Pineault. Os canadenses viviam em uma sociedade aberta. Apregoavam isso. Adoravam ser um modelo de transparência, um país em que as decisões eram tomadas à vista de todos. Em que figuras públicas e poderosas arcavam com suas responsabilidades e tinham a vida exposta ao escrutínio.

Aquela era a ideia.

E, como na maioria das sociedades abertas, poucos se preocupavam em testar os limites, para ver onde e quando aquilo que era aberto se tornava fechado. No entanto, sempre havia um limite. E Gamache o encontrara alguns minutos antes.

Gamache havia examinado os registros públicos da vida profissional do chefe de Justiça. A ascensão a promotor e o semestre como professor de Direito na Universidade Laval. A escalada ao posto de juiz. E, depois, ao cargo de chefe de Justiça.

Tinha ficado viúvo com três filhos e quatro netos. Três haviam sobrevivido. Uma, não.

Gamache conhecia a história. A superintendente Brunel tinha contado a ele. A criança havia sido morta por um motorista bêbado. Gamache queria descobrir quem era aquele motorista e se era, como suspeitava, o próprio Pineault.

O que mais poderia ter despedaçado o homem a ponto de fazê-lo descer ao fundo do poço? E depois decidido parar de beber? Mudar de vida? Teria a neta morta dado a Thierry Pineault uma segunda chance na vida?

Isso também explicaria a estranha conexão entre o chefe de Justiça e o jovem Brian. Ambos sabiam como era ouvir o baque suave. Sentir o carro balançar.

E entender o que havia acontecido.

Gamache se recostou e tentou imaginar. Tentou se imaginar ao volante do Volvo, sabendo o que tinha acabado de acontecer. Saindo do carro.

Mas sua cabeça parou ali. Algumas coisas estavam além da imaginação.

Para clarear a mente, voltou ao teclado e retomou a busca por informações sobre o acidente. Mas não havia nenhuma.

A porta da sociedade aberta tinha sido fechada de repente. E trancada.

No entanto, na silenciosa sala de investigação, à primeira luz de um novo dia, o inspetor-chefe Gamache deslizou por baixo da superfície da face pública do Quebec. Da face pública do chefe de Justiça. Para o lugar onde os segredos eram guardados. Ou pelo menos as confidências. Os arquivos privados das pessoas públicas.

Lá, encontrou informações sobre o alcoolismo de Thierry Pineault, seu comportamento por vezes imprevisível, suas rusgas com outros juízes. E uma lacuna. Uma licença de três meses.

E sua volta.

Os arquivos privados também mostravam que, sistematicamente, nos últimos dois anos, Thierry Pineault havia revisado todos os seus julgamentos. E pelo menos um caso tinha sido reexaminado oficialmente. E revertido.

E havia, ainda, outro caso. Não um caso da Suprema Corte, em que ele tivesse atuado, pelo menos não como juiz. Mas um para o qual Pineault havia se voltado repetidas vezes. O arquivo descrevia um caso fácil de uma criança morta por um motorista embriagado.

Porém não havia mais informações. O arquivo tinha sido trancado em uma área que nem mesmo Gamache podia acessar.

Ele se recostou na cadeira e tirou os óculos, batendo-os no joelho de maneira ritmada.

Isabelle Lacoste se perguntou se alguém já havia realmente morrido de tédio ou se seria a primeira.

Agora sabia mais do que jamais quisera sobre a cena artística do Quebec. Os artistas, os curadores, as exposições. As críticas. Os temas, as teorias, a história.

Famosos artistas quebequenses como Riopelle, Lemieux e Molinari. E um bando de outros de quem nunca tinha ouvido falar e jamais voltaria a ouvir. Artistas enviados ao ostracismo pelas críticas de Lillian Dyson.

Ela esfregou os olhos. A cada novo artigo precisava relembrar por que estava ali. Precisava se lembrar de Lillian Dyson caída na grama macia do quintal de Peter e Clara. Uma mulher que nunca envelheceria. Uma mulher que havia parado ali. Naquele quintal bonito e tranquilo. Porque alguém havia lhe tirado a vida.

Embora, após ler todas aquelas críticas repulsivas, estivesse tentada a pegar um porrete e bater na mulher ela mesma. Lacoste se sentia suja, como se tivessem jogado um monte de *merde* em cima dela.

Porém, fosse ela abjeta ou não, alguém havia matado Lillian Dyson, e Lacoste estava determinada a descobrir quem fora. Quanto mais lia, mais se convencia de que tinha alguém escondido ali. No arquivo do jornal. Nos microfilmes. O começo daquele assassinato era tão antigo que só existia em arquivos de plástico lidos através de um visor empoeirado. Uma tecnologia ultrapassada, que havia registrado um assassinato. Ou, pelo menos, o nascimento de uma morte. O começo de um fim. Um velho evento ainda fresco e vivo na cabeça de alguém.

Não, fresco não. Podre. Velho e podre, com a carne caindo.

E a agente Lacoste sabia que, se olhasse o suficiente, com bastante atenção, o assassino se revelaria.

Durante a hora seguinte, enquanto o sol e as pessoas se levantavam, o inspetor-chefe Gamache trabalhou. Quando ficou cansado, tirou os óculos de leitura, enxugou o rosto com as mãos, se recostou na cadeira e olhou para as folhas de papel pregadas nas paredes da antiga estação ferroviária.

Folhas de papel com respostas às perguntas deles, escritas em negrito com caneta hidrográfica vermelha, como rastros de sangue conduzindo a um assassino.

E olhou para as fotos. Duas, em particular. Uma dada a ele pelo Sr. e pela Sra. Dyson, de Lillian viva. Sorrindo.

E outra tirada pelo fotógrafo da perícia. De Lillian morta.

Ele pensou nas duas Lillians. Na viva e na morta. Porém mais do que isso: na Lillian feliz e sóbria. A que Suzanne alegava conhecer. Bem diferente da mulher amarga que Clara conhecera.

As pessoas mudavam?

Gamache se afastou do computador. A hora de colher informações havia acabado. Agora era hora de juntar as peças.

Isabelle Lacoste olhava para a tela. Lendo e relendo. Havia até uma foto acompanhando a crítica. Algo que, Lacoste havia entendido, Lillian Dyson reservava para os ataques mais brutais. A imagem mostrava um artista bem novinho ao lado de uma pintura e uma Lillian jovem do outro lado. O artista estava sorrindo. Radiante. Apontando para o trabalho como se fosse um peixe imenso que ele tivesse acabado de pescar. Como se fosse uma coisa extraordinária.

E Lillian?

Lacoste girou o botão e a imagem ficou mais próxima.

Lillian também estava sorrindo. Arrogante. Convidando o leitor a embarcar na piada.

E a crítica?

Lacoste leu e sentiu um arrepio. Como se estivesse vendo um filme snuff. Vendo alguém morrer. Porque era esse o objetivo da crítica. Matar uma carreira. Matar o artista dentro da pessoa.

Lacoste apertou a tecla e a impressora rosnou, como se tivesse um gosto ruim na boca, antes de começar a cuspir as cópias.

VINTE E CINCO

— Jean Guy? — chamou Gamache, batendo na porta.

Não houve resposta.

Ele esperou um instante, depois girou a maçaneta. A porta estava aberta, e ele entrou.

Beauvoir estava deitado na cama de ferro, enrolado nas cobertas, dormindo pesadamente. Até roncando um pouquinho.

Gamache olhou para ele, depois para a porta aberta do banheiro. Sem desgrudar os olhos de Beauvoir, foi até o banheiro e deu uma rápida examinada na pia. Lá, ao lado do desodorante e da pasta de dentes, havia um frasco de comprimidos.

Ao olhar de relance para o espelho, viu que Beauvoir ainda dormia e pegou o frasco. Tinha o nome do inspetor e a receita para quinze comprimidos de oxicodona.

A receita orientava Beauvoir a tomar um comprimido à noite, caso necessário. Gamache abriu o frasco e derramou os comprimidos na palma da mão. Restavam sete.

Mas de quando era a receita? O chefe recolocou os comprimidos no frasco, voltou a tampá-lo e leu a parte inferior da etiqueta. A data tinha sido digitada em numerais minúsculos. Gamache enfiou a mão no bolso, pegou os óculos de leitura e apanhou o frasco de novo.

Beauvoir gemeu.

Gamache congelou e olhou para o espelho. Bem devagar, baixou o frasco e tirou os óculos.

No espelho, Beauvoir se mexeu na cama.

Gamache saiu do banheiro. Um passo, dois passos. Então parou na beirada da cama.

– Jean Guy?

Novos gemidos, mais claros e fortes desta vez.

Uma brisa fria e úmida entrava no quarto, agitando as cortinas de algodão branco. Tinha começado a garoar, e o inspetor-chefe podia ouvir as batidas abafadas da chuva nas folhas e sentir o cheiro familiar da lenha nas lareiras do vilarejo.

Ele fechou a janela e se voltou para a cama. Beauvoir havia enfiado a cara no travesseiro.

Tinha acabado de dar sete da manhã e a agente Lacoste havia ligado. Ela estava no carro, saindo da rodovia. Tinha encontrado algo interessante no arquivo.

Gamache queria que seu inspetor participasse da discussão quando ela chegasse.

Ele mesmo tinha voltado à pousada, tomado banho, se barbeado e vestido uma roupa limpa.

– Jean Guy? – sussurrou de novo, baixando a cabeça para ficar cara a cara com seu inspetor, que babava ligeiramente.

Beauvoir se esforçou para erguer as pálpebras pesadas e olhou para Gamache através da pequena fresta, com um sorriso bobo no rosto. Então abriu os olhos de verdade, e o sorriso se transformou em um arquejo quando ele afastou rapidamente a cabeça.

– Não se preocupe – disse Gamache, levantando-se. – Você foi um perfeito cavalheiro.

O sonolento Beauvoir demorou um segundo para entender a piada e só então soltou uma gargalhada.

– Eu pelo menos comprei champanhe? – perguntou ele, removendo a crosta de remela dos olhos.

– Bom, você fez um belo bule de café.

– Ontem à noite? – perguntou Beauvoir, sentando-se na cama. – Aqui?

– Não, na sala de investigação – respondeu Gamache, com um olhar perscrutador. – Não lembra?

Beauvoir pareceu não entender, depois balançou a cabeça.

– Desculpa. Eu ainda não acordei direito.

Ele esfregou o rosto, tentando lembrar.

Gamache puxou uma cadeira para perto da cama e se sentou.

– Que horas são? – perguntou Beauvoir, olhando em volta.

– Acabou de dar sete.

– Eu vou levantar – disse Jean Guy, agarrando o edredom.

– Não. Ainda não.

A voz de Gamache era suave, mas segura, e Beauvoir baixou a mão, deixando-a cair de volta nas cobertas.

– A gente precisa conversar sobre ontem – disse o chefe.

Gamache observou Beauvoir, ainda exausto. O inspetor parecia intrigado.

– Você realmente acredita no que disse? – perguntou Gamache. – É isso que você acha? Porque, se for, você precisa me dizer agora, à luz do dia. A gente precisa falar sobre isso.

– Se eu acredito em quê?

– No que você disse ontem à noite. Que eu queria que o vídeo fosse divulgado e que, na sua opinião, eu sou tão ruim quanto o hacker.

Beauvoir arregalou os olhos.

– Eu disse isso? Ontem à noite?

– Você não se lembra?

– Eu me lembro de ver o vídeo, de ficar chateado. Mas não lembro por quê. Eu realmente disse isso?

– Disse – respondeu o chefe, observando Beauvoir com atenção.

Ele parecia sinceramente chocado.

Mas aquilo era melhor? Significava que Beauvoir podia não acreditar de verdade no que tinha dito, mas também que não se lembrava de nada. Tivera uma espécie de apagão.

Gamache o observou atentamente por um instante. Beauvoir, sentido o escrutínio, corou.

– Desculpa – disse de novo. – É claro que eu não acho isso. Não acredito que eu disse isso. Sinto muito.

E parecia mesmo verdade. Gamache ergueu a mão.

– Eu sei que você sente. Não vim aqui punir você. Vim porque acho que você precisa de ajuda…

– Não preciso. Eu estou bem, estou mesmo.

– Não está. Você perdeu peso, está estressado. Irritado. Deixou sua raiva transparecer ontem à noite, no interrogatório de madame Coates. Atacar o chefe de Justiça foi imprudente.

– Ele que começou.

– Isto não é o pátio da escola. Os suspeitos pressionam a gente o tempo todo. A gente precisa manter a calma. Você se deixou levar.

– Felizmente, o senhor estava lá para me corrigir – disse Beauvoir.

Gamache o observou de novo, notando uma leve acidez nas palavras.

– O que está acontecendo, Jean Guy? Você precisa me contar.

– Eu só estou cansado – disse ele, esfregando o rosto. – Estou melhorando. Ficando mais forte.

– Não está. Você se recuperou um pouco, por um tempo, mas agora só está piorando. Você precisa de mais ajuda. Tem que voltar para os psicólogos da Sûreté.

– Eu vou pensar nisso.

– Você vai fazer mais do que pensar – disse Gamache. – Quantos comprimidos de oxicodona está tomando?

Beauvoir ameaçou protestar, mas se calou.

– O que diz a receita.

– E isso seria? – perguntou o chefe, com o rosto severo e o olhar penetrante.

– Um comprimido à noite.

– Você toma mais?

– Não.

Os dois se encararam, os olhos castanho-escuros de Gamache inabaláveis.

– Toma? – repetiu ele.

– Não – respondeu Beauvoir, inflexível. – Olha, a gente já lida com viciados o suficiente. Eu não quero me tornar um deles.

– E você acha que os viciados um dia quiseram se tornar viciados? – retrucou Gamache. – Acha que era isso que Suzanne, Brian e Pineault esperavam que fosse acontecer? Ninguém começa a usar drogas com esse objetivo.

– Eu só estou cansado, um pouco estressado. É só isso. Preciso dos comprimidos para aliviar a dor, para dormir, nada mais. Eu juro.

– Você vai voltar para o psicólogo, e eu vou monitorar. Entendeu?

Gamache se levantou e levou a cadeira de volta para o canto do quarto.

– Se não tiver nada de errado mesmo, o psicólogo vai me falar. Mas, se tiver, você vai precisar de mais ajuda.

– Como o quê? – perguntou Beauvoir, chocado.

– O que quer que o psicólogo e eu decidirmos. Isto não é um castigo, Jean Guy – disse Gamache, agora abrandando o tom. – Eu mesmo ainda vou ao psicólogo. E ainda tenho dias ruins. Eu sei pelo que você está passando. Mas nós não fomos feridos da mesma forma e não vamos melhorar da mesma forma.

Gamache o observou por um instante.

– Eu sei como isso é terrível para você. Você é um homem discreto, um homem bom. Um homem forte. Por que mais eu teria escolhido você, entre centenas de agentes? Você é o meu braço direito porque eu confio em você. Eu sei o quanto você é inteligente e corajoso. E você precisa ser corajoso agora, Jean Guy. Por mim, pelo departamento. Por você. Você precisa de ajuda para melhorar. Por favor.

Beauvoir fechou os olhos. E então se lembrou. Da noite anterior. De ver o vídeo repetidas vezes, como se fosse a primeira vez. De ver a si mesmo tomando um tiro.

E de Gamache indo embora. Virando as costas. Deixando-o ali, para morrer sozinho.

Ele abriu os olhos e viu o inspetor-chefe Gamache olhando para ele, com a mesma expressão da fábrica.

– Vou fazer isso – disse Beauvoir.

Gamache aquiesceu.

– *Bon*.

E foi embora. Assim como havia feito naquele dia horrível. Como sempre faria, Beauvoir sabia.

Gamache sempre o deixaria.

Jean Guy Beauvoir enfiou a mão debaixo do travesseiro, pegou o minúsculo frasco e o sacudiu, jogando um comprimido na palma da mão. Quando chegou ao andar de baixo, barbeado e vestido, já estava ótimo.

– O QUE VOCÊ ENCONTROU? – perguntou o inspetor-chefe Gamache.

Eles estavam tomando café da manhã no bistrô, já que precisavam conversar e não queriam dividir a sala de jantar da pousada (ou as informações obtidas) com os outros hóspedes.

O garçom tinha trazido espumosas canecas de *café au lait*.

– Encontrei isto aqui.

A agente Lacoste colocou as cópias do artigo na mesa de madeira e olhou pela janela enquanto Gamache e Beauvoir liam.

A garoa havia se transformado em uma névoa e se agarrava às colinas que cercavam o vilarejo, de modo que Three Pines estava mais intimista do que nunca. Como se o resto do mundo não existisse. Só aquele lugar. Tranquilo e pacífico.

Um único pedaço de lenha crepitava na lareira. Apenas o suficiente para espantar o frio.

A agente Lacoste estava exausta. Queria poder pegar a caneca de *café au lait* e um croissant e se aconchegar no sofá grande perto da lareira. E ler um dos livros de bolso gastos da livraria de Myrna. Um velho Maigret. Ler e cochilar. Ler e cochilar. Em frente à lareira. Enquanto o mundo lá fora e as preocupações desapareciam na névoa.

Mas as preocupações estavam ali, ela sabia. Presas no vilarejo, junto com eles.

Beauvoir foi o primeiro a erguer os olhos e encará-la.

– Bom trabalho – disse ele, batendo no artigo com os dedos. – Deve ter levado a noite inteira.

– Quase isso – admitiu ela.

Eles olharam para o chefe, que parecia estar demorando demais para ler aquela crítica curta e mordaz.

Por fim, ele baixou o papel e tirou os óculos de leitura assim que o garçom chegou com a comida. Torradas e *confiture* caseira para Beauvoir. Crepes de pera e mirtilo com ervas para Lacoste. Ela conseguira ficar acordada durante a viagem de Montreal até ali imaginando qual seria seu café da manhã. Aquele fora o vencedor. Uma tigela de mingau de aveia com passas, creme e açúcar mascavo foi colocada diante do chefe.

Ele derramou o açúcar mascavo e o creme e voltou a pegar a cópia do artigo.

Vendo aquilo, Lacoste também baixou o garfo e a faca.

– O senhor acha que foi esse, chefe? O motivo de Lillian ter sido assassinada?

Ele respirou fundo.

– Acho. Nós precisamos confirmar, ir atrás de algumas datas e informações, mas acho que temos uma motivação. E sabemos que a oportunidade estava lá.

Quando eles terminaram o café da manhã, Beauvoir e Lacoste voltaram para a sala de investigação. Gamache, porém, ainda tinha algo a fazer no bistrô.

Ao abrir a porta de vaivém da cozinha, ele encontrou Olivier de frente para a bancada, cortando morangos e melões.

– Olivier?

Olivier levou um susto e largou a faca.

– Pelo amor de Deus, você não sabe que não se deve fazer isso quando alguém está com uma faca afiada?

– Eu vim falar com você.

O inspetor-chefe fechou a porta pela qual entrara.

– Eu estou ocupado.

– Eu também, Olivier. Mas a gente precisa conversar.

A faca fatiou os morangos, deixando um rastro de finas lascas de fruta e uma pequena mancha de suco vermelho na tábua.

– Eu sei que você está com raiva de mim e tem todo direito de estar. O que aconteceu foi imperdoável, e a minha única defesa é que eu não fiz por mal, não fiz isso para prejudicar você...

– Mas me prejudicou – disse Olivier, largando a faca com força. – Você acha que a prisão foi menos terrível porque não fez por mal? Você acha que, quando aqueles homens me cercaram no pátio, eu pensei *Ah, está tudo bem, porque aquele bom inspetor-chefe não quis me prejudicar*?

As mãos de Olivier tremiam tanto que ele teve que segurar as bordas da bancada.

– Você não faz ideia do que é acreditar que a verdade vai aparecer. Confiar nos advogados, nos juízes. Em você. Que eu ia ser inocentado. E, depois, ouvir o veredito. Culpado.

Por um instante a raiva de Olivier desapareceu e foi substituída por espanto, choque. Diante daquela única palavra, daquele julgamento.

– Eu era culpado, é claro, de muitas coisas. Sei disso. Eu tentei me redimir com as pessoas. Mas...

– Dê um tempo para elas – disse Gamache, em voz baixa.

Ele estava do outro lado da bancada, as costas eretas. Mas também se agarrava ao balcão de madeira. Com tanta força que os nós dos dedos ficaram brancos.

– Elas te amam. Seria uma pena não enxergar isso.

– Não me venha falar de pena, inspetor-chefe – resmungou Olivier.

Gamache o encarou e assentiu.

– Sinto muito. Eu só queria que você soubesse disso.

– Para que eu pudesse te perdoar? Livrar a sua cara? Bom, talvez esta seja a sua prisão, inspetor-chefe. O seu castigo.

Gamache pensou.

– Talvez.

– É só isso? – perguntou Olivier. – Acabou?

Gamache respirou fundo e soltou o ar.

– Não exatamente. Eu tenho outra pergunta, sobre a festa da Clara.

Olivier pegou a faca, mas sua mão tremia demais para usá-la.

– Quando você e Gabri contrataram os fornecedores?

– Assim que a gente decidiu fazer a festa, há uns três meses, acho.

– A festa foi ideia de vocês?

– Do Peter.

– Quem fez a lista de convidados?

– Todos nós juntos.

– Inclusive a Clara? – quis saber Gamache.

Olivier assentiu de leve.

– Então várias pessoas já sabiam da festa com semanas de antecedência? – perguntou o chefe.

Olivier aquiesceu de novo, já sem olhar para Gamache.

– *Merci*, Olivier – disse ele, demorando-se um pouco mais, olhando para a cabeça loura que fitava a tábua. – Você acha que talvez a gente tenha acabado na mesma cela? – perguntou Gamache.

Olivier não respondeu, então Gamache foi até a porta, mas hesitou antes de abri-la.

– Eu só me pergunto quem são os guardas. E quem tem a chave.

Gamache o observou por um instante, depois saiu.

Durante a manhã e a tarde inteiras, Armand Gamache e sua equipe coletaram informações.

Quando deu uma da tarde, o telefone tocou. Era Clara Morrow.

– Você e o seu pessoal estão livres para jantar? – perguntou ela. – O tempo está tão feio que a gente pensou em escaldar um salmão e ver quem aparece. Vai ser bem descontraído. *En famille.*

Gamache sorriu diante da expressão em francês. Era algo que Reine-Marie vira e mexe dizia. Significava "venha como quiser", mas mais do que isso. Ela não usava a expressão em todas as ocasiões descontraídas e com todos os convidados. Ela a reservava para convidados especiais, que eram considerados parte da família. Era uma posição especial, um elogio. Uma oferta de intimidade.

– Eu aceito – disse ele. – E tenho certeza de que os outros dois também vão ficar encantados. *Merci*, Clara.

Armand Gamache ligou para Reine-Marie, depois tomou banho e olhou para a cama, desejando poder se deitar.

O quarto, como todos os outros da pousada de Gabri e Olivier, era surpreendentemente simples. Mas não espartano. A seu modo, era elegante e luxuoso. Com lençóis brancos e edredom de pena de ganso impecáveis. Tapetes orientais tecidos à mão sobre as tábuas largas do piso original de pinho, de quando a pousada ainda era uma estalagem. Gamache se perguntou quantos outros viajantes haviam descansado naquele mesmo quarto. Uma pausa em sua jornada difícil e perigosa. E se perguntou, por um instante, de onde teriam vindo e para onde iriam.

E se haviam conseguido chegar.

A pousada era bem menos imponente que o hotel da colina. E ele pensou que poderia ter ficado lá. No entanto, à medida que envelhecia, seus desejos eram cada vez mais simples. Família, amigos. Livros. Caminhadas com Reine-Marie e Henri, o cachorro deles.

E uma noite inteira de sono em um quarto simples.

Agora, enquanto se sentava na beirada da cama e vestia as meias, desejava apenas cair para trás, sentir o corpo bater no edredom macio e afundar. Fechar as pálpebras pesadas e se deixar levar.

Dormir.

Mas ainda tinha uma distância a percorrer em sua jornada.

Os policiais da Sûreté atravessaram a praça do vilarejo em meio à névoa e à garoa e chegaram à casa de Clara e Peter.

– Entrem – disse Peter, com um sorriso. – Não, vocês podem ficar de sapato. Ruth está aqui, e eu acho que ela pisou em todas as poças do caminho.

Eles olharam para o chão e, de fato, lá estavam as pegadas lamacentas. Beauvoir balançava a cabeça.

– Imaginei que fosse ver marcas de cascos.

– Talvez seja por isso que ela não tira o sapato – disse Peter.

Os policiais da Sûreté esfregaram os sapatos o máximo que puderam no capacho da entrada.

A casa cheirava a salmão e pão fresco, com leves toques de limão e endro.

– O jantar não vai demorar – disse o anfitrião enquanto os conduzia pela cozinha até a sala de estar.

Dentro de poucos minutos, Beauvoir e Lacoste receberam taças de vinho. Gamache, já cansado, pediu água. Lacoste foi até os dois artistas, Normand e Paulette. Beauvoir conversava com Myrna e Gabri. Principalmente, pensou Gamache, porque eles estavam o mais longe possível de Ruth.

Gamache varreu a sala com os olhos. Tinha se tornado um hábito. Ver onde todos estavam e o que faziam.

Olivier estava perto das estantes, de costas para a sala. Aparentemente fascinado pelos livros, mas Gamache suspeitava que ele tinha analisado aquelas prateleiras várias vezes.

François Marois e Denis Fortin estavam juntos, embora não conversassem. Gamache se perguntou onde estava o outro. André Castonguay.

Então o encontrou. Em um canto da sala, conversando com o chefe de Justiça Pineault, enquanto o jovem Brian os observava a alguns passos de distância.

O que era aquela expressão no rosto de Brian?, perguntou-se Gamache. Era preciso um esforço para atravessar as tatuagens, a suástica, o dedo médio e o "foda-se" e enxergar outras expressões. Com certeza, Brian estava alerta, vigilante. Já não parecia o jovem distante da noite anterior.

– Você só pode estar brincando – disse Castonguay, erguendo o tom de voz. – Não vai me dizer que gosta disso.

Gamache se aproximou um pouco, enquanto todos olhavam de relance para o marchand e se afastavam. Exceto Brian. Ele se mantinha firme.

– Não só gosto como acho maravilhoso – dizia Pineault.

– É uma perda de tempo – disse Castonguay, enrolando a língua, antes de agarrar uma taça de vinho quase vazia.

Gamache avançou um pouco mais e percebeu que os dois estavam diante de um dos quadros de Clara. Na verdade, um estudo sobre mãos. Havia punhos, mãos que seguravam alguma coisa e outras que se abriam – ou se fechavam, dependendo do ponto de vista.

– É tudo balela – disse Castonguay, e Pineault fez um gesto sutil para tentar fazer o marchand baixar a voz. – Todo mundo fala que é maravilhoso, mas quer saber?

Castonguay se inclinou para perto de Pineault e Gamache focou nos lábios do marchand, na esperança de entender o que ele estava prestes a sussurrar.

– As pessoas que acham isso são idiotas. Ruins da cabeça. Retardadas.

Gamache não precisava ter se esforçado tanto para escutar. Todo mundo ouviu. Castonguay gritou sua opinião.

De novo, o círculo ao redor do marchand cresceu. Pineault examinou a sala, à procura de Clara, supôs Gamache. Torcendo para que ela não estivesse ouvindo o que um de seus convidados dizia sobre seu trabalho.

Então o chefe de Justiça se voltou de novo para Castonguay, com os olhos duros. Gamache já havia visto aquele olhar no tribunal. Raramente dirigido a ele, quase sempre a algum pobre advogado que havia cometido uma transgressão.

Se Castonguay fosse uma Estrela da Morte, sua cabeça teria explodido.

– Lamento ouvir isso, André – declarou Pineault, em um tom gélido. – Talvez um dia você se sinta como eu.

O chefe de Justiça então virou de costas e se afastou.

– Sentir? – retrucou Castonguay, falando com as costas de Pineault, que partiam em retirada. – Sentir? Meu Deus, você devia tentar usar mais o cérebro.

Pineault hesitou, de costas para Castonguay. Agora a sala inteira estava em silêncio, observando a cena. Então o chefe de Justiça voltou a caminhar.

E André Castonguay ficou sozinho.

– Ele precisa atingir o fundo – comentou Suzanne.

– Eu já atingi muitos fundos – rebateu Gabri. – Acho que ajuda.

Gamache procurou Clara com o olhar, mas, felizmente, ela não estava na sala. Quase com certeza, na cozinha preparando o jantar. Aromas deliciosos flutuavam pela porta aberta, quase mascarando o fedor das palavras de Castonguay.

– Então – disse Ruth, dando as costas para o cambaleante marchand e se concentrando em Suzanne. – Ouvi falar que você é uma bêbada.

– É a mais pura verdade – disse Suzanne. – Aliás, eu venho de uma antiga linhagem de bêbados. Gente capaz de entornar qualquer coisa. Fluido de isqueiro, água de pântano... Um dos meus tios jurava que conseguia transformar urina em vinho.

– Sério? – disse Ruth, animada. – Eu consigo transformar vinho em urina. Ele aperfeiçoou o processo?

– Ele morreu antes de eu nascer, o que não surpreendeu ninguém, mas a minha mãe tinha um alambique e fermentava tudo. Ervilhas, rosas. Lâmpadas.

Ruth parecia incrédula.

– Fala sério. Ervilhas?

Ainda assim, ela parecia disposta a fazer a experiência. Ruth tomou um gole grande da bebida e a inclinou para Suzanne.

– Aposto que a sua mãe nunca tentou isto.

– O que é? – perguntou Suzanne. – Se for um tapete oriental destilado, ela também tentou. Tinha gosto do meu avô, mas deu conta do recado.

Ruth parecia impressionada, mas balançou a cabeça.

– É meu blend especial. Gim, bitters e lágrimas de criancinhas.

Suzanne não pareceu surpresa.

Armand Gamache decidiu não embarcar naquela conversa.

– Jantar! – gritou Peter bem nessa hora.

E os convidados entraram na cozinha.

Clara havia acendido velas ao redor do cômodo amplo e colocado vasos de plantas ao longo do centro da comprida mesa de pinho.

Enquanto se sentava, Gamache notou que os três marchands pareciam andar sempre juntos, assim como os três membros do AA: Suzanne, Thierry e Brian.

– No que você está pensando? – perguntou Myrna, sentando-se à direita dele e entregando a Gamache um cesto de baguetes quentinhas.

– Em grupos de três.

– Sério? Na última vez que a gente se viu, você estava pensando no Humpty Dumpty.

– Meu Deus – murmurou Ruth, do outro lado dele –, esse assassinato nunca vai ser resolvido.

Gamache olhou para a velha poeta.

– Adivinha no que eu estou pensando agora.

Ela o encarou com o rosto duro, estreitando os frios olhos azuis. Então riu.

– Concordo plenamente! – disse ela, pegando um pedaço de pão. – Eu sou isso tudo e mais um pouco.

A travessa, com o salmão inteiro escaldado, era passada em uma direção, enquanto os legumes e a salada iam na outra. Todo mundo se servia.

– Pois bem, grupos de três – disse Ruth, meneando a cabeça para os marchands. – Como os Três Patetas ali?

François Marois riu, mas André Castonguay parecia cansado e furioso.

– Existe uma longa tradição de grupos de três – comentou Myrna. – Todo mundo pensa em termos de pares, mas, na verdade, os trios são bem comuns. Místicos, até. Como a Santíssima Trindade.

– As Três Graças – lembrou Gabri, servindo-se de legumes. – Como no seu quadro, Clara.

– As Três Moiras – disse Paulette.

– Tem a superstição dos soldados de não acender três cigarros com o mesmo fósforo – acrescentou Denis Fortin. – Preparar. Apontar – continuou ele, no que olhou para Marois. – Fogo! Mas nós não somos os únicos a andar em grupos de três.

Gamache lançou a ele um olhar interrogativo.

– Os senhores também – explicou Fortin, olhando para Gamache e depois para Beauvoir e para Lacoste.

Gamache riu.

– Eu não tinha pensado nisso, mas é verdade.

– Três ratos cegos – disse Ruth.

– Três pinheiros – disse Clara. – Talvez vocês sejam os três pinheiros. Protegendo a gente.

— Pelo visto, não deram conta do recado — debochou Ruth.

— Conversa idiota — murmurou Castonguay, e derrubou o garfo no chão.

Ele olhou para o talher com uma expressão estúpida. A mesa ficou em silêncio.

— Não tem importância — disse Clara, alegre. — A gente tem muitos desses.

Clara se levantou, mas Castonguay estendeu a mão para segurá-la quando ela passou.

— Eu não estou com fome — disse ele, com uma voz alta e queixosa.

Ele não conseguiu segurar Clara e acabou atingindo a agente Lacoste, sentada a seu lado.

— Desculpa — murmurou.

Peter, Gabri e Paulette começaram a falar ao mesmo tempo. Bem alto, animados.

— Eu não vou querer — disse Castonguay, com rispidez, quando Brian ofereceu o salmão a ele.

Então o marchand pareceu se concentrar no jovem.

— Meu Deus, quem te convidou?

— A mesma pessoa que convidou o senhor — respondeu Brian.

Peter, Gabri e Paulette começaram a conversar ainda mais alto. E com mais animação.

— O que você é? — disse Castonguay, enrolando a língua e tentando focar em Brian. — Jesus, não vai me dizer que também é artista? Está ferrado o suficiente para ser um.

— Sou — disse Brian. — Sou tatuador.

— O quê? — perguntou Castonguay.

— Está tudo bem, André — disse François Marois, com uma voz suave, o que pareceu funcionar.

Castonguay balançou um pouco na cadeira e olhou para o prato, hipnotizado.

— Quem vai repetir? — perguntou Peter, entusiasmado.

Ninguém levantou a mão.

VINTE E SEIS

– Então... – disse Denis Fortin quando eles foram para a varanda com os cafés e conhaques. – Vocês já tiveram a oportunidade de conversar?

– Sobre o quê? – perguntou Peter, deixando de examinar o vilarejo sob a chuva para examinar o galerista.

Ainda estava chovendo, uma garoa fina. Fortin olhou para Clara.

– Você não chegou a falar com ele?

– Ainda não – respondeu Clara, sentindo-se culpada. – Mas vou falar.

– Sobre o quê? – perguntou Peter de novo.

– Ontem eu vim aqui para ver se você e Clara têm interesse em ser representados por mim. Sei que estraguei tudo na primeira vez e realmente sinto muito. Eu só...

Ele fez uma pausa para organizar os pensamentos, depois olhou para Clara.

– Estou pedindo uma nova chance. Por favor, me deixe provar que é sincero. Eu realmente acho que nós formaríamos uma grande equipe, nós três.

– O que você acha? – perguntou o inspetor-chefe, meneando a cabeça para a janela na direção de Peter, Clara e Fortin, de pé na varanda.

– Em relação a eles? – perguntou Myrna.

Não dava para ouvir a conversa dos três, mas não era difícil adivinhar.

– Será que Fortin vai convencer Clara a dar uma nova chance para ele? – perguntou Gamache, tomando um gole do espresso duplo.

– Não é Fortin que precisa de uma nova chance – declarou Myrna.

Gamache se voltou para ela.

– Peter?

Mas Myrna ficou em silêncio, e Gamache se perguntou se Peter havia contado a Clara sobre sua participação na crítica cruel de tantos anos antes.

– Acho que a gente precisa de um tempo para pensar – disse Clara.

– Eu entendo – disse Fortin, com um sorriso sedutor. – Sem pressão. A única coisa que eu queria dizer é que talvez seja bom para vocês trabalhar com um galerista jovem, que está crescendo. Alguém que não vai se aposentar em poucos anos. É só uma ideia.

– É um bom argumento – disse Peter.

Há bem pouco tempo, aquilo teria bastado para que Clara voltasse a trabalhar com Fortin. O óbvio entusiasmo de Peter. Ela confiava de olhos fechados que o marido escolheria o que era melhor para eles. Para os dois. Que levaria em conta, com todo o coração, os interesses dela.

Agora, ela percebia, ao olhar para aquele homem com quem tinha passado os últimos 25 anos, que não fazia ideia do que ele tinha no coração. Mas estava certa de que não eram os interesses dela.

Clara não sabia o que fazer. Porém sabia que algo precisava mudar.

Peter estava tentando, sabia disso. Estava se esforçando muito para mudar. E agora talvez fosse a vez dela de tentar também.

– Ele ainda está sofrendo, sabe? – comentou Myrna.

– Peter? – perguntou Gamache, então seguiu o olhar dela.

Ela já não observava as três pessoas na varanda. Seu olhar estava mais perto da casa. Myrna encarava Jean Guy Beauvoir, conversando com Ruth e Suzanne.

Ruth parecia encantada com a estranha ex-bêbada, que, aparentemente, tinha infinitas receitas para destilar móveis.

– Eu sei – afirmou Gamache, em voz baixa. – Conversei com Jean Guy sobre isso hoje de manhã.

– E o que ele disse?

– Que está bem, melhorando. Mas é claro que não está.

Myrna ficou em silêncio por um instante.

– Não. Não está. Ele contou por que está sofrendo?

Gamache a observou por um instante.

– Eu perguntei, mas ele não disse. Imagino que seja a combinação das feridas com a perda de tantos colegas.

– É verdade, mas acho que tem algo mais específico que isso. Aliás, eu sei o que é. Ele me contou.

Gamache voltou toda a atenção para ela. Ao fundo, Castonguay voltava a levantar a voz. Exaltado, lamuriento, petulante. Mas nada faria com que Gamache desgrudasse os olhos de Myrna agora.

– O que Jean Guy te falou?

Myrna analisou Gamache por um instante.

– Você não vai gostar de ouvir.

– Não gosto de nada que aconteceu naquela fábrica. Mas eu preciso ouvir.

– Entendo – disse Myrna, decidindo-se a falar. – Ele se sente culpado.

– Pelo quê? – perguntou Gamache, pasmo.

Aquela não era a resposta que esperava.

– Por não ter conseguido te ajudar. Ele não consegue superar o fato de ter te visto cair e não ter conseguido ajudar. Como você o ajudou.

– Mas isso é ridículo. Ele não tinha como.

– Você sabe disso e eu sei disso. Até ele sabe. Mas o que a gente sabe e o que sente podem ser coisas bem diferentes.

Gamache sentiu o coração apertado. Ao se lembrar do jovem pálido que vira naquela madrugada na sala de investigação, seu rosto ainda mais lívido diante da luz forte da tela do computador. Assistindo àquele maldito vídeo sem parar.

Mas não a cena de Gamache sendo baleado. Jean Guy estava vendo o trecho em que ele próprio era atingido. Ele contou a Myrna o que tinha visto na noite anterior.

Myrna suspirou.

– Acho que ele está se punindo. É como se fosse uma automutilação. Enfiando uma faca em si mesmo, só que a lâmina é o vídeo.

O vídeo, pensou Gamache, sentindo a raiva tomar conta dele. O maldito vídeo. Aquilo já havia feito muito estrago e agora estava matando um jovem que ele amava.

– Eu mandei ele voltar para a terapia...
– Mandou?
– Começou como uma sugestão – disse o chefe –, mas terminou como uma ordem.
– Ele resistiu?
– Muito.
– Ele te ama – disse Myrna. – Para ele, estar com você é como voltar para casa.

Gamache olhou para Jean Guy e acenou para o outro lado da sala lotada. Mais uma vez, o inspetor-chefe o viu cair. E bater no chão.

E, do outro lado da sala de estar, Jean Guy sorriu e acenou de volta.

Viu Gamache derramar sobre ele um olhar cheio de preocupação.

E depois deixá-lo.

– Meu Deus – disse Castonguay com desgosto, apontando para a sala em geral. – É isso. O fim do mundo. O fim da civilização – declarou, tomando um gole barulhento da taça enquanto olhava para Brian. – Ele tatua "Mãe" em motociclistas e se autodenomina artista. *Maudit tabernac.*

– Vem – disse Thierry Pineault. – Vamos tomar um pouco de ar fresco.

Ele arrastou Castonguay pelo braço e tentou conduzi-lo até a porta da frente, mas o marchand o afastou com uma sacudida.

– Tem anos que eu não vejo um bom artista. Ela não é – disse ele, apontando para Clara, que tinha acabado de voltar da varanda. – Faz anos que está flertando com o fracasso. Tem um trabalho banal. Sentimentalista. Retratos – afirmou, quase cuspindo a palavra.

As pessoas começaram a se afastar, deixando Castonguay sozinho no vazio.

– E ele – continuou Castonguay, escolhendo a próxima vítima, no caso, Peter. – O trabalho dele é razoável. Convencional, mas eu poderia vender para a Kelley Foods. Enterrar lá no escritório da Guatemala. Depende de quantas doses eu conseguir fazer os compradores entornarem. Embora os cretinos da Kelley não permitam álcool. Acaba com a imagem da corporação. Então acho que não vou conseguir vender você no fim das contas, Morrow. Mas ele também não.

Castonguay fixou um olhar beligerante em Denis Fortin.

– O que ele prometeu para vocês? Exposições individuais? Uma exposição dos dois juntos? Pelo que ele sabe de arte, podia muito bem estar vendendo móveis de jardim. Ele era um péssimo artista e agora é um péssimo galerista. Só é bom em ferrar com a cabeça das pessoas.

Gamache fez contato visual com Beauvoir, que, por sua vez, sinalizou sutilmente para Lacoste. Os três se posicionaram em volta de Castonguay, mas o deixaram continuar.

François Marois apareceu ao lado de Gamache.

– Faça isso parar – sussurrou.

– Ele não fez nada de errado – disse o chefe.

– Está se humilhando – argumentou Marois, agitado. – Ele não merece isso. Está doente.

– Agora, vocês dois.

Castonguay girou e perdeu o equilíbrio, tropeçando no sofá.

– Meu Deus – disse Ruth –, vocês também não detestam bêbados?

Castonguay se endireitou e se voltou, hostil, para Normand e Paulette.

– Não pensem que a gente não sabe por que vocês estão aqui.

– A gente veio para a festa da Clara – disse Paulette.

– Shhh – sussurrou Normand. – É melhor não encorajar.

Mas era tarde demais. Castonguay a escolheu como alvo.

– E por que ficaram? Não para apoiar Clara – disse ele, rindo com dificuldade. – As únicas pessoas que se odeiam mais que os poetas são os artistas – prosseguiu, virando-se para Ruth e fazendo uma mesura exagerada. – Madame.

– Imbecil – disse Ruth, e depois se virou para Gabri. – Mas não posso dizer que ele está errado.

– Vocês odeiam a Clara, odeiam o trabalho dela e odeiam todos os artistas – declarou Castonguay, aproximando-se de Normand e Paulette. – Provavelmente, odeiam até um ao outro. E a si mesmos. Com certeza odiavam a mulher morta, e com razão.

– Já deu – disse Marois, abrindo caminho no vazio para se aproximar de Castonguay. – Hora de dar boa-noite para estas pessoas gentis e ir para a cama.

– Eu não vou a lugar nenhum! – gritou Castonguay, contorcendo-se para se livrar de Marois.

Gamache, Beauvoir e Lacoste deram um passo à frente, enquanto todos os outros davam um passo para trás.

– Você bem que queria. Você queria que eu fosse embora. Mas eu a vi primeiro. Ela ia assinar um contrato comigo. Até você roubá-la.

Castonguay ergueu a voz e, com um sobressalto, atirou a taça na direção de Marois. Ela passou voando pelo marchand e se espatifou na parede.

Então Castonguay se lançou contra o velho, apertando com mãos fortes o pescoço dele, e os dois caíram para trás.

Os policiais da Sûreté pularam em cima deles, Gamache e Beauvoir agarrando Castonguay e Lacoste tentando enfiar o corpo entre os marchands. Por fim, conseguiram arrastar Castonguay para longe de Marois.

François pôs a mão no pescoço e encarou o colega, chocado. E ele não era o único. Todo mundo olhava para Castonguay enquanto ele era preso e levado embora.

UMA HORA DEPOIS, ARMAND GAMACHE e Jean Guy Beauvoir voltaram à casa de Peter e Clara. Dessa vez, Gamache aceitou uma bebida e se afundou na grande poltrona que Gabri ofereceu.

Como esperado, todos ainda estavam ali. Agitados demais para ir dormir e com perguntas demais aguardando a resposta. Ainda não podiam descansar.

Nem ele.

– Ahhh – disse o inspetor-chefe, tomando um gole de conhaque. – Isso é muito bom.

– Que dia – disse Peter.

– E ainda não terminou. A agente Lacoste está cuidando de monsieur Castonguay e da papelada.

– Sozinha? – perguntou Myrna, olhando de Gamache para Beauvoir.

– Ela sabe o que está fazendo – respondeu o inspetor-chefe.

O olhar de Myrna dizia que ela esperava que *ele* soubesse o que estava fazendo.

– Então, o que aconteceu? – quis saber Clara. – Estou completamente confusa.

Gamache se inclinou para a frente. Todos se sentaram ou se empoleiraram nos braços das outras poltronas. Só Beauvoir e Peter continuaram de pé. Peter, como bom anfitrião, e Beauvoir, como bom policial.

Lá fora, a chuva havia aumentado, e eles ouviam as gotas batendo nas vidraças. A porta da varanda ainda estava aberta, para deixar o ar fresco entrar, e eles também escutavam a chuva cair nas folhas do lado de fora.

– Esse assassinato tem a ver com contrastes – disse Gamache, a voz baixa, gentil. – Com sobriedade e embriaguez. Com aparência e realidade. Com mudanças para melhor ou para pior. Com o jogo de luz e sombra.

Ele olhou para os rostos atentos.

– Uma palavra foi usada na sua vernissage – continuou ele, virando-se para Clara. – Para descrever os seus quadros.

– Estou quase com medo de perguntar – disse ela, com um sorriso triste.

– *Chiaroscuro*. Significa o contraste entre luz e sombra. A justaposição. Você faz isso nos seus retratos, Clara. Nas cores que usa, nos sombreados, mas também nas emoções que as obras evocam. Principalmente no retrato da Ruth...

– Tem algum retrato meu?

– ... existe um claro contraste. Os tons escuros, as árvores no fundo. O rosto dela, parcialmente na sombra. A expressão raivosa. Exceto por um único ponto. Um toque mínimo de luz nos olhos dela.

– Esperança – disse Myrna.

– Esperança. Ou talvez não – disse Gamache, voltando-se para François Marois. – O senhor disse algo curioso quando a gente estava de frente para esse retrato. Lembra?

O marchand parecia perplexo.

– Eu disse alguma coisa útil?

– O senhor não lembra?

Marois ficou em silêncio. Era uma daquelas raras pessoas que conseguiam fazer os outros esperarem sem se afligir. Finalmente, ele sorriu.

– Eu perguntei se o senhor achava que era real.

– Isso mesmo. – O inspetor-chefe assentiu. – Era real ou um mero truque de luz? A esperança anunciada, depois negada. Uma crueldade singular.

Ele olhou para o grupo.

– É disso que esse crime, esse assassinato, se trata. Do quanto essa luz era genuína. A pessoa estava realmente feliz ou só fingindo?

– *E não acenava, mas me afogava* – citou Clara.

De novo, ela notou os olhos gentis de Gamache um pouco abaixo da cicatriz profunda. Então continuou:

Ninguém o ouvia, o homem morto,
Mas ali ele jazia, gemendo:
Eu estava bem mais longe do que vocês pensavam
E não acenava, mas me afogava.

Contudo, desta vez, ao recitar o poema, não foi Peter quem lhe veio à cabeça. Desta vez, Clara pensou em outra pessoa.

Em si mesma. Fingindo, por toda uma vida. Olhando para o lado bom, mas nem sempre o sentindo. Agora não era mais assim. As coisas iam mudar.

A sala ficou em silêncio, exceto pelo delicado tamborilar da chuva.

– *C'est ça* – disse Gamache. – Quantas vezes nós confundimos uma coisa com a outra? Com medo ou pressa demais para ver o que realmente está acontecendo? Para ver alguém afundando?

– Mas às vezes quem está se afogando é salvo.

Os olhos fixos em Gamache se voltaram para o homem que havia falado. O jovem. Brian.

Em silêncio, Gamache o observou por alguns instantes, analisando as tatuagens, os piercings, os metais nas roupas e na pele. Devagar, o inspetor-chefe aquiesceu, depois voltou o olhar para os outros.

– A pergunta que nos atormentava era se Lillian Dyson foi salva. Ela tinha mudado? Ou era só uma falsa esperança? Lillian era alcoólatra. Uma mulher cruel, amarga e egocêntrica. Ela magoou todo mundo que conheceu.

– Mas ela não foi sempre assim – afirmou Clara. – Ela já foi legal. Uma boa amiga, por um tempo.

– A maioria das pessoas é – disse Suzanne –, no início. A maioria das pessoas não nasce em uma prisão, debaixo da ponte ou em uma boca de fumo. Elas se tornam assim.

– As pessoas podem mudar para pior – declarou Gamache. – Mas com que frequência realmente mudam para melhor?

– Eu acredito que a gente mude – disse Suzanne.

– Lillian mudou? – perguntou Gamache a ela.

– Acho que sim. Pelo menos estava tentando.

– E a senhora?

– Eu o quê? – perguntou Suzanne, embora soubesse muito bem do que ele estava falando.

– Mudou?

Houve uma longa pausa.

– Espero que sim – respondeu Suzanne.

Gamache baixou a voz para que eles tivessem que se esforçar para ouvir:

– Mas é uma esperança real? Ou apenas um truque de luz?

VINTE E SETE

– A senhora mentiu para nós o tempo todo, depois minimizou isso como se fosse um simples hábito.

Gamache continuava encarando Suzanne.

– Para mim, isso não parece uma mudança real – continuou ele. – Soa como ética situacional. Mude, desde que seja conveniente. E muito do que aconteceu nos últimos dias foi extremamente inconveniente. Mas algumas coisas foram convenientes. Por exemplo, a sua afilhada ter vindo à festa da Clara.

– Eu nem sabia que Lillian estava aqui – argumentou Suzanne. – Eu falei para o senhor.

– É verdade. Mas a senhora também falou várias outras coisas. Como, por exemplo, que não sabia sobre quem era a famosa frase: *Arte é a natureza dele, produzi-la é como uma função fisiológica*. Era sobre a senhora.

– Sobre você? – perguntou Clara, virando-se para a mulher nervosa a seu lado.

– Aquela crítica foi o último empurrão – disse Gamache. – Depois disso, a senhora entrou em queda livre. E aterrissou no AA, onde pode ter mudado ou não. Mas a senhora não foi a única deste grupo a mentir.

Gamache desviou o olhar para o homem sentado ao lado de Suzanne no sofá.

– O senhor também mentiu.

O chefe de Justiça Pineault pareceu surpreso.

– Menti? Como?

– Foi, na verdade, mais uma omissão, mas ainda assim uma mentira. O senhor conhece André Castonguay, não é?

– Não posso afirmar.

– Bom, vou poupar o senhor do trabalho. Monsieur Castonguay precisou parar de beber para ter alguma chance de manter o contrato com a Kelley Foods. Como ele mesmo disse, a empresa é notoriamente sóbria. E ele estava se tornando notoriamente embriagado. Então, tentou aderir ao AA.

– Se o senhor diz – falou Thierry.

– Quando o senhor chegou a Three Pines ontem, passou uma hora na livraria da Myrna. É uma loja adorável, mas uma hora me pareceu demais. Depois, quando nos sentamos lá fora, o senhor insistiu em escolher uma mesa colada na parede e se sentou de costas para o vilarejo.

– Foi uma cortesia, inspetor-chefe, ficar com o pior lugar.

– E também foi conveniente. O senhor estava se escondendo de alguém. Mas depois, no final da nossa conversa, o senhor se levantou e caminhou bem tranquilo para a pousada com Suzanne.

Thierry Pineault e Suzanne se entreolharam.

– O senhor já não estava se escondendo. Eu olhei em volta e tentei descobrir o que tinha mudado. E só faltava uma coisa. André Castonguay tinha ido embora. Estava voltando, bêbado, para o hotel.

A expressão do chefe de Justiça não revelava nada. Impassível, ele encarava Gamache.

– Eu cometi um pequeno erro esta noite – admitiu Gamache. – Quando nós chegamos, o senhor e Castonguay estavam conversando em um canto. Os senhores pareciam estar discutindo, e eu deduzi que era sobre o trabalho da Clara.

Ele olhou para o canto onde estava pendurado o estudo de mãos, e todos o seguiram.

– *Désolé* – disse ele a Clara, que sorriu.

– As pessoas discutem sobre o meu trabalho o tempo todo. Sem problema.

Mas Gamache não acreditava naquilo. Havia, sim, um problema. E dos grandes.

– Mas eu estava errado – continuou o chefe. – Os senhores não estavam discutindo sobre a qualidade do trabalho da Clara, mas sobre o AA.

– Não era uma discussão – disse Pineault, respirando fundo. – Era um debate. Não adianta discutir com um bêbado. E também não adianta tentar vender o AA para alguém.

– Além disso – prosseguiu Gamache –, ele já havia tentado aderir.

Os dois homens se encararam e, finalmente, Pineault assentiu.

– Ele nos procurou há cerca de um ano, desesperado para ficar sóbrio – admitiu Pineault. – Não deu muito certo.

– O senhor o conheceu nessa ocasião – disse Gamache. – E suspeito que o senhor tenha feito mais do que conhecer André Castonguay.

De novo, Pineault assentiu.

– Ele era meu afilhado. Eu tentei ajudar, mas ele não conseguiu parar de beber.

– Quando ele parou de frequentar o AA? – quis saber Gamache.

Pineault pensou.

– Há uns três meses. Eu tentei telefonar, mas ele nunca retornou as minhas ligações. Teve uma hora que parei, imaginando que ele ia voltar quando chegasse ao fundo do poço.

– Quando o senhor o viu ontem, bêbado, imediatamente percebeu o tamanho do problema – disse Gamache.

– Que problema? – quis saber Suzanne.

– Quando André se juntou ao nosso grupo, conheceu muita gente – contou Pineault. – Inclusive Lillian. E ela, é claro, foi apresentada a ele. Ela reconheceu André imediatamente. Falou para ele sobre o trabalho dela e até mostrou o portfólio. Ele me contou, e eu aconselhei André a não continuar com aquilo. Disse que os homens deviam conversar com os homens e que, além disso, aquela não era uma situação para fazer contatos profissionais.

– Falar sobre o trabalho dela era contra as regras? – perguntou Gamache.

– Não existem regras – disse Thierry. – Só não é uma boa ideia. Já é difícil o suficiente ficar sóbrio sem misturar as coisas.

– Mas Lillian misturou – disse Gamache.

– Eu não sabia disso – contou Suzanne. – Se ela tivesse me dito, eu teria falado para ela parar. Provavelmente foi por isso que ela nunca me contou.

– Então André largou o AA – prosseguiu Gamache, e Pineault aquiesceu. – Mas tinha um problema.

– Como o senhor sabe, André tinha um grande cliente – explicou Thierry. – A Kelley Foods. Vivia morrendo de medo de que alguém contasse para eles que ele bebia.

– Mas ele não conseguiu manter segredo por muito tempo – disse Myrna.

– A julgar pelos dias que ele passou aqui, André tem ficado mais bêbado do que sóbrio.

– É verdade – concordou Thierry. – Era questão de tempo até André perder tudo.

– Assim que o senhor viu André aqui, percebeu o que podia ter acontecido – disse Gamache. – O senhor participa de julgamentos o tempo todo, julgamentos de assassinato. O senhor juntou as peças.

Pineault parecia estar pensando no que dizer a seguir. Naturalmente, todos se inclinaram para a frente, na direção do chefe de Justiça. Atraídos pelo silêncio e pela promessa de uma história.

– Eu tive medo de que Lillian tivesse ido à festa para confrontar André. Que ela tivesse se encontrado com ele no quintal da Clara e ameaçado contar sobre a bebida para o pessoal da Kelley a não ser que André aceitasse representar o trabalho dela – contou Pineault. – O senhor viu como ele estava hoje à noite. Ele já não consegue controlar nem a ânsia de beber nem a raiva.

Depois de alguns instantes de silêncio, Gamache gentilmente incentivou Pineault:

– Continue.

Todos esperavam, imóveis. Com os olhos arregalados e a respiração curta.

– Eu fiquei com medo de que Lillian o tivesse feito perder a cabeça. Ameaçado André com uma chantagem.

Pineault parou de novo e, mais uma vez, após uma pausa excruciante, Gamache o incentivou:

– Continue.

– Eu fiquei com medo de que ele tivesse matado Lillian. Em um apagão, provavelmente. Que nem se lembrasse de ter feito isso.

Gamache se perguntou se um júri, ou um juiz, acreditaria nisso. E se isso importava. Também se perguntou se alguém mais havia captado o mesmo que ele.

O inspetor-chefe esperou.

– Mas – disse Clara, perplexa – monsieur Castonguay não acabou de acusar o senhor de roubar Lillian dele?

Ela se voltou para François Marois. O idoso marchand continuou calado. Clara uniu as sobrancelhas, concentrando-se. Enquanto tentava entender. Depois, voltou o olhar para Gamache.

– O senhor viu o trabalho da Lillian?

Ele anuiu.

– Era tão bom assim? Para valer a pena brigar?

Ele assentiu de novo.

Clara pareceu surpresa, mas acatou a opinião de Gamache.

– Então ela não teria que chantagear Castonguay. Aliás, parece que Castonguay estava desesperado para representar Lillian. Ela não precisava confrontá-lo. Ele estava convencido, queria as obras dela. A não ser que... – concluiu Clara, fazendo conexões – ... tenha sido isso que o fez perder a cabeça.

Ela olhou para Gamache, mas a expressão dele não dizia nada. Ele escutava. Atento, nada mais.

– Castonguay sabia que ia perder a Kelley Foods – prosseguiu Clara, analisando cuidadosamente os fatos. – Uma vez que ele largou o AA, isso era inevitável. A única esperança era encontrar alguém para substituir a empresa. Um artista. Mas não qualquer um. Tinha que ser brilhante. Essa pessoa salvaria a galeria dele. A carreira dele. Mas precisava ser alguém que ninguém mais conhecesse. Uma descoberta.

Ao redor dela, todos estavam em silêncio. Até a chuva tinha parado, talvez para ouvir melhor.

– Lillian e o trabalho dela iam salvar Castonguay – continuou Clara. – Mas Lillian fez algo que ele jamais esperava. Ela fez o que sempre fazia. Cuidou de si mesma. Conversou com Castonguay, mas também abordou monsieur Marois, o marchand mais poderoso. – Clara voltou-se para Marois. – E o senhor a contratou.

A expressão de François passou de um sorriso benigno e gentil para um sorriso de escárnio.

– Lillian Dyson era uma mulher adulta. Ela não tinha assinado com André – argumentou Marois. – Era livre para escolher quem bem entendesse.

– Castonguay viu Lillian daqui, na festa – recomeçou Clara, tentando não se deixar intimidar pelo olhar fixo de Marois. – Ele provavelmente quis ter uma conversa discreta com ela. Deve ter levado Lillian até o nosso quintal, para ter mais privacidade.

Todos imaginaram a cena. Os violinistas, a dança e as risadas.

Castonguay vê Lillian chegar, descer a Du Moulin, onde parou o carro.

Ele já bebeu algumas doses e corre para interceptá-la. Ansioso para fechar o acordo antes que ela tenha a chance de conversar com os outros convidados. Todos os marchands, curadores e galeristas.

Ele a conduz ao quintal mais próximo.

– Ele nem deve ter percebido que era o nosso – disse Clara, ainda observando Gamache.

Ele ainda não revelava nada. Só escutava.

O silêncio era total. Como se o mundo tivesse parado, encolhido. Até se tornar aquele instante, aquele lugar. E aquelas palavras.

– Então Lillian contou para ele que tinha assinado um contrato com François Marois.

Clara parou, vendo, em sua cabeça, o galerista arrasado. Com 60 e tantos anos e arruinado. Um homem bêbado e sem dinheiro. Que havia recebido o último golpe. E o que ele fez?

– Ela era a última esperança dele – disse Clara, em voz baixa. – E ele a havia perdido.

– Ele vai alegar semi-imputabilidade e homicídio culposo – disse o chefe de Justiça Pineault. – Com certeza estava bêbado na hora.

– Na hora do quê? – perguntou Gamache.

– Na hora em que matou Lillian – respondeu Thierry.

– Ah, mas André Castonguay não matou Lillian. Foi um de vocês.

VINTE E OITO

Agora, até Ruth prestava atenção. Do lado de fora, a chuva havia recomeçado, descendo do céu escuro e atingindo as janelas em grandes chicotadas, a água escorrendo grossa nos vidros antigos. Peter foi até a porta da varanda e a fechou.

Agora eles estavam lacrados ali dentro.

Ele voltou a se juntar ao grupo, amontoado num círculo irregular. Olhando uns para os outros.

– Castonguay não matou Lillian? – repetiu Clara. – Então quem foi?

Eles olharam de relance uns para os outros, tomando cuidado para não fazer contato visual. E, então, todos os olhos retornaram para Gamache. No meio da roda.

As luzes piscaram e, mesmo com as janelas fechadas, eles ouviram o estrondo de um trovão. E viram um clarão quando a floresta em volta deles se iluminou. Brevemente. E, depois, retornou à escuridão.

Gamache falava baixo. Mal era ouvido por cima da chuva e dos trovões.

– Uma das primeiras coisas que nos intrigaram neste caso foi o contraste entre as duas Lillians. A mulher cruel que você conheceu – disse ele, olhando para Clara. – E a mulher gentil e feliz que você conheceu – completou, voltando-se para Suzanne.

– *Chiaroscuro* – disse Denis Fortin.

Gamache assentiu.

– Exatamente. Luz e sombra. Quem ela era de verdade? Qual era a verdadeira Lillian?

– As pessoas mudam? – perguntou Myrna.

– As pessoas mudam? – repetiu Gamache. – Ou, em algum momento, voltam a ser quem são? Parece haver pouca dúvida de que Lillian Dyson foi uma pessoa horrível, que magoava todo mundo que tivesse a infelicidade de se aproximar dela. Cheia de amargura e autopiedade. Lillian esperava que tudo fosse dado a ela de bandeja e, quando isso não acontecia, não conseguia lidar com a situação. Demorou quarenta anos, mas, por fim, a vida dela saiu do controle, um processo acelerado pelo álcool.

– Ela chegou ao fundo do poço – disse Suzanne.

– E se partiu em mil pedaços – disse Gamache. – E, embora estivesse claro para nós que um dia ela foi uma pessoa horrível, também estava claro que estava tentando se curar. Tentando se reerguer com a ajuda do AA e encontrar... – continuou ele, olhando para Suzanne – ... como foi mesmo que a senhora falou?

Ela pareceu confusa por um instante, depois sorriu de leve.

– Um lugar tranquilo ao sol.

Gamache aquiesceu, pensativo.

– *Oui, c'est ça*. Mas como encontrar esse lugar?

O inspetor-chefe examinou o rosto deles e se demorou brevemente em Beauvoir, que parecia prestes a chorar.

– A única maneira era parar de beber. Mas, como eu descobri nos últimos dias, para os alcoólicos parar de beber é só o começo. Eles precisam mudar. As percepções, as atitudes. E têm que limpar a bagunça que deixaram para trás. *O alcoólico é como um tornado, atravessando, com um estrondo, a vida dos outros* – citou Gamache. – Lillian sublinhou essas palavras no seu livro do AA, e também outra passagem: *Corações são partidos. Doces relacionamentos morrem.*

Os olhos dele pousaram em Clara agora. Que parecia emocionada.

– Eu acho que ela realmente estava arrependida do que fez com você e com a amizade de vocês. De não apenas não ter te apoiado, mas, na verdade, ter tentado destruir a sua carreira. Era uma das coisas de que ela sinceramente se envergonhava. Eu não tenho certeza, é claro – disse Gamache.

Para Clara, todos os outros despareceram. Estavam os dois sozinhos na sala.

– Mas eu acho que a ficha de ingresso que vocês encontraram no quintal era dela – prosseguiu Gamache. – Acho que Lillian a trouxe com ela e a estava segurando, tentando tomar coragem para falar com você. Para pedir desculpas.

Gamache tirou uma ficha do bolso e a segurou na palma aberta. Era a ficha de iniciante de Bob. A que ele dera a Gamache na reunião do AA. O inspetor-chefe hesitou apenas um instante, depois a ofereceu a Clara.

– Quem é que você precisa – murmurou Ruth – *perdoar há tantos anos?*

Ela se voltou para o outro lado da sala, mas Olivier não estava olhando para ela. Como todos os outros, ele tinha os olhos fixos em Clara e Gamache.

Clara estendeu o braço e pegou a ficha, fechando a mão ao redor dela.

– Mas Lillian nunca teve a chance de se desculpar – continuou Gamache. – Ela cometeu um erro terrível. Na pressa de se curar, pulou alguns passos do AA. Em vez de passar por todas as etapas devagar e com cuidado, na ordem, foi direto para o nono passo. Vocês se lembram das palavras exatas? – perguntou ele aos três membros do AA.

– *Fizemos reparações diretas dos danos causados a tais pessoas sempre que possível* – disse Suzanne.

– Mas tem uma segunda parte, não é? – perguntou Gamache. – Todo mundo se concentra na parte das reparações. Só que tem mais.

– *Salvo quando fazê-las significasse prejudicá-las ou a outrem* – respondeu Brian.

– Mas como pedir desculpas pode prejudicar alguém? – quis saber Paulette.

– Reabrindo velhas feridas – explicou Suzanne.

– Ao tentar acalmar os próprios demônios – prosseguiu Gamache –, Lillian inesperadamente atiçou os de outra pessoa. Algo que estava adormecido voltou à vida.

– Acha que ela tentou abordar alguém que não quis ouvir? – perguntou Thierry.

– Lillian não era um tornado – explicou Gamache. – Um tornado é um fenômeno destrutivo, mas natural. Sem vontade ou intenção. Lillian magoava as pessoas de propósito, com maldade. Planejava a ruína delas. E, para os artistas, a arte não é só um trabalho ou uma carreira. Criar é o que eles são. Se você destrói isso, destrói os artistas.

– É uma forma de assassinato – disse Brian.

Gamache observou o jovem por um instante, depois assentiu.

– É exatamente isso. Lillian Dyson assassinou, ou tentou assassinar, muita gente. Não fisicamente, mas com a mesma crueldade. Matando os sonhos das pessoas. A criação delas.

– A arma dela eram as críticas – afirmou Normand.

– Aquilo não eram só críticas – disse Gamache. – Pessoas criativas sabem que receber críticas, às vezes negativas, é parte do pacote. Não é agradável, mas é a realidade. Só que as palavras de Lillian eram cáusticas. Calculadas para levar pessoas sensíveis ao limite. E levaram. Mais de uma pessoa desistiu da carreira artística depois de ter sido julgada e humilhada.

– Ela precisava se desculpar muito – disse Fortin.

Gamache se voltou para o galerista.

– Precisava. E começou cedo. Mas não levou em conta a segunda parte desse passo. Que fala sobre a possibilidade de prejudicar as pessoas. Ou talvez tenha levado.

– Como assim? – perguntou Suzanne.

– Eu acho que algumas das desculpas, embora precoces, foram sinceras. Já outras não. Ela podia estar se curando, mas ainda não estava saudável. Velhos hábitos ressurgiram, disfarçados de atitudes nobres. Afinal, como muitos de vocês acabaram de perguntar, como pedir desculpas pode prejudicar alguém? Só que às vezes prejudica. Um dos pedidos deu uma motivação ao assassino. Outro deu a ele uma oportunidade.

Eles voltaram a se entreolhar. Gamache viu Beauvoir se esgueirar em meio às sombras e parar na porta da cozinha. A única saída da sala.

Estavam quase lá. Gamache sabia. Beauvoir sabia. E outra pessoa daquela sala escura também sabia. O assassino devia estar sentindo o hálito quente dos policiais na nuca.

Gamache se virou para Clara.

– Lillian veio até aqui para se desculpar com você. Eu realmente acho que em grande parte ela estava sendo sincera. Mas em parte não. Ela não precisava aparecer na noite da sua grande festa. Não precisava usar um vestido feito para chamar atenção. Lillian sabia que, provavelmente, era a última pessoa que você ia querer ver quando estivesse comemorando seu sucesso.

– Então por que ela veio? – perguntou Clara.

– Porque a parte dela que ainda estava doente queria te machucar. Arruinar a sua grande noite.

Clara apertou a ficha com mais força, sentindo um círculo duro se formar em sua palma.

– Mas como ela soube da festa? – perguntou Myrna. – Era uma festa particular. E como ela encontrou este lugar? Three Pines não é exatamente um destino turístico.

– Alguém contou para ela – respondeu Gamache. – O assassino contou para ela. Sobre a festa e como chegar aqui.

– Por quê? – quis saber Peter.

– Porque o assassino queria machucar Lillian. Matar Lillian. Mas também queria atingir Clara.

– Eu? – perguntou Clara, estupefata. – Por quê? Quem?

Ela olhou ao redor, em busca de alguém que pudesse odiá-la daquele jeito. E seus olhos pousaram em uma pessoa.

VINTE E NOVE

Todos se viraram para olhar.

O assassino sorriu, hesitante, então seus olhos varreram rápido a sala e pousaram, finalmente, em Jean Guy Beauvoir, parado na porta da cozinha. A única saída. Bloqueada.

– Você? – disse Clara, quase em um sussurro. – Você matou Lillian?

Denis Fortin se voltou para Clara.

– Lillian Dyson teve o que merecia. A única surpresa é ninguém ter torcido o pescoço dela antes.

Olivier, Gabri e Suzanne se afastaram dele, passando para o lado oposto da sala. O galerista se levantou e olhou para eles, do outro lado do que era agora um grande abismo.

Só Gamache parecia tranquilo. Ao contrário do restante das pessoas presentes, ele não tinha corrido para um lugar seguro, mas continuava sentado em frente a Fortin.

– Lillian foi se desculpar com o senhor, não foi? – perguntou o inspetor-chefe, como se estivesse tendo uma conversa amistosa com um convidado um tanto irritável.

Fortin olhou para ele e, por fim, assentiu, depois voltou a se sentar.

– Ela nem marcou hora. Simplesmente apareceu na galeria. Pedindo desculpas por ter sido tão horrível naquela crítica.

Fortin teve que fazer uma pausa para se recompor.

– "Desculpa" – disse ele, levantando um dedo para cada palavra. – "Eu fui cruel na crítica do seu trabalho."

Ele olhou para os dedos.

– Nove palavras, e ela achou que nós estávamos quites. O senhor viu a crítica?

Gamache assentiu.

– Estou com ela aqui. Mas não vou ler.

Fortin o olhou nos olhos.

– Bom, obrigado por isso, pelo menos. Eu não consigo nem lembrar as palavras exatas, mas sei que foi como se ela tivesse amarrado uma bomba no meu peito e detonado. E o pior é que, na exposição, ela era só elogios. Não podia ter sido mais simpática. Disse o quanto tinha amado os trabalhos. Ela me convenceu que eu podia esperar uma crítica elogiosa no *La Presse* daquele sábado. Esperei a semana inteira, mal consegui dormir. Contei para a minha família inteira e para todos os meus amigos.

Fortin parou para se recompor de novo. As luzes piscaram, desta vez permanecendo apagadas por mais tempo. Peter e Clara pegaram algumas velas no aparador e as espalharam pela sala, prontas para o caso de faltar luz.

Lá fora, um raio criou um clarão, como uma árvore atrás das montanhas. Aproximando-se de Three Pines.

A chuva açoitava as vidraças.

– E aí veio a crítica. Não era só ruim, mas uma catástrofe. Maliciosa. Debochada. Ela ridicularizou as minhas obras. Os meus quadros podiam não ser brilhantes, mas eu estava só começando, fazendo o meu melhor. E ela enfiou os saltos altos neles. Foi mais do que humilhante. Eu podia até ter conseguido me recuperar da humilhação, o problema é que ela me convenceu de que eu não tinha talento. Ela matou a melhor parte de mim.

Denis Fortin parou de tremer. Parou de se mexer. Parecia ter parado de respirar. Simplesmente parou. E ficou olhando para o nada.

Um clarão gigante iluminou a praça do vilarejo, no que foi seguido imediatamente por um estrondo tão alto que chacoalhou a casinha. Todo mundo se assustou, inclusive Gamache. A chuva agora martelava as janelas, exigindo entrar. Lá fora, eles ouviram o vento selvagem balançar as árvores. Dobrá-las, sacudi-las. No relâmpago seguinte, eles viram folhas novas serem arrancadas dos bordos e choupos e ricochetearem pela praça. Ouviram os álamos, que se retorciam.

E, no meio do vilarejo, viram os três grandes pinheiros, cujas copas giravam. Recebendo o furacão.

Os convidados se voltaram uns para os outros, de olhos arregalados. Aguardando. Escutando. Esperando o rasgo, o estrondo, a batida.

– Eu parei de pintar – disse Fortin, falando mais alto para ser ouvido.

Ele era o único que parecia não notar a tempestade ou não se importar com ela.

– Mas você fez uma carreira como galerista – disse Clara, tentando ignorar o que acontecia lá fora. – Tinha muito sucesso.

– E você arruinou tudo isso – disse Fortin.

Agora, a tempestade estava bem em cima deles. Peter acendeu as velas e os lampiões a óleo, já que as luzes acendiam e apagavam. Acendiam e apagavam.

Clara, no entanto, estava imóvel na cadeira. Encarando Denis Fortin.

– Eu falei para todo mundo que te larguei porque você era péssima, e eles acreditaram. Até que o Musée resolveu fazer uma exposição sua. Uma individual, cacete! Eu fiquei parecendo um idiota. Perdi toda a credibilidade. Eu não tinha nada além da minha reputação, e você me tirou isso.

– Foi por isso que você matou Lillian aqui? – perguntou Clara. – No nosso quintal?

– Quando as pessoas se lembrarem da sua exposição – disse ele, olhando para Clara –, eu quero que elas se lembrem de um corpo no seu quintal. Quero que você se lembre disso. Que pense na sua exposição e veja Lillian morta.

Ele encarou, com ódio, o semicírculo de rostos, que pareciam ver nele algo fétido, fecal.

As luzes piscaram e, depois, ficaram mais fracas. Uma queda de tensão. Dava para sentir que as luzes lutavam para continuar acesas.

E, então, elas se foram.

E eles ficaram com o brilho trêmulo das velas.

Ninguém falava nada. Apenas esperavam, para ver se algo mais acontecia. Algo pior. Escutavam o vento fustigar, furioso, as árvores, e a chuva bater nas janelas e no telhado.

Gamache, porém, não desgrudava os olhos de Denis Fortin.

– Se você me odiava tanto assim, por que foi à vernissage no Musée? – quis saber Clara.

Fortin se voltou para Gamache.

– O senhor é capaz de adivinhar?

– Para pedir desculpas – respondeu Gamache.

Fortin sorriu.

– Depois que Lillian foi embora e aquele grito se acalmou na minha cabeça, eu parei para pensar.

– Como matar duas vezes – completou Gamache.

– Um golpe de misericórdia – disse Fortin.

– Isso não teve nada a ver com misericórdia – afirmou Gamache. – Foi um plano cheio de ódio.

– Se isso é verdade, foi Lillian quem abasteceu com ódio – retrucou Fortin. – Ela criou o monstro. Não devia ter ficado tão surpresa quando ele se voltou contra ela. Mas, como o senhor sabe, ela ficou.

– Como você sabia que Lillian me conhecia? – perguntou Clara.

– Ela me contou. Ela me disse o que ia fazer. Sair por aí se desculpando com as pessoas. Falou que tentou te encontrar, mas não te achou, então perguntou se eu já havia ouvido falar de você.

– E o que você falou?

Ele sorriu de novo. Lentamente.

– Primeiro, eu disse que não, mas, depois que ela foi embora, fiquei pensando. Daí eu liguei para ela e falei da sua exposição. A reação dela à notícia quase já foi vingança suficiente. Ela não ficou muito feliz quando soube.

O sorriso cruel de Fortin se espalhou até os olhos.

– A cena artística do Quebec é um ovo, e eu tinha ouvido falar do pós-festa que ia ter aqui, embora, é claro, não tivesse sido convidado. Eu contei para Lillian e sugeri que seria um bom lugar para ela conversar com você. Levou alguns dias, mas ela me ligou de volta. Pedindo os detalhes.

– Mas você tinha um problema – disse o inspetor-chefe. – Já havia estado em Three Pines antes, então podia dar as coordenadas para Lillian. E sabia que ela não ia se importar de entrar de penetra. Mas você também precisava estar aqui. E, para isso, precisava de um convite legítimo. Só que não estava exatamente em bons termos com a Clara.

– É verdade, mas Lillian me deu uma ideia – disse Fortin, olhando para Clara. – Eu sabia que, se pedisse desculpas, você aceitaria. E é por isso que você nunca vai ter sucesso na cena artística. Não tem sangue nos olhos. Não tem coragem. Eu sabia que, se pedisse para vir à festa daqui, implorasse, você diria sim. Mas eu não precisei. Você me convidou.

Fortin balançou a cabeça.

– Quer dizer, sério? Eu te trato feito lixo e você não só me desculpa como me convida para a sua casa? Você precisa ter mais bom senso, Clara. As pessoas vão acabar tirando vantagem se você não tomar cuidado.

Clara olhou para ele com ódio, mas manteve a boca fechada.

Outro trovão explosivo chacoalhou a casa, enquanto a tempestade crescia e fustigava o vale, presa ali.

A sala de estar tinha um ar intimista. Ancestral. Como se um antigo pecado tivesse sido revelado. A luz das velas vacilava, iluminando pessoas e móveis. Transformando-os em sombras grotescas nas paredes, como se houvesse outra série de ouvintes sombrios atrás deles.

– Como o senhor descobriu que eu matei Lillian? – perguntou Fortin a Gamache.

– No fim das contas, foi muito simples – respondeu Gamache. – Precisava ser alguém que já havia estado no vilarejo antes. Que sabia não só como encontrar Three Pines, mas qual era a casa da Clara. Parecia muita coincidência Lillian ser morta por acaso logo no quintal da Clara. Não, isso tinha sido planejado. E, nesse caso, qual seria o objetivo? Matar Lillian no quintal atingiu duas pessoas. Lillian, obviamente. Mas também Clara. E a festa lhe deu um vilarejo cheio de suspeitos. Outras pessoas que conheciam Lillian. E talvez a quisessem morta. Isso também explicava o *timing*. O assassino tinha que ser alguém da comunidade artística que conhecia Clara, Lillian e Three Pines.

O inspetor-chefe fitou os olhos brilhantes de Fortin.

– Você.

– Se estiver atrás de algum remorso, não vai encontrar. Ela era detestável e vingativa.

Gamache aquiesceu.

– Eu sei. Mas estava tentando melhorar. Lillian pode até não ter se expressado como você gostaria, mas eu acho que realmente estava arrependida do que fez.

– Tente perdoar alguém que arruinou a sua vida, seu babaca arrogante, depois vem aqui me dar sermão.

– Se é esse o critério, então deixa eu te dar um sermão.

Todos se voltaram para um canto escuro onde havia apenas uma sugestão de silhueta. De uma mulher estranha, com roupas descombinadas.

– *Arte é a natureza dela* – disse Suzanne, em um sussurro, mas ainda assim ouvido em meio ao barulho do lado de fora –, *produzi-la é uma função fisiológica*. Eu consegui perdoar isso. E sabe por quê?

Ninguém respondeu.

– Que Deus me perdoe, não por Lillian, mas por mim. Eu me agarrei àquela mágoa, cultivei e alimentei o meu sofrimento. Até que ele quase me consumiu. Mas, um dia, eu desejei algo ainda mais que a minha dor.

A tempestade parecia ter escapado do vale e, lentamente, se arrastava para outro destino.

– Um lugar tranquilo – disse o inspetor-chefe Gamache – ao sol.

Suzanne sorriu e assentiu.

– Paz.

TRINTA

A manhã seguinte amanheceu nublada, mas fresca. A chuva e a forte umidade do dia anterior tinham desaparecido. À medida que a manhã avançava, surgiam espaços entre as nuvens.

– *Chiaroscuro* – disse Thierry Pineault, que alcançara Gamache em sua caminhada matinal.

Havia folhas e pequenos galhos espalhados na praça e nos jardins diante das casas, mas nenhuma árvore caíra com a tempestade.

– *Pardon?*

– O céu – explicou Pineault, apontando para cima. – Está com um contraste de luz e sombra.

Gamache sorriu.

Eles caminharam devagar e em silêncio. Enquanto andavam, viram Ruth sair de casa, fechar o portãozinho e mancar ao longo de um gasto caminho até o banco. Ela secou a madeira molhada com a mão e se sentou, olhando para longe.

– Coitada da Ruth – comentou Pineault. – Passa o dia sentada naquele banco alimentando os pássaros.

– Coitados dos pássaros – retrucou Gamache, fazendo Pineault rir.

Enquanto eles a observavam, Brian saiu da pousada. Acenou para o chefe de Justiça, meneou a cabeça para Gamache e depois atravessou a praça para se sentar ao lado de Ruth.

– Ele tem alguma inclinação suicida? – perguntou Gamache. – Ou só atração por criaturas feridas?

– Nenhuma das duas coisas. É atraído por criaturas que estão se curando.

— Ele ia se dar bem aqui — disse o inspetor-chefe, olhando ao redor.

— O senhor gosta daqui, não é? — perguntou Thierry, observando o homem grande a seu lado.

— Gosto.

Os dois pararam e observaram Brian e Ruth sentados lado a lado, aparentemente cada um em seu próprio mundo.

— O senhor deve ter muito orgulho dele — disse Gamache. — É incrível que um garoto com um histórico desses esteja sóbrio e limpo.

— Eu estou feliz por ele — respondeu Thierry. — Mas não orgulhoso. Não é meu papel ter orgulho dele.

— Acho que o senhor está sendo modesto. Imagino que nem todo padrinho tenha tanto sucesso.

— Padrinho? — disse Thierry. — Eu não sou o padrinho dele.

— Então o que o senhor é? — perguntou Gamache, tentando não demonstrar surpresa.

Ele olhou para o chefe de Justiça e depois para o jovem cheio de piercings no banco.

— Sou afilhado. Ele é o meu padrinho.

— Como? — disse Gamache.

— Brian é o meu padrinho. Ele está sóbrio há oito anos, eu estou só há dois.

Gamache olhou para o elegante Thierry Pineault, com suas calças de flanela cinza e um leve suéter de caxemira, e depois novamente para o skinhead.

— Eu sei o que o senhor está pensando, inspetor-chefe, e tem razão. Brian é bastante tolerante comigo. Ele é muito julgado pelos amigos quando somos vistos em público. Por causa dos meus ternos, das gravatas e tal. São muito constrangedores.

Thierry sorriu.

— Não era bem isso que eu estava pensando — disse Gamache. — Mas quase.

— O senhor não achou mesmo que eu fosse o padrinho dele, achou?

— Bom, eu com certeza não achei que fosse o contrário — admitiu Gamache. — Não tinha...

— Outra pessoa? — perguntou Thierry. — Várias, mas eu tive as minhas razões para escolher Brian. Sou grato por ele ter aceitado ser o meu padrinho. Ele salvou a minha vida.

– Nesse caso, eu também sou grato a ele – disse Gamache. – E peço desculpas.

– Isso é uma reparação, inspetor-chefe? – perguntou Thierry, com um sorriso largo.

– É, sim.

– Então eu aceito.

Eles continuaram a caminhar. Era pior do que Gamache temia. Ele havia se perguntado quem seria o padrinho do chefe de Justiça. Alguém do AA, obviamente. Outro alcoólico, com uma enorme influência sobre aquele homem extremamente influente. Mas nunca ocorrera a Gamache que Thierry Pineault havia escolhido um skinhead nazista como padrinho.

Ele só podia estar bêbado na época.

– Eu sei que estou me metendo...

– Então não diga nada, inspetor-chefe.

– ... mas não é uma situação qualquer. O senhor é um homem importante.

– E Brian, não?

– É claro que é. Mas também é um criminoso condenado. Um jovem com histórico de alcoolismo e abuso de drogas, que matou uma garotinha por dirigir bêbado.

– O que o senhor sabe sobre esse caso?

– Sei o que ele admite. Eu ouvi o testemunho dele. E sei que ele foi preso por isso.

Eles caminharam em silêncio ao redor da praça, enquanto a chuva do dia anterior se transformava em uma névoa à medida que a manhã esquentava. Ainda era cedo. Poucos tinham se levantado. Só a névoa e os dois homens, que davam voltas e voltas ao redor dos três pinheiros altos. Além de Ruth e Brian, no banco.

– A garotinha que ele matou era minha neta.

Gamache parou.

– Sua neta?

Thierry também parou e assentiu.

– Aimée. Tinha 4 anos. Teria 12 hoje. Se não tivesse acontecido o acidente. Brian ficou cinco anos preso. No dia em que saiu, ele apareceu na nossa casa. E pediu desculpas. Nós não aceitamos, é claro. Mandamos ele embora. Mas ele continuou vindo. Aparando a grama da minha filha, lavando o carro deles. Infelizmente, muitas dessas tarefas estavam por fazer. Eu bebia demais e não ajudava muito. E Brian começou a fazer todas essas coisas. Uma vez por semana, ele aparecia e fazia as tarefas domésticas, para ela e para nós. Ele nunca falava nada. Só aparecia, trabalhava e ia embora.

Thierry retomou a caminhada, e Gamache o acompanhou.

– Um dia, mais ou menos um ano depois, ele começou a falar comigo sobre a bebida. Por que bebia e como se sentia. Era exatamente como eu me sentia. Eu não admiti, é claro. Não queria aceitar que tivesse algo em comum com aquela criatura horrível. Mas Brian sabia. Então, um dia, ele disse que íamos dar uma volta de carro. E me levou para a minha primeira reunião do AA.

Eles estavam de volta perto do banco.

– Ele salvou a minha vida. Eu trocaria, de bom grado, minha vida por Aimée. E sei que Brian também. Quando eu estava sóbrio havia alguns meses, ele veio até mim de novo e pediu o meu perdão.

Thierry parou na rua.

– E eu dei.

– Clara, não. Por favor.

Peter estava de pé no quarto deles, só com a calça do pijama.

Clara olhou para ele. Não havia um único ponto daquele corpo bonito que não tivesse tocado. Acariciado. Amado.

E, ela sabia, que não continuasse amando. O problema não era o corpo dele. Nem a mente. Mas o coração.

– Você precisa ir embora – disse ela.

– Mas por quê? Eu estou me esforçando, juro que estou.

– Eu sei que está, Peter. Mas a gente precisa de um tempo separados. Nós dois temos que descobrir o que é importante. Sei que *eu* preciso. Talvez isso faça com que a gente valorize o que tem.

– Mas eu já valorizo – implorou Peter.

Ele olhou em volta, em pânico. A ideia de ir embora o apavorava. Ir embora daquele quarto, daquela casa. Deixar os amigos. O vilarejo. Clara.

Subir aquela rua e aquela colina. Ir embora de Three Pines.

Para onde? Que lugar poderia ser melhor que aquele?

– *Ah, não não não* – murmurou ele.

Mas ele sabia que, se Clara queria aquilo, então tinha que ir. Tinha que ir embora.

– É só por um ano – disse Clara.

– Jura? – disse ele, os olhos brilhantes fixos nos dela, temerosos de piscar e fazer com que ela desviasse o olhar.

– No ano que vem, exatamente neste dia – disse Clara.

– Eu vou voltar para casa – concordou Peter.

– E eu vou estar te esperando. A gente vai fazer um churrasco, só nós dois. Bifes. E aspargos. E baguetes da *boulangerie* da Sarah.

– Eu vou trazer uma garrafa de vinho – afirmou ele. – E a gente não vai convidar a Ruth.

– A gente não vai convidar ninguém – concordou Clara.

– Só nós dois.

– Só nós dois – repetiu ela.

Então Peter Morrow se vestiu e arrumou uma única mala.

Da janela do quarto, Jean Guy Beauvoir viu o chefe caminhar devagar até o carro. Sabia que precisava se apressar, não era bom deixar o homem esperando, mas tinha algo a fazer primeiro.

Algo que sabia que, finalmente, podia fazer.

Após se levantar, tomar um comprimido e o café da manhã, Beauvoir soube que aquele era o dia.

Peter jogou a mala no carro. Clara estava ao lado dele.

Peter sentiu que estava prestes a falar a verdade.

– Tem uma coisa que eu preciso te contar.

– A gente já não falou o suficiente? – perguntou ela, exausta.

Clara não tinha dormido a noite toda. A energia finalmente havia voltado às duas e meia e ela ainda estava acordada. Após desligar todas as luzes e ir até o banheiro, ela tinha se arrastado de volta para a cama.

E observado Peter dormir. Observado Peter respirar, com o rosto esmagado no travesseiro. Seus longos cílios unidos. As mãos relaxadas.

Ela examinou aquele rosto. Aquele corpo adorável, lindo depois dos 50. E agora chegara o momento de deixá-lo ir.

– Não, eu preciso te contar uma coisa – insistiu ele.

Ela olhou para ele e esperou.

– Eu sinto muito que Lillian tenha escrito aquela crítica horrível na faculdade.

– Por que você está me dizendo isso agora? – perguntou Clara, intrigada.

– É que eu estava perto dela quando eles estavam observando o seu trabalho e acho que...

– Sim? – perguntou Clara, cautelosa.

– Eu devia ter dito para ela que seu trabalho era incrível. Quer dizer, eu disse que amava a sua arte, mas acho que devia ter sido mais claro.

Clara sorriu.

– Lillian era Lillian. Você não ia fazê-la mudar de ideia. Não se preocupe com isso.

Ela pegou as mãos de Peter e as acariciou de leve, depois o beijou na boca.

E foi embora. Cruzando o portão deles, atravessando o caminho deles e a porta dela.

Pouco antes de ela se fechar, Peter se lembrou de outra coisa.

– *Ressurreição!* – gritou ele. – *A esperança tem seu lugar entre os mestres modernos!*

Ele olhou para a porta fechada, certo de que havia gritado a tempo. É claro que ela havia escutado.

– Eu memorizei as críticas, Clara. Todas as boas. Sei de cor.

Mas Clara estava dentro de casa. Encostada na porta.

Com os olhos fechados, ela enfiou a mão no bolso e pegou a ficha. A ficha de ingresso.

Apertou-a com tanta força que uma prece ficou impressa na palma de sua mão.

Jean Guy pegou o telefone e começou a discar. Dois, três, quatro números. Indo o mais longe que já chegara antes de desistir. Seis, sete números.

As palmas de suas mãos suavam e ele sentiu uma tontura.

Pela janela, observava o inspetor-chefe jogar a bagagem no porta-malas.

O inspetor-chefe Gamache fechou a porta de trás do carro e se virou, observando Ruth e Brian.

Então outra pessoa entrou em seu campo de visão.

Olivier caminhava devagar, como se estivesse se aproximando de uma mina terrestre. Hesitou um instante, depois continuou, parando só quando alcançou o banco e Ruth.

Ela não se mexeu, continuou olhando para o céu.

– Ela vai ficar sentada aí para sempre, é claro – disse Peter, surgindo ao lado de Gamache. – Esperando por algo que não vai acontecer.

Gamache se virou para ele.

– Você acha que Rosa não vai voltar?

– Acho. E você também. Não existe bondade nas falsas esperanças.

Seu tom ao dizer isso era severo.

– Você não está esperando um milagre hoje? – perguntou Gamache.

– Você está?

– Sempre. E eu nunca me decepciono. Estou prestes a ir para casa, para os braços da mulher que amo e que me ama. Faço um trabalho em que acredito com pessoas que admiro. Todas as manhãs, quando jogo minhas pernas para fora da cama, sinto como se estivesse caminhando sobre as águas – declarou Gamache, olhando Peter nos olhos. – Como Brian disse ontem à noite, às vezes quem está se afogando é salvo.

Enquanto eles observavam a cena, Olivier se sentou no banco e se juntou a Ruth e Brian, olhando para o céu. Depois, tirou o cardigã azul e o colocou sobre os ombros de Ruth. A velha poeta não se mexeu. Mas, após um instante, ela disse:

– Obrigada, imbecil.

Onze números.

O telefone estava tocando. Jean Guy quase desligou. Seu coração batia tão forte que ele tinha certeza de que jamais ouviria se alguém respondesse. E provavelmente desmaiaria se isso acontecesse.

– *Oui, allô?* – disse a voz alegre.

– Alô? – conseguiu dizer. – Annie?

Armand Gamache observou Peter Morrow dirigir lentamente ao longo da Du Moulin e sair de Three Pines.

Quando se voltou para o vilarejo, viu Ruth se levantar. Ela estava olhando para longe. E, então, ele ouviu. Um grito distante. Um grito familiar.

Ruth examinou o céu, a mão ossuda e cheia de veias no pescoço, segurando o cardigã azul.

O sol irrompeu por uma pequena fresta entre as nuvens. A poeta velha e amargurada voltou o rosto para o lugar de onde vinha o grito e a luz. Esforçando-se para enxergar ao longe algo que não estava exatamente ali, ainda não era visível.

E, em seus olhos exaustos, havia um ponto minúsculo. Um brilho, um lampejo.

AGRADECIMENTOS

Muitas pessoas cochicharam no meu ouvido enquanto eu escrevia *Um truque de luz*. Algumas ainda estão na minha vida; outras já se foram, mas vão ser lembradas para sempre.

Não vou me estender muito. Quero apenas dizer que sou profundamente grata por ter tido a chance de escrever este livro. Muito mais do que isso, sou profundamente grata por, após resistir tantos anos, agora acreditar de olhos fechados que, às vezes, quem se afoga é salvo. E, após tossir ao voltar à tona, pode até encontrar um pouco de paz num pequeno vilarejo. Ao sol.

Obrigada a Michael, meu marido, parceiro e alma gêmea, por também acreditar nessas coisas. E acreditar em mim. Assim como eu acredito nele.

Obrigada a Hope Dellon, minha brilhante editora na Minotaur Books, cujo nome (Esperança em inglês) é perfeito. Seu dom extraordinário como editora só perde para seus dons como pessoa. A Dan Mallory, meu deslumbrante editor na Little, Brown, que tem asas nos pés e me levou para dar uma volta emocionante e vertiginosa com uma das estrelas do mercado editorial. Ele nunca mais vai me escapar.

Obrigada a Teresa Chris, minha agente incrível, que cruzou a fronteira profissional e virou uma amiga. Por guiar este livro e a minha carreira com uma mão tão segura e delicada.

Algo que me surpreendeu na carreira de escritora foi a montanha de detalhes envolvidos. Autorizações, correspondências, contabilidade, lidar com fornecedores e simplesmente organizar tudo para que aquilo que é importante, como a programação da turnê, não se perca. Sinceramente, sou péssima nesse tipo de coisa. Ainda bem que a fabulosa Lise Desrosiers é tão disciplinada e organizada quanto eu sou preguiçosa. Ao cuidar dessas partes da minha vida, Lise me deixou livre para escrever. Somos uma ótima equipe, e eu quero agradecer imensamente a ela não só pelo trabalho, mas também por seu infalível otimismo e bom humor.

Espero que você tenha gostado de *Um truque de luz*. Levei várias vidas para escrevê-lo.

Leia um trecho de

O BELO MISTÉRIO

o próximo caso de Armand Gamache

UM

Quando a última nota do cântico escapou da Capela Santíssima, um grande silêncio se instalou e, com ele, uma inquietação ainda maior.

O silêncio se estendeu. E se estendeu.

Mesmo para aqueles homens, acostumados ao silêncio, pareceu algo extremo.

Ainda assim, eles continuaram imóveis, em suas longas batinas pretas e capas brancas.

Esperando.

Também estavam acostumados à espera. Que também lhes pareceu extrema.

Os menos disciplinados entre eles lançavam olhares furtivos para o homem alto, magro e idoso que tinha sido o último a entrar e seria o primeiro a sair.

Dom Philippe mantinha os olhos fechados. O que antes era um momento de profunda paz, um momento particular com seu Deus particular, depois que as Vigílias terminavam e ele ainda ia sinalizar o início do Ângelus, agora não passava de uma fuga.

Ele havia fechado os olhos porque não queria ver.

Além disso, já sabia o que estava ali. O que sempre estivera. O que se encontrava ali séculos antes de ele chegar e, se Deus quisesse, continuaria ali por séculos após ele ser enterrado. Duas fileiras de homens à sua frente, todos de batina preta, capa branca e uma corda simples amarrada na cintura.

E, à direita dele, mais duas fileiras de homens.

Postadas frente a frente, uma em cada lado do piso de pedra da capela, como antigas linhas de batalha.

Não, disse ele à sua mente exausta. *Não. Não devo pensar nisso como uma batalha ou uma guerra. São apenas como pontos de vista opostos. Expressos em uma comunidade saudável.*

Então por que relutava tanto em abrir os olhos? Em começar o dia?

Em sinalizar o toque dos enormes sinos e anunciar o Ângelus para as florestas, os pássaros, os lagos e os peixes? Para os monges. Para os anjos e santos. E para Deus.

Alguém pigarreou.

Em meio ao grande silêncio, pareceu uma bomba. E, aos ouvidos do abade, pareceu o que realmente era.

Um desafio.

Com algum esforço, ele manteve os olhos fechados. Continuou imóvel e em silêncio. Mas já não havia paz. Agora só havia agitação, dentro e fora. Podia senti-la vibrar nas duas fileiras de homens que esperavam e no espaço entre elas.

Podia senti-la vibrar dentro de si.

Dom Philippe contou até 100. Devagar. Então, ao abrir os olhos azuis, fitou o outro lado da capela, o homem baixo e gorducho de olhos abertos, mãos cruzadas sobre a barriga e um pequeno sorriso no rosto de infinita paciência.

O abade estreitou ligeiramente os olhos, com uma expressão irritada, depois se recompôs e, erguendo a magra mão direita, deu o sinal. E os sinos tocaram.

O som perfeito, redondo e forte deixou a torre do sino e alçou voo na escuridão do início da manhã. Deslizou pelo lago claro, pelas florestas e colinas onduladas. Para ser ouvido por todos os tipos de criaturas.

E por 24 homens, em um remoto monastério do Quebec.

Um toque de trombeta. Um chamado urgente. O dia deles havia começado.

– Você não pode estar falando sério – disse Jean Guy Beauvoir, rindo.

– Estou, sim – disse Annie, assentindo. – Juro por Deus que é verdade.

– Você está me dizendo – perguntou, pegando da travessa outro pedaço de bacon curado no xarope de bordo – que o seu pai deu um tapetinho de banheiro de presente para a sua mãe no primeiro encontro?

– Não, não. Isso seria ridículo.

– Com certeza – concordou ele, comendo o bacon em duas mordidas.

Ao fundo, tocava um velho álbum da banda de rock Beau Dommage: "La complainte du phoque en Alaska". Uma música sobre uma foca solitária cujo amor fora embora. Beauvoir cantarolava baixinho a melodia conhecida.

– Ele deu o tapetinho para a minha avó quando eles se conheceram, para agradecer o convite para jantar.

Beauvoir caiu na risada.

– Ele nunca me contou isso – conseguiu dizer, finalmente.

– Bom, meu pai não costuma mencionar esse tipo de coisa em conversas formais. Coitada da minha mãe. Ela se sentiu na obrigação de casar. Afinal, quem mais ia querer ficar com ele?

Beauvoir riu de novo.

– Então, pelo visto, as expectativas são baixíssimas. Seria difícil eu te dar um presente pior.

Ele se abaixou e pegou algo no chão, ao lado da mesa da cozinha ensolarada. Naquele sábado, eles tinham feito o café da manhã juntos. Na pequena mesa de pinho havia uma travessa com bacon, ovos mexidos e brie derretido. No início daquele dia de outono, ele tinha vestido um suéter, dobrado a esquina do apartamento de Annie e ido até a padaria da Rue St. Denis atrás de croissants e *pain au chocolat*. Em seguida, Jean Guy havia perambulado pelas lojas locais, comprado dois cafés, os jornais de Montreal e mais uma coisa.

– O que é que você tem aí? – perguntou Annie Gamache, debruçando-se na mesa.

O gato saltou para o chão e encontrou um espaço onde o sol batia.

– Nada – disse ele, abrindo um sorriso largo. – Só um pequeno *je ne sais quoi* que eu vi e pensei em você.

Beauvoir ergueu o presente à vista dela.

– Seu cretino! – disse Annie, rindo. – Um desentupidor de privada!

– Com um laço de fita – disse Beauvoir. – Só para você, *ma chère*. Estamos juntos há três meses. Feliz aniversário de namoro.

– É claro, o desentupidor de aniversário. E eu não comprei nada para você.

– Eu te perdoo – disse ele.

Annie pegou o desentupidor.

— Vou pensar em você todas as vezes que usar. Embora eu ache que quem vai usar mais é você. Afinal, você solta cada merda...

— Muito gentil da sua parte — disse Beauvoir, abaixando a cabeça numa pequena mesura.

Annie empunhou o desentupidor, cutucando Beauvoir de leve com a ventosa de borracha vermelha como se fosse um florete e ela, um espadachim.

Beauvoir sorriu e tomou um gole do café aromático e forte. Aquilo era a cara de Annie. Enquanto outras mulheres poderiam ter fingido que o ridículo desentupidor era uma varinha mágica, ela o transformara numa espada.

É claro que, como Jean Guy logo percebeu, ele nunca daria um desentupidor de privada para nenhuma outra mulher. Só para Annie.

— Você mentiu para mim — disse ela, voltando a se sentar. — Meu pai obviamente te contou sobre o tapetinho de banheiro.

— Contou — admitiu Beauvoir. — A gente estava em Gaspé, no chalé de um caçador ilegal, procurando evidências, quando ele abriu um armário e encontrou não um, mas dois tapetes de banheiro novinhos em folha, ainda na embalagem.

Enquanto eles conversavam, Beauvoir encarava Annie. Os olhos dela não desgrudavam dele, mal piscavam. Ela assimilava cada palavra, cada gesto, cada inflexão. Enid, sua ex-mulher, também costumava escutá-lo. Mas sempre havia uma ponta de desespero, uma exigência. Como se ele lhe devesse alguma coisa. Como se ela estivesse morrendo e ele fosse o remédio.

Enid o deixava esgotado e, ainda assim, sentindo-se inadequado.

Já Annie era mais gentil. Mais generosa.

Como o pai, escutava com atenção e em silêncio.

Com Enid, ele nunca falava de trabalho, e ela nunca perguntava. Para Annie, Beauvoir contava tudo.

Agora, enquanto passava *confiture* de morango no croissant quente, contava a ela sobre o chalé do caçador ilegal e o caso, o terrível assassinato de uma família. Contava o que eles haviam encontrado, como tinham se sentido e quem haviam prendido.

— Os tapetinhos acabaram sendo as principais provas — disse Beauvoir, levando o croissant à boca. — Embora a gente tenha levado um bom tempo para descobrir.

— Foi aí que o meu pai te contou a própria história triste de tapetinhos de banheiro?

Beauvoir aquiesceu, mastigou e tornou a ver o inspetor-chefe no chalé escuro. Sussurrando a história. Eles não sabiam quando o caçador iria voltar e não queriam ser pegos ali. Tinham um mandado de busca, mas preferiam que ele não soubesse disso. Então, enquanto faziam sua hábil revista, o inspetor-chefe contara a Beauvoir sobre o tapetinho. Sobre quando tinha ido a um dos jantares mais importantes de sua vida, desesperado para impressionar os pais da mulher por quem estava perdidamente apaixonado. E sobre como, de alguma forma, pensara que um tapetinho de banheiro era o presente ideal para a anfitriã.

"Como o senhor pode ter pensado uma coisa dessas?", havia murmurado Beauvoir, olhando de relance pela janela rachada e cheia de teias de aranha, torcendo para não ver o maltrapilho caçador voltando com a caça.

"Bom", dissera Gamache, para depois fazer uma pausa, obviamente tentando se lembrar do próprio pensamento, "madame Gamache vira e mexe me faz a mesma pergunta. A mãe dela também nunca se cansava de perguntar. Já o pai concluiu que eu era um imbecil e nunca mais tocou no assunto, o que foi pior. Quando eles morreram, a gente encontrou o tapetinho no armário de toalhas, ainda dentro da embalagem, com o cartão junto."

Beauvoir parou de falar e olhou para Annie. Os cabelos dela ainda estavam úmidos do banho que eles haviam tomado juntos. Ela tinha um cheiro fresco e limpo. Como algo cítrico debaixo do sol quente. Estava sem maquiagem. Usava pantufas aconchegantes e roupas largas e confortáveis. Annie entendia de moda e gostava de se vestir bem. Porém gostava mais ainda de se sentir à vontade.

Ela não era magra. Não tinha uma beleza estonteante. Annie Gamache não contava com nenhuma das coisas que sempre o haviam atraído numa mulher. Mas sabia algo que a maioria das pessoas nunca aprende. Sabia como era bom estar viva.

Tinha demorado quase quarenta anos, mas finalmente Jean Guy Beauvoir também entendera. E agora ele sabia que não havia beleza maior.

Annie estava chegando aos 30. Não passava de uma adolescente desajeitada quando eles se conheceram, na época em que o inspetor-chefe levara Beauvoir para a Divisão de Homicídios da Sûreté du Québec. Entre as centenas de agentes e inspetores sob o comando do chefe, ele havia escolhido como segundo em comando aquele jovem audacioso que ninguém queria.

Ele o tornara parte da equipe e, ao longo dos anos, da família.

Embora nem mesmo o inspetor-chefe fizesse ideia de quanto Beauvoir agora pertencia à sua família.

– Bom – disse Annie com um sorriso travesso –, agora a gente tem a nossa própria história de banheiro para intrigar os nossos filhos. Quando a gente morrer, eles vão encontrar isto aqui e se perguntar por quê.

Ela levantou o desentupidor, ainda com o alegre laço vermelho.

Beauvoir não ousou dizer nada. Será que Annie fazia ideia do que havia acabado de dizer? Da facilidade com que presumira que eles teriam filhos? Netos. Morreriam juntos. Em uma casa cheirando a frutas cítricas e café. Com um gato enroscado sob o sol.

Eles estavam juntos havia três meses e nunca tinham falado do futuro. Mas agora, ouvindo, parecia natural. Como se sempre tivesse sido esse o plano. Ter filhos. Envelhecer juntos. Beauvoir fez os cálculos: ele era dez anos mais velho que ela e quase com certeza morreria antes. Ficou aliviado.

No entanto, algo o estava incomodando.

– A gente precisa contar para os seus pais – disse ele.

Annie ficou em silêncio e arrancou um pedaço do croissant.

– Eu sei. E não é que eu não queira. Mas isso também é bom. Só nós dois – disse ela, hesitando e olhando para a cozinha e para a sala de estar forrada de livros.

– Você tem medo?

– Da reação deles?

Annie fez uma pausa, e o coração de Jean Guy de repente disparou. Ele esperava que ela dissesse que não. Que garantisse que não estava nem um pouco preocupada se os pais iriam aprovar ou não.

Mas, em vez disso, ela hesitava.

– Talvez um pouco – admitiu. – Eu tenho certeza que eles vão adorar, mas isso muda as coisas. Sabe?

Ele sabia, mas não tinha ousado admitir. E se o chefe não aprovasse? Ele não poderia impedi-los, mas seria um desastre.

Não, disse Jean Guy a si mesmo pela centésima vez, *vai dar tudo certo. O chefe e madame Gamache vão ficar felizes. Muito felizes.*

Mas ele queria ter certeza. Queria saber. Era da sua natureza. Beauvoir ganhava a vida coletando fatos, e aquela incerteza estava pesando sobre ele. Era a única sombra em uma vida súbita e inesperadamente luminosa.

Não podia continuar mentindo para o chefe. Havia se convencido de que não era uma mentira, estava apenas mantendo sua vida particular em particular. Mas, em seu coração, sentia que era uma traição.

– Você acha mesmo que eles vão ficar felizes? – perguntou ele, odiando a carência que havia se insinuado em sua voz.

Mas Annie não percebeu ou não se importou.

Ela se inclinou na direção dele, apoiou cotovelos e antebraços nos farelos de croissant espalhados na mesa de pinho e pegou a mão de Beauvoir. Segurou sua mão quente entre as dela.

– De saber que nós estamos juntos? Meu pai vai ficar muito feliz. É a minha mãe que te odeia...

Ao ver a expressão de Beauvoir, ela riu e apertou a mão dele.

– Estou brincando. Ela te adora. Sempre adorou. Eles te consideram parte da família, você sabe. Como um filho.

Ele sentiu as bochechas esquentarem ao ouvir aquelas palavras e ficou encabulado, mas percebeu, mais uma vez, que Annie não se importou nem fez nenhum comentário. Apenas continuou segurando sua mão e o encarando.

– Então é uma coisa meio incestuosa – conseguiu dizer ele, afinal.

– É – concordou ela, soltando a mão dele e tomando um gole de *café au lait*. – O sonho dos meus pais se tornou realidade – comentou ela, rindo, para depois tomar um novo gole e voltar a pousar a xícara na mesa. – Você sabe que eles vão adorar.

– Vão ficar surpresos também?

Annie fez uma pausa, pensando.

– Acho que eles vão ficar chocados. Engraçado, não é? Meu pai passou a vida procurando pistas, juntando as peças. Coletando evidências. Mas quando alguma coisa acontece bem debaixo do nariz dele, ele não vê. Deve ser porque está perto demais.

– Mateus 10:36 – murmurou Beauvoir.

– *Pardon?*

– É uma coisa que o seu pai sempre diz pra gente, na Homicídios. Uma das primeiras lições que ensina aos novos recrutas.

– Uma citação bíblica? – perguntou Annie. – Mas meus pais nunca vão à igreja.

– Parece que ele aprendeu isso com o mentor dele, quando entrou para a Sûreté.

O telefone tocou. Não o toque robusto do telefone fixo, mas o trinado alegre e invasivo do celular. Era o de Beauvoir. Ele correu para o quarto e pegou o aparelho na mesinha de cabeceira.

O visor não mostrava nenhum número, apenas uma palavra.

Chefe.

Ele quase apertou o pequeno ícone de telefone verde, mas hesitou. Em vez disso, saiu rápido do quarto e foi para a sala de Annie, repleta de luz e livros. Não ia conseguir falar com o chefe diante da cama onde, ainda naquela manhã, tinha feito amor com a filha dele.

– *Oui, allô* – atendeu, tentando soar despreocupado.

– Desculpa incomodar – disse a voz familiar, que conseguia ser relaxada apesar do tom de autoridade.

– De forma alguma, senhor. O que aconteceu?

Beauvoir olhou de soslaio para o relógio em cima da lareira. Eram 10h23 de uma manhã de sábado.

– Houve um assassinato.

Não era uma ligação casual. Um convite para jantar. Uma consulta sobre a equipe ou algum caso que ia a julgamento. Era um chamado à ação. Um telefonema que marcava que algo terrível havia acontecido. No entanto, por mais de uma década, todas as vezes que Beauvoir ouvia aquelas palavras, seu coração dava um salto. E acelerava. Até dançava um pouco. Não com alegria por uma morte prematura e terrível, mas por saber que ele, o chefe e os outros em breve estariam na estrada em busca de novos rastros.

Jean Guy Beauvoir amava seu trabalho. Mas agora, pela primeira vez, olhava para a cozinha e via Annie no batente da porta. Observando-o.

E percebeu, com surpresa, que agora havia algo que ele amava mais.

Ele pegou o caderninho, se sentou no sofá de Annie e anotou os detalhes. Quando terminou, olhou para o que havia escrito.

– Cruz credo! – murmurou ele.

– Essa interjeição nunca foi tão apropriada – concordou Gamache. – Você pode tomar as providências, por favor? Vamos ser só nós dois por enquanto. A gente pega um agente local da Sûreté quando chegar lá.

– E Lacoste? Devo chamá-la? Só para organizar a equipe forense e depois ir embora?

Gamache não hesitou.

– Não – respondeu, com uma pequena risada. – Infelizmente, nós somos a equipe forense por enquanto. Espero que você lembre como se faz.

– Vou levar o aspirador de pó.

– *Bon*. Eu já peguei a minha lupa. – Fez-se uma breve pausa, e uma voz um pouco mais sombria surgiu do outro lado da linha. – A gente precisa chegar lá rápido, Jean Guy.

– *D'accord*. Eu vou dar alguns telefonemas e pego o senhor daqui a quinze minutos.

– Quinze? Vindo do centro da cidade?

Beauvoir congelou por um instante. Seu pequeno apartamento ficava no centro de Montreal, mas o de Annie era no quartier Plateau Mont Royal, a poucas quadras da casa dos pais dela, em Outremont.

– Hoje é sábado. Não deve ter trânsito.

Gamache riu.

– Desde quando você é otimista? Eu vou estar esperando, qualquer hora que você chegar.

– Eu vou correr.

E foi o que ele fez, telefonando, dando ordens, organizando as coisas. Depois enfiou algumas roupas em uma bolsa.

– Isso é cueca pra caramba – disse Annie, sentando-se na cama. – Você deve ficar fora muito tempo?

A voz dela era suave, mas seus modos, não.

– Bom, você me conhece... – respondeu ele, virando-se de costas para ela ao colocar a arma no coldre.

Ela sabia que ele tinha uma arma, mas não gostava de ver. Até para uma mulher que apreciava a realidade, aquilo era demais.

– ... sem a ajuda do desentupidor, talvez eu precise de mais cuecas brancas.

Ela riu, deixando-o feliz.

Na porta, ele parou e colocou a bolsa no chão.

– *Je t'aime* – sussurrou ele no ouvido dela enquanto a abraçava.

– *Je t'aime* – sussurrou ela no ouvido dele. – Se cuida – disse Annie enquanto eles se separavam.

E então, quando ele estava na metade da escada, ela gritou:

– E, por favor, cuida do meu pai!

– Cuido. Prometo.

Assim que ele foi embora e ela não conseguia mais ver a traseira do carro, Annie Gamache fechou a porta e levou a mão ao peito.

Ela se perguntou se era assim que a mãe havia se sentido todos aqueles anos.

E naquele exato momento. Será que também estava encostada na porta, depois de ver seu coração ir embora? De deixá-lo ir?

Então Annie foi até as estantes de livros que cobriam as paredes da sala. Após alguns minutos, encontrou o que procurava. A Bíblia que os pais lhe deram quando fora batizada. Para pessoas que não iam à igreja, eles até que seguiam muitos rituais.

E ela sabia que, quando tivesse filhos, também os batizaria. Ela e Jean Guy dariam a eles as próprias Bíblias brancas, com o nome deles e as datas de batismo inscritos.

Ela olhou para a grossa primeira página. Dito e feito, lá estava o nome dela. Anne Daphné Gamache. E uma data. Na caligrafia da mãe. Mas, em vez de uma cruz embaixo do nome, os pais tinham desenhado dois coraçõezinhos.

Então se sentou no sofá e, bebericando o café agora frio, folheou o livro desconhecido até encontrar.

Mateus 10:36.

– *Os inimigos do homem* – leu em voz alta – *serão os da sua própria família.*

DOIS

A lancha de alumínio cortava as ondas, quicando de vez em quando e lançando pequenos borrifos de água doce e gelada no rosto de Beauvoir. Ele poderia ter ido mais para trás, em direção à popa, mas gostava do minúsculo assento triangular lá da frente. Ele se debruçou e suspeitou estar parecendo um cão de caça excitado e ansioso. Em uma caçada.

Mas nem ligava. Pelo menos não tinha um rabo. Para desmentir aquela fachada ligeiramente taciturna. *Sim*, pensou ele, *um rabo seria uma enorme desvantagem para um investigador de homicídios.*

O ronco da lancha, os saltos e os ocasionais solavancos o estimulavam. Ele gostava até daqueles borrifos revigorantes e do cheiro de água doce e mato. E do leve odor de peixe e minhocas.

Quando não transportava investigadores de homicídio, aquele barquinho era obviamente usado para pescar. Não com vistas ao lucro. Era pequeno demais para esse fim e, além disso, aquele lago remoto não servia para a pesca comercial. Só para a diversão. Ele imaginou o barqueiro lançando uma isca nas águas claras das baías escarpadas. Sentado o dia todo, arremessando o anzol despreocupadamente. E recolhendo a linha.

Arremessando o anzol. E recolhendo a linha. Sozinho com seus pensamentos.

Beauvoir olhou para a traseira do barco. O barqueiro estava com a mão grande e curtida na manivela do motor de popa. A outra descansava no joelho. Ele se inclinava para a frente, numa posição que devia conhecer desde garoto. Seus olhos azuis penetrantes estavam fixos na água logo à frente. Baías, ilhas e enseadas que também devia conhecer desde garoto.

Que prazer devia ser, pensou Beauvoir, fazer sempre a mesma coisa. No passado, essa ideia o repugnava. Rotina, repetição. Aquilo era a morte ou, pelo menos, um tédio mortal. Levar uma vida previsível.

Porém, agora, já não tinha tanta certeza. Lá estava ele correndo em direção a um novo caso, em uma lancha. Com o vento e os borrifos de água no rosto. Mas só queria estar ao lado de Annie, compartilhando os jornais de sábado. Fazer o que eles faziam todos os fins de semana. E mais uma vez. E mais uma vez. Até morrer.

Ainda assim, se isso não fosse possível, aquela seria sua segunda opção. Ele olhou para as florestas ao redor. Para as rochas recortadas. Para o lago vazio.

Havia ofícios bem piores.

Sorriu de leve para o barqueiro sério. Aquele também era o ofício dele. Quando ele os deixasse, será que encontraria uma baía tranquila, pegaria a vara de pescar e arremessaria o anzol?

Arremessar o anzol e recolher a linha.

Aquilo não era muito diferente do que eles estavam prestes a fazer, pensava Beauvoir. Arremessar o anzol atrás de pistas, evidências, testemunhas. E recolher a linha de volta com o resultado.

E, quando eles enfim tivessem iscas suficientes, pegariam um assassino.

Embora, a menos que as coisas assumissem um caráter imprevisível, fosse muito improvável que terminassem comendo ele.

Bem em frente ao barqueiro estava sentado o capitão Charbonneau, chefe da delegacia da Sûreté du Québec em La Mauricie. Aos 40 e poucos anos, era um pouco mais velho que Beauvoir. Atlético e enérgico, tinha um olhar inteligente de quem prestava atenção nas coisas.

Era o que estava fazendo agora.

O capitão Charbonneau os havia recebido na saída do avião e os conduzira por meio quilômetro até o cais e o barqueiro, que os aguardava.

"Este é Etienne Legault", dissera ele, apresentando o barqueiro, que assentira, embora não parecesse inclinado a fazer uma saudação completa.

Legault cheirava a gasolina e fumava um cigarro, o que fizera Beauvoir dar um passo para trás.

"Infelizmente, é uma viagem de vinte minutos", explicara o capitão Charbonneau. "Não tem outro jeito de chegar."

"O senhor já esteve lá?", perguntara Beauvoir.

O capitão sorrira.

"Nunca. Quer dizer, não lá dentro. Mas às vezes eu pesco não muito longe dali. Como todo mundo, sou curioso. Além disso, a pesca naquele ponto é ótima. Ali tem trutas-de-lago e robalos enormes. Eu já vi os homens de longe, pescando também. Mas não me aproximei nem nada. Não me parece que queiram companhia."

Eles tinham subido a bordo da lancha e agora estavam na metade da viagem. O capitão Charbonneau olhava para a frente, ou parecia olhar. Mas Beauvoir notou que o oficial sênior da Sûreté não estava totalmente concentrado nas densas florestas nem nas enseadas e baías.

Ele lançava olhares furtivos para algo que considerava bem mais instigante.

O homem à sua frente.

Os olhos de Beauvoir pousaram no quarto ocupante do barco.

O inspetor-chefe Gamache, superior de Beauvoir e pai de Annie.

Armand Gamache era um homem corpulento, mas não pesado. Assim como o barqueiro, mantinha os olhos semicerrados voltados para a paisagem à frente, e rugas se desenhavam ao redor deles e da boca. Porém, ao contrário do barqueiro, sua expressão não era taciturna. Em vez disso, seus olhos castanho-escuros estavam pensativos, absorvendo tudo ao redor. As colinas encimadas por geleiras, a floresta que adquiria as cores vivas do outono. O litoral rochoso, sem docas, casas ou ancoradouros de qualquer tipo.

Aquela era a natureza selvagem. Pássaros que talvez nunca tivessem visto um ser humano os sobrevoavam.

Se Beauvoir era um caçador, Armand Gamache era um explorador. Quando os outros paravam, ele dava um passo à frente. Observando frestas, fissuras e cavernas. Onde criaturas sombrias viviam.

O chefe estava com 50 e poucos anos. O cabelo grisalho das têmporas se enrolava ligeiramente acima e atrás das orelhas. Uma boina quase escondia a cicatriz na têmpora esquerda. Ele usava um casaco impermeável cáqui. Debaixo dele, uma jaqueta, uma camisa e uma gravata de seda verde-acinzentada. Enquanto o barco cruzava o lago, uma de suas mãos grandes segurava a amurada e era molhada pelos borrifos gelados. A outra descansava, distraída, em um colete salva-vidas laranja-vivo, no assento de alumínio ao lado. Quando eles estavam de pé no cais olhando para a lancha com sua vara e rede de pescar, seu tubo de minhocas ondulantes e aquele motor de popa que mais parecia um vaso sanitário, o chefe havia entregado um colete salva-vidas, o mais novo, a Beauvoir. E, quando Beauvoir zombara dele, Gamache insistira. Não para que o inspetor o vestisse, mas para que ficasse com ele.

Só por precaução.

Por isso, o colete salva-vidas do inspetor Beauvoir agora estava em seu colo. E, a cada salto do barco, ele ficava secretamente feliz de tê-lo ali.

Beauvoir havia pegado o chefe em casa antes das onze. Na porta, Gamache havia parado para dar um abraço e um beijo na esposa. Eles se demoraram um instante antes de romper o enlace. Então o chefe se virou e desceu as escadas com a pasta a tiracolo.

Quando Gamache entrou no carro, Jean Guy sentiu o perfume suave de colônia de sândalo e água de rosas e ficou comovido ao pensar que aquele homem poderia, em breve, ser seu sogro. Que ele talvez pegasse seus filhos pequenos no colo e eles sentissem aquele cheiro reconfortante.

Em breve Jean Guy seria mais do que um membro honorário daquela família.

No entanto, mesmo enquanto pensava, ele ouvia um sussurro baixo: *E se eles não gostarem da ideia? Como vai ser?*

Mas aquilo era inconcebível, e ele empurrara o pensamento indigno para longe.

Beauvoir também havia entendido, pela primeira vez em mais de uma década juntos, por que o chefe cheirava a sândalo e água de rosas. O sândalo era de sua própria colônia. A água de rosas vinha de madame Gamache, da pressão dos dois corpos. O chefe carregava o cheiro dela, como uma aura. Misturado ao seu.

Beauvoir então inspirara devagar e profundamente. E sorrira. Havia um leve aroma cítrico no ar. Annie. Por um instante ele temeu que o pai dela também sentisse o perfume, mas logo percebeu que aquela fragrância estava apenas nele. Ele se perguntou se Annie também cheirava um pouco a Old Spice.

Eles haviam chegado ao aeroporto antes do meio-dia e ido directo para o hangar da Sûreté du Québec. Lá, tinham encontrado a piloto traçando a rota. Ela estava acostumada a levá-los a lugares remotos. A aterrissar em estradas de terra, de gelo e até em locais sem estrada alguma.

"Estou vendo que hoje teremos até pista de pouso", dissera ela, pulando para o assento do piloto.

"Peço desculpas", respondeu Gamache. "Sinta-se à vontade para fazer um pouso forçado no lago se preferir."

A piloto soltou uma risada.

"Não seria a primeira vez."

Gamache e Beauvoir tinham conversado sobre o caso, gritando um com o outro em meio ao ronco dos motores do pequeno Cessna. Por fim, o chefe se voltou para a janela e ficou em silêncio. Beauvoir percebeu que ele havia colocado pequenos fones de ouvido para escutar música. E podia até adivinhar qual música. Havia um esboço de sorriso no rosto do inspetor-chefe.

Beauvoir se virou e também ficou olhando por sua pequena janela. Naquele dia claro e luminoso de meados de setembro, ele viu cidades e vilarejos lá embaixo. Depois os vilarejos começaram a ficar mais esparsos. O Cessna se inclinou para a esquerda e Beauvoir notou que a piloto seguia um rio sinuoso. Rumo ao norte.

E cada vez mais para o norte eles voaram. Os homens perdidos em seus pensamentos. Olhando para a terra lá embaixo, como se todos os sinais de civilização tivessem desaparecido e restasse apenas a floresta. E a água. Sob o sol forte, a água não era azul; viam-se faixas e manchas douradas e de um branco ofuscante. Eles haviam seguido uma daquelas fitas douradas até o fundo da floresta. Até o fundo do Quebec. Em direção a um corpo.

À medida que avançavam, a mata escura se transformava. No início, só havia uma árvore aqui e outra ali. Depois, surgiram mais e mais. Até que, finalmente, a floresta inteira foi tomada por tons de amarelo, vermelho e laranja e pelos verdes muito escuros da vegetação perene.

Ali, o outono chegava antes. Quanto mais ao norte, mais cedo ele caía sobre a paisagem. Quanto mais longo o outono, maior a queda.

Então o avião começou a descer. Baixar, baixar, baixar. Parecia que ia mergulhar na água. Porém, em vez disso, ele se nivelou, deslizou rente à superfície e aterrissou em uma pista de pouso de terra batida.

Agora, o inspetor-chefe Gamache, o inspetor Beauvoir, o capitão Charbonneau e o barqueiro quicavam naquele lago. O barco fez uma curva suave para a direita e Beauvoir viu o rosto do chefe mudar, indo da reflexão ao arrebatamento.

Gamache se inclinou para a frente, os olhos brilhando.

Beauvoir se mexeu no assento e observou.

Tinham virado em uma grande baía. Lá, bem no final, estava o destino deles.

E até Beauvoir sentiu um frisson de excitação. Milhões de pessoas haviam procurado aquele lugar. Vasculhado o mundo atrás dos homens reclusos que viviam ali. Quando eles finalmente foram encontrados, no canto mais remoto do Quebec, milhares de pessoas tinham viajado até ali, loucas para ver os homens lá dentro. Talvez aquele mesmo barqueiro tivesse sido contratado para conduzir turistas pelo mesmo lago.

Se Beauvoir era um caçador e Gamache, um explorador, os homens e mulheres que haviam ido até lá eram peregrinos. Desesperados para receber o que acreditavam que aqueles homens tinham.

Mas as viagens haviam sido em vão.

Todos eles tinham sido dispensados no portão.

Beauvoir se tocou que já vira aquela paisagem. Em fotos. O que eles avistavam agora havia se tornado um pôster popular e era usado de forma enganadora pela *Tourisme Québec* para promover a província.

Um lugar que ninguém estava autorizado a visitar era usado para atrair visitantes.

Beauvoir também se inclinou para a frente. Bem no fim da baía havia uma fortaleza, como que esculpida na pedra. Seu campanário se erguia como que impelido da terra, resultado de algum evento sísmico. Nas laterais havia asas. Ou braços. Abertos em uma espécie de bênção ou convite. Um porto. Um abraço seguro no meio da mata.

Um engano.

Aquele era o quase mítico mosteiro de Saint-Gilbert-Entre-les-Loups. O lar de duas dúzias de monges enclausurados e contemplativos que tinham construído sua abadia o mais longe possível da civilização.

Levara séculos para que a civilização os encontrasse, mas os monges silenciosos haviam dado a última palavra.

Vinte e quatro homens tinham passado por aquela porta. Ela havia se fechado. E nenhuma outra alma viva fora admitida ali.

Até aquele dia.

Gamache, Beauvoir e Charbonneau estavam prestes a entrar na abadia. Seu ingresso era um homem morto.

CONHEÇA OS LIVROS DE LOUISE PENNY

Estado de terror (com Hillary Clinton)

Série Inspetor Gamache
Natureza-morta
Graça fatal
O mais cruel dos meses
É proibido matar
Revelação brutal
Enterre seus mortos
Um truque de luz

Para saber mais sobre os títulos e autores da Editora Arqueiro,
visite o nosso site e siga as nossas redes sociais.
Além de informações sobre os próximos lançamentos,
você terá acesso a conteúdos exclusivos
e poderá participar de promoções e sorteios.

editoraarqueiro.com.br